FARRAGO

YANN APPERRY

Farrago

ROMAN

GRASSET

© Éditions Grasset & Fasquelle, 2003.
ISBN : 978-2-253-11272-3 — 1re publication LGF

À ma mère et à Ornela.

L'auteur tient à remercier Allan Lönnberg, Philippe Dabasse et Michael Haverty pour leurs précieux conseils.

1

Il me dit : « Homer, sors de là ! » Je n'ai pas tout de suite reconnu sa voix. J'ai ouvert les yeux, il n'y avait rien à voir, de plus il faisait froid, un vent glacial. Avant de me rendormir, j'ai eu le temps de penser que je ne sentais plus mes mains.

« Homer ! Je sais que c'est toi ! » J'ai ouvert les yeux, toujours rien à voir, à peine un trait vague, quelque part devant moi, une sorte de liséré pâle, au fond, mais au fond de quoi ? Et puis une odeur, une forte odeur de quelque chose que je reconnaissais sans pouvoir mettre la main dessus, et mes mains, j'ai voulu les remuer, je les ai retrouvées enfin, gelées. Elles étaient plongées dans une matière poudreuse, légèrement collante, une sorte de poussière grasse qui dégageait cette odeur particulière, un peu poivrée, âcre. Puis, d'autres parfums sont venus se mêler au premier. Un arôme de métal, d'abord, de fer et de rouille, et, porté par le courant d'air glacial, celui du matin, l'effluve du petit jour dans les bois, un mélange de résine, de feuilles mortes, de terre humide, un parfum vif, aussi rafraîchissant que l'eau d'une source.

« Homer ! Espèce de fils de pute ! »

11

Cette fois, mes yeux sont restés ouverts. Ce n'était pas tant l'injure, je ne connaissais pas ma mère, mais j'avais été assez souvent au bordel pour savoir que les filles qui tombent enceintes, quand elles n'ont pas recours, en secret, aux services d'un médecin qui les débarrasse du bébé avant qu'il naisse, abandonnent généralement leur progéniture sur le pas d'une porte, et c'est là, paraît-il, qu'on m'a trouvé moi aussi, à la porte d'une maison.

A plusieurs reprises, je me suis demandé si ma mère avait eu connaissance du métier qu'exerçait Worth Bailey, le propriétaire de cette vieille bicoque devant laquelle je passe encore parfois lorsque je descends sur la côte. « W. Bailey, *taxidermist* ». Bailey a depuis longtemps pris sa retraite et vit désormais près de Monterey, mais le panneau est toujours cloué sur la palissade du jardin. On peut bien me traiter de fils de pute, puisque après tout ce n'est sans doute pas une insulte, et même, c'est presque un hommage rendu à celle qui m'a mis au monde, qui m'a porté dans son ventre pendant des mois et qui a accouché dans la douleur.

Ma mère, j'y pense quelquefois, a souffert pour moi comme toutes les mères. C'est donc que j'ai été aimé. Mais si j'ai gardé les yeux ouverts, c'est qu'enfin j'ai reconnu la voix.

« Elijah ?

— Sors de là, fumier ! »

C'est à cet instant que la lumière s'est faite en moi et que j'ai su où je m'étais assoupi. D'habitude, je sais parfaitement où je me trouve, là n'est pas la question. Je connais ces collines et ces bois mieux que personne, j'y ai passé toute mon existence ou presque, et quand un enfant ou un étranger se perd dans la forêt, c'est à moi que le shérif fait appel, s'il sait où me trouver. Je vis d'ailleurs dans l'espoir perpétuel qu'un enfant ou un étranger s'égare dans la forêt. En effet, je commets de temps à autre des actions que le shérif qualifie d'infractions ou d'actes de sabotage, le plus souvent sans le vouloir, mais parfois tout de même en connaissance de cause. Je suis alors animé d'une sorte de flamme mauvaise dont je suis la première victime. C'est comme si je recelais, dans un coin de mon corps, une poche de méchanceté, un ventricule qui s'emplit goutte à goutte pendant des semaines ou des mois et qui un jour finit par déborder.

L'image n'est pas de moi mais du Révérend Poach qui, de son vivant, y recourait les dimanches, dans ses sermons. J'espère sans cesse que quelqu'un se perde ou prenne la fuite dans les bois parce que je sais que le shérif, en venant me trouver, se verra obligé de passer l'éponge sur mes derniers écarts de conduite. L'unique obstacle à cet échange de bons procédés étant que la plupart du temps, je suis moi-même recherché par le shérif pour une de mes conneries, et qu'en conséquence, je l'évite.

En ce sens, ma familiarité profonde avec la forêt, ses sentiers, ses ravins et ses grottes, ses points d'eau, ses anciens hameaux oubliés, est un bienfait et une malédiction. Je suis un chasseur hors pair et un fugitif exceptionnellement compétent. De plus, comme je ne tiens pas un compte précis de mes délits, et que je n'en conserve pas toujours le souvenir, j'ai pris pour habitude de demeurer à toute heure sur le qui-vive.

Pour retrouver son homme, le shérif doit d'abord me trouver moi. C'est pourquoi, tout en conservant mes distances, je laisse traîner une oreille et quand j'entends parler d'une personne qui s'est échappée ou perdue, je pars moi-même à la recherche du shérif, ce qui est d'une simplicité enfantine, le shérif étant de loin, dans toute la communauté, l'individu le plus facile à pister.

Quand Elijah m'a traité de fils de pute, et quand j'ai su que c'était lui qui parlait, j'ai tout de suite compris que je m'étais endormi dans le tambour de la vieille machine industrielle qu'on avait mise en pièces quelques semaines plus tôt, dans la décharge de Farrago.

Ce tambour, c'était une forge rêvée. Elijah songeait depuis des années à installer une forge dans son appentis. Il en parlait à tout le monde, et tout le monde avait fini par s'en lasser, parce qu'Elijah, assis sur un tabouret planté au milieu de la cour, face à son appentis, parlait de la forge qu'il allait ouvrir et qui allait concurrencer la forge des frères Flink, mais plus il en parlait, moins les gens le prenaient au sérieux, et l'auditoire d'Elijah, à la longue, s'était réduit à un petit nombre d'élus. Elijah en voulait d'ailleurs terriblement à tous ces gens qui s'étaient fatigués de l'entendre parler de son projet et qui se foutaient de lui ouvertement, au point que dans le comté, la forge d'Elijah était presque devenue un symbole, celui des rêves qui ne se réalisent jamais.

Tout le monde y allait de sa petite phrase, et même le Révérend Poach qui, un dimanche, obtint un immense succès lorsqu'il eut l'idée d'inclure l'histoire de la forge d'Elijah dans son prêche. J'étais présent ce matin-là, assis au fond, au dernier rang, près du radiateur. Je m'y trouvais, pourrait-on dire, par la force des choses, m'étant assoupi la veille au soir sur un banc de la petite église blanche dont la porte était restée ouverte. Je crois que le Révérend avait tout simplement oublié de la fermer à clef. Comme, j'imagine, la plupart des membres de sa profession, le Révérend Poach ne manquait jamais une occasion de répéter que son église était la maison de Dieu et que la maison de Dieu était la maison de tous, que sa porte était ouverte aux miséreux et aux petits enfants et qu'on devait s'y sentir chez soi plus encore que dans nos demeures respectives, ce qui ne l'empêchait pas, chaque soir, de tourner la clef dans la serrure.

La première fois que j'ai entendu le Révérend Poach s'exprimer de la sorte, je n'étais pas encore au courant de cette pratique et j'ai été touché jusqu'au fond de mon âme. J'avais l'impression qu'il s'adressait à moi directement. J'étais dans mon enfance, sans père ni mère, et dans aucune des maisons de Farrago et des environs où l'on m'avait placé et où l'on continuerait de me placer année après année sans jamais chercher à savoir ce que j'en pensais, je ne me sentais chez moi. A seize ans, j'en ai eu assez, et je suis parti en vadrouille. Quand j'ai remis les pieds dans le comté, j'étais devenu un homme et si le shérif m'a passé un savon avant de m'enfermer pour la nuit dans une cellule, il m'a ensuite laissé aller et venir en toute liberté, et plus personne ne s'est préoccupé de me trouver une maison.

Mais à l'église, la première fois que le Révérend

s'est lancé dans un discours sur la maison de Dieu, ça m'a secoué. Plus tard, j'ai fini par m'apercevoir qu'entre les belles paroles du Révérend et la réalité, il y avait autant de différence qu'entre le rêve d'Elijah et sa réalisation, même si, au bout du compte, Elijah, quoi qu'on en pense, est bel et bien passé à l'acte, et que la porte de l'église, sauf accident, est toujours verrouillée à la tombée de la nuit. Le Révérend Poach, vers la fin de sa vie, perdait un peu la mémoire, et c'est sans doute ce qui explique que j'aie pu m'introduire dans l'église ce soir-là.

J'étais éprouvé par ma demi-journée de travail chez Abigail Hatchett, qui me demande parfois de fendre son bois ou d'arracher les mauvaises herbes de son potager, mais, surtout, qui est si bavarde et si sourde que le seul moyen de la faire taire serait de l'assommer, et je sortais de l'épicerie, où j'avais bu et mangé ma paie en écoutant la radio dans l'arrière-boutique pendant que Fausto, l'épicier, faisait ses comptes. Je n'ai jamais accordé beaucoup d'importance aux informations, mais je me souviens que ce soir-là, il était question de l'alunissage réussi d'Apollo-17 dans les collines de Taurus-Littrow et du lancement de l'opération Linebacker II au Nord Vietnam. Pendant que les B-52 pilonnaient Hanoi, des hommes se promenaient sur la Lune, ce qui a fait dire à Fausto que le monde ne tournait vraiment pas rond : « Ils feraient mieux de bombarder la Lune et de laisser les gens tranquilles. Et si le Space Kennedy Center dépêchait une équipe de cosmonautes à Farrago au lieu de les envoyer ramasser des cailloux à des millions de miles de la Terre, ça coûterait moins cher aux contribuables et les scientifiques tiendraient enfin une preuve tangible de l'existence des extraterrestres. »

L'épicerie de Fausto est située juste en face de l'église. En traversant la route, j'ai vu le soleil qui se couchait derrière les collines. Parvenu devant l'église, j'ai tourné la poignée de la porte, et miracle ! Elle était ouverte.

Depuis que je suis revenu vivre dans la région après ma longue promenade à travers le pays, je ne passe jamais devant l'église de Farrago sans m'assurer que la porte est fermée. Avec le temps, c'est devenu une sorte de rituel. J'essaie de me rappeler combien d'années se sont écoulées entre l'époque de mon retour et aujourd'hui, mais je m'y perds un peu. Je suis parti dans ma seizième année, j'ai vagabondé pendant quelques mois peut-être, peut-être plus, puis, dès lors que je suis rentré et qu'on ne m'a plus demandé mon âge, je me suis désintéressé du problème. Je ne sais d'ailleurs même plus si je suis né un 4 juillet ou un 12 octobre. J'ai longtemps eu la certitude d'être né l'un de ces deux jours. Mais depuis que le shérif m'a fait remarquer que la Déclaration d'indépendance a été signée un 4 juillet et l'Amérique découverte un 12 octobre, je me demande si ma mémoire ne me joue pas des tours. Il est en effet possible que j'aie appris ces deux dates à l'école du district, où j'ai été forcé de me rendre dès l'âge de dix ans et jusqu'à l'époque de ma fugue.

Quelques jours avant d'aider Elijah à récupérer son tambour, j'ai croisé Polly, une des filles de la maison close, qui s'est moquée de mes poils de barbe gris. Devant mon expression étonnée, elle m'a tendu son miroir de poche, et c'était vrai, mes joues étaient piquées d'un petit nombre de poils blancs et mes cheveux, çà et là, avaient commencé à grisonner également. Sur le moment, ça m'a troublé. Je me suis demandé depuis combien d'années j'étais rentré, depuis combien d'années je jouais à cache-cache avec le shérif, me saoulais en compagnie d'Elijah, et arrachais les mauvaises herbes dans le potager d'Abigail Hatchett. Et combien de fois, dans la nuit, avais-je tourné la poignée de la porte de l'église comme pour prendre en défaut les paroles du Révérend Poach et me conforter dans l'idée que la maison de Dieu, quoi qu'il en dise, n'est pas ouverte aux miséreux et aux petits enfants, ou bien uniquement pendant le service ?

La porte s'est ouverte ce soir-là, je suis entré et me suis couché sur un banc. C'était bon d'être au chaud, d'avoir un toit au-dessus de la tête, et surtout, de dormir une nuit dans la maison de Dieu, de passer une nuit entière de repos aux frais de Dieu et du Révérend Poach. Malheureusement, mon sommeil a été agité. C'était peut-être à cause de la hauteur du plafond.

Durant cette période de ma vie, quand je ne couchais pas dehors, et surtout à la belle saison, j'étais très exigeant sur la qualité du logis. L'hiver, j'éprouvais moins de scrupules à me réfugier dans un hangar ou même dans un dortoir public, si je me trouvais sur la côte, mais tant que la température ne descendait pas en dessous de zéro, je ne m'endormais pas n'importe où ni chez n'importe qui. Dans l'ordre de mes préférences, il y avait les niches, les cabanons, les petites remises, les appentis et l'espace étroit, souvent encombré de déchets de toute nature, qui sépare la terre ferme du plancher surélevé de la plupart des maisons. A cette liste, j'aimerais pouvoir ajouter les wagons de marchandises. Je les préférais même aux niches. Seulement, depuis qu'un matin je m'étais réveillé à la frontière du Nevada, je résistais autant que possible à la tentation. Et dès l'arrivée du printemps, à moins de circonstances indépendantes de ma volonté, je ne dormais plus qu'à la belle étoile. La nuit que j'ai passée dans l'église, il ne faisait pas encore trop froid, malgré le vent qui descendait des montagnes. C'était, je crois, à la fin du mois de septembre, et c'est pourquoi, sans doute, j'ai eu tant de mal à m'assoupir. La hauteur du plafond me donnait le vertige. Le ciel, les étoiles, la ramure, ne m'ont jamais empêché de trouver le sommeil, bien au contraire, mais ce plafond m'irritait, il y avait en lui quelque chose d'étriqué et de vil.

A l'aube, quand le Révérend Poach a fait son entrée dans la nef, j'étais pourtant profondément endormi. Il a tâté mes côtes du bout de sa canne, j'ai ouvert les yeux et me suis redressé avec difficulté. J'ai expliqué au Révérend que j'étais arrivé quelques minutes plus tôt, que j'avais trouvé la porte ouverte et que je m'étais assis pour être sûr de ne pas manquer la messe. « On est bien dimanche », j'ai dit au Révérend, et par chance, c'était vrai. Je ne sais pas si le Révérend a cru à mon histoire. Il m'a dévisagé comme s'il essayait de se souvenir de moi, alors qu'il me connaissait parfaitement, et même, d'une certaine façon, mieux que quiconque, puisque c'était lui qui s'était occupé de me faire sortir de l'orphelinat de

Santa Cruz et de me placer dans une famille de Farrago, la première d'une longue série.

« Homer, a dit le Révérend, tu es vraiment venu assister à la messe ?

— Oui, Révérend.

— Tu promets de te tenir tranquille ?

— Oui, Révérend.

— Mais qu'est-ce qui t'a pris ?

— Je ne sais pas, Révérend. C'est comme si je m'étais senti obligé.

— Par le shérif ?

— Non, Révérend.

— Qu'est-ce que tu as derrière la tête ?

— Rien, Révérend.

— Ecoute, a dit le Révérend en fouillant dans les poches de sa soutane. Je te donne cinq dollars si tu changes d'avis. »

Cinq dollars, je n'en avais pas gagné la moitié en travaillant la veille pour Abigail Hatchett. L'offre était tentante. Ma première pensée a été d'accepter le billet que me tendait le Révérend et de proposer à Ophelia, qui à l'époque travaillait au bordel, de prendre le bus avec moi jusqu'à la côte et de passer la journée au Santa Cruz Wharf et sur la plage. Ophelia a une passion pour les éléphants de mer et moi, à l'époque, j'avais une passion pour la poitrine d'Ophelia. J'ai toujours une passion pour la poitrine d'Ophelia.

La première fois qu'elle m'a pris par la main et qu'on est montés ensemble dans sa chambre, je ne m'attendais pas à tomber amoureux de sa poitrine, je ne songeais même pas à sa poitrine mais à sa chevelure rousse et à son zézaiement. Quand elle a dégrafé son soutien-gorge, j'ai été tellement ému que je me suis senti triste. J'ai même failli pleurer. Je n'ai jamais rien ressenti de comparable devant toutes les autres poitrines des filles de la maison. A vrai dire, c'était la première fois de ma vie que j'éprouvais cette émotion. J'ai contemplé les seins d'Ophelia sans même songer à les caresser. On n'a rien fait d'autre.

Les fois suivantes, je suis de nouveau monté avec Ophelia et je lui ai juste demandé de s'asseoir dans le fauteuil et de me laisser regarder ses seins. Et puis, un soir, une drôle d'idée m'a traversé l'esprit. J'ai demandé à Ophelia de retirer son soutien-gorge et d'éteindre la lumière. J'ai dit à Ophelia que je voulais imaginer sa poitrine dans le noir. Elle est entrée dans une colère terrible. Elle m'a répondu qu'à ce compte, elle n'avait pas besoin d'être là, que sa poitrine, je pouvais l'imaginer n'importe où, que je n'avais qu'à fermer les yeux et qu'elle ne comprenait pas pourquoi j'étais si cruel. J'ai cherché à la consoler, mais je n'arrivais pas à trouver les mots. J'étais incapable d'expliquer à Ophelia pourquoi il fallait nécessairement qu'elle soit là, même si je ne la voyais pas. C'est alors qu'elle m'a dit qu'elle en connaissait d'autres, des types de mon espèce, mais qu'eux, au moins, ils ne cherchaient pas à l'humilier.

« A t'humilier ? j'ai dit.
— Parce que tu n'es pas un homme.
— Pas un homme ? »

Ophelia a écarté ses jambes et m'a attiré contre elle en m'agrippant par le col de ma chemise. Ma tête s'est retrouvée entre ses seins et j'ai cru que j'allais m'évanouir. Je me suis relevé, je voyais de petites taches de lumière flotter devant mes yeux et Ophelia a dit : « Tu vois ! »

Je ne comprenais pas. Ophelia a crié que si j'étais un homme, je ne resterais pas planté là, que ça n'avait rien à voir avec elle et qu'elle me défiait de me montrer à la hauteur et de satisfaire une femme, n'importe quelle femme.

Des coups furent frappés à la porte. Polly est entrée dans la chambre. Elle avait été attirée par les cris. Ophelia a parié que je serais incapable de prendre Polly comme un homme. Polly a bien tenté de lui dire que je n'avais rien à prouver de ce côté-là, Ophelia était si en colère que ses taches de rousseur ressemblaient à des braises. Elle nous a poussés tous les deux vers le lit et on a dû lui obéir. Elle est restée debout contre le mur, les poings serrés, et nous a regardés faire. « Tu vois bien, enfin tu vois bien ! » répétait Polly, et quand elle a quitté la chambre, je me suis approché d'Ophelia et j'ai dit en souriant : « Tu vois bien ! » Elle m'a giflé et m'a foutu dehors.

Mais comme je descendais l'escalier en essayant de comprendre quelle erreur j'avais bien pu commettre, j'ai entendu des pas derrière moi. C'était Ophelia. Elle tendait ses bras vers moi. Je suis remonté, elle s'est jetée contre moi et on est retournés dans sa chambre. Allongés sur le lit, on est restés à se regarder, sages comme des images. « Repose-toi », disait Ophelia chaque fois que je cherchais à me redresser, et finalement, sans que je sache trop comment, je me suis retrouvé à faire l'amour avec elle. Par la suite, j'ai senti qu'il y avait quelque chose de louche dans le comportement d'Ophelia, et elle-même faisait une drôle de tête quand elle me voyait débarquer au bordel.

Le Révérend se tenait donc au-dessus de moi, un billet de cinq dollars dans la main, et je m'imaginais déjà sur les docks en compagnie d'Ophelia, jetant des bouts de poisson cru aux éléphants de mer. Mais une autre pensée est venue chasser la première. J'ai soudain pris conscience que le Révérend cherchait à me soudoyer et que mon honneur était en jeu.

« Révérend, j'ai dit, je suis venu assister à la messe et je ne vous laisserai pas m'en empêcher.

— Tu ne crois même pas en Dieu, a dit le Révérend.

— Et alors ? j'ai dit. Comment voulez-vous que j'y croie si je ne viens pas à la messe ?

— Mais tu ne viens jamais.

— Justement ! » j'ai dit.

Le Révérend a opiné d'un air las, puis il a rempoché le billet, ce qui m'a serré le cœur, mais je ne pouvais plus reculer.

« Comme tu voudras, il a dit, mais promets-moi sur la tête de... »

Le Révérend n'a pas trouvé de tête sur laquelle j'aurais pu promettre. J'ai volé à son secours :

« Sur la tête du shérif, j'ai dit.

— Promets-moi juste de ne pas faire de scandale. »

J'ai levé la main comme au tribunal, puis je me suis repris, et je me suis signé. Le Révérend avait l'air navré. Il s'est éloigné dans l'allée, le dos plus courbé que d'habitude, à ce qu'il m'a semblé.

Petit à petit, les gens ont commencé à se présenter

pour la messe, seuls ou en famille. Je dois admettre que je ne me suis pas ennuyé et qu'au début du prêche, j'ai même pensé revenir la semaine suivante. La première demi-heure a pourtant été laborieuse, avec son lot de formules et de gestes habituels, mais quand le Révérend s'est lancé dans son sermon, j'ai presque aussitôt cessé de bâiller.

Le Révérend a d'abord parlé de ces graines qu'on garde chez soi et qui ne servent à rien et des graines qu'on jette et qui donnent des fruits en abondance. C'est le Seigneur qui, soi-disant, a voulu faire comprendre à ses fidèles qu'il n'y a aucun sens à conserver une graine et qu'il vaut mieux la jeter n'importe où afin qu'elle pousse. Une graine qu'on garde pour soi, a dit le Révérend, rapportant les paroles du Seigneur, est une graine qui vit, mais qui ne vit pour personne, tandis qu'une graine qu'on sème est une graine qui meurt, mais elle meurt en donnant naissance à un fruit ou un épi de blé. Je voyais où le Seigneur voulait en venir, mais je n'étais pas vraiment d'accord. J'ai même hésité à prendre la parole pour donner mon avis au Révérend et il a dû s'apercevoir que je m'agitais. Sans interrompre son prêche, le Révérend m'a fixé droit dans les yeux et je me suis rappelé ma promesse. Je n'ai donc rien dit mais je continue de penser que le Seigneur s'est trompé en prétendant que la graine meurt dans le fruit. C'est comme si on disait que le fœtus meurt dans le nouveau-né ou que l'enfant meurt dans l'adulte. Je n'ai jamais pu discuter de ce point avec le Révérend Poach. Il est mort avant que je trouve l'occasion de lui en parler. A plusieurs reprises, j'ai pourtant tenté d'aborder le Révérend à la sortie de l'église ou pendant ses tournées dans la paroisse, mais il m'évitait un peu comme j'évite le shérif et coupait court à mes tentatives.

L'histoire des graines a été suivie de quelques considérations sur les fidèles et les mécréants, après quoi, sans prévenir, le Révérend a tiré du jeu sa carte maîtresse, et j'ai senti une onde parcourir l'assistance, une onde d'émotion qui n'était pas sans ressemblance avec un tremblement de terre de faible amplitude comme il s'en produit régulièrement dans la région.

« Il y a ceux qui ont la foi et viennent célébrer Dieu dans sa maison, a dit le Révérend, et ceux qui n'ont pas la foi et vivent dans le péché en ne mettant jamais les pieds dans la maison de Dieu. Il y a ceux qui viennent prier Dieu dans sa maison et que Dieu comble de ses bienfaits, a dit le Révérend, et ceux qui se bercent de fausses espérances hors de la maison du Seigneur et prient vainement pour ce qui n'arrivera jamais. Il y a ceux qui croient et il y a ceux qui rêvent. Vous savez tous à qui je pense, a dit le Révérend et l'auditoire a répondu par un murmure. Vous connaissez tous ce pauvre diable qui depuis des années passe ses journées assis au milieu de sa cour, qui vit dans la paresse et dans la débauche et qui parle de sa forge comme si elle allait finir par monter la colline de sa propre initiative et commencer à travailler pour lui sans qu'il ait à quitter son tabouret. Voilà le rêveur, a dit le Révérend Poach, voilà l'homme qui vit hors de la maison de Dieu et qui s'imagine qu'à force de rêver, son rêve finira par être exaucé ! Mais par qui serait-il exaucé, sinon par celui qu'il a renié, sinon par le Seigneur qu'il a arraché de son cœur, sinon par celui qui l'attend dans sa maison en versant ses larmes et son sang ? »

Ces dernières paroles ont soulevé en moi une deuxième objection, plus vive encore que la première. Cette fois, j'ai été incapable de garder le silence. Le Révérend Poach ne venait-il pas de se contredire ? Quelle différence existait-il entre la situation d'Elijah dans sa cour et celle du Seigneur dans sa maison ? Le Seigneur espérait le repentir d'Elijah et sa venue à l'église exactement comme Elijah espérait sa forge. Et connaissant Elijah, je savais que Dieu pouvait se vider de son sang et pleurer toutes les larmes de son corps sans qu'Elijah songe un instant à lever son cul de son tabouret pour se rendre à l'église. Dieu pouvait bien attendre, son rêve était vain et il devrait se contenter de l'âme damnée d'Elijah après sa mort, cela ne faisait pas le moindre doute.

Toutes ces pensées m'ont envahi d'un coup, et celle que le Révérend y verrait peut-être à redire : n'étais-je pas venu, moi, Homer, assister à la messe ce matin ? Et si, contre toute attente, j'avais franchi la porte de l'église ce dimanche après des années, voire des décennies d'absence et de perdition, qu'est-ce qui pouvait bien retenir Elijah d'en faire autant ? C'est pourquoi j'étais prêt à tout révéler. J'avouerais au Révérend que j'avais trouvé la porte de l'église ouverte, que j'y avais passé la nuit et que je n'avais jamais eu l'intention d'assister à la messe. Je le clamerais haut et fort. Malheureusement, j'ai à peine eu le temps d'apostropher le Révérend que ma voix s'est trouvée noyée dans les applaudissements et les hourras enthousiastes de la foule. Je suis sorti en claquant la porte. En m'éloignant, j'ai entendu le Révérend et ses ouailles qui entonnaient un chant.

« Elijah ?
— Sors de là, fumier. »

Tout m'est revenu. J'étais couché dans le tambour cabossé de la machine industrielle, celle qu'on avait désossée, Elijah et moi, dans la décharge du comté. Celle-ci se trouve à quelques miles en contrebas, au bord de la route qui traverse la forêt et descend vers Santa Cruz. A vol d'oiseau, elle semble beaucoup plus proche encore. A vol d'oiseau, même l'océan n'est pas si loin.

Souvent, avec Elijah, on avait discuté de la différence entre les routes et les voies aériennes en examinant la carte militaire de la région qu'Elijah s'était procurée auprès du lieutenant McMarmonn, dont il avait longtemps courtisé la fille, Lisa, une aveugle de naissance. Le lieutenant et sa fille vivent au bout de Purple Lane, à dix minutes à pied de la maison d'Elijah qui a parié la carte de McMarmonn au cours d'une partie de poker.

Je me souviens parfaitement de l'expression d'Elijah, le soir où je lui ai fait remarquer que les oiseaux n'ont pas besoin de suivre les routes, et que pour se rendre d'un endroit à un autre, il leur suffit d'aller tout droit. On était assis sur la terrasse de sa maison, la carte dépliée entre nos pieds, et j'ai fait voir à Elijah les zigzags de Highway 217 à travers la forêt, du centre-ville à Laurel Avenue, où il vit. Elijah est resté silencieux un long moment. Il ne bougeait plus du tout, les yeux fixes, une main serrée sur sa bouteille de bière mexicaine, l'autre posée sur son genou. Il n'était plus vraiment là. Il respirait tranquillement, tenant sa Negro Modelo par le goulot, assis comme chaque soir devant la porte de sa maison, mais il aurait pu aussi bien être à Half Moon Bay ou sur Mars.

La première fois qu'Elijah s'est perdu à l'intérieur de sa tête, j'ai d'abord cru qu'il réfléchissait profondément, puis qu'il s'était tout bêtement endormi au milieu de la conversation. En fait, Elijah connaissait des absences. J'avais pris l'habitude de commencer à compter dès que son regard devenait brumeux et qu'il cessait de remuer. Ses moments de distraction duraient généralement entre une et trois minutes. Je ne savais pas ce qui se passait sous le crâne d'Elijah. Lui-même était incapable d'en parler. Il disait que sa pensée « gelait » et appelait ce phénomène : « rendre visite à granny ». Je n'ai jamais rencontré la grand-mère d'Elijah, mais je soupçonne qu'elle aussi s'absentait et qu'il a hérité de son gène.

« C'est comme si j'étais dans une voiture roulant à toute allure et que le conducteur appuyait brutalement sur la pédale de frein », disait Elijah à propos de ses absences. Il existe aussi un terme scientifique décrivant les visites d'Elijah à sa grand-mère. Elijah possède dans ses papiers une lettre d'un médecin où le mot apparaît mais je ne m'en souviens plus. C'est à cause de cette foutue lettre qu'Elijah s'est vu retirer son permis de conduire et son fusil de chasse.

Je racontais donc à Elijah que les oiseaux ne s'embêtent pas à suivre les routes mais volent directement d'un endroit à un autre et Elijah s'est perdu en cours de route. Quand il est revenu à lui, il a dit qu'il ne comprenait pas pourquoi les oiseaux seraient avantagés par rapport aux hommes et que ça ne marchait pas comme ça.

« Qu'est-ce qui ne marche pas comme ça ? j'ai dit.
— Les choses. »

De nouveau, j'ai tenté de lui montrer, carte à l'appui, que les routes faisaient des détours à cause des collines, des montées, des descentes, des rivières, de toutes sortes d'obstacles, et que les oiseaux, mais aussi les avions et les papillons, étant dans le ciel, coupaient au plus court et volaient au-dessus des arbres, des ravins, des collines. Je ne l'ai pas convaincu. Elijah a bu une rasade et il est resté un moment à regarder l'appentis qui s'élève sur un côté de la maison et où il prévoyait d'installer sa forge. J'ai reposé ma bière sur le plancher et pendant qu'Elijah rêvait de sa forge, je contemplais l'ombre de la bouteille sur la carte. Puis, sans dire un mot, on s'est levés.

Elijah est entré dans la maison et je l'ai entendu retirer le couvercle de la vieille boîte à cirage où il gardait l'argent du gin et du bourbon. Elijah, à l'époque, possédait plusieurs boîtes pour ses économies. Dans l'une, il mettait des pièces de côté pour l'achat d'un hamac. Dans un pot, les cents s'accumulaient afin, comme il disait, de lui assurer une retraite confortable le jour où il ne pourrait plus travailler. Certaines boîtes restaient toujours vides, comme celle des impôts et le bocal réservé aux frais d'entretien de la maison et aux réparations en cas de tremblement de terre. D'autres étaient plus avantagées : la tirelire en forme de banque de la Wells Fargo où il épargnait pour son tabac, la chaussette de laine où il amassait de quoi jouer au poker, et, bien sûr, la bonbonnière rose que j'avais volée à Abigail Hatchett des années plus tôt pour l'offrir à Elijah le matin de Noël. « Pour ta forge », je lui avais dit, et, pour faire de la place, on s'était jetés sur les bonbons d'Abigail. De toutes les boîtes d'Elijah, jusqu'au jour où il a mis son projet à exécution, la bonbonnière était la seule à renfermer des billets. Elle contenait la somme fabuleuse de $ 274,55.

Elijah est ressorti de la maison, ses poches remplies de pièces, et on a pris la route qui descend vers le village. A mi-chemin, j'ai dit à Elijah que j'allais tourner à gauche sur un sentier et passer par les bois. Quant à lui, il pouvait suivre la grande route jusqu'à l'épicerie de Fausto.

« Fais comme d'habitude, j'ai dit. Moi, je prends un raccourci. On verra qui arrive le premier. »

Je n'avais pas renoncé à lui faire comprendre l'histoire des distances terriennes et des distances à vol d'oiseau. Evidemment, je suis arrivé avant lui. Debout devant la vitrine de l'épicerie, je l'ai vu de loin qui avançait sur la route. J'étais essoufflé. En effet, après m'être engagé sur le sentier, j'ai eu peur qu'Elijah ait l'idée de tricher comme, parfois, il est tenté de le faire lors de ses parties de poker, et qu'il pique un sprint jusqu'à l'entrée du village. Elijah déteste perdre, et comme la vérité était en jeu, je me suis mis à courir à travers la forêt. Mais quand il est sorti de la nuit, au loin, sur la route, j'ai vu qu'il marchait sans se presser. Il m'a rejoint, il a haussé les épaules et il est entré dans l'épicerie en soupirant avec mépris.

Fausto, derrière son comptoir, faisait ses comptes. Quand Fausto fait ses comptes, il ne faut pas le déranger. L'interrompre, c'est s'exposer aux pires représailles. Une fois, pendant qu'il additionnait ses chiffres dans son grand registre, j'avais pris une boîte d'élastiques sur une étagère et je m'amusais à viser les mouches qui roupillaient sur la vitrine du magasin. Fausto a refermé son registre et me l'a balancé à la figure.

Fausto, pourtant, est un homme pacifique. Mais avant toute chose, c'est un sage. Je ne suis pas le seul à le penser. Tout le monde à Farrago et dans les environs sait que Fausto n'est pas un homme comme les autres et les gens viennent parfois de loin pour lui raconter leurs malheurs et lui demander conseil, à tel point que le Révérend Poach, vers la fin, avait fini par le considérer comme un rival.

J'ai toujours trouvé frappant que l'église du Révérend et l'épicerie de Fausto soient situées l'une en face de l'autre. On pourrait dire que, du vivant de Poach, les habitants de Farrago formaient deux clans, ceux de l'église et ceux de l'épicerie, mais ce n'est pas aussi simple. Entre les deux clans, il y avait tous ceux qui allaient à la fois prier à l'église et consulter Fausto. Après la mort du Révérend, la situation, forcément, a évolué. Un nouveau pasteur, Father Matthew, a été nommé, et pendant quelques mois, en attendant qu'il se fasse accepter, Fausto a reçu un nombre incroyable de personnes dans son épicerie. C'était peut-être une aubaine d'un point de vue commercial, mais je voyais bien que Fausto était sur les nerfs et qu'il commençait à perdre patience.

Tandis que Fausto calculait son chiffre d'affaires, Elijah s'est assis sur un tabouret au bout du comptoir et j'ai choisi quelques *comics* sur le présentoir. Quelques minutes plus tard, Fausto a refermé son registre et s'est tourné vers Elijah qui empilait ses pièces de monnaie sur le bar.

« Bourbon ? a dit Fausto.

— Et une boîte de corned-beef, a répondu Elijah.

— Fausto, j'ai dit en reposant les bandes dessinées, on a un problème. Elijah ne veut pas comprendre qu'à vol d'oiseau, les distances sont beaucoup moins grandes que sur la terre, quand on suit une route, avec tous les détours et tous les obstacles que les routes rencontrent obligatoirement.

— Ça ne marche pas comme ça, a dit Elijah.

— Je lui ai montré sur la carte du lieutenant McMarmonn et tout à l'heure j'ai même pris un raccourci pour lui prouver que j'avais raison, mais il est buté comme une mule.

— Homer, a dit Fausto, tu es un idéaliste. »

Que Fausto m'ait traité ce soir-là d'idéaliste, je n'en suis toujours pas revenu. Sur le coup, j'ai pensé que si on devait élire l'idéaliste du comté comme, au mois de juillet, on élit la plus jolie fille de Farrago, je n'aurais pas la moindre chance de remporter la victoire. Elijah, en revanche, était de l'avis de tous un idéaliste incorrigible et il serait monté à coup sûr sur le podium.

Personne n'est plus idéaliste qu'Elijah, j'ai pensé, et surtout pas moi. Seul le Révérend Poach est un aussi grand rêveur qu'Elijah, pour peu qu'il soit sincère lorsqu'il parle des larmes et du sang de Dieu, ce qui est loin d'être certain. Mais j'ai aussi pensé que lors de l'élection de Miss Farrago, on exclut d'emblée les filles de la maison close, sous prétexte qu'elles sont indignes de participer à la compétition. La vérité, selon moi, est que si Polly, Piquette ou Cecily, une des dernières recrues de la patronne, apparaissaient sur l'estrade, elles battraient à plate couture toutes ces fillettes de bonnes familles qui se pressent à la porte de l'organisateur du concours, le jour de la cérémonie. Et je me suis dit que si les putes étaient bannies de l'élection de Miss Farrago, on empêcherait fatalement les bons à rien et les trous du cul comme Elijah et moi de convoiter le titre du plus grand idéaliste des collines. Abandonnant mes réflexions, j'ai lancé à Fausto :

« Si je suis un idéaliste, Elijah, il est quoi ? Qui est-ce qui passe son temps à rêver tout haut ? Lui ou moi ?

— Elijah a les pieds sur terre, a répondu Fausto. Tu ne peux pas lui demander de regarder le monde d'en haut.

— Fausto, j'ai dit, je n'ai jamais pris l'avion, et je passe mes journées à marcher d'un bord à l'autre du comté, alors je ne vois pas pourquoi il aurait plus les pieds sur terre que moi. Il ne faut pas être un aviateur ou un oiseau pour comprendre la différence entre une route qui n'arrête pas de tourner et un chemin qui va tout droit.

— Je ne dis pas le contraire, a répondu Fausto, je dis juste que toi, quand tu regardes la carte de

McMarmonn, tu te rends compte qu'elle est une image de la région et c'est comme si, en idée, tu planais au-dessus du comté. Elijah, quand il regarde la carte, il voit une feuille de papier quadrillée avec des noms, des chiffres et des lignes de différentes couleurs. Il voit un bout de papier. Et ça, tu ne peux rien y changer. »

Comme j'étais encore loin d'être convaincu, Fausto a pris une feuille sous le comptoir et il y a tracé deux croix. Ensuite, il a relié les deux croix par une ligne droite en demandant à Elijah de suivre le mouvement du crayon d'une croix à l'autre.

« Elijah, a dit Fausto, est-ce que tu as vu ce que je viens de faire ?

— Qu'est-ce que tu viens de faire ? a dit Elijah.

— Je viens d'exprimer de la manière la plus simple ce que Homer essaie de te faire saisir.

— Quoi ? »

C'est alors que Fausto a prononcé cette phrase mémorable, plus mémorable encore que les paroles du Révérend Poach sur la maison de Dieu, cette église imaginaire dont les portes sont toujours ouvertes aux petits enfants et aux nécessiteux : « La droite est le chemin le plus court entre deux points. »

J'étais cloué. Je n'avais jamais entendu une chose pareille, aussi simple et aussi belle. Je regardais la feuille, le trait de crayon qui reliait les deux croix, et je n'arrivais plus à bouger. Attention, j'ai pensé, si ça continue, toi aussi tu vas rendre visite à la grand-mère d'Elijah, mais il n'y avait rien à faire, je ne pouvais même plus respirer. Je ne sais pas combien de temps a duré cet état de choc, impossible de compter les secondes, je ne voyais plus que la ligne droite qui passait entre les deux points. Quelle merveille, j'ai pensé, et dire que Fausto, toutes ces années, était en possession d'une phrase pareille, et qu'il m'a fallu attendre ce soir pour qu'il la prononce enfin, l'air de rien. Elijah, lui, n'a pas bronché. La phrase de Fausto le laissait indifférent. Fausto, une fois de plus, avait fait la preuve de sa grande sagesse.

« Fausto, j'ai dit en reprenant mon souffle, tu as besoin de la feuille ?

— Elle est à toi. »

J'ai plié le papier en quatre et je l'ai glissé dans la poche intérieure de mon manteau, contre mon cœur. Le papier de Fausto ne m'a plus quitté. Il a rejoint les quelques objets que je garde toujours sur moi, comme mon canif, mon Zippo, l'harmonica que m'a donné le shérif après que j'ai sauvé Sarah Connolly de la noyade, mon dé pipé en faux ivoire, ma carte postale des chutes du Niagara, une vieille photo d'identité de Rachel Mildew (la jeune femme qui, dans mon enfance, m'a donné mon premier baiser d'homme) et une barrette ornée de petites roses de tissu que j'ai achetée pour Ophelia mais que je n'ai jamais eu l'occasion de lui offrir.

Après quoi, Fausto a posé une bouteille de bourbon et une boîte de bœuf en gelée sur le comptoir et a fait disparaître les pièces d'Elijah dans le tiroir de la caisse enregistreuse. On s'apprêtait à quitter l'épicerie quand Fausto nous a proposé de boire une bière en sa compagnie. Il a décapsulé trois bouteilles et s'est adressé à Elijah qui se roulait une cigarette : « J'ai quelque chose qui peut t'intéresser. »

J'ai bien vu qu'Elijah se méfiait. Il avait sans doute peur que Fausto s'embarque dans une nouvelle explication sur les distances géographiques.

« Elijah, a dit Fausto, où en es-tu de tes projets ?

— Je ne veux plus en parler, a répondu Elijah. Plus j'en parle, plus les gens en parlent et ils transforment tout ce que je dis. Mais on verra bien, à la fin. Les frères Flink, surtout, ils verront bien, quand leurs clients commenceront à partir les uns après les autres pour venir me voir moi. J'ai tout prévu. Au début, je vais me spécialiser dans les boîtes. Je vais forger des boîtes. Ensuite, avec l'argent que j'aurai gagné, j'agrandirai l'appentis et je forgerai tout ce que forgent les frères Flink, mais pour moins cher et avec la qualité en plus.

— J'ai quelque chose qui peut t'intéresser », a répété Fausto.

Il nous a raconté qu'à l'occasion d'une livraison en camionnette, il avait visité la décharge de Farrago et qu'il avait vu, trônant au milieu des carrosseries et des moteurs de voitures, la carcasse d'une machine industrielle dont la pièce centrale était un tambour en fer de quatre pieds de diamètre qui, d'après lui, répondrait parfaitement aux attentes d'Elijah, « surtout pour la confection d'objets de dimensions modestes, a dit Fausto.

— Comme mes boîtes.

— Comme tes boîtes. »

On a bu nos bières en silence. Elijah hochait lentement la tête. Je n'ai pas voulu interrompre sa méditation mais je me sentais ivre d'enthousiasme.

« Et ce n'est pas tout, a repris Fausto. Vous connaissez Abraham Burnet ?

— Le dentiste ? a dit Elijah.

— Au fond de son jardin, il y a une enclume.

— Je sais, a dit Elijah, ça fait des lustres qu'elle est là. Mais il ne veut pas la vendre.

— Elle est à moi, a dit Fausto. Il me devait de l'argent et en échange, j'ai effacé son ardoise. Elle te coûtera trente dollars. Si tu veux, tu peux me payer en plusieurs fois. »

De nouveau, on s'est tus. Sur la grande route, pas une voiture ne passait. Les seuls bruits étaient ceux du radiateur et d'une mouche qui bourdonnait contre la vitrine. J'avais le sentiment de vivre un moment capital, historique, d'autant plus qu'on était les seuls, Fausto, Elijah et moi, à le savoir et à le vivre. On était là, tous les trois, assis au comptoir, à la veille d'un événement qui allait changer la face de Farrago, et pendant ce temps, les habitants, plongés dans l'ignorance, finissaient de dîner, regardaient la télé, fumaient leur pipe ou se chamaillaient sans soupçonner le moins du monde ce qui allait arriver. Je pensais surtout aux frères Flink, qui sont des célibataires et des couche-tôt. A l'heure qu'il est, je me suis dit, les frères Flink sont couchés dans leurs lits jumeaux et n'ont pas la moindre idée de ce qui va leur tomber sur la tête. Elijah a fermé les yeux. Je regardais ses mains à plat sur le comptoir. Elles tremblaient légèrement.

« Qu'est-ce que tu en dis ? » a demandé Fausto.

Elijah a rouvert les yeux. « J'en dis qu'on va voir ce qu'on va voir », et il est sorti de l'épicerie sans se retourner. J'ai serré la main de Fausto et j'ai rejoint Elijah sur la route.

« Elijah, quand est-ce qu'on y va ?
— Où ?
— A la décharge !
— On va voir ce qu'on va voir. »

Il n'a pas voulu en dire plus. Pendant deux ou trois semaines, chaque fois que je me rendais chez Elijah, j'entamais la conversation en lui demandant quand il comptait se rendre à la décharge et il me répondait chaque fois : « On va voir ce qu'on va voir. » Mais un soir, je l'ai trouvé assis sur son tabouret au milieu de la cour. Il avait mis son costume du dimanche et ses souliers cirés brillaient dans l'obscurité. Ce costume, c'était la fierté d'Elijah. Son père, son oncle Cooper et son cousin Willy s'étaient mariés dedans, « et aucun des trois n'a survécu à sa femme », me disait Elijah quand il ne pouvait résister à la tentation de sortir l'habit de son armoire afin de me laisser l'admirer. Quand Elijah buvait un verre de trop, il finissait toujours par sortir son costume de l'armoire et j'étais obligé de l'examiner sous toutes ses coutures.

« Le mariage, quelle foutaise. Jamais je ne me marierai. Autant crever tout de suite. » Pourtant, lorsqu'il s'est entiché de Lisa, la fille du Lt. McMarmonn, Elijah ne semblait plus aussi opposé à l'idée de se marier. Et quand, après des mois d'hésitations, il a voulu demander la main de Lisa, il est allé se faire couper les cheveux chez le barbier, il a mis son costume et a pris le chemin de Purple Lane, les bras chargés d'un énorme bouquet de rhododendrons. Elijah a refusé que je l'accompagne et lorsqu'il est rentré, il était dans tous ses états.

« Qu'est-ce qu'elle a répondu ? j'ai dit.
— Rien.
— Tu lui as fait ta demande ?
— Non.
— Qu'est-ce qui s'est passé ?
— Elle m'a dit que je sentais bon.
— Tu lui as donné le bouquet ?
— Je l'ai jeté.
— Imbécile, pourquoi tu n'as rien dit ? »

Elijah m'a répondu qu'il n'avait pas réussi à trouver les mots, mais que ses intentions n'étaient pas bien difficiles à deviner. Un homme qui se présente devant une femme en costume du dimanche et avec un bouquet de fleurs n'est pas là pour lui tenir une pelote de laine pendant qu'elle tricote une paire de chaussettes pour l'hiver.

« Mais Lisa est aveugle, j'ai dit, aveugle de naissance. Comment veux-tu qu'elle sache que tu portes ton beau costume ? Ce n'est pas parce qu'un type vient la demander en mariage qu'elle va retrouver la vue.

— Je sais, je sais, a dit Elijah. N'empêche, elle n'a rien vu. »

Je rendais donc visite à Elijah, deux ou trois semaines après notre conversation dans l'épicerie, et je l'ai trouvé vêtu de son costume au milieu de la cour. Campé sur son tabouret, Elijah regardait l'appentis. J'ai tout de suite remarqué un changement : tout le bric-à-brac de cageots, de planches et de pneus avait disparu et le sol de l'appentis était aussi propre que la maison d'Abigail Hatchett, une ménagère de première catégorie.

« Quand est-ce qu'on y va ? » j'ai demandé à Elijah pour le simple plaisir de l'entendre me dire : « Demain. »

2

Le jour de notre expédition, on s'est réveillés avant l'aube. Le ciel était dégagé, plein d'étoiles. Elijah a fait frire des saucisses et on a bu chacun plusieurs tasses de café. Quand on s'est mis en route, l'aurore était proche. La brume glissait sous les arbres et je guettais le moment où la rosée commencerait à briller. Elijah, qui avait remis ses habits de tous les jours, emportait quelques outils dans un sac et moi, j'étais responsable des provisions (du pain, le reste des saucisses et six bouteilles de bière). On a traversé le village désert. L'épicerie n'avait pas encore ouvert ses portes et celle de l'église était fermée à clef, comme je m'en suis assuré en me séparant d'Elijah, le temps de tourner la poignée et d'enfoncer dans la serrure un vieux chewing-gum que j'avais ramassé sur le trottoir. Puis, j'ai voulu convaincre Elijah d'attendre l'arrivée de Fausto pour profiter de sa camionnette, quitte à puiser dans la bonbonnière, mais Elijah a dit qu'il ne fallait pas abuser, que Fausto en avait déjà trop fait et que c'était à nous d'accomplir le reste du travail.

« Je te nomme aide-forgeron », a dit Elijah tandis qu'on sortait du village, et il m'a donné un dollar, « une avance sur ton premier mois ». Je n'avais aucune intention de devenir l'assistant d'Elijah, mais un dollar c'est un dollar, et je n'allais pas gâcher la journée en lui racontant que ma participation était désintéressée et que si je l'accompagnais, c'était par pure amitié.

Une heure et demie plus tard, on atteignait l'entrée de la décharge. Depuis l'enfance, le dépotoir de Farrago est un de mes endroits préférés. L'été, je viens souvent y passer la nuit. Entre les banquettes des voitures, les matelas, les fauteuils déglingués et les tas de gravats, je n'ai que l'embarras du choix. Et lorsqu'une dame des services sociaux, sur la côte, a démarché pour que j'obtienne des papiers d'identité (on ne s'est jamais revus et je ne sais pas si elle a eu gain de cause), je lui ai dit que j'habitais au 3159 de la Highway 217, ce qui est l'adresse de la décharge. Mais si une personne est en droit d'affirmer qu'elle réside à cette adresse, ce n'est pas moi, c'est Duke, qui a élu domicile au fond du terrain vague quand je n'étais encore qu'un nouveau-né nourri au biberon dans la nursery de l'orphelinat de Santa Cruz.

Duke, dont les ancêtres esclaves se sont tués au travail dans les champs de coton avant d'être libérés et de venir se tuer au travail dans l'arrière-pays californien et dans les mines de Tuskegee Heights, a passé la première partie de sa vie à nettoyer les écuries et à sillonner les pâtures du ranch de Jack Simmons, jusqu'au jour où il a reçu une révélation.

L'histoire de cette révélation, tous les gens qui ont rencontré Duke, à la décharge ou ailleurs, la connaissent par cœur. Les habitants de Farrago le surnommaient d'ailleurs saint Duke, si bien que la décharge, où il vivait depuis si longtemps, est aujourd'hui appelée Saint Dump, malgré les mises en garde répétées du Révérend Poach.

Duke, pourtant, n'avait rien d'un saint. Non seulement il ne portait pas d'auréole et ne faisait pas de miracles, mais il jurait, buvait, et se rendait à la messe encore moins souvent qu'Elijah ou moi, à savoir jamais. En outre, Duke avait une jambe folle et l'un de ses yeux était mort. De son vivant, le Révérend Poach, chaque fois qu'il entendait un de ses paroissiens mentionner saint Duke ou Saint Dump, frôlait la crise de nerfs et se voyait obligé de lui rappeler qu'il n'existe pas d'exemple de saint boiteux et borgne. Je ne sais pas si le Révérend avait raison ou pas. Il y a bien sûr des métiers qu'on ne peut exercer si on ne possède pas certaines qualifications : les accordeurs de piano, par exemple, doivent être aveugles comme Lisa McMarmonn, les filles du bordel ne peuvent pas ressembler à Harriett Daniels ou à Dorothy Jones, qui sont deux des filles à marier les plus épouvantablement laides du comté, et les bûcherons doivent porter la barbe. Il est donc possible que les saints reconnus par l'Eglise ne puissent boiter d'une jambe ou ne voir que d'un œil. Quelle importance, je me dis toujours, puisque Duke n'était pas un saint, du moins au sens où l'entendait le Révérend. Ou alors, moi aussi j'en suis un, et Elijah un archange.

La révélation de Duke s'est produite un jour que Jack Simmons, le propriétaire du ranch, l'avait envoyé réparer une clôture dans un pré. La clôture se trouvait à plusieurs miles des bâtiments de la ferme, et Duke s'y est rendu à pied sous un soleil de plomb, un rouleau de fil barbelé à l'épaule. Quand il est arrivé, il a senti qu'il était seul au monde.

« Pas un oiseau, pas un cheval, pas même une mouche, m'a dit Duke, la première nuit que j'ai passée en sa compagnie à la décharge. Pas une bête, pas un bruit, même le vent était tombé. J'étais le seul homme sur la terre et je regardais la clôture qui s'étendait jusqu'à l'horizon et qui coupait la terre en deux. J'ai posé le rouleau dans l'herbe et c'est quand j'ai voulu me servir de ma pince que ça m'est tombé dessus. J'ai vu une lumière, disait Duke. J'ai vu une lumière qui n'était nulle part et qui était partout.

— C'était peut-être une insolation, j'ai dit.

— Tu parles d'une insolation. Quand tu as une insolation, tu t'écroules, tu as de la fièvre, parfois même tu y passes, et puis c'est tout. J'ai vu la lumière et dans la lumière, le seul truc que je voyais encore, c'était la clôture, la clôture toute droite qui filait jusqu'à l'horizon dans les deux sens. Et j'ai compris que cette ligne coupait ma vie en deux comme un fil à couper le beurre. J'ai compris qu'en marchant dans le pré jusqu'à la clôture, j'étais arrivé à la moitié de ma vie. De l'autre côté du barbelé, il y avait la seconde moitié de ma vie. J'avais déjà vécu la première moitié, et ce matin-là, j'étais parvenu au bout de cette première moitié. C'est comme si on avait un certain nombre de pas à faire, a dit Duke en agitant ses doigts au-dessus du feu où cuisaient nos hamburgers, un certain nombre de pas, on ne sait pas combien, mais quand on est arrivé au dernier pas, ça y est, on n'ira pas plus loin, c'est la fin, ou c'est le début, c'est la fin d'une moitié et le début de l'autre. C'est ça que j'ai compris. Et dans ma tête, j'ai vu passer toute ma vie depuis l'enfance, mes premiers souvenirs au ranch, tous les chevaux que j'ai soignés, toutes les cuites que j'ai prises, toutes les clôtures que j'ai rafistolées, ça m'est revenu à toute vitesse, et puis soudain plus rien. Il n'y avait plus que le pré, devant moi, de l'autre côté de la clôture, et j'ai su que j'en avais fini avec Jack Simmons, avec ce boulot de merde et cette vie de merde, alléluia.

— Et la lumière ?

— La lumière n'est jamais partie.

— Tu veux dire que même maintenant, tu la vois ?

— Pas comme dans le pré, a dit Duke. Heureusement. Dans le pré, je ne voyais que la lumière et le fil de fer. Mais si je me concentre, elle est là. Il suffit que j'y pense, et je la vois.

— Vois-la un peu pour voir, j'ai dit. Elle est là ? »

Duke, qui tenait ses mains au-dessus du feu, s'est redressé. Il a froncé les sourcils et a fixé les flammes de son œil valide. Puis il a tourné la tête vers les buissons de sumac vénéneux qui tapissent la colline, et son œil est revenu se poser sur le feu.

« Retourne les hamburgers, il a dit.

— Tu l'as vue ?

— Bien sûr que je l'ai vue.

— Où ?

— Nulle part, partout. Toi aussi tu la verras peut-être un jour. »

C'est une parole que je n'ai pas oubliée. Et quand on est sortis de l'épicerie, le soir où Fausto a dessiné la ligne droite entre les deux croix, j'ai pensé à ce que m'avait dit Duke : un jour, je verrai peut-être la lumière moi aussi. A l'instant même, j'ai su pourquoi les mots de Duke me revenaient. L'histoire de sa révélation et la démonstration géométrique de Fausto avaient quelque chose en commun. Cette clôture de fil barbelé qui filait vers l'horizon et coupait en deux la vie de Duke ressemblait un peu à la ligne droite tracée par Fausto sur la feuille de papier. Je me suis demandé : est-ce que la vie est le chemin le plus court entre la naissance et la mort ? Est-ce que la vie va tout droit, ou fait-elle des détours ? Impossible de répondre. A peine mon esprit avait-il mis en rapport le récit de Duke et le dessin de Fausto que j'ai senti poindre une migraine. Je n'ai pas insisté.

On est arrivés à la décharge au bout d'une heure et demie de marche et on a vu Duke qui sommeillait sur le siège avant d'une Bentley décapotable. Quand Duke dormait, son œil valide se fermait et son œil mort restait ouvert, de sorte qu'à moins de savoir que son œil gauche était celui dont il a perdu l'usage (ce dont je n'ai jamais été sûr), on ne savait jamais s'il dormait ou pas. Dès qu'il a aperçu la machine industrielle parmi les carrosseries rouillées, Elijah s'est mis à courir. En passant près de la Bentley, sa caisse à outils a heurté la portière et Duke s'est réveillé.

« Homer ?

— On n'a pas le temps, j'ai répondu. Elijah est venu chercher sa forge. Et moi, je suis son aide-forgeron.

— Qu'est-ce que tu as dans ton sac ? » a demandé Duke en se levant, et je lui ai offert une des bouteilles de bière et un morceau de pain pour son petit déjeuner.

J'ai ensuite rejoint Elijah pour l'aider à déboulonner la machine. Ce n'était pas une mince affaire. Elijah s'est tailladé la main en essayant de retirer une plaque de fer et j'ai failli tomber dans le tambour lorsque Duke a proposé à Elijah, qui était censé me retenir par la ceinture, de boire de son whisky douze ans d'âge, un whisky rare et très coûteux dont Joseph Kirkley, un type de San Francisco, venu pleurer sur le châssis calciné de sa Pontiac de luxe, lui avait offert une bouteille. Duke et l'étranger, qui était sorti de son accident de voiture sans une égratignure, avaient sympathisé et s'étaient séparés à la nuit comme des amis de longue date, l'étranger s'en allant à bord de sa nouvelle Pontiac et Duke restant chez lui, à la décharge.

Elijah ne voulait pas passer sa tête à l'intérieur du tambour et j'ai dû faire le gros de la besogne à sa place. Elijah ne supporte pas les espaces fermés. Les ascenseurs, les cabines téléphoniques, les pièces sans fenêtres et les cabinets de toilette lui causent une peur panique. C'est entre nous une différence de taille. Elijah considère que mon amour des niches de chien et des remises à bois est une aberration et je ne suis jamais parvenu à le persuader du contraire. Chez lui, Elijah dort sur la banquette du salon et n'entre dans sa chambre que pour en ressortir le plus vite possible. Lorsqu'il a refusé de passer sa tête dans le cylindre, je me suis demandé comment il comptait exercer ses fonctions de forgeron. « Elijah, j'ai dit, je veux bien faire le boulot à ta place, mais tu vas devoir t'habituer à l'intérieur de ta forge. »

Il m'a rétorqué que je n'y connaissais rien. « Quand

on soude, on est debout, ses lunettes de soudeur sur le nez, et le tambour, espèce d'imbécile, est à la verticale. »

Il nous a fallu trois bonnes heures de travail pour sortir le cylindre de sa camisole métallique. Je n'ai jamais vu Elijah transpirer autant. Il râlait, passait son temps à jeter rageusement ses outils à terre et à descendre de la machine pour les récupérer, mais il était heureux, c'était si évident qu'avec Duke, on s'envoyait des clins d'œil chaque fois qu'il nous tournait le dos. Pour le charrier, Duke a même eu l'idée d'évoquer une annonce qu'il avait lue sur le mur de la mairie. Il s'agissait d'un poste municipal qui venait de se libérer : « Homer, il m'a dit, tu cherches un job ?

— Il l'a, son job, a rouspété Elijah, à quatre pattes sur la machine.

— Non, parce que figure-toi que Dunken Jr. prend bientôt sa retraite et que la mairie cherche un nouveau garde forestier. Personne ne connaît la forêt mieux que toi, m'a dit Duke, et comme ça tu ferais la paix avec le shérif.

— C'est une idée, j'ai dit.

— Tu l'as ton job, espèce de crétin. Tu l'as depuis ce matin.

— Oui, mais garde forestier, a dit Duke, il y a des avantages. Retraite, congés, tout le tintouin. Ça vaut la peine d'y réfléchir.

— C'est vrai, j'ai dit à Elijah, on n'a pas parlé des vacances.

— Tu es en vacances depuis que tu existes !

— Et la retraite ? Qu'est-ce qui se passe si je me

brûle au troisième degré ? Et qu'est-ce qu'on fera quand je serai trop vieux pour travailler ?

— Tu te fous de ma gueule ?

— Faut voir, a dit Duke. Moi, quand je bossais pour cette enflure de Jack Simmons, je n'avais droit à rien, alors qu'avec mon œil, j'aurais pu m'arrêter de travailler et commencer à toucher ma pension, mais à l'époque, je ne savais même pas que ça existait, les pensions d'invalidité. Bosser pour Simmons, c'était peut-être moins dur que de travailler dans les mines de Tuskegee Heights, mais on n'est jamais à l'abri d'un accident. Regarde ce qui est arrivé à mes ancêtres ! La plupart sont morts asphyxiés dans un tunnel. Et leurs femmes, leurs enfants, vous croyez qu'on les a dédommagés ? Ils ont connu une telle misère que, pour survivre, ils bouffaient l'écorce des arbres et buvaient des soupes d'herbe. Depuis, on a fait des progrès. Alors si c'est pour travailler comme dans le temps, comme des esclaves...

— Vous êtes timbrés ou quoi ? a dit Elijah. Commencez déjà par vous marier et faire des mômes. Après, on en parlera, de vos dédommagements. Passe-moi la tenaille ! » il a ajouté en me jetant un regard noir.

Toute cette conversation avait pour seul but de le faire tourner en bourrique, mais elle m'a également fait réfléchir. Je me suis demandé à quoi ressemblerait ma vie si j'avais un travail, une femme, des enfants et des vacances. Je me suis alors imaginé en compagnie d'Ophelia, à la porte d'une petite maison fraîchement repeinte. Ophelia portait une tenue beaucoup moins affriolante qu'au bordel et tenait un bébé dans ses bras. Quant à moi, je portais le même uniforme et le même chapeau que Dunken Jr., le garde forestier. C'était le soir, et je rentrais du travail. La vision n'a duré qu'un instant, mais elle m'a laissé une drôle d'impression. C'était la première fois que j'avais de pareilles pensées.

Vers midi, on a fait une pause. Le tambour était entièrement dégagé de son armature et il ne restait plus qu'à démonter les dernières tiges de fer encore vissées au cylindre. Duke a ramené trois fauteuils et on s'est installés devant le tambour, une bière à la main, comme au cinéma. Je me sentais de si bonne humeur que je ne tenais pas en place et que je ressentais le besoin de faire une connerie, ou, pour le dire à la manière du shérif, de commettre une infraction ou un acte de sabotage. J'ai regardé autour de moi en espérant trouver une idée, mais à la décharge, tout est déjà cassé, et ce n'était pas le moment de faire une farce à Elijah. Quant à Duke, il m'inspirait trop de respect. Cette lumière, qu'il voyait sans cesse briller autour de lui, m'a toujours dissuadé d'agir. Je me suis donc rabattu sur les saucisses. On a mangé et bu nos bières, on a également fini la bouteille de scotch douze ans d'âge, puis Duke s'est endormi et je l'aurais bien imité si Elijah ne s'en était pas mêlé. Il m'a tiré de mon fauteuil et on est retournés au travail.

Une fois dévissée la dernière barre de fer, Elijah s'est essuyé le front avec la manche de sa chemise, il a sorti une pièce de sa poche et on a tiré à pile ou face pour voir qui serait le premier à pousser le tambour sur la route. J'ai gagné. « Après toi », j'ai dit à Elijah, et j'ai eu peur qu'il se fâche (Elijah ne supporte pas de perdre, même à pile ou face), mais ce jour-là, comme l'exprima Duke lors de ma visite suivante à la décharge, « il était au-delà de lui-même ». Le lendemain de cette journée à la fois glorieuse et catastrophique, je me suis demandé ce qui serait arrivé si j'avais perdu au tirage au sort et si Elijah ne s'était pas lancé sur la route en faisant rouler le tambour. En effet, une demi-heure plus tard, Elijah a cessé de pousser devant lui sa future forge, il a repris la boîte à outils et m'a dit, entre deux inspirations : « A ton tour. »

C'est alors que les ennuis ont commencé. Devant nous, la route goudronnée continuait de grimper et il suffisait de la suivre pour atteindre Farrago sans embarras. Mais je savais qu'un sentier s'ouvrait sur la droite à une centaine de mètres et qu'en l'empruntant, on déboucherait de l'autre côté du village, sur les terres de Percy Tuddenham, qui possède des pâtures, des arbres fruitiers et une exploitation de citrouilles. La ferme de Percy n'est qu'à un demi-mile de distance de Laurel Avenue et il n'y avait pas à hésiter.

« Elijah, j'ai dit, on va couper.

— Quoi ?

— On va passer par la forêt.

— Va te faire foutre, a dit Elijah en pointant la route devant nous, on continue tout droit, et il m'a tapé dans le dos pour que je prenne la relève.

— Elijah, combien tu comptes me payer si je t'aide à la forge ?

— Cent dollars par mois, plus une participation aux bénéfices.

— Je travaillerai gratuitement pour toi pendant deux mois si tu me laisses prendre le raccourci.

— Arrête tes conneries, il a dit, mais je voyais qu'il était intéressé.

— Deux cents dollars d'économies.

— On continue tout droit.

— Justement, j'ai dit, c'est en prenant le raccourci qu'on continue tout droit, le plus droit possible. Deux cents dollars. »

Elijah s'est tu. J'ai appuyé mon pied sur le tambour et je l'ai envoyé rouler sur plusieurs mètres. Une minute plus tard, on était sur le sentier. La terre était sèche, le tambour roulait sans faire de bruit et on n'était plus forcés de se ranger sur le côté de la route chaque fois qu'une voiture ou un camion passait. Les mouches et la poussière volaient dans les rayons de soleil, les troncs des séquoias formaient comme d'immenses remparts rouges de part et d'autre du chemin et je me sentais en paix. J'ai toujours préféré les nuages de moucherons aux fumées d'échappement et l'humus à l'asphalte. Même Elijah semblait plus tranquille. Il marchait derrière moi, une cigarette aux lèvres, et sifflotait.

Au bout d'un mile, la pente s'est accentuée et j'avançais plié en deux, les mains posées sur le cylindre. C'est là que s'est déroulé le premier incident. Comme j'étais gêné par mon manteau, je me suis arrêté pour l'enlever et le fourrer dans le sac à dos. Je m'étais assis sur le tambour et j'étais en train de retrousser les manches de ma chemise quand Elijah a dit : « Homer ! Regarde un peu qui est là ! »

Sur notre gauche, derrière une rangée de sapins,

s'étendait une grande clairière. C'était la limite de la forêt. Cette clairière, qui fait partie du domaine de Percy, est une petite vallée parsemée de brins d'herbe brûlés au fond de laquelle se trouve un étang où les enfants vont se baigner dès l'arrivée des beaux jours. C'est en ce lieu, également, que se tient chaque été la grande fête du comté et l'élection de Miss Farrago. Un peu plus haut, la forêt reprend ses droits, mais le flanc de la colline, sur une bonne centaine de yards, n'est recouvert que de cette mauvaise herbe jaunâtre, et si l'on continue de monter, passé la lisière des bois, on atteint en quelques minutes le sommet de la butte, qui domine les terres de Percy et d'où l'on aperçoit même, au loin, le clocher de l'église. C'était l'itinéraire que je comptais suivre, sachant qu'il me faudrait convaincre Elijah d'abandonner le sentier.

« Regarde un peu qui est là ! » disait Elijah en tendant le bras vers l'étang. Oubliant le tambour, je me suis levé, et j'ai vu le shérif, assis au bord de l'eau, une canne à pêche à la main.

Le tambour, n'étant plus calé, a aussitôt pris la fuite, redescendant le sentier en prenant de la vitesse. Il bondissait comme un lièvre, tournoyant de plus en plus vite, et comme le sentier filait tout droit, le tambour n'était pas tenté de s'en écarter et d'aller s'emboutir contre un tronc d'arbre. Elijah a poussé un cri horrifié et sa cigarette est tombée de ses lèvres. Une seconde encore, et la forge d'Elijah disparaissait sous la frondaison.

On s'est jetés à ses trousses. J'imaginais déjà que le tambour avait roulé jusqu'à la grande route, l'avait traversée sans ralentir sa course, et s'était précipité dans le vide, Highway 217 étant, à cette hauteur, bordée de l'autre côté par un précipice. Mais Dieu merci, le cylindre n'était pas allé bien loin. En l'apercevant contre une motte de terre au bord du chemin, Elijah m'a traité de tous les noms et on a repris l'ascension, jusqu'à nous retrouver de nouveau, un quart d'heure plus tard, à la hauteur du pré et de l'étang. Elijah était désormais de méchante humeur. Il ne sifflotait plus et n'arrêtait pas de m'insulter, les dents serrées.

« C'est par là, j'ai dit.

— Comment ça, par là ? » a dit Elijah, voyant que je poussais le tambour vers la clairière. Le shérif, qui enfilait un ver de terre sur son hameçon, a levé la tête et nous a vus. Je ne me suis pas démonté. Je savais qu'il n'avait, ce jour-là, rien à me reprocher, mieux encore, que j'avais pour ainsi dire une infraction d'avance, l'ayant aidé, une semaine plus tôt, à rattraper la chèvre de Carmen O'Connor. J'étais par ailleurs vexé d'avoir laissé la forge redescendre la colline et plus Elijah m'injuriait, moins je l'écoutais. Le shérif lui aussi paraissait de mauvais poil. On doit être dimanche, j'ai pensé, et je suis sans aucun doute la dernière personne que le shérif désire croiser pendant sa journée de repos.

« Qu'est-ce que vous foutez là ? a dit le shérif en finissant d'enfiler l'asticot sur l'hameçon.

— La pêche est bonne ? j'ai dit.

— C'est quoi, cette lessiveuse ?

— Une lessiveuse ! a repris Elijah sur un ton dédaigneux.

— Non, shérif, ce n'est pas une lessiveuse, c'est la forge d'Elijah. »

Le shérif nous a dévisagés tour à tour. Je sentais qu'il était partagé entre le désir de tirer cette histoire au clair et celui de nous chasser de la clairière.

« Où vous l'avez piquée ?

— Nulle part, j'ai dit. Elle était dans la décharge. On va s'en servir pour souder les boîtes.

— Quelles boîtes ?

— Mes boîtes, a dit Elijah. Boîtes à bijoux, boîtes à outils, coffres, coffres-forts, urnes funéraires, malles de voyage, boîtes aux lettres.

— Boîtes d'allumettes, j'ai ajouté.

— Ta gueule, a dit Elijah. J'ai tout prévu. D'abord les boîtes, puis tout le reste. Et pour les frères Flink, deux cercueils en fer. On va voir ce qu'on va voir.

— Jurez-moi que ce n'est pas encore un de vos coups tordus », a dit le shérif, et j'ai cru entendre le Révérend Poach, le matin où je m'étais éveillé dans l'église et où il avait cherché à me corrompre.

« Sur votre tête, j'ai dit.

— Bon, maintenant, dégagez, vous faites peur aux poissons. »

Et nous voilà repartis. Poussant le tambour dans la montée, j'ai mené Elijah jusqu'au bosquet d'arbres qui orne le sommet de la colline. De là-haut, le spectacle est splendide : la forêt tout entière est visible, jusqu'à Rainbow Point. J'ai pensé que le moment était venu d'une ultime halte avant la descente finale. Il restait deux bières, j'en ai donné une à Elijah mais il a refusé de la prendre. « Tu as encore lâché le tambour ! » il a dit. Ses poings étaient fermés, prêts au combat.

« Elijah, on est sur un terrain plat, il n'y a aucun

risque. Bois ta bière et dis-toi qu'on est dans la dernière ligne droite.

— Encore une histoire de ligne droite, a dit Elijah d'une voix tremblante, et je te fais sauter les dents de devant ! Ne lâche pas le tambour, je te dis, pose ta main dessus tout de suite.

— Jamais de la vie, j'ai dit, tu me fatigues avec ton tambour. Si tu as si peur qu'il fiche le camp, tu n'as qu'à t'allonger dedans. Tu vois bien qu'on est à niveau.

— A niveau de quoi ?

— Le sol est plat.

— Tiens le tambour.

— Pas question. »

Depuis notre mésaventure de tout à l'heure, Elijah me chauffait, mais je tenais mon idée. J'étais blessé qu'Elijah se montre aussi désagréable à mon égard. J'avais laissé le tambour s'échapper, c'est sûr, mais en ce qui me concernait, l'incident était clos. La forge était saine et sauve et la maison d'Elijah ne se trouvait plus qu'à un demi-mile de marche, le tout, qui plus est, en descente. J'avais mis toute mon expérience de la région au service du grand projet d'Elijah et il me récompensait de ses poings fermés.

« La vérité, je lui ai dit, c'est que tu as la frousse. Si tu t'énerves contre moi, c'est pour me faire croire que tu n'as pas peur.

— Peur de quoi, imbécile ?

— Peur de la forge, peur des frères Flink, peur de te lancer dans quoi que ce soit. Tu n'as même pas été capable de dire à Lisa McMarmonn que tu étais venu pour l'épouser. Parler, tu sais faire. Rester assis sur ton tabouret, ronchonner du matin au soir, critiquer les gens qui ne passent pas leur vie assis sur un tabouret à râler comme toi contre la terre entière, pour ça, tu es le roi du Danemark. »

Je ne sais pas d'où a surgi cette comparaison avec le roi du Danemark, je ne connais rien du Danemark, je ne sais même pas si le Danemark possède un roi, mais mon image a fait mouche.

« Ton roi du Danemark, il peut aller se faire pendre, a dit Elijah. Et toi, tu vas la fermer ou je te vire !

— Parce que tu crois que je vais trimer pour toi pendant que tu te tournes les pouces en buvant du scotch douze ans d'âge, comme à la décharge ? Tu n'es qu'un trouillard. »

Elijah a voulu me frapper, j'ai reculé et je me suis retrouvé derrière le tambour. Quand Elijah a cherché à s'approcher pour me cogner de nouveau, j'ai tourné autour du tambour et je suis resté hors d'atteinte.

« Viens ici, mauviette ! il a hurlé.

— Tu n'as même pas eu le courage de passer ta tête dans la forge, j'ai dit, et je ne suis pas le seul à l'avoir vu, Duke était là et il peut se porter témoin. Alors tu peux bien me traiter de mauviette. De la part d'un type qui n'a pas le courage de mettre sa tête dans un cylindre de trois pieds de diamètre, ça ne me fait ni chaud ni froid.

— Pas le courage, hein ?

— Parfaitement.

— On va voir ce qu'on va voir ! » a dit Elijah et il s'est agenouillé devant le tambour. Pendant un instant, j'ai cru qu'il ne parviendrait pas à glisser sa tête à l'intérieur. Je me suis accroupi derrière lui pour le pousser mais je n'ai pas eu besoin de recourir à la violence, selon l'expression du shérif. « Pas le courage, hein ? Regarde un peu ! La tête y est. Et maintenant les épaules, le dos, regarde un peu ! » disait Elijah en rampant à l'intérieur du tambour. Quand ses pieds ont disparu dans l'ombre, je me suis levé et j'ai poussé le cylindre de toutes mes forces. Elijah a gueulé comme si on l'égorgeait et le tambour s'est jeté dans la pente en esquivant de justesse un tronc d'arbre, puis un autre, avant d'atteindre la clairière et de se ruer sur l'herbe.

Le tambour et Elijah, tournoyant sur le flanc de la colline, faisaient un vacarme d'enfer. Au bord de l'étang, j'ai vu le shérif se retourner, regarder le tambour d'un air ahuri et se jeter de côté en lâchant sa canne. Elijah et sa forge ont bondi dans les airs et ont heurté la surface de l'étang dans un immense jaillissement d'eau. Puis, le tambour a sombré. Je n'avais pas prévu ce dernier développement. Dans mon esprit, le tambour allait flotter à la manière d'un tonneau. Mais ce n'est pas du tout ce qui s'est passé. Le tambour a aussitôt coulé. Affolé, j'ai détalé et n'ai cessé de courir qu'après être sorti de la propriété de Percy. Je me suis assis sur un tas de bûches, en bordure d'un pâturage, j'ai essayé de me souvenir si Elijah savait nager, et je me suis assoupi.

3

« Sors de là, fumier !
— Elijah, c'est toi ? »
Plusieurs semaines s'étaient écoulées depuis notre expédition à la décharge, plusieurs semaines au cours desquelles j'avais soigneusement évité le village, la silhouette du shérif et les abords de la maison d'Elijah. Mais si je me montrais prudent, ce qui, à la lumière de l'accident, était la moindre des choses, je me sentais en même temps victime d'une injustice. Personne n'était coupable de cette injustice.

Quand, à la suite d'un tremblement de terre, la cheminée d'Abigail Hatchett s'est écroulée, Abigail m'a dit que c'était injuste. En effet, d'un bout à l'autre de Farrago, pas une autre cheminée ne s'était écroulée. « Pourquoi moi ? » disait Abigail en tordant le chiffon qu'elle tenait entre ses mains. J'ai tenté de lui expliquer que les tremblements de terre, pour reprendre l'expression du Révérend Poach, ne sont pas animés de mauvaises intentions, et qu'on ne peut en vouloir à la terre de trembler. Elle n'a rien voulu savoir. On était dans son salon, Abigail regardait ses meubles recouverts de poussière rouge et le tas de briques dans le foyer, et répétait qu'elle n'avait rien fait pour mériter ça, qu'elle menait une vie irréprochable, « et voilà le résultat, disait-elle, voilà la récompense », comme si la terre pouvait être taxée de malhonnêteté.

Quant à moi, suite à l'histoire de l'étang, j'ai ressenti une peine comparable à celle d'Abigail. J'étais bien entendu responsable du naufrage d'Elijah et de la partie de pêche ruinée du shérif, mais à présent que je m'étais abandonné au démon, pour reprendre une autre expression chère au Révérend, ma poche de méchanceté, ce ventricule qui, toujours d'après le Révérend, s'emplit goutte à goutte pendant des semaines ou des mois et finit un jour par déborder, était vide, et je me sentis lavé de mes péchés, pour ne pas dire baptisé, comme si en me délivrant de tout le mal accumulé dans mon ventricule, j'avais retrouvé mon innocence.

Depuis cette mésaventure, j'étais doux comme un agneau et j'aurais voulu en faire profiter Elijah, le shérif, et pourquoi pas le Révérend, afin qu'ils voient à quel point je suis loyal, fidèle et de bonne compagnie une fois que j'ai réglé son compte à ma méchanceté. Malheureusement, j'étais devenu indésirable et je n'osais mettre les pieds au village que sous le couvert de la nuit. J'avais beau me dire que ma punition était méritée, que le shérif, Elijah, le Révérend et tous les habitants de Farrago étaient en droit de m'en vouloir et de bavarder sans fin au sujet de mon crime en réclamant ma tête, je vivais mal cette situation et je la trouvais injuste.

En me vengeant d'Elijah, je ne m'étais pas rendu digne de recevoir une médaille des mains du maire, ce qui m'était presque arrivé le jour où j'avais sauvé

Sarah Connolly de la noyade (le maire s'était finalement dégonflé, comme me le confia le shérif en m'offrant un harmonica en guise de consolation), mais je me sentais victime d'un terrible malentendu. Elijah, après tout, s'en était tiré indemne, je m'en étais assuré en passant près de chez lui le soir même, et je l'avais aperçu à la fenêtre de la cuisine. Et le shérif, de quoi pouvait-il se plaindre, sinon d'avoir perdu l'occasion d'attraper quelques pauvres poissons qui ne lui avaient rien demandé ?

C'est Fausto, une fois de plus, qui m'a ouvert les yeux. Un soir, après le coucher du soleil, je lui ai rendu visite en entrant par la porte de la cour, et je lui ai fait part des doutes qui m'agitaient. Je l'ai trouvé assis dans l'arrière-boutique. La radio était allumée et un curry d'agneau mijotait sur le réchaud.

« Fausto, j'ai dit tout à trac, tu m'en veux toi aussi ?

— Coupe le feu, a dit Fausto, prends deux assiettes dans l'évier, et mangeons. »

J'ai compris que Fausto n'était pas d'humeur à converser et je n'ai pas insisté. Sur la table traînait un journal et comme Fausto se taisait, j'ai parcouru la première page. Mon regard est tombé sur un article intitulé « La renaissance de Tuskegee Heights ».

Les mines de Tuskegee Heights sont célèbres dans le comté, elles sont même une sorte de monument local, et les habitants en sont aussi fiers que des séquoias de la forêt, dont j'ai toujours entendu dire qu'ils étaient les plus hauts du monde. A l'école, Miss Flann, l'institutrice, avait passé toute une année à nous décrire l'arrivée des colons dans la région, la découverte d'un gisement de cuivre dans la forêt, le percement de la roche à coups de bâtons de dynamite, et c'est peut-être l'histoire dont je me souviens le mieux, avec l'épisode de la bataille de Little Big Horn, où Sitting Bull, le chef des Sioux, avait tenu tête au général Custer. Les mines de Tuskegee Heights ont été fermées au début du siècle après un terrible accident. Un boyau s'était écroulé sur toute sa longueur et une trentaine de mineurs, prisonniers des profondeurs, ont trouvé la mort après des jours d'agonie. On les entendait crier mais, d'après la version officielle, on n'a rien pu faire pour les sauver. Depuis, on a condamné l'accès aux galeries et un panneau indique qu'il est dangereux de se promener dans les parages à cause des risques d'effondrements.

Les enfants continuent pourtant de s'y aventurer et il ne se passe pas une année sans que l'un d'entre eux se blesse ou disparaisse, avalé par la terre. Moi-même, à l'époque où je fréquentais l'école, je m'y étais rendu souvent, seul ou en compagnie de quelques camarades, et j'avais même repéré une fissure recouverte de broussailles qui permettait, en se faufilant, d'accéder à une petite cave maçonnée. A l'intérieur, avec Barth Nemechek, le seul autre garçon assez fluet pour se glisser dans la crevasse, on avait trouvé un chariot rouillé, un manche de pelle et une casquette en voie de décomposition. Un corridor encombré de débris s'ouvrait au fond de la cave, mais comme on ne possédait qu'un briquet pour s'éclairer, on s'était dégonflés.

L'article du journal, que je n'ai pas lu jusqu'au bout, parlait de la réouverture imminente des mines. Le maire, Morris Cuvelton, voulait faire de Tuskegee une espèce de musée pour attirer les touristes, et Jack Simmons, l'ancien employeur de Duke, avait sorti son chéquier pour financer une partie des travaux. Toujours de mèche ces deux-là, j'ai pensé, et je me suis souvenu que parmi les pauvres mineurs qui étaient morts de soif au fond de leur trou se trouvaient plusieurs ancêtres de Duke. L'article signalait ensuite qu'un homme, à Farrago, s'opposait fermement au projet : le Révérend Poach.

Celui-ci considérait en effet que Tuskegee était une sépulture et un lieu de mémoire. Son propre grand-oncle, le premier Révérend Poach de Farrago, avait soutenu les condamnés en priant pour eux de l'autre côté de la galerie écroulée, il les avait écoutés gémir et se taire les uns après les autres, et, pour finir, il était tombé à genoux et, pendant des jours et des nuits, il avait imploré la clémence de Dieu pour toutes ces âmes malheureuses. Selon l'actuel Révérend Poach, « rouvrir les mines dans un but lucratif était un sacrilège », rapportait le journal. Je me suis demandé si Duke était au courant de l'affaire.

« Tu as vu ça ? » j'ai dit à Fausto. Il s'est contenté de hocher la tête.

Après le repas, on est sortis dans la cour pour fumer et regarder les étoiles. Devant nous, les collines s'élevaient doucement vers le ciel. Le vent était tiède, un hibou hululait quelque part dans les bois. Fausto m'a offert une cigarette. En expirant, je formais des ronds de fumée qui ressemblaient aux appels de l'oiseau de nuit, comme si on se répondait, le hibou et moi, et, pendant un instant, malgré la présence de Fausto qui fumait à mes côtés, je me suis senti affreusement seul.

Comme il restait silencieux et que je ne voulais surtout pas l'importuner, j'ai laissé mes pensées vadrouiller librement, et j'en suis venu à me dire que je ne connaissais pas grand-chose de Fausto, à part son nom, son métier, le fait qu'il n'était pas marié et ne fréquentait pas le bordel, certaines de ses habitudes, et, bien sûr, sa merveilleuse intelligence.

Je ne savais pas d'où venait Fausto et comment il avait atterri à Farrago, ce trou perdu, tellement perdu que de nombreux habitants étaient encore privés de la possibilité d'avoir le téléphone. Depuis des années, Morris Cuvelton ne cessait de répéter que les contrats avaient été signés et « qu'on attendait les poteaux », mais les poteaux n'arrivaient pas et Cuvelton craignait de ne pas être réélu. D'où son projet de transformer Tuskegee Heights en parc d'attractions, j'ai pensé.

Souvent, quand un inconnu faisait son entrée dans l'épicerie parce qu'il avait entendu parler de Fausto et désirait lui raconter ses malheurs ou lui demander son avis sur un problème, Fausto le regardait s'avancer vers le comptoir et lui lançait : « Quelle est ton histoire ? » Fausto, en effet, savait tout de suite si quelqu'un franchissait la porte de l'épicerie pour s'acheter une livre de pommes ou une boîte de haricots, ou s'il venait en quête d'un conseil. En lui posant cette question, Fausto coupait court aux tentatives d'approche maladroites de la personne qui, généralement, « se sent obligée de tourner autour du pot et de faire des tas de manières avant d'en venir au fait ».

Ce soir-là, assis près de lui face aux collines et sous le ciel troué d'étoiles, cette question me brûlait les lèvres. Je voulais, à mon tour, demander à Fausto quelle était son histoire, je voulais, d'une certaine façon, renverser la vapeur, et sous l'effet de cette tendance que j'ai de m'enthousiasmer pour un rien, je me suis imaginé dans la peau d'une espèce d'émissaire envoyé par toutes celles et tous ceux qui, à un moment donné de leur vie, s'étaient tournés vers Fausto pour qu'il les aide à voir clair dans leur situation. Ce qui m'étonnait le plus, c'était que Fausto, avec son intelligence, son savoir et ses bonnes manières, soit devenu épicier, alors que des types comme Morris Cuvelton ou Jack Simmons qui, selon le mot de Fausto lui-même, représentent un pas en arrière dans l'histoire de l'humanité, sont des personnes à la fois riches et considérées, l'un étant notaire et maire de Farrago, l'autre grand propriétaire terrien. C'est injuste, j'ai pensé, et ce sentiment est venu s'ajouter à la tristesse et à la colère qui étaient en moi depuis l'accident de l'étang.

Puis, d'autres pensées ont commencé à se présenter à la porte de ma conscience, toute une série d'impressions et de souvenirs à demi oubliés qui se bousculaient et se battaient les uns contre les autres pour retenir mon attention, un peu à la manière des filles de bonnes familles, le jour de l'élection de Miss Farrago, pressées de voir leur nom figurer sur la liste des candidates. Je me suis rappelé les quelques nuits où, errant dans le village, j'étais passé devant l'épicerie et où j'avais remarqué que les fenêtres, à l'étage, étaient allumées. Il pouvait être trois ou même quatre heures du matin, et Fausto ne dormait pas. Jusqu'à présent, je ne m'en étais pas étonné. Après tout, j'étais moi aussi debout. Mais si je traînais sur l'avenue au milieu de la nuit, c'était toujours pour la même raison : quand je trouve refuge dans une niche ou sous le plancher d'une maison pour y passer la nuit, je suis parfois trahi par mes ronflements, ce qui me vaut d'être chassé de mon abri sans ménagement. Fausto, lui, possédait sa propre chambre et son propre lit, et s'il restait éveillé, ce choix, pensais-je, ne dépendait que de lui-même. C'est peut-être qu'il souffre d'insomnies, je me suis dit, en prenant une deuxième cigarette dans le paquet qu'il avait posé sur le banc.

J'avais appris l'existence des insomnies quelques années plus tôt, grâce à Jennifer Hatchett, une cousine d'Abigail, qu'on avait dû transporter à l'hôpital de Santa Cruz pour une cure de sommeil. Depuis l'empoisonnement alimentaire de ses chats siamois, Twiggy, Penny et Pearl, décédés tous les trois le même jour, elle ne dormait plus qu'une heure par nuit et Abigail, qui ne savait pas quoi faire pour lui venir en aide, s'était imaginé qu'en lui offrant trois nouveaux chats, sa cousine guérirait. Un jour que je travaillais dans son potager, elle a fourré un billet de cinq dollars dans ma poche et m'a chargé de l'affaire. J'ai passé l'après-midi à écumer les collines à la recherche d'une portée de chatons mais ce n'était apparemment pas l'époque, comme me l'a expliqué Percy Tuddenham, et j'ai fini par jeter mon dévolu sur un gros matou tigré qui fainéantait à la porte de la maison close, une jeune chatte en chaleur aux yeux vairons et un chat noir auquel manquait la queue.

Je les ai apportés à Jennifer Hatchett mais elle n'a pas eu l'air particulièrement réjoui. Les chats s'ignoraient les uns les autres et cherchaient par tous les moyens à sortir de la maison. Soudain, le gros matou s'est jeté sur le chat sans queue et l'a mordu. La chatte en chaleur se frottait contre les murs en miaulant comme si on l'étranglait et Jennifer Hatchett s'est mise elle aussi à hurler. J'ai ouvert la porte, les chats se sont sauvés et je n'ai pas tardé à suivre leur exemple, Jennifer Hatchett ne cessant plus de gémir, les yeux fermés et la bouche grande ouverte.

Fausto est peut-être, lui aussi, victime d'insomnies, j'ai pensé en contemplant la lune qui venait d'apparaître sur la colline, et je me suis souvenu de quelques autres détails curieux : Fausto, je l'ai dit, ne buvait presque pas, ne fréquentait pas les filles du bordel et menait une vie des plus retirées. Je ne lui connaissais aucun vice de taille, mais j'avais déjà remarqué l'intérêt qu'il portait aux histoires de poker d'Elijah.

Quand Elijah avait disputé une partie contre Frances Primrose, une de ses voisines qui a fait carrière comme chanteuse dans les bars de Los Angeles et connaît toutes les ficelles du *seven cards stud*, ou contre le Lt. McMarmonn, Fausto le priait toujours de lui décrire la rencontre dans le détail. Elijah semblait éprouver une vraie joie à lui raconter ses parties de cartes et j'ai longtemps cru que Fausto l'interrogeait dans le seul but de lui faire plaisir. Quand Elijah se remémore ses parties de poker, il est en effet saisi d'une sorte de fièvre heureuse sans commune mesure avec son état habituel, et c'est un bonheur de le voir s'agiter sur son tabouret et rejouer pour nous la partie dans ses moindres mouvements, ses cartes étalées sur le comptoir.

Il est d'ailleurs étonnant, je me suis dit en passant, qu'Elijah soit capable de jouer au poker. Après tout, une carte est une carte, et les cartes à jouer ne sont pas si différentes des cartes géographiques. Si Elijah n'arrive pas à comprendre qu'une carte militaire comme celle du Lt. McMarmonn représente la région, si son cerveau refuse de regarder la carte d'en haut, comment fait-il pour savoir que les cartes à jouer sont autre chose que des bouts de carton ornés de chiffres, de trèfles, de losanges, de valets et de reines ? A ma connaissance, jamais une partie de cartes n'a envoyé Elijah rendre visite à sa grand-mère, et je me suis juré que si, malgré l'accident de l'étang, je parvenais à regagner son amitié, j'utiliserais l'exemple du jeu de cartes pour lui faire saisir une fois pour toutes la différence entre les distances sur terre et les distances à vol d'oiseau.

Fausto suivait les récits d'Elijah avec beaucoup d'attention et j'en suis venu à me demander s'il n'était pas un peu joueur lui aussi. Mais après y avoir réfléchi un certain temps, je me suis dit que ce n'était pas si sûr, et même, que ce n'était sans doute pas vrai du tout. Fausto n'a rien d'un joueur, j'ai pensé, et Elijah non plus.

Pendant mon voyage à travers le pays, j'avais rencontré d'authentiques joueurs. A la frontière du Nevada, sur les bords du lac Tahoe, je m'étais en effet lié d'amitié avec un petit groupe de vagabonds qui, avec l'accord d'un professeur de Berkeley, avaient retapé un cabanon dont il était propriétaire et s'y étaient installés. Parmi eux se trouvaient deux véritables joueurs, Manuel Cuenca et Fanny Wells, qui avaient tout perdu dans les casinos de Reno et rêvaient de refaire fortune au plus vite. Ils ne parlaient que de black jack et de roulette russe, ils étaient tous deux maigres comme des clous et me rappelaient un autre groupe de personnes également maigres que j'avais fréquentées durant mon séjour à Frisco, quelques mois auparavant, et qui vivaient dans l'obsession de leur piqûre quotidienne.

Manuel et Fanny, voilà de vrais joueurs, j'ai pensé. Elijah n'irait jamais jusqu'à vider ses différentes boîtes et hypothéquer sa maison pour une partie de cartes. Il ne misait d'ailleurs que de toutes petites sommes tirées de sa chaussette de laine, et n'était intéressé que par la victoire. Quant à Fausto, il ne jouait même pas et ne donnait pas l'impression d'être un joueur repenti, pour peu que de tels individus existent. Je me souvenais avoir posé la question à Fanny Wells — c'est à elle, soit dit en passant, que je dois d'être devenu un homme — et elle m'a assuré qu'un joueur est condamné à rester un joueur toute sa vie, même s'il quitte la société et finit ses jours en ermite.

Un autre détail de la vie de Fausto m'est alors revenu à l'esprit. A cinquante mètres de l'épicerie, entre le garage et la laverie automatique, se trouve la boîte aux lettres du village. Fausto s'y rendait toutes les semaines, une grande pile d'enveloppes timbrées à la main, qu'il glissait dans la fente l'une après l'autre, en prenant tout son temps, un peu comme le Révérend Poach lorsqu'il dépose l'hostie sur la langue de ses paroissiens. Je ne m'étais jamais permis de demander à Fausto à qui toutes ses lettres étaient adressées, de même que pas une seule fois je n'avais songé à l'interroger sur ses longues veillées solitaires, mais ce soir-là, assis à ses côtés dans la cour, j'ai senti que ma curiosité n'allait pas tarder à l'emporter sur ma discrétion et, plongé dans mes réflexions sur Fausto, ses habitudes et son passé mystérieux, j'ai complètement oublié mes propres soucis. Il y a peut-être un rapport entre les insomnies de Fausto et ses visites hebdomadaires à la boîte aux lettres, j'ai pensé, et j'ai alors eu la certitude d'avoir accompli une percée décisive, pour user d'une formule chère au Lt. McMarmonn. Fort de mon intuition, je me suis tourné vers Fausto et j'ai dit : « Fausto, comment tu es arrivé ici ? »

Il n'a pas répondu tout de suite. « Une seconde », a dit Fausto, en se levant pour aller chercher deux cannettes de bière dans l'arrière-boutique. Quand il est revenu, il a repris sa place sur le banc, a bu une gorgée de sa Corona et il a souri.

« Homer, je vois en toi comme à travers une loupe », a dit Fausto.

J'ai trouvé que c'était une belle image. Fausto gardait une loupe sous son comptoir et s'en servait à l'occasion pour vérifier qu'on ne lui avait pas refilé un faux billet. J'ai moi-même possédé une loupe, d'un plus petit modèle, mais elle m'a été confisquée par le shérif après que j'ai mis le feu à une poubelle.

« Comment ça ? j'ai dit.

— Depuis tout à l'heure, tu n'arrêtes pas de me jeter des coups d'œil à la sauvette et tu réfléchis si fort que j'entends presque ton cerveau bourdonner.

— Tu entends mon cerveau ?

— Homer, tu aurais dû faire des études. Tu passes

ta vie à analyser tes pensées et ton esprit aurait parfois besoin d'une nourriture plus substantielle.

— Comment ça ?

— Tu aimes bien mettre les choses en rapport. »

Soudain, je me suis remémoré l'instant où Fausto avait dessiné la ligne droite entre les deux croix, le soir où on s'était rendus à l'épicerie avec Elijah. Je me suis dit qu'une fois de plus, Fausto avait raison. C'est vrai, j'aime marier mes idées, j'ai pensé, et tout le temps qu'on s'était tus, Fausto et moi, assis sur le banc, nos cigarettes à la bouche, je ne faisais pas autre chose. Mais je n'ai pourtant jamais songé à entreprendre des études.

« Quel genre d'études ? j'ai dit.

— C'est à toi de voir.

— A l'école, je n'étais pas bien brillant. Sauf à la course à pied et au frisbee. Au frisbee, j'étais vraiment le roi, j'ai dit, en me rappelant la cour de récréation et l'admiration de mes camarades qui tentaient en vain d'égaler mes prouesses.

— Tu préfères les idées abstraites ou les hommes ? »

On ne m'avait jamais posé une question pareille. Le soir où Fausto nous avait montré, à Elijah et à moi-même, que la ligne droite est le chemin le plus court entre deux points, j'avais cru voir la lumière, comme Duke au milieu de son champ, et Fausto, le même soir, m'avait traité d'idéaliste. Pourtant, entre une ligne et un vol d'oiseau, je préfère le vol d'oiseau, et entre l'idée qu'une ligne droite est le plus court chemin entre les tétons d'Ophelia et les tétons d'Ophelia eux-mêmes, je choisis les seins sans hésiter.

« Je préfère quand même les hommes, j'ai répondu à Fausto, mais je préfère encore plus les femmes.

— C'est bien ce que je pensais. Dans ce cas, tu devrais opter pour les sciences humaines.

— Ça existe ? » j'ai dit. J'étais stupéfait. Et j'ai tout de suite pensé que Fausto était sans doute diplômé en sciences humaines, qu'il avait planché des années durant sur le sujet et peut-être même exercé le métier de professeur d'université. Sur ce dernier point, je me trompais.

« Tu as fait des études, toi ?

— Tu veux que je te raconte comment je suis arrivé ici, c'est ça ?

— C'est toi qui vois, Fausto, j'ai dit. Mais oui, j'aimerais beaucoup comprendre ce que tu fais là.

— Tu veux vraiment le savoir ?

— Oui.

— Tu as la nuit à perdre ?

— Je n'ai que ça, Fausto. »

Et Fausto s'est lancé, d'abord lentement, puis de plus en plus vite, comme le tambour d'Elijah roulant sur la pente. Ce n'est pas qu'il parlait plus rapidement, c'est une question d'allure, comme lorsqu'on décide de grimper jusqu'au sommet d'une montagne, pour prendre l'image contraire : au début de l'ascension, on n'a pas encore trouvé son rythme, on se précipite, ou bien on avance trop lentement. Il faut parfois lutter contre soi-même pendant une heure ou deux avant de cesser de penser à ses jambes, à son souffle, aux battements de son cœur. C'est alors seulement qu'on peut commencer à jouir du paysage, du but à atteindre, et de l'effort.

Cette image n'est pas de moi, mais de Duke, qui, l'été venu, ressentait toujours la nécessité de se dégourdir les jambes et de partir à la conquête des montagnes de la Coast Range. Je l'avais accompagné à plusieurs reprises dans ses expéditions, et à l'approche de l'été, j'espérais toujours que Duke me propose de repartir à l'assaut d'un nouveau sommet.

Fausto, donc, n'a pas trouvé d'emblée son rythme de croisière. Il était tellement habitué à écouter parler les autres et si peu habitué à parler de lui-même qu'il trébuchait dans son récit comme un petit enfant qui marche tout seul pour la première fois. Je crois même que Fausto n'avait jamais raconté son histoire à personne, et tandis qu'il se livrait à moi, je sentais mon orgueil gonfler comme des chambres à air sous l'action de la pompe d'Alvin, le garagiste du village.

Quelques heures plus tard, je n'étais plus dans les mêmes dispositions. Mon orgueil et ma fierté s'étaient rabougris comme ces mêmes chambres à air une fois qu'elles ont servi et sont laissées à pourrir dans la poussière. Quelques heures plus tard, j'avais plutôt envie de pleurer dans mon mouchoir, même si c'est surtout une façon de parler, non que je ne possède pas de mouchoir, mais parce qu'à l'époque, je n'avais pleuré en tout et pour tout qu'une fois dans ma vie, la nuit où j'avais perdu ma virginité dans les bras de Fanny Wells. Je ne m'étais pas mis à pleurer parce qu'elle avait fait de moi un homme, non, mais un peu plus tard, quand elle avait pris ma tête contre son ventre et m'avait caressé les cheveux tout doucement, au bord du lac. Depuis, je n'avais plus versé de larmes, ou bien seulement des larmes dues au froid.

C'est une triste histoire que celle de Fausto, mais elle est pleine d'enseignements. Les histoires tristes, ce n'est pas ce qui manque, je me disais au matin, quand on s'est séparés, mais toutes les histoires, aussi tristes soient-elles, ne font pas réfléchir comme celle de Fausto. L'histoire de Duke m'a bien fait réfléchir mais c'est une histoire heureuse. Quant aux vies d'Elijah, d'Ophelia ou de Sarah Connolly, la fille que j'ai sauvée de la noyade en sautant de Barnaby Bridge, elles ne provoquent pas en moi de réflexions particulières. Elles comportent pourtant des épisodes au moins aussi tragiques que l'histoire de Fausto tout entière, jusqu'à son arrivée à Farrago, mais ce n'est pas la question.

Plus tard dans la journée, tandis que je me lavais dans la rivière, j'ai compris, je crois, le fond du problème. Ce n'est pas la vie qui compte, c'est la manière de la raconter.

Ophelia, comme moi, est orpheline. A quatorze ans, elle travaillait comme une bête de somme dans une blanchisserie d'Oakland. Puis, elle a passé un an dans une maison de correction avant de se retrouver à la rue. Ophelia a beaucoup souffert et continue sans doute de souffrir, mais elle n'a pas les mots pour le dire. Elijah aussi a connu la misère. Dans son enfance, à cause de ses absences intérieures, il était la tête de Turc de ses camarades de classe. Après avoir quitté l'école, du fait de ces mêmes absences, il n'a jamais réussi à conserver un travail, et s'il n'avait pas hérité sa maison de sa grand-mère, Dieu sait où il en serait aujourd'hui. Mais ni Ophelia ni Elijah n'ont les mots pour dire ce qu'ils ont vécu. Quand je les écoutais me décrire leur passé, je me disais qu'ils avaient vécu des coups durs et je compatissais, mais je n'en tirais pas d'enseignements.

C'est incroyable, j'ai pensé, en me frottant dans la rivière à l'aide d'un bout de savon, la plupart des gens traversent de grands malheurs et enchaînent les coups durs, ils triment comme des bêtes de somme et trimbalent un tas de souvenirs accablants, mais quand on les écoute parler, on s'aperçoit qu'ils sont incapables de voir clair dans leurs souvenirs et d'y mettre de l'ordre, comme s'ils avaient toujours vécu dans une sorte de brouillard.

Leur malheur est brumeux, j'ai pensé, et j'ai soudain cessé de me frictionner. Le bout de savon est tombé de ma main et a disparu dans le courant. A cet instant, j'ai revu Sarah Connolly, le jour où elle s'était jetée du pont de Barnaby, dans cette même rivière, un mile en amont. Je me suis dit que si Sarah Connolly avait sauté du pont, ce n'était pas juste à cause de ses malheurs, mais aussi parce qu'elle n'avait pas réussi à les raconter, à en faire une histoire dont elle puisse tirer un enseignement. Ça a été comme une révélation. La misère, j'ai pensé, c'est que les gens n'arrivent pas à raconter l'histoire de leurs misères. Mieux encore, c'est une même misère, c'est la même chose.

J'ai voulu de ce pas sortir de la rivière, me rhabiller et courir jusqu'à l'épicerie pour faire part à Fausto de mon intuition. Il est si rare que je trouve une idée pareille tout seul. Cette fois, je n'avais pas été inspiré par une parole du Révérend Poach, de Duke ou de Fausto, même si je venais de passer la nuit à écouter ce dernier me décrire sa vie en long et en large et que ma découverte lui devait beaucoup. Je voulais rallier l'épicerie au plus vite pour être sûr de ne pas oublier mon idée en route et en laçant mes souliers, je me répétais à voix haute que c'était la même misère, la misère de la vie et la misère de ne pas savoir l'exprimer, c'était tout un. J'ai longé la rivière sur une centaine de mètres et je me suis lancé sur la route.

Tout le temps de ma course, je redoutais de croiser une personne de ma connaissance. Elle serait capable d'entamer une conversation sans rapport aucun avec le sujet qui me préoccupait et de m'en faire perdre le fil. A vrai dire, je ne craignais pas tant de perdre mon idée de vue, mais de me troubler et, une fois devant Fausto, d'échouer à la restituer telle qu'elle m'était apparue.

C'est en voyant les premières maisons que je me suis rappelé que je n'étais pas le bienvenu au village et que si le shérif traînait dans les parages, j'étais bon pour la cellule et un passage devant Judge Merrill. Il m'a donc fallu renoncer. Mais en rebroussant chemin, j'ai continué à réfléchir à mon idée, et j'ai presque eu une seconde révélation.

La misère, je me suis dit, c'est de ne pas réussir à raconter son malheur à quelqu'un d'autre. On peut se le raconter à soi-même, on peut voir dans son malheur comme à travers une loupe, on peut se remémorer toute son histoire, étape par étape, comme Elijah quand il décrit à Fausto la partie de poker qu'il a disputée la veille, mais ça ne signifie nullement qu'on soit capable de la décrire à une autre personne. Voilà l'injustice, j'ai pensé, voilà la grande injustice, et je me suis retrouvé au bord de la rivière.

Sur l'autre rive, juste en face, un vieux clébard pouilleux se désaltérait et comme je me sentais en même temps vexé de ne pouvoir paraître au village sans être aussitôt arrêté, j'ai crié au chien : « Voilà l'injustice ! » Il a relevé la tête et il a aboyé bravement. Je me suis tout de suite senti un peu mieux. « Toi au moins, tu comprends », j'ai dit, et il a remué la queue.

Les seules personnes qui peuvent espérer voir clair dans leurs problèmes, j'ai pensé, sont celles qui, comme Fausto ou Duke, sont capables de raconter leur histoire, qui savent faire une histoire de ce qu'elles ont vécu. Eux seuls font de leur vie un destin, je me suis dit, en empruntant à Fausto le mot dont il s'était servi pour me raconter sa vie. Pour les autres, l'injustice est totale. Les autres, ça fait beaucoup de monde, je me suis dit, ça fait presque tout le monde, et s'ils n'ont pas la chance de croiser une personne qui, à la manière de Fausto, a l'art d'écouter et de poser les bonnes questions, ils sont condamnés à ruminer leur misère dans leur coin, comme Sarah Connolly dont on ne pouvait se douter qu'elle allait se jeter du pont, disaient les gens après l'événement, et c'est évident, puisqu'elle se terrait chez elle depuis des semaines et ne parlait plus qu'au Révérend Poach.

Celui-là, j'ai pensé, porte une lourde responsabilité dans la tentative de suicide de Sarah Connolly. Le Révérend Poach savait parfaitement raconter l'histoire du Seigneur depuis sa naissance dans une grotte jusqu'à sa mise en croix et au-delà, mais quand il écoutait un paroissien lui confier ses soucis, il avait presque l'air d'Elijah pendant ses absences, raide comme un clou et les yeux dans le vague. C'est alors que j'ai vu briller quelque chose dans la vase. Je me suis baissé. C'était mon bout de savon.

« Les affaires reprennent », j'ai dit à voix haute en jetant un coup d'œil au chien qui m'avait suivi en clopinant sur l'autre rive. Quelques minutes plus tard, le chien a traversé la rivière pour me rejoindre et on s'est allongés tous les deux dans l'herbe. Le récit de Fausto m'avait tenu en haleine toute la nuit et je me suis promis une longue sieste. Avant de m'endormir, j'ai entendu la voix de Fausto qui me demandait si je voulais vraiment connaître sa vie passée : « Tu veux vraiment le savoir ?

— Oui.
— Tu as la nuit à perdre ?
— Je n'ai que ça, Fausto. »

4

Dans la cour, sa cannette de bière à la main, Fausto a commencé son récit. Je m'en souviens comme s'il venait à peine de finir et qu'on se tenait encore là, sur le banc, à l'heure où blanchit la crête des collines.

« Je ne suis pas de la région, a dit Fausto, je suis né à l'autre bout du pays, en 1931.

— A la frontière du Nevada ?

— A Philadelphie, dans l'Etat de Pennsylvanie. »

J'avais l'impression de pénétrer sur un territoire inconnu et je ne voulais surtout pas commettre de gaffe, c'est pourquoi je me suis promis de ne pas trop l'interrompre.

« J'ai grandi dans le quartier italien », a poursuivi Fausto, et il m'a décrit l'épicerie de ses parents, le petit appartement au premier étage de l'immeuble où se trouvait le magasin, le voisinage bruyant et gai, les réunions de famille dans la maison de l'oncle Tomaso qui avait fait fortune dans les purificateurs d'eau mais souffrait d'un ulcère, la passion de sa mère pour la religion et la passion de son père pour les chiffres, la beauté et l'intelligence de son frère aîné, Leonardo, qu'il cherchait à imiter en toutes choses et qu'il voulait à tout prix égaler.

« Leonardo avait deux ans de plus que moi », a dit Fausto, et comme il en parlait au passé, je me suis demandé s'il était mort.

« Il était le préféré de mes parents, le premier fils, et mon père le traitait en adulte et en égal comme s'il voyait déjà en lui l'homme qu'il n'était pas devenu lui-même.

— Toi, il ne t'aimait pas ?

— Il m'aimait, mais ce n'était pas en moi qu'il mettait son espoir.

— Quel espoir ?

— Celui de faire de Leonardo un homme riche, un banquier, un génie des affaires. »

Très tôt, Giuseppe — c'était le nom du père de Fausto — s'était appliqué à lui transmettre son amour des chiffres et ses connaissances en matière de finances et de comptabilité. Ensemble, ils épluchaient les articles d'économie dans les journaux et passaient de longues heures à discuter de la Bourse et du commerce en compagnie de l'oncle Tomaso. Selon Giuseppe, le génie des affaires courait dans la famille depuis toujours, même s'il n'avait pas eu l'occasion de s'exprimer pleinement en raison de circonstances défavorables. L'oncle Tomaso était le premier membre de la famille à avoir fait fortune, « mais il ne sera pas le dernier, disait sans cesse mon père ». L'oncle Tomaso, qui était un peu ingénieur sur les bords, avait fait breveter son modèle de purificateur d'eau et c'est ainsi qu'il était devenu riche. Quant à Leonardo, il était destiné depuis sa naissance à surpasser l'oncle Tomaso et à devenir le premier multimillionnaire de la famille. Selon Giuseppe, l'oncle

Tomaso, son frère, n'avait fait qu'ouvrir la brèche et il ne tenait qu'à Leonardo et à tous les futurs descendants des Guidelli — c'est le nom de famille de Fausto — de s'y engouffrer. « Bientôt, on parlera des Guidelli comme on parle des Rockefeller », disait Giuseppe à Leonardo quand il n'était encore qu'à l'école primaire. Depuis la naissance de Leonardo, Giuseppe avait à cet effet ouvert un compte en banque au nom de son fils. « Malgré les plaintes de notre mère qui avait du mal à nous vêtir correctement et déplorait qu'on n'ait jamais de viande rouge dans nos assiettes, Giuseppe déposait sur le compte de Leonardo tout l'argent qu'il pouvait. Il n'était pas radin comme l'oncle Tomaso mais il n'avait qu'une idée en tête, donner à Leonardo les moyens de suivre des études supérieures. Il hésitait d'ailleurs entre Yale et Harvard et je l'entendais tout le temps marmonner ces deux noms, Yale ou Harvard, Yale ou Harvard.

— C'était qui, ces deux-là ?
— Les universités de son choix.
— Ah ! » j'ai dit, et je me suis juré une nouvelle fois de ne plus interrompre Fausto.

Comme Giuseppe ne s'occupait que de l'avenir de son fils aîné, Fausto a surtout été élevé par sa mère. « C'était une femme honnête et besogneuse, une dure à cuire, a dit Fausto, qui n'avait jamais une minute à perdre mais trouvait la force, jour après jour, de mener chacune de ses tâches à bien. Quand elle ne secondait pas son mari à l'épicerie, elle effectuait des travaux de couture dans un coin de la salle à manger, penchée sur son morceau d'étoffe, battant la mesure de sa chaussure posée sur la pédale de sa machine à coudre, disait Fausto. Quand elle ne cousait pas, elle préparait à manger ou faisait le ménage, mais dès qu'elle avait une minute à perdre, elle filait à l'église ou au cimetière et nettoyait les tombes, jetant les fleurs fanées et briquant le marbre. Dans le salon, elle avait son siège, un fauteuil de velours rouge hérité d'une voisine, et elle disait qu'à la fin de la journée, elle s'offrirait un quart d'heure de repos, assise dans son fauteuil, les yeux fermés, et qu'elle écouterait la radio. Elle le disait tous les jours, mais elle ne trouvait jamais le temps de s'y asseoir, et le fauteuil restait vide. Je n'ai jamais vu ma mère dans son fauteuil, et comme c'était son fauteuil personnel, personne ne s'y est jamais assis. »

Et puis il y avait l'expression dont elle usait toujours, a dit Fausto, « les choses saintes ». Toute son enfance, Fausto et son frère l'ont entendue parler des choses saintes comme d'une réalité mystérieuse dont ils ne savaient pas très bien à quoi elle correspondait. « Il faut respecter les choses saintes », disait la mère de Fausto, et si telle ou telle personne du quartier connaissait un malheur, c'était parce qu'elle ne s'était pas suffisamment occupée des choses saintes.

« C'est ainsi que, dès mon plus jeune âge, je me suis habitué à chercher du regard ces fameuses choses saintes qui étaient partout et nulle part à la fois.

— Partout et nulle part, j'ai dit, oubliant déjà mes bonnes résolutions. Comme la lumière dont parle Duke.

— C'est ça. Et dans mon esprit, les choses saintes pouvaient se cacher dans la moindre chose, c'est pourquoi je regardais toujours autour de moi dans l'espoir d'en découvrir une. J'imaginais les choses saintes comme des esprits ou des feux follets qui aimaient à se glisser dans les objets, mais aussi dans les rayons de soleil, dans la poussière des carreaux, et même dans certains bruits. Et j'étais convaincu que les choses saintes ne se trouvaient que dans les plus petits objets, les plus fragiles, les plus anodins. Vers l'âge de sept ou huit ans, la recherche des choses saintes est devenue une vraie obsession », a dit Fausto, une obsession qui lui a même valu des insomnies, comme Jennifer Hatchett après la mort de ses trois chats. Sa mère attendait toujours que les choses saintes lui fassent signe, et elle a transmis son obsession à Fausto. De plus, elle voulait que Fausto, à sa majorité, aille au séminaire et qu'il devienne prêtre, ce qui m'a grandement impressionné.

« Comme le Révérend Poach ? j'ai dit.

— Si tu veux, a dit Fausto, sauf qu'à la maison on était catholiques. »

La mère de Fausto, pourtant, n'était pas une bigote. « Elle ne faisait pas partie de ces femmes sinistres et superstitieuses qui se signent pour un rien et passent leurs journées à se lamenter. Quand elle priait, elle avait encore l'air d'être à sa machine à coudre, tu comprends, elle voyait la prière comme une forme de travail. Et comme mon père accaparait Leonardo, c'est à moi qu'elle a transmis tout son respect et son amour pour l'Eglise et les choses saintes. Papa voulait faire de Leonardo un grand financier, et ma mère voulait faire de moi un saint.

— Comme Duke ? j'ai dit.

— Si Duke avait eu une mère comme la mienne, a

dit Fausto, il n'aurait jamais vu la lumière. On ne peut pas passer toute son enfance sous les feux des projecteurs divins sans que ses rétines en prennent un coup. J'ai tellement vécu dans la lumière de Dieu qu'aujourd'hui c'est un miracle si je ne suis pas tout à fait aveugle.

— Comme Lisa McMarmonn.

— Sauf qu'elle est aveugle de naissance. Elle conserve donc toutes ses chances. Moi, on m'a forcé à garder les yeux ouverts et à chercher Dieu du matin au soir. Ma mère m'obligeait à assister à la plupart des services, à faire mon catéchisme, à lire la Bible chaque soir avant de me coucher et à endosser ma robe d'enfant de chœur tous les dimanches. Pour la petite histoire, mais tu verras que ça n'a peut-être rien d'anecdotique, l'église était située juste en face de l'épicerie de mon père.

— C'est incroyable, j'ai dit, comme ton épicerie. »

Fausto a soupiré et pendant quelques secondes il s'est tu. C'est plus tard seulement que j'ai compris la raison de son soupir et de son silence. Je ne savais pas encore à quel point le mot que je venais d'employer convenait à l'histoire de Fausto. Ce qu'il a vécu est incroyable, je me suis dit en prenant congé de lui au matin, vraiment incroyable, et je me suis demandé si ma vie aussi était incroyable, si elle comportait autant de coïncidences, si elle était placée sous le signe d'une pareille malchance, et si, pour reprendre l'expression que Fausto n'allait pas tarder à employer, je pouvais moi aussi parler de ma vie comme d'un destin.

« De la fenêtre de ma chambre, a dit Fausto, je

voyais l'église, et à travers les vitraux de l'église, je voyais la fenêtre de ma chambre. Je partageais cette chambre avec mon frère, si bien que parfois, pendant la messe, il suffisait que je me retourne sur mon banc pour surprendre Leonardo derrière la vitre, le nez dans ses livres d'économie. Ma mère était d'ailleurs désespérée de voir son fils aîné plongé dans ses lectures impies, elle ne comprenait pas les projets de son mari, cette soif de réussir qu'il avait communiquée à Leonardo. Elle détestait l'oncle Tomaso, son beau-frère, parce qu'il encourageait Giuseppe et se moquait ouvertement des valeurs de compassion et de générosité prônées par l'Eglise. L'Eglise, pour lui, n'était qu'une industrie comme une autre, même s'il continuait d'aller à la messe les dimanches. L'Eglise, selon l'oncle Tomaso, était une entreprise florissante, gérée de main de maître, la seule entreprise capable de faire appel à la générosité et à la compassion pour remplir ses caisses et augmenter chaque année son bénéfice. Aucune autre entreprise ne pourrait fonctionner ainsi, disait l'oncle Tomaso, non sans une pointe de jalousie. Mais si ma mère le détestait et regrettait que Leonardo ne consacre pas plus de temps au salut de son âme, elle n'osait pas critiquer son mari ouvertement. Pour elle, on était ce qu'on était, des immigrés italiens, catholiques et membres de la classe laborieuse. Chercher à sortir de notre condition au lieu de nous soumettre à la volonté du ciel et mener une vie honnête et travailleuse, c'était pour elle quelque chose d'incompréhensible. C'était même la porte ouverte à la damnation. Et elle ne se trompait pas tellement, comme tu vas le voir. Mes parents menaient donc l'un contre l'autre une sorte de guerre secrète par enfants interposés.

— Et qui a gagné ? j'ai demandé.

— Personne, évidemment. On n'oppose pas Randolph Hearst à Dieu. Mes parents ne jouaient pas dans la même ligue. Mon père disputait l'avenir de Leonardo et ma mère jouait mon âme. La bataille n'a jamais vraiment eu lieu. Et pendant qu'ils s'ingéniaient tous deux à nous faire ressembler à l'image qu'ils s'étaient formée de nous, celles d'un roi de la chambre de commerce et d'un bon Samaritain, ils n'ont pas vu qu'ils étaient en train de nous perdre. C'est ainsi que j'ai commencé à traîner avec Fabrizio et Agnese Bini, deux camarades de classe dont les parents étaient socialistes et syndiqués, et que Leonardo s'est mis à fréquenter les voyous du quartier.

— La mafia », j'ai dit en me rappelant un film que j'étais allé voir avec Ophelia au cinéma de Santa Cruz. Fausto a hoché la tête. Il m'a expliqué que pendant des années il avait consacré l'essentiel de ses heures de liberté à discuter avec les Bini et à développer une conscience politique où la religion n'avait aucun rôle à jouer, bien au contraire, puisque Dieu occupait la place de l'ennemi à abattre. Sa mère n'y avait vu que du feu, de même que Giuseppe ne s'était pas aperçu que Leonardo traînait de plus en plus souvent avec les membres du gang local et qu'il allait jusqu'à passer des nuits entières dehors, en sortant de l'immeuble par l'escalier de secours.

« Ma mère continuait imperturbablement de prier pour que j'entre dans les ordres à ma majorité et mon père répétait toujours les deux mêmes noms, Yale et

Harvard. Ils n'ont pas vu ce qui se passait sous leurs yeux, a dit Fausto, ils n'ont pas vu que leurs enfants, ces deux fils qu'ils voyaient partir à l'école tous les matins, qu'ils aimaient, qu'ils nourrissaient, qu'ils habillaient, qu'ils soignaient et pour lesquels ils vivaient, ils n'ont pas vu que leurs enfants ressemblaient de moins en moins aux enfants idéaux qu'ils s'étaient inventés. C'est malheureusement l'histoire d'un grand nombre de familles, a dit Fausto, et la nôtre n'a pas su faire exception à la règle, n'a même pas essayé d'échapper à cette fatalité, alors qu'elle a déjà conduit tant de familles au même désastre.

— Pas moi, j'ai murmuré sans m'en rendre compte.

— C'est vrai, a dit Fausto qui m'avait entendu. Tu es peut-être un homme libre.

— Tu crois ?

— Tu as dû te faire tout seul.

— Je n'ai pas fait exprès », j'ai dit en voyant s'ouvrir en moi des perspectives étonnantes, comme chaque fois que je discute avec Fausto. Je me suis demandé si ma mère, que je n'ai pas connue, s'était formé une image de moi, un Homer idéal qui avait continué d'exister en elle, toutes ces années. Et, avant que Fausto ne poursuive son récit, j'ai eu le temps de songer à cette parole du Révérend Poach qui prétend que nous sommes faits à l'image du Seigneur, que les hommes sont créés à sa ressemblance. J'ai eu le temps de penser que je ne connaissais pas plus ma mère que Dieu et que, ne sachant rien de ce qu'ils avaient prévu pour moi, j'avais sans doute trahi leurs espérances.

C'était une drôle de réflexion, de celles qui déclenchent mes maux de tête. Voilà ce que veut dire le Révérend, j'ai pensé, quand il affirme que les hommes vivent tous dans le péché. Comment pourrait-on faire autrement ? Ne connaissant pas l'image que Dieu a de nous, on le trahit par définition, tous autant que nous sommes. J'ai senti que mon esprit s'emballait et je ne voulais pas courir le risque d'attraper une migraine. Heureusement, Fausto a repris la parole :

« Pour te dire à quel point l'illusion de nos parents était tenace, laisse-moi te donner deux exemples. Une nuit, un peu avant l'aube, Leonardo est rentré de l'une de ses parties de chasse nocturne avec un œil poché. Il a bien essayé de dissimuler la chose mais comment voulais-tu qu'il fasse ? Quand ils ont vu ses paupières gonflées, père et mère ont demandé ce qui lui était arrivé et Leonardo leur a dit que j'avais par erreur refermé la porte de notre chambre au moment où il entrait. Ils y ont cru. Leonardo et moi, on se couvrait. J'étais bien sûr au courant de ses escapades et il savait que j'étais tout le temps fourré avec les Bini. Une autre fois, ma mère a trouvé une brochure hérétique que j'avais cachée sous mon matelas. C'était un numéro d'une revue marxiste-léniniste éditée par des amis des Bini.

— Comment tu as dit ?

— Marxiste-léniniste. Marx et Lénine, je t'expliquerai une autre fois. »

De nouveau, je me suis souvenu d'un vieux film que j'étais allé voir avec Ophelia au Nickelodeon, le cinéma de Santa Cruz. Le titre du film était *Monkey Business*, avec les Marx Brothers. En sortant de la salle, Ophelia, qui voulait devenir actrice comme toutes les autres filles du bordel à l'exception de Polly (Polly souhaitait seulement épouser un acteur célèbre sans forcément faire carrière), m'a raconté que d'après un magazine qu'elle avait lu, il valait mieux, pour devenir célèbre, sortir avec le producteur du film qu'avec le réalisateur, même si beaucoup de gens croient que c'est en sortant avec le réalisateur qu'on a le plus de chance de décrocher un rôle. J'en ai tiré la conclusion que Lénine était sans doute le producteur des frères Marx et j'ai dit à Fausto qu'il n'avait pas besoin de m'expliquer la chose : « Ce n'est pas la peine, j'ai dit, je sais déjà.

— Tant mieux, a dit Fausto, tant mieux. Ma mère a donc trouvé la brochure, elle l'a feuilletée devant moi et s'est contentée de la reposer sur la commode en disant que c'était une honte de voir tous ces gens faire la grève et se plaindre alors qu'ils avaient un travail et que tant d'autres personnes étaient à la rue et devaient mendier pour survivre. Elle n'a pas fait le rapprochement, tu comprends, elle ne s'est même pas inquiétée de savoir ce que cette brochure faisait sous mon matelas. »

L'illusion, a dit Fausto, s'est maintenue pendant des années. Leonardo et Fausto continuaient de vivre leur double vie. Une nuit, Leonardo est revenu d'une bagarre tout ensanglanté et a juré qu'il en avait fini avec le gang et qu'il allait désormais se consacrer exclusivement à ses études et préparer son entrée à l'université.

« Il a tenu bon quelques semaines de suite, et j'ai même cru que c'était vrai, qu'il avait renoncé à ses mauvaises habitudes et que Giuseppe allait voir son rêve se réaliser. Leonardo n'avait pas un tempérament agressif mais il était à l'âge où on lutte contre soi-même. De nous deux, c'était même lui qui était le plus contemplatif. J'étais beaucoup plus sanguin. Leonardo avait une nature plus soumise, plus placide, proche de celle de son père. Les choses saintes dont parlait maman ne lui ont jamais fait perdre le sommeil. Il acceptait Dieu comme il acceptait les lois du marché. D'une certaine manière, il était beaucoup plus passionné que moi, au sens chrétien du terme. Toute notre éducation n'a été qu'un terrible malentendu. Moi, de mon côté, je m'étais engagé corps et âme dans le combat pour l'émancipation des ouvriers, même si je n'ai assisté qu'une fois à un meeting. J'avais faim de batailles et d'explications, j'épuisais Agnese et Fabrizio avec mes questions. Leonardo n'était pas du genre à s'enflammer. Quand il est rentré cette nuit-là, du sang plein ses vêtements, et qu'il a juré en avoir fini avec le gang, je l'ai cru, je me suis dit que c'était dans l'ordre des choses. A la plus grande joie de papa, il s'est mis à lire deux fois plus qu'auparavant et à multiplier ses conversations savantes avec l'oncle Tomaso. La veille du drame, papa a d'ailleurs mis fin à des années d'incertitude en s'exclamant, à l'heure du dîner : "Princeton !" Aujourd'hui encore, j'en ai des frissons.

— Qu'est-ce qui s'est passé ? » j'ai dit, en voyant Fausto couvrir son visage de ses mains. Il a frotté ses yeux longuement, puis il a pris une cigarette dans le paquet, sans l'allumer.

« Cette nuit-là, j'ai entendu Leonardo se lever de son lit, s'habiller et rejoindre l'escalier en passant par la fenêtre. Le bruit de ses pas sur les marches métalliques, c'est le dernier souvenir que j'ai de mon frère. Le lendemain matin, deux policiers sont venus à l'épicerie, ils ont demandé à voir mes parents en privé et dans l'arrière-boutique ils leur ont annoncé que Leonardo était mort. Une rixe avait éclaté à la porte d'un club de West Philly. Apparemment, la bande de Leonardo attendait que des types d'un autre gang, des Russes, arrivent au club pour les tabasser. Un jeune couple, qui n'avait rien à faire dans tout ça, est sorti de l'établissement juste au moment où les Russes se pointaient et il s'est retrouvé pris entre deux feux. Les Russes et les Italiens ont commencé à les malmener en les balançant d'un bord à l'autre comme pour se chauffer. Puis, un des Russes a chopé la fille par les cheveux et la bagarre est devenue générale. »

Les policiers, a dit Fausto, n'ont pas été capables d'expliquer à ses parents ce qui s'était réellement passé. Apparemment, Leonardo s'était retrouvé face au chef du gang des Russes, Peter Wrangell, et ils avaient tous les deux sorti leurs couteaux. D'après les policiers, Leonardo avait blessé son adversaire et s'était fait poignarder par un autre membre du gang. « Il est mort dans l'ambulance qui le transportait à l'hôpital, a dit Fausto. Wrangell a lui aussi succombé à sa blessure, ce qui, aux yeux des flics, faisait de Leonardo un meurtrier.

— Et le couple ? » j'ai dit, en pensant aux nombreuses fois où le shérif s'était vu obligé de me relâcher parce que personne n'avait assisté à la mauvaise action que je venais de commettre. « Ils étaient témoins. On ne leur a rien demandé ?

— Justement, a répondu Fausto. Pour les policiers, c'était du tout cuit. La seule chose qui les intéressait, c'était de mettre la main sur le type qui avait poignardé Leonardo et de boucler le dossier. Mais pour mes parents, ce n'était pas supportable. Leur fils, un meurtrier, c'était inconcevable. Pour moi aussi d'ailleurs. Tuer un homme, mon frère n'avait pas ça en lui. Et le procès nous a donné raison. La mort de Leonardo a brisé mon père, mais avant de s'abandonner au désespoir, il a lavé l'honneur de Leonardo, il a sauvé son nom.

— Alors qu'il était déjà mort ? j'ai dit.
— Oui.
— Et que Peter Wrangell était mort lui aussi.
— Oui. »

Le procès intenté par Giuseppe Guidelli à Peter Wrangell, un homme qui était mort, pour innocenter un autre mort, son fils, est peut-être, de tous les épisodes de la vie de Fausto, celui qui m'a le plus impressionné, sans que je sache trop pourquoi. « Un mort est un mort », m'avait dit Duke un matin qu'on se baladait du côté du cimetière où se déroulait un enterrement. « Il s'en fout bien d'avoir un cercueil matelassé avec des poignées en cuivre. Le tout, c'est qu'on lui fiche la paix. Sinon, il faut s'attendre à tout. Moi, je mourrai à l'indienne. Si je meurs avant toi, faudra que tu me brûles. » Mais en écoutant parler Fausto, je me suis dit que les choses n'étaient pas aussi simples. Les vivants, j'ai pensé, laissent rarement les morts mourir sans chercher à les retenir le plus longtemps possible auprès d'eux, et parfois, ils ne les laissent pas mourir du tout. Le père de Fausto, par exemple, n'a pas permis à Leonardo de ne plus exister. Sa douleur était trop grande, ainsi que celle de sa mère, même si elle ne partageait pas son obsession de sauver l'honneur de la famille. La mère de Fausto était convaincue, en son for intérieur, de l'innocence de son fils, et elle n'éprouvait pas le besoin de remuer ciel et terre et d'engager une procédure pour que tout le monde admette ce qu'elle savait déjà.

« Ma mère s'est tout de suite résignée, a dit Fausto. Elle n'a pas eu besoin d'attendre le verdict pour se livrer à sa douleur et commencer à s'éteindre tout doucement. Mon père, lui, a intenté un procès à tous les membres des deux gangs et à Peter Wrangell dont il était persuadé qu'il avait provoqué la mort de Leonardo en tirant son couteau le premier et en le forçant à se défendre. Il n'imaginait pas que Wrangell et ses acolytes allaient bénéficier du soutien d'un gros bonnet de la pègre russe qui a engagé de très bons avocats, et qu'il allait devoir lui aussi faire appel à un cabinet d'avocats huppé. Tout l'argent qu'il avait mis de côté pour les études de Leonardo y est passé, et comme ça ne suffisait pas, il a même dû emprunter une somme supplémentaire à l'oncle Tomaso. Le procès a mis en évidence le fait que Leonardo s'était bel et bien retrouvé en état de légitime défense et il a été lavé de tout soupçon. Les premiers jours d'audience ont pourtant été terribles. Leonardo s'est vu accusé d'un tas de délits et les avocats des Russes ont même cherché à lui coller un autre crime sur le dos. Le vent a tourné le jour où Bess Brown est venue à la barre pour dire que Leonardo s'était porté à son secours, ce qu'a confirmé John Smith, son petit ami.

— Les deux témoins.
— Et c'est comme ça que j'ai fait leur rencontre.
— Mais alors, j'ai dit en me souvenant de mon propre acte de bravoure, la fois où j'avais sauvé Sarah Connolly de la noyade, ton frère est un héros.
— C'est en tout cas ce qu'a proclamé mon père dans le voisinage, avant de sombrer dans une dépression dont il ne s'est pas remis. Quant à moi, j'étais devenu fils unique. Du jour au lendemain, j'ai à la fois cessé de fréquenter les Bini et de me rendre à l'église. Ma mère n'a même pas eu la force de s'y opposer. Et comme un fou, je me suis jeté dans l'étude des livres de Leonardo. J'ai lu et relu chacun des ouvrages que lui avait achetés mon père, et quand j'ai eu le sentiment d'avoir assimilé les connaissances qu'ils contenaient, je me suis inscrit à la bibliothèque municipale et j'ai poursuivi mon apprentissage à un rythme frénétique, dévorant tous les livres qui touchaient de près ou de loin au commerce, à la comptabilité, aux finances internationales, à la théorie des jeux.
— Au poker ? j'ai dit, heureux de découvrir que je ne m'étais pas trompé et que l'intérêt de Fausto pour les parties d'Elijah était en rapport direct avec son passé.
— En quelque sorte, a dit Fausto. Le plus étrange, c'est que je me suis découvert une vraie passion pour l'économie, bien plus grande que celle de mon frère. Et je me suis dit que c'est moi que mon père aurait dû encourager dans cette voie, c'est moi qui aurais dû aller à Princeton, mais également que si Leonardo avait passé toutes ses fins d'après-midi et ses

dimanches à l'église, il ne serait pas mort poignardé par un voyou à West Philly.

— Ça par exemple, j'ai dit », en songeant que si Fausto était né le premier, il serait aujourd'hui un banquier richissime. Leonardo, lui, serait devenu prêtre et leurs parents n'auraient pas sombré dans la dépression.

« J'ai repris le flambeau, a dit Fausto, et je n'ai pas tardé à en savoir plus sur le sujet que Leonardo, mon père et l'oncle Tomaso réunis. »

Entre-temps, il s'était lié d'amitié avec Bess Brown et John Smith, les deux témoins du double meurtre et ils avaient pris l'habitude de dîner régulièrement ensemble, tantôt chez l'un, tantôt chez l'autre. John et Bess étaient fiancés mais ne prévoyaient pas de se marier et de se mettre en ménage avant de gagner un peu mieux leur vie.

Au début, Fausto avait cru que s'il goûtait tant leur compagnie, c'était parce qu'en John Smith et Bess Brown vivait le souvenir brûlant de son grand frère et de sa mort héroïque. Mais avec le temps, leur amitié commença à voler de ses propres ailes et Fausto se dit qu'il avait trouvé en John, plus encore qu'en l'oncle Tomaso, auquel il rendait désormais visite une fois par semaine, un interlocuteur attentif et un modèle. John, en effet, était courtier (Fausto a dû m'expliquer le sens de ce mot) pour la firme Birks & Dewey et il espérait devenir millionnaire avant son trentième anniversaire. A l'époque, il avait vingt-quatre ans, et Bess trois ans de moins. Fausto, pour sa part, venait de fêter dans une grande solitude son dix-neuvième anniversaire, ses parents ayant tous deux oublié de le lui souhaiter.

« Avec John, on est vite devenus inséparables. Les heures que je ne passais pas à la bibliothèque ou à l'épicerie, où je devais souvent remplacer mon père abruti par son chagrin, je les passais chez lui à étudier et à discuter. C'est grâce à John que je me suis inscrit à un cours d'économie par correspondance et qu'au bout de deux années de travail acharné, j'ai obtenu mon diplôme. L'école n'était pas bien prestigieuse mais j'ai cru faire plaisir à mon père en lui montrant le papier. Il n'a pas eu l'air de comprendre. Mon père et ma mère étaient devenus deux fantômes. Ils sont décédés quelques années plus tard, sans faire de bruit, à six mois d'intervalle. »

Tu es donc le dernier, j'ai eu le temps de penser, à regretter la mort de Leonardo, et quand toi aussi tu seras mort, ton grand frère pourra enfin mourir complètement. Et comme Fausto un peu plus tôt, je me suis senti à mon tour envahi par un frisson. « Enfin, c'est grâce à John que j'ai obtenu un poste de commis chez Birks & Dewey, et que j'ai gagné mon indépendance. Le salaire était maigre, mais j'allais sur ma vingt-deuxième année, j'avais l'avenir devant moi, et j'étais amoureux.

— De qui ?
— De Bess Brown, qu'est-ce que tu crois ?
— Mais elle était la fiancée de John Smith.
— Oui. »

A cet instant, j'ai eu comme une vision. Je me suis rappelé le soir où Elijah était rentré vaincu de sa visite à Lisa McMarmonn, sans ses rhododendrons, et je les ai vus tous les deux sur le porche de la maison, Lisa dans sa robe blanche d'été et Elijah dans son beau costume du dimanche, l'un devant l'autre, tous les deux muets. Leurs visages étaient éclairés par la lumière du salon, où le Lt. McMarmonn lisait un livre ou écrivait ses mémoires. Derrière eux, les arbres bruissaient. Elijah s'efforçait de rassembler son courage pour se déclarer à Lisa mais les mots restaient coincés dans sa gorge. Lisa attendait qu'Elijah la demande en mariage, elle devait bien se douter de quelque chose, elle sentait le parfum des fleurs et peut-être même le parfum de lessive que dégageait la chemise propre d'Elijah, propre mais froissée. Elijah regardait les yeux aveugles de Lisa, les bras chargés du grand bouquet qui reposait contre sa chemise mal repassée et sa cravate de travers, il ne disait rien et ses yeux étaient remplis d'espoir, comme ceux d'un chien.

La vision s'est dissipée. Dans le ciel, la lune continuait de monter parmi les étoiles. Fausto, penché en avant, traçait des lignes dans la poussière à l'aide d'une brindille. Je me suis dit que la vie n'était pas bien faite. Elijah aimait Lisa McMarmonn et son amour était visible. Il n'était pas audible mais il suffisait de voir son expression chaque fois qu'il se trouvait devant elle pour comprendre qu'il était complètement épris de la fille du lieutenant. Seulement, Lisa était aveugle. Si, au lieu d'être aveugle, elle avait été sourde ou muette, Lisa et Elijah, à l'heure qu'il est, seraient mari et femme. Et j'ai pensé que la vie était tissée de malentendus du même genre. N'étais-je pas, moi, victime d'une pareille méprise ?

Ayant vidé jusqu'à la dernière goutte mon ventricule de méchanceté, j'étais pourtant privé du commerce des hommes et personne, sauf Fausto ou Duke, ne pouvait témoigner de ma gentillesse, de ma bonté.

« Bess, je ne t'ai pas dit à quoi elle ressemblait, a repris Fausto.

— Non », j'ai dit, même si je m'étais imaginé son visage en écoutant parler mon ami, de même que j'avais en moi une image de Giuseppe, de la mère de Fausto, de Leonardo, ainsi que de Peter Wrangell, le truand, que je me représentais sous les traits de Johnny Fizz, le héros impitoyable d'une bande dessinée que Fausto vendait à l'épicerie.

« Bess avait une beauté qui ne se donnait pas tout de suite. Au premier abord, c'était une jolie fille, aux yeux très sombres, au visage fin, ses mains étaient très belles aussi. Mais au début, j'ai été sous le coup d'une illusion. Il m'a semblé qu'elle et John étaient faits de la même matière et que leurs personnalités, tout comme leur apparence, étaient idéalement assorties. John avait une allure et une attitude modestes, tout en retenue. Il parlait doucement, bougeait doucement, c'était un homme modéré. Il était incapable de rire à gorge déployée ou de s'emporter. Ce n'est pas qu'il manquait de volonté, au contraire, il était même ambitieux, il savait ce qu'il voulait, et avant d'entrer chez Birks & Dewey, il en avait bavé. Je ne savais pas le quart de ce qu'il avait souffert pour réussir à survivre tout en finançant ses études. Il était seul et s'était fait tout seul. Moi, je pouvais toujours compter sur mes parents. Le soir, quand je rentrais de la bibliothèque, je pouvais être sûr qu'un plat de pâtes ou un bol de minestrone m'attendait. Mais John n'était parti de rien et personne ne l'avait soutenu. Au début, j'ai donc cru que John et Bess sortaient du même moule. En fait, Bess, j'en ai pris conscience au bout de quelques mois, s'était mise au diapason de son fiancé. C'est comme dans la couture. Quand ma mère confectionnait ses vêtements pour l'atelier, elle m'expliquait toujours que telle couleur allait avec une autre, que telle teinte et telle autre teinte ne s'accordaient pas. Bess, pour se marier à John, avait perdu de ses couleurs. Mais sous la surface, c'était un volcan.

— Sauf qu'elle était avec John. Quand tu as su que tu l'aimais, ça n'a pas dû être commode », j'ai dit, en pensant à Ophelia, qui était sans doute beaucoup plus volcanique que Bess. J'en avais moi-même subi les conséquences, le soir où elle s'était refusée à me laisser imaginer sa poitrine dans le noir. Ophelia, j'ai pensé, c'est un volcan en activité. Personne ne peut espérer déteindre sur elle.

« Je ne sais pas comment te dire, a répondu Fausto. J'étais heureux comme ça. C'était la première fois que j'étais amoureux. Bess était promise à un autre, mais ça ne me dérangeait pas. Je m'étais rendu compte que je n'allais jamais voir John sans espérer qu'elle soit là, et que je guettais son approbation plus encore que celle de John, de mon père, ou de l'oncle Tomaso. Avec le recul, j'ai compris que j'étais sans doute tombé amoureux d'elle dès notre première rencontre. Mais plusieurs années se sont écoulées avant que ça ne devienne une évidence. »

C'est vrai que les choses prennent parfois du temps, j'ai pensé. Le premier exemple qui m'est venu à l'esprit, c'était celui d'Ophelia. Avant, lorsque je me rendais à la maison close, ce qui était toujours un grand moment, j'hésitais entre plusieurs filles et comme je n'arrivais pas à choisir, je finissais souvent dans les bras de Polly. Ce n'était pas qu'elle m'attirait plus que les autres, mais Polly a une nature impulsive et quand un client hésite trop longtemps, elle le prend par le bras et décide pour lui.

Aller au bordel, c'était pour moi toute une histoire. Pour la plupart des hommes, aller au bordel ne pose aucun problème, sinon qu'ils doivent mentir à leur femme et prétendre qu'ils vont jouer aux cartes chez un ami ou qu'ils ont une course à faire. Moi, je devais m'y prendre des jours à l'avance afin de réunir la somme nécessaire. Puis, je devais me laver, passer chez Abigail Hatchett et lui demander poliment la permission d'utiliser sa machine à laver, attendre que mes vêtements soient secs, me raser, me peigner, et recompter mes sous pour être sûr d'avoir la somme nécessaire.

C'est Elijah qui m'a offert le flacon d'encre dans lequel, à cette époque désormais révolue, je mettais l'argent destiné à mes visites à la maison close de Josephine Haggardy, que tout le monde appelle Jo. C'était un tout petit flacon, et quand j'ai demandé à Elijah pourquoi il ne m'avait pas donné une boîte un peu plus grosse, il m'a répondu que j'avais bien assez d'un flacon pour mes économies et qu'il avait même hésité à m'offrir un dé à coudre.

« Ce vieux flacon est parfaitement approprié à tes besoins, il m'a dit. Je m'y connais en boîtes, et ce flacon, c'est exactement ce qu'il te faut. Chaque fois qu'il sera plein, tu sauras que l'heure est venue d'aller tirer un coup. J'ai calculé la chose, tu peux me faire confiance. Ce flacon est aussi précis qu'un sablier. »

Cette comparaison m'a plu. Mais j'ai tout de suite songé à une autre comparaison. Pour moi, le flacon d'encre ressemblait beaucoup à ma poche de méchanceté, même s'il n'avait pas la même fonction. J'ai d'ailleurs fini par le jeter, le jour où ma fortune a changé et où je suis devenu riche. Je fourrais donc mes pièces et mes billets pliés en quatre dans ma tirelire de verre, et quand elle était pleine, je me préparais pour aller au bordel.

Avant de voir pour la première fois la poitrine d'Ophelia, je n'étais pas trop regardant. Je montais parfois avec Polly, parfois avec Maud, parfois avec Piquette, et je suis même monté une fois avec Jo, la patronne en personne, parce qu'on était un 12 octobre et que je lui ai dit : « Il y a une chance sur deux pour qu'aujourd'hui soit le jour de mon anniversaire. » Mais le soir où j'ai suivi Ophelia dans sa chambre et qu'elle a dégrafé son soutien-gorge, tout a changé. Je suis tombé sous le charme de sa poitrine, même si ma passion pour ses seins cachait peut-être, dès l'origine, des sentiments plus profonds. Ophelia, de son côté, à force de me voir revenir, a senti qu'elle aussi tombait sous le charme, comme elle me l'a confié plus tard, longtemps après la nuit où elle m'a obligé à prendre Polly comme un homme avant de me gifler et de me foutre dehors.

Assis près de Fausto, je me suis demandé si mon amour pour Ophelia et son amour pour moi étaient nés dès le premier soir tout comme l'amour de Fausto était né, sans qu'il le sache encore, dès sa première rencontre avec Bess Brown. « Et elle, j'ai dit, elle ressentait quelque chose pour toi ?

— Pour notre plus grand malheur à tous, a répondu Fausto en jetant sa brindille devant lui. On n'a rien vu venir, ni Bess, ni John, ni moi. Et puis un soir, je me suis rendu chez Bess pour dîner, et John n'est pas arrivé. Birks & Dewey l'avait envoyé à Baltimore pour une affaire et il a raté son train. On a mangé en tête-à-tête, et en voyant Bess qui picorait sans appétit et n'arrêtait pas de se resservir à boire, j'ai compris qu'elle était aussi nerveuse que moi. Comme on ne savait pas quoi se dire, Bess a mis un disque pour meubler le silence et c'est arrivé.

— Quoi ?

— Je me suis levé de table pour chercher mes cigarettes et je me suis retrouvé devant elle. Alors, sans échanger un mot, j'ai pris sa main, j'ai posé mon autre main sur sa taille et on a commencé à danser. On tournait lentement dans le salon, le plus lentement du monde, les yeux fermés, et j'ai senti la joue de Bess effleurer mon cou. Je l'ai attirée contre moi et la seconde d'après, on s'embrassait. On n'arrivait plus à s'arrêter. C'était plus fort que nous. On s'embrassait, on pleurait, on s'étreignait comme deux condamnés qui doivent se séparer l'instant d'après. C'est ainsi qu'a débuté notre liaison. Dès qu'on le pouvait, on se retrouvait, et plus on se voyait, plus notre amour grandissait. On avait beau se dire que c'était mal, que John ne méritait pas ça, qu'il fallait mettre fin à cette folie, c'était peine perdue. John, tu comprends, était le meilleur des hommes. Il avait tellement confiance en nous qu'on aurait presque pu s'embrasser devant lui sans qu'il se doute de rien. S'il n'avait pas été aussi obsédé par l'idée de devenir riche avant d'épouser Bess, tout se serait peut-être passé autrement. Mais dans sa tête, c'était clair. Il fallait d'abord qu'il grimpe quelques échelons professionnels, le mariage pouvait attendre, si bien que Bess, je crois, avait fini par se lasser. »

Fausto s'est tu. Il me donnait l'impression d'un alpiniste qui s'arrête et reprend son souffle avant d'attaquer la partie ultime de son ascension. J'ai alors songé à Duke et à notre dernière expédition dans la montagne, à cette succession interminable de côtes et de plateaux, une côte menant à un plateau et découvrant une nouvelle côte, et comme ça jusqu'en haut. A la différence de Fausto, Duke et moi étions heureux, toujours, de repartir, de gagner en altitude, et je me suis souvenu de mon compagnon de voyage, essuyant la sueur qui coulait dans ses yeux tandis que le vent giflait nos visages, Duke qui disait : « Pourvu qu'on n'arrive jamais au bout. Imagine qu'on continue de grimper, toi et moi, jusqu'à la fin des temps ! » Et j'ai ressenti une telle joie que j'ai voulu hurler.

Fausto, lui, se bagarrait contre lui-même. Je sentais bien qu'il répugnait à poursuivre mais qu'en même temps il ne pouvait plus reculer. Il fallait que ça sorte. C'était dur de le voir souffrir autant, les poings fermés, comme Elijah sur la colline, lorsque je l'avais traité de trouillard. Fausto aussi aimerait bien en découdre, j'ai pensé, il aimerait bien les cogner, ses souvenirs, les cogner et les étendre une fois pour toutes, mais pour ça, il faut qu'il les sorte de lui, qu'il les déloge comme ces pauvres renards qu'on enfume dans leur trou.

« Le pire était encore à venir, a dit Fausto d'une voix sourde. D'abord, il y a eu l'épisode de ma promotion. » Fausto m'a alors raconté comment, un matin, il s'était retrouvé bloqué dans un ascenseur en compagnie de ses patrons, Dewey et Birks. Entre le neuvième et le dixième étage de l'immeuble, l'ascenseur s'était coincé et il avait fallu une heure aux techniciens pour le faire repartir et permettre à ses occupants d'atteindre le douzième étage, où se trouvaient les bureaux de la firme. « Dewey et Birks n'ont pas perdu leur calme. Quand l'ascenseur est tombé en panne, Birks a sorti des papiers de sa mallette et les deux hommes se sont mis au travail. Ils cherchaient à savoir s'ils devaient ou non prendre la décision d'entrer dans le capital d'une ou de plusieurs autres sociétés immobilières, et ils hésitaient entre différentes stratégies. C'était un vrai casse-tête, a dit Fausto, comme une partie de poker où chaque joueur était un bluffeur potentiel et où il fallait faire preuve d'intuition, de ruse et d'une bonne dose de courage.

— Je vois, j'ai dit, même si, à la vérité, je ne me suis jamais trop intéressé au poker, à ses subtilités et à ses coups tordus.

— Dewey et Birks ne faisaient pas attention à moi. Ils ne savaient même pas que je travaillais pour eux. Je n'étais qu'un petit commis parmi d'autres commis et c'était la première fois que je me trouvais devant eux. Mais leur discussion me passionnait. J'étais enfin au cœur de l'action et j'ai noté avec plaisir que je comprenais ce qu'ils se racontaient, je saisissais les enjeux et j'arrivais à me former une image claire du problème auquel ils se trouvaient confrontés. J'étais comme un homme qui a appris une langue étrangère en étudiant des manuels et se retrouve soudain en présence de personnes qui la pratiquent couramment. Et je me suis rendu compte que je pratiquais moi aussi cette langue couramment. »

Fausto n'avait pas eu le courage d'intervenir dans la conversation, jusqu'au moment où la lumière s'était mise à clignoter avant de s'éteindre, plongeant l'ascenseur dans le noir : « Dès lors, ma langue s'est déliée et, profitant d'un silence, j'ai pris la parole. Birks et Dewey ont été tellement surpris qu'ils ne m'ont même pas demandé qui j'étais. Ils m'ont écouté, Dewey m'a posé une question, Birks a enchaîné, et le dialogue s'est transformé en discussion à trois. Grâce à l'obscurité, j'avais perdu toute inhibition. Nous n'étions que trois voix sans corps, trois voix à égalité dans le noir. Quand la lumière s'est rallumée, Dewey et Birks m'ont dévisagé avec étonnement. Je leur ai dit que je travaillais pour eux, que j'étais commis dans tel service, et une semaine plus tard, la secrétaire de Birks est venue me chercher. Elle m'a conduit dans un bureau où Birks et Dewey m'attendaient. Ils m'ont serré la main et puis Dewey m'a dit qu'ils avaient suivi mes conseils et que l'opération était un succès. Puis, Birks m'a informé que nous étions en ce moment même dans mon bureau, et qu'à partir d'aujourd'hui j'étais nommé au poste de conseiller financier. C'était, en apparence, une chance inouïe, mais en réalité, ça n'a fait que précipiter la catastrophe. Ce poste, John le briguait depuis des années. D'un jour à l'autre, j'étais devenu son supérieur. Bess était amoureuse de moi et j'étais devenu le chouchou des directeurs. Quand je lui ai annoncé ma promotion, John a fait bonne figure mais, intérieurement, le choc a été terrible et il ne s'en est pas remis. Il a commencé à déprimer sec. John se démenait depuis des années dans l'entreprise, tu comprends, et il avait suffi d'une panne d'ascenseur pour que je me retrouve là où il aurait dû être. »

Le soir même, Fausto, John et Bess dînaient ensemble pour fêter l'événement. J'ai essayé de me représenter le tableau, je me suis perdu. J'ai pensé à Fausto, partagé entre son amour, le plaisir de posséder son propre bureau et la confiance des directeurs, et sa culpabilité, bien sûr. J'ai pensé à Bess, elle aussi déchirée pour les mêmes raisons, et j'ai pensé à John qui, de toute évidence, était un type bien, à sa déception, à son amitié pour Fausto, à son amour qui ne tournait plus rond. Dans ma tête, John, Bess et Fausto se multipliaient. Autour de la table, ils n'étaient plus trois, mais neuf ou davantage.

Trois personnes brouillées avec elles-mêmes et qui éprouvent des sentiments contradictoires, ça commence à faire beaucoup de monde, j'ai pensé. Je me suis dit que j'avais bien de la chance de ne m'être jamais trouvé au milieu de situations aussi compliquées. Mais au même instant, j'ai ressenti une émotion curieuse, un mélange d'impatience, de tristesse et d'envie. Et j'ai compris que j'étais jaloux. Je n'étais évidemment pas jaloux des malheurs de Fausto, de la mort de son frère, de son amour impossible et de tout le reste, mais pour la première fois de ma vie, j'ai pris conscience que je n'avais rien vécu de comparable à Fausto, rien qui transforme ma vie en histoire, ou qui en fasse un destin.

Ce mot de destin, Fausto l'a prononcé quelques minutes plus tard, lorsqu'il m'a décrit son arrivée à Farrago, dont il a entendu parler pour la première fois ce soir-là, au cours du dîner. « Ce fut une soirée mélancolique, même si on essayait chacun de faire bonne figure. Au moment du café, John, qui mangeait sans appétit, nous a raconté que son père était un vrai caféinomane et qu'il était heureux de ne pas avoir hérité de son vice. J'ai demandé à John où il avait grandi. "En Californie du Nord, dans un patelin de l'arrière-pays. Farrago. Le royaume des bûcherons et des laissés-pour-compte de la côte. Vous ne pouvez pas connaître. J'ai été élevé par mon père. A la dure. J'étais fils unique et ma mère est morte très tôt. Je vivais dans cette bourgade paumée au milieu de la forêt et j'ai vite su que je n'avais aucun espoir de faire quelque chose de ma vie. La seule ambition de mon père, c'était que je reprenne son commerce à sa mort. Ce petit commerce, c'était son seul bien, sa seule sécurité, et le monde extérieur l'effrayait. Il a tout fait pour m'empêcher de penser par moi-même, de m'épanouir, de prendre confiance en moi. Même mon prénom, s'il l'a choisi c'était pour les mêmes raisons, pour que je demeure anonyme, sans relief. Il croyait bien faire. Aujourd'hui, je ne lui en veux plus. Il avait peur que je m'en aille, c'est pourquoi il cherchait à me brider. Je suis quand même parti. J'ai filé un matin, sans rien lui dire, sans même un mot d'adieu. Ça a dû le tuer. Depuis, je ne me suis pas retourné. Je ne lui ai jamais écrit, je ne l'ai pas appelé. Je ne sais pas s'il vit encore, ce qu'il devient. Un vieillard méchant, recroquevillé dans sa méchanceté et sa rancœur, voilà ce qu'il est devenu, s'il vit encore. Mais ce soir, c'est drôle, il me manque. Je suis parti sans regret, j'étais même heureux de décamper, j'étais libre. Farrago, les arbres, le brouillard, mon père, ils pouvaient tous aller se faire voir. Mais ce soir, je pense à lui. Je me dis qu'il faudrait peut-être que je lui donne de mes nouvelles. Je ne sais pas."

« C'est ainsi que j'ai su qu'il existait, sur le territoire américain, une localité du nom de Farrago, a dit Fausto. Et c'est comme ça que je m'y suis rendu.

— Tu y es allé pour quoi ? Pour accompagner John ? j'ai dit en essayant de me souvenir d'un commerçant du nom de Smith.

— Laisse-moi finir, a dit Fausto, et j'ai bientôt eu la réponse à ma question. Quelques semaines plus tard, il est arrivé ce qui devait arriver. John nous a surpris, Bess et moi, bras dessus bras dessous, dans une rue. John se tenait sur l'autre trottoir, sans bouger, il ne me regardait pas moi, il regardait Bess, il ne regardait qu'elle, et son regard était insoutenable. Dans ses yeux, il y avait toute la douleur du monde. Il n'y avait aucune douleur particulière, et quelque part, on pourrait presque dire qu'il n'y avait rien, que ses yeux n'exprimaient plus rien, qu'il n'y avait plus que la douleur, la douleur et encore la douleur, purement et simplement. Je revois son regard toutes les nuits. Bess a lâché mon bras, elle a voulu traverser la rue pour le rejoindre, mais la rue était pleine de voitures qui filaient dans les deux sens et quand elle a voulu traverser, un autobus est passé devant elle et a manqué l'écraser. John, entre-temps, avait disparu. C'était comme s'il s'était volatilisé. L'instant d'avant, il se tenait en face de nous sur le trottoir. L'instant d'après, il n'était plus là. On ne l'a jamais revu. Grâce à ses voisins, j'ai appris qu'il était sorti de chez lui en emportant une valise et c'est tout. Tout ça s'est passé le même jour. Il n'a pas démissionné de Birks & Dewey, il n'a pas rendu les clefs de son appartement, il n'a prévenu personne. Il est parti sans se retourner, comme des années auparavant, lorsqu'il s'était enfui de Farrago.

— Sans se retourner...

— Je lui avais volé sa vie. Je lui avais tout pris.

— Tu ne peux pas dire ça, Fausto, j'ai dit pour essayer de le consoler. Tu n'as pas fait exprès. Ce n'est pas de ta faute s'il était là quand ton frère s'est battu, ce n'est pas de ta faute si vous êtes tombés amoureux, toi et Bess, et ce n'est pas de faute non plus si l'ascenseur est tombé en panne.

— Non, a dit Fausto, ce n'était pas de ma faute. Mais qu'est-ce que tu veux, ça n'aurait pas pu se passer autrement. C'est le destin. Tu n'en es pas convaincu ? » il a ajouté en voyant que je secouais la tête tout en essayant de me rappeler qui était ce commerçant du comté dont John Smith aurait pu être le fils. Henry Smith, le marchand d'outils et de tondeuses à gazon ? Ben Smith, qui tenait une petite boutique où il vendait le miel de ses ruches ? Sam Smith, le réparateur d'appareils électriques ?

« Tu n'en es pas convaincu ? a dit Fausto. Ecoute la suite. Après la disparition de John, c'est allé très vite. En quelques jours, Bess a perdu toute sa joie. On s'est d'abord jetés l'un sur l'autre comme des bêtes affamées, comme pour oublier John, comme si, en s'aimant férocement, on allait réussir à creuser un trou dans le corps de l'autre et à nous y enfouir. Ce n'est pas facile à exprimer, mais ça s'est passé comme ça. Je regardais la peau de Bess, quand elle était nue, et j'y voyais une barrière à franchir, je voulais disparaître en elle, je voulais la mordre, la déchiqueter et trouver refuge dans son ventre. Mais ce n'est pas une opération facile, à moins de se dévorer.

— C'est sûr, j'ai dit, sans trop comprendre, même si j'étais flatté que Fausto se confie à moi avec autant de sincérité.

— On s'est épuisés. Très vite, cette espèce de frénésie maladive est retombée. Bess est devenue comme un fantôme. En la regardant, je voyais mes parents. Elle s'est éteinte, comme ils s'étaient éteints après la mort de Leonardo. Elle ne se nourrissait plus, elle ne dormait plus, elle ne voulait plus sortir. Dans l'état où j'étais, je n'ai pas pu l'aider. Et puis un jour, je l'ai trouvée en train de faire ses bagages. On s'est disputés, et elle est partie.

— Où ?

— Vivre chez sa sœur, dans le New Jersey. Je n'ai pas eu le courage de la retenir. Et même, vers la fin, je crois que je la haïssais.

— Elle non plus tu ne l'as pas revue ?

— Jamais. Elle m'a quitté et, dans la foulée, j'ai démissionné de mon travail. Avec l'argent que j'avais mis de côté, j'ai acheté une Ford d'occasion et j'ai pris la route. Je ne savais pas ce que je faisais. Je ne savais pas où j'allais. Je n'avais qu'une envie, c'était de me tuer au volant mais je n'avais même pas la force de passer à l'acte. Ma vie me filait entre les doigts. Depuis le soir où j'avais dansé avec Bess dans le salon, je ne contrôlais plus rien, mais c'est alors, seulement, que je m'en suis aperçu. J'ai fait huit cents miles d'une traite, la voiture m'a lâché, et pendant qu'un mécano s'activait sous le capot, j'ai su quelle était ma destination. J'étais assis au bord de la route, sur un muret. C'était au crépuscule. Sur l'horizon, dans le prolongement de la route, j'ai regardé le soleil se coucher. Et j'ai su.

— Tu te rendais à Farrago, c'est ça ? Pour retrouver John.

— Je voulais qu'il me pardonne, a dit Fausto. J'avais besoin de lui parler, c'était tout ce qui comptait, lui parler et l'entendre me dire qu'il me pardonnait. Le voyage m'a pris plusieurs semaines. Ma voiture n'arrêtait pas de tomber en panne et j'ai fini par l'abandonner sur un parking, dans le désert. Je suis arrivé à Santa Cruz par le train et j'ai pris le car de Farrago. Au village, je suis tombé sur le shérif et le Révérend Poach qui discutaient à la porte de l'église. Je leur ai demandé s'ils connaissaient John Smith, le fils d'un commerçant qui avait décampé sept ou huit ans plus tôt. Tu t'imagines bien qu'ils ont cherché à savoir ce que je fabriquais là et pourquoi je m'intéressais à ce John Smith dont plus personne n'avait de nouvelles depuis des années. J'ai dit que c'était privé. Le shérif a compris qu'il n'allait pas réussir à me tirer les vers du nez et il m'a indiqué l'épicerie qui se trouvait juste en face.

— Fennimore Smith ! j'ai dit. Fennimore Smith, l'ancien épicier ! C'était le père de John ? Quand j'étais petit, on ne l'appelait pas par son nom, tout le monde l'appelait Fennimore, voilà pourquoi je n'y ai pas pensé ! C'est vrai qu'il était là avant toi. »

Fennimore Smith, quelle histoire ! Ce vieux bonhomme grincheux et sale avait été la terreur de mon enfance, bien avant que le shérif ne commence à me courir après. Fennimore Smith était le cauchemar de tous les enfants du village et c'est sans doute pourquoi, depuis sa mort, je n'avais guère pensé à lui, préférant l'enfouir au fond de ma mémoire. Mes souvenirs de lui sont d'ailleurs vagues et peu nombreux. Je me rappelle qu'il fallait prendre son courage à deux mains avant d'oser franchir la porte de l'épicerie pour acheter des bonbons, et que si Fennimore prenait un chapardeur en flagrant délit, il l'attrapait par le cou, l'entraînait dans l'arrière-boutique et l'enfermait dans un réduit obscur pendant une heure ou deux. Ce réduit existe d'ailleurs encore aujourd'hui. Fausto l'a transformé en cabinet de toilette. J'y avais séjourné quelques fois. Il était pour moi, en quelque sorte, l'ancêtre de la cellule où j'ai passé de nombreuses nuits par la suite, au Q.G. du shérif.

John ne s'était pas trompé quand il avait dit à Fausto et à Bess que si son père vivait encore, il devait s'être recroquevillé dans sa méchanceté. Quant à John, je ne l'avais pas connu. Il avait certainement filé longtemps avant que le Révérend Poach ne s'arrange pour que je sois rapatrié de l'orphelinat et placé dans une famille de Farrago. Quelques années plus tard, j'ai moi-même mis les voiles. C'est en rentrant de mon grand voyage à travers le pays que j'ai appris le décès de Fennimore et que j'ai vu Fausto pour la première fois, assis derrière le comptoir de l'épicerie. La rencontre de Fausto et de Fennimore avait eu lieu en mon absence.

« J'ai traversé la route, a dit Fausto, j'ai poussé la porte et je me suis arrêté sur le seuil. Je ne pouvais plus avancer. J'ai eu l'impression que j'allais commencer à sangloter comme un imbécile. C'était l'odeur, celle du magasin, le mélange des parfums d'épices, de fruits et de légumes, de café bouilli, de papier journal. Il devait être dix heures, la brume s'était dissipée, le magasin baignait dans la lumière. Fennimore était en train de ranger des boîtes de conserve sur une étagère. Il s'est retourné et m'a vu à contre-jour dans l'encadrement de la porte. Est-ce qu'il a pu croire, un instant, que j'étais son fils ? Je ne sais pas. Moi, en tout cas, pendant une seconde, je me suis pris pour John, j'ai eu la sensation physique d'être lui.

— Comme Bess qui avait perdu ses couleurs pour lui ressembler, j'ai dit, mais Fausto a poursuivi sans commenter ma remarque.

— Je me suis avancé. Il m'a regardé venir en silence et j'ai compris que Fennimore était un homme malade et qu'il n'en avait plus pour longtemps. Sa peau était jaune et il respirait mal. Il m'a fixé durement, comme s'il m'en voulait, et dans ma tête, j'ai cru qu'il m'accusait de tout ce qui s'était passé. Je lui ai dit que je recherchais John. En m'entendant prononcer le nom de son fils, il a baissé la tête et caché son visage derrière sa main. Je n'ai jamais oublié ce geste. C'est vrai qu'il avait le soleil dans les yeux, mais ça n'avait rien à voir. Dès que j'ai prononcé le nom de John, il s'est protégé les yeux. Puis, il est passé derrière le comptoir, il a saisi une lavette et a fait semblant de nettoyer la machine à café. Pendant toute notre conversation, il m'a tourné le dos. Je lui ai dit que j'étais un ami de son fils, qu'on travaillait pour la même entreprise à Philly, qu'il avait disparu et que je cherchais à le retrouver. Il était sans nouvelles. Il m'a dit que pour lui, John était mort depuis longtemps et qu'il ne voulait pas en entendre parler. Sa main allait et venait sur le plateau de la machine à café. On ne se disait plus rien. C'est alors que je me suis rappelé ce que John nous avait dit, à Bess et à moi, le soir où il s'était confié. "John ne vous en veut pas, j'ai dit. Vous avez cru bien faire. C'est ce qu'il m'a dit." Fennimore a cessé de nettoyer la machine à café, il a rincé la lavette et il est resté comme ça, les mains sur le rebord de l'évier. « "Il a dit ça ?

« — Oui.

« — Quand ?

« — Il y a quelques semaines.

« — Qu'est-ce qu'il a dit d'autre ?

« — Que le monde extérieur vous faisait peur. Que s'il était resté à Farrago, il n'aurait rien fait de sa vie. Il s'est demandé si vous viviez encore. Et il a dit que vous lui manquiez.

« — Tu parles, a dit Fennimore." Mais il était ému, j'en étais sûr, ça s'entendait dans sa voix. Toujours sans se retourner, il m'a demandé si je comptais rester quelques jours dans le coin. "Aucune idée, j'ai dit.

« — Où tu loges ?

« — Nulle part.

« — Reviens ce soir."

« Je suis retourné voir Fennimore après la fermeture. On a dîné ensemble dans l'arrière-boutique. Il n'était pas bien bavard, ce qui me convenait parfaitement. J'étais moi-même si abattu. J'avais tellement voulu croire que John était retourné chez son père. A présent, j'avais perdu tout espoir. Mon existence me dégoûtait et l'idée de me foutre en l'air ne me quittait plus. Ensuite, Fennimore s'est levé de table et m'a proposé de boire une bière dans la cour. On s'est retrouvés sur le banc, comme toi et moi cette nuit. Fennimore m'a dit que si je le désirais, je pouvais rester chez lui, qu'il y avait la chambre de John et que je pouvais m'y installer, le temps que je voulais.

— Et c'est comme ça que tu as fini ici ?

— J'ai commencé à l'aider à l'épicerie. Je m'occupais des courses. Il ne m'a jamais posé d'autres questions sur John. Il n'a jamais cherché à savoir pourquoi j'étais venu jusqu'à Farrago pour le retrouver. Rien. Un matin, il ne s'est pas levé. Je suis entré dans sa chambre, il était mort. Sur sa table de chevet, il y avait une photo de John enfant. Dans la journée, j'ai reçu la visite de Nicholas Cuvelton, le père de Morris qui a pris sa succession comme notaire. Nick m'a informé que Fennimore avait fait de moi son héritier et que l'épicerie m'appartenait. Voilà, tu sais tout.

— Quelle histoire ! j'ai dit. Quelle injustice !

— Tu te trompes, a dit Fausto. Il n'y a pas d'injustice. L'injustice, c'est de croire que les choses pouvaient se passer autrement. Et sans doute qu'elles peuvent toujours se passer autrement. Quand tu es sur la route et que tu te rends quelque part, même si tu ne sais pas où tu vas, tu peux toujours prendre à gauche, tourner à droite, faire demi-tour, tu peux t'arrêter pour pisser ou contempler le paysage, l'avenir est ouvert. Après coup, quand tu te remémores les étapes, tu as aussi la liberté de te dire : j'ai suivi tel chemin, c'était le seul chemin pour moi. Ou bien : j'aurais pu choisir un autre itinéraire, j'aurais pu arriver ailleurs. C'est encore toi qui décides. Il n'y a personne pour te dire que ta route était tracée d'avance ou qu'elle ne l'était pas. Il n'y a que toi. C'est toi qui décides le sens que tu donnes au voyage. Alors si tu préfères croire qu'on t'a refilé de mauvaises cartes, libre à toi. »

Ce que venait de dire Fausto, je sentais bien que c'était énorme, plus énorme encore que l'histoire de la ligne droite entre les deux croix. Je me suis senti vibrer, comme les 4 Juillet, quand on hisse le drapeau devant la mairie et que tout le monde chante le *All Saints*. Je n'ai pas spécialement l'âme patriotique, et le reste de l'année, les drapeaux et l'hymne national ne me font ni chaud ni froid, mais le jour de l'Indépendance, au moment de la cérémonie, j'éprouve une vive émotion et je serais prêt à m'enrôler sur-le-champ dans l'armée pour défendre la nation contre ces envahisseurs dont parle souvent le Lt. McMarmonn, même si, jusqu'à présent, ils n'ont pas encore sonné l'offensive. Le jour de la fête nationale, je me sens aussi gonflé de fierté que les drapeaux qui flottent au vent.

Cette nuit-là, les paroles de Fausto ont eu sur moi un effet comparable. C'était un autre genre de fierté, et bien des semaines plus tard, sur un promontoire qui offrait un spectacle magnifique des South Sierras, juché auprès de Duke et d'Ophelia au bord du gouffre, j'ai de nouveau été envahi par une vague de fierté et j'ai compris, je crois, ce que je sentais en moi. C'était la fierté d'être un homme, un être humain.

« Et John, j'ai dit, coupant court à mes pensées, tu n'as jamais su ce qu'il est devenu ?

— Viens », a dit Fausto.

Je l'ai suivi dans l'épicerie et on est montés à l'étage. Il a allumé la lampe du salon dont la fenêtre donnait sur la rue. C'est cette lumière que j'avais vue briller plus d'une fois au milieu de la nuit. La lampe éclairait un bureau sur lequel étaient posés un bloc de papier et plusieurs tas d'enveloppes. Une mappemonde était punaisée au mur.

« Tu sais combien il y a de John Smith aux Etats-Unis ? m'a demandé Fausto. Devine pour voir.

— Je ne saurais pas te dire, j'ai répondu. Mais des Smith tout court, j'en connais au moins une dizaine. Henry Smith, le vendeur de tondeuses à gazon, Ben Smith, l'apiculteur, Sam Smith, qui est marié et a trois enfants, Maggie Smith, Dorothy Smith, Buck Smith, le postier. Les Smith sont partout.

— Il y a plus de deux cent soixante-quinze mille personnes nommées John Smith sur le territoire américain, et depuis vingt-neuf ans, j'envoie des lettres à tous les John Smith du pays. J'ai commencé par glisser des annonces dans les journaux de Pennsylvanie et de la côte Ouest, et comme ça n'a rien donné, j'ai engagé un détective de San Francisco qui a failli me mettre sur la paille, sans plus de succès. Alors depuis, je recopie interminablement la même lettre à John, à raison de vingt exemplaires par soir, ce qui fait que je poste cent quarante lettres à John Smith par semaine, autrement dit six mille sept cent vingt lettres par an, pour un total de près de cent vingt-sept mille sept cents lettres depuis que j'ai commencé. C'est un hobby qui me coûte cher. Mais je n'arrive pas à renoncer. Je n'y arrive pas. Il ne se passe pas une journée sans que je le revoie, sur le trottoir, sans que je revoie son regard, et ça me tord le ventre. Il a peut-être changé de nom, il vit peut-être à l'étranger, il est peut-être mort, va savoir. Je ne peux pas m'arrêter. »

Les chiffres qu'a énoncés Fausto m'ont donné le vertige et un début de nausée. « Il faut que je prenne l'air », j'ai dit, et je suis redescendu au rez-de-chaussée. Dans l'arrière-boutique, j'ai vu le journal posé sur la table, et comme on était désormais le lendemain et que le journal, du coup, devenait celui de la veille, je me suis permis d'arracher la page où se trouvait l'article sur les mines de Tuskegee, afin de le montrer à Duke. Puis, je suis ressorti dans la cour. Fausto m'y a rejoint quelques minutes plus tard avec deux tasses de café sucré et des vêtements passés sur le bras. Il m'a tendu les tasses, puis il a déplié les habits : une veste et un pantalon de coton brun, propres et repassés.

« C'était le costume que je portais au travail, a dit Fausto. John m'avait avancé la somme. Depuis que je suis ici, je ne le mets plus, et à vue d'œil, je crois qu'il devrait t'aller. Il serait peut-être temps que tu renouvelles ta garde-robe.

— Il est comme neuf, j'ai dit.

— Essaie-le. »

Il m'allait à merveille. Fausto était un peu plus grand que moi et les jambes du pantalon touchaient presque terre, mais pour le reste, on aurait dit qu'il était taillé sur mesure. J'ai contemplé mon reflet dans la vitre de l'arrière-boutique, puis j'ai regardé mes vieux vêtements boueux et rapiécés.

« Fausto, j'ai dit, c'est trop. Les gens vont croire que j'ai gagné au loto.

— Et alors ?

— Et alors, avec la vie que je mène, ton beau costume ne va pas tenir longtemps.

— Pas si tu le portes sous ton manteau. Prends-le à l'essai quelques jours. Tu verras, c'est une expérience à faire au moins une fois. Les gens ne te verront plus de la même façon et toi-même tu auras comme l'impression d'être quelqu'un d'autre.

— Un nouveau Homer ! » j'ai dit, et je ne savais pas encore à quel point j'avais vu juste. Quand je me remémore ce qui s'est passé par la suite, je ne peux pas m'empêcher de penser que c'est au moment où j'ai accepté le cadeau de Fausto que ma vie a changé. Au bout du compte, je ne sais pas si elle a vraiment changé, mais au moment même où je m'admirais dans la vitre, mon existence avait pris un tournant, même si, pour finir, je suis retourné sur la route principale. Aujourd'hui, je ne suis pas beaucoup plus avancé, mais j'ai au moins compris qu'on ne s'écarte de sa route que pour y revenir, dans la douleur ou dans la joie. Je n'ai peut-être jamais vu la lumière dont parle Duke mais, pour le dire avec les mots de Fausto, j'ai pris un costume à l'essai, je l'ai porté aussi longtemps que j'ai pu, il s'est sali, s'est déchiré, les coutures ont craqué, et quand il est tombé en morceaux, j'ai remis mes vieux vêtements. Je n'ai peut-être pas changé de vie, comme Duke lorsqu'il a quitté la ferme de Jack Simmons pour la décharge, mais j'ai quand même appris quelque chose. J'étais Homer. Je suis Homer. Ça peut paraître idiot, mais c'est la meilleure façon que j'ai trouvée de le dire.

Fausto a jugé que son costume m'allait comme un gant et il a été jusqu'à me proposer de laver mes anciens habits et de les garder pour moi dans un placard. Puis, on s'est assis sur le banc et on a bu notre café en regardant le ciel s'éclaircir peu à peu, les étoiles s'éteignant les unes après les autres. Devant nous, la brume descendait des collines en lents tourbillons. Le hibou ne hululait plus et le silence était complet. Soudain, une étoile filante a traversé le ciel.

« Fais un vœu », a dit Fausto. Je n'ai pas hésité : « Je souhaite avoir un destin, j'ai murmuré. Je souhaite vivre une histoire qui fasse de ma vie un destin. »

5

À la nuit tombée, après la longue sieste que je m'étais octroyée au bord de la rivière en compagnie du vieux chien, j'ai décidé, sans attendre, d'aller rendre visite à Duke. Je voulais rallier la décharge au plus vite afin de partager ma joie avec mon vieil ami et lui montrer l'article du journal. Depuis que Fausto m'avait raconté son histoire, je considérais différemment l'injustice dont j'étais la victime. Je m'étais présenté à l'épicerie dans le but de demander à Fausto son avis sur la question et d'une certaine manière, il m'avait répondu sans le savoir, en faisant de moi son confident et en me racontant sa propre histoire.

Tandis que je cheminais sur la rive, suivi par le chien qui trottait derrière moi en reniflant les cailloux, je me disais que l'injustice était vraiment une question de point de vue. Fausto était l'exemple même de la personne qui refusait l'idée de la malchance, du mauvais sort, et qui ne cherchait pas à savoir s'il avait mérité ce qui lui était échu, pour reprendre une des expressions favorites du Révérend Poach. Je n'avais pu lui poser les questions qui me tenaient à cœur mais Fausto était quand même parvenu à m'aider et je me sentais délesté d'un grand poids.

Avant de m'endormir, j'étais pourtant très remonté. Mais le sommeil m'avait permis de digérer l'histoire de Fausto et les milliers de pensées qui me traversaient la tête s'étaient dissipées. En ouvrant les yeux, j'ai su que j'allais beaucoup mieux. Je n'en voulais plus à la terre entière et je ne vivais plus mon exil comme une immense injustice. Ma situation personnelle n'avait pas évolué d'un pouce, j'étais toujours interdit de séjour au village et condamné, du moins pendant un certain temps, à surveiller mes propres faits et gestes, mais je portais désormais un autre regard sur ma condition. Peut-être que la sagesse de Fausto a fini par déteindre sur moi, j'ai pensé, et je me suis surpris à presser le pas.

« Tu as déjà rencontré un saint ? » j'ai demandé au chien. Il a remué la queue. On a grimpé le talus à l'endroit où la rivière longe l'ancienne voie ferrée. De l'autre côté des rails, il y a une route goudronnée qui relie Farrago au hameau abandonné et à l'ancienne station météorologique de Rainbow Point, en haut de la plus haute colline du comté. A mi-chemin du village et du sommet de la colline se trouve d'ailleurs l'entrée principale des mines de Tuskegee Heights. Deux possibilités s'ouvraient à nous. On pouvait soit prendre la direction de Tuskegee, couper par la forêt deux miles en amont et rejoindre la grande route à moins d'un mile de la décharge, ou traverser le village, au risque de faire une mauvaise rencontre. J'ai d'abord songé à emprunter le raccourci ; seulement le brouillard rampait déjà sous la broussaille, l'obscurité serait bientôt complète. Passer par le centre-ville était une entreprise hasardeuse, selon une formule chère au

Lt. McMarmonn, mais je me sentais assez fort pour braver les regards des habitants et, le cas échéant, échapper au shérif qui, ces dernières années, avait pris du poids, comme cela arrive aux alentours de la soixantaine (c'est en tout cas l'avis de Polly, une des filles du bordel) et s'essoufflait vite. J'ai demandé au chien ce qu'il en pensait :

« Tu préfères qu'on passe par le village ou qu'on prenne le raccourci ? Par le village ? Tu veux qu'on demande à Fausto s'il a un os pour toi ? »

En entendant le mot « os », le chien a remué la queue et je me suis dit qu'à partir de maintenant, le temps que durerait notre association, je l'appellerais Bone. Chaque fois que je prononcerai son nom, il sera heureux, j'ai pensé, et on a descendu la route vers le village. J'ai mis mes mains au chaud dans les poches de mon manteau. Dans l'une d'elles, j'ai senti le flacon d'encre. Je l'ai tiré de ma poche. A ma plus grande surprise, j'ai découvert qu'il était rempli à ras bord de pièces et de billets. De fait, depuis l'accident, je n'avais pas eu l'occasion de dépenser mon argent et voilà que l'occasion se présentait d'aller faire un tour au bordel. J'étais vêtu d'un costume neuf, je m'étais lavé dans la rivière, et j'avais de quoi régler Josephine Haggardy, la patronne, rubis sur l'ongle.

« Bone, j'ai dit, on va se payer du bon temps. Duke peut attendre. »

A l'entrée de la bourgade, sans plus songer à Fausto, j'ai pris le chemin qui mène à la maison close, une jolie bâtisse blanche de la belle époque, comme le dit Elijah, même s'il ne sait pas exactement quand la belle époque a pris place. Ma seule inquiétude, c'était qu'Ophelia ne m'ait pas encore pardonné d'avoir couché avec Polly pour lui prouver que j'étais un homme, alors que si j'avais couché avec Polly, c'était parce qu'elle m'y avait forcé.

Parvenu à la porte, j'ai ôté mon manteau et j'ai tiré le cordon de la sonnette. C'est Mabel, la nouvelle, qui est venue m'ouvrir. Je n'étais jamais monté avec Mabel. Elle m'a regardé de la tête aux pieds et, à son sourire, j'ai compris que mon nouveau costume ne la laissait pas indifférente.

« Eh ben dis donc ! » a dit Mabel, et j'en ai presque rougi, tant il est rare qu'on me complimente sur ma tenue. Puis, elle a vu Bone, couché à mes pieds, et elle a grimacé. « Bone, tu restes ici », j'ai dit au chien, et j'ai suivi Mabel qui s'est dépêchée de refermer la porte. Elle m'a conduit dans le petit salon mauve où attendent les filles, m'a pris mon manteau et, avec la même grimace de dégoût, s'est précipitée vers le portemanteau pour s'en débarrasser. Mon cœur a commencé à battre. Je n'étais pas sûr de vouloir affronter Ophelia et j'allais encore devoir choisir, sans quoi, une fois de plus, Polly mettrait fin à mes hésitations en me prenant par le bras. Polly, justement, était à demi allongée dans un fauteuil près de la cheminée, et en me voyant entrer, elle a sifflé entre ses dents d'un air admiratif.

« Homer, tu as gagné au loto ? » elle a dit. J'allais répondre, quand Jo, vêtue de son éternelle robe verte à paillettes, est sortie de son bureau et m'a regardé durement sans que je comprenne pourquoi. J'ai alors aperçu Maud et Piquette, assises sur le grand canapé de velours qui occupe le mur du fond. Maud tressait les cheveux de Piquette et Piquette lisait un magazine de cinéma. Elles étaient belles à voir toutes les deux et je me suis imaginé en train de tresser la chevelure rousse d'Ophelia pendant qu'elle tournerait lentement les pages d'une revue sur les étoiles d'Hollywood. Mais Ophelia n'était pas dans le salon. D'habitude, elle était assise sur son divan bleu, à gauche de l'escalier, ou bien sur le tabouret du piano, dont elle tapotait les touches avec une telle délicatesse qu'on entendait à peine les notes. Elle est peut-être avec un client, je me suis dit, et j'ai ressenti un soulagement mêlé de dépit.

Pour m'en assurer, je me suis tourné vers le portemanteau, mais seul mon manteau y était accroché. J'ai alors senti une main se glisser dans la mienne. Déjà ! j'ai pensé, en croyant que c'était la main de Polly. C'était Jo. « Par ici », elle a dit, mais au lieu de m'entraîner vers l'escalier, elle m'a fait entrer dans son bureau et a fermé la porte.

« Tu veux boire quelque chose ? » m'a demandé Jo et, sans attendre ma réponse, elle m'a servi un scotch. « Assieds-toi », elle m'a dit, posant mon verre sur la table basse joliment sculptée qui fait face au sofa moelleux où elle invite toujours les clients à s'asseoir. Je me suis demandé où Jo voulait en venir et quand elle s'est assise à son tour, tout près de moi, j'ai cru qu'elle allait m'ordonner d'enlever ma veste et de déboutonner ma chemise.

Jo est une personne à la fois très autoritaire et très attentionnée. En ce sens, elle me fait parfois penser à Fausto, lorsqu'il lance à un visiteur : « Quelle est ton histoire ? » Si Fausto accueille ses clients d'une manière aussi brusque, c'est parce qu'il ne veut pas se fatiguer inutilement, ce qui ne l'empêche pas, ensuite, de faire preuve de patience et de gentillesse. Jo se conduit un peu de la même façon, j'ai pensé. Elle va tout de suite à l'essentiel, après quoi elle prend tout son temps. Je le savais pour avoir eu la chance, le jour de mon anniversaire, de monter avec elle dans une chambre. Seulement, cette fois, nous étions dans son bureau et Jo ne paraissait pas disposée à me dévoiler ses charmes, que du reste je connaissais déjà.

La conversation qui a suivi, jamais je ne l'oublierai. On parlait chacun d'une chose différente et si Jo n'avait fini par prononcer le nom d'Ophelia et par me reprocher de l'avoir séduite dans le seul but de la rendre malheureuse, on aurait pu y passer la nuit.

C'est d'ailleurs à Ophelia que je pensais, assis sur le sofa, mon verre de scotch à la main, dans le bureau si joliment décoré de la patronne, avec ses draperies, ses lampes anciennes qui diffusent une lumière aussi chaleureuse et réconfortante qu'un tapis de braises, ses tableaux aux cadres dorés et son épaisse moquette rouge sang. Je me suis rappelé ma dernière visite au bordel et l'attitude étrange d'Ophelia qui n'avait pas voulu me laisser imaginer sa poitrine magnifique dans le noir, m'avait obligé à coucher avec Polly, m'avait chassé de sa chambre et puis m'y avait reconduit. J'ai pensé au visage d'Ophelia, aux mains d'Ophelia, à ses épaules, à son nombril. Je me suis demandé ce qui s'était passé en moi quand, finalement, on avait fait l'amour, et pourquoi, pour la première fois depuis notre rencontre, j'avais été capable de la prendre dans mes bras, de caresser ses seins et de me couler tout doucement en elle. « Repose-toi », murmurait Ophelia en caressant mes cheveux de sa longue main, « Repose-toi », et pendant je ne sais combien de temps, avant qu'elle finisse par m'embrasser, on était restés tranquillement allongés sur le lit.

Quand Ophelia avait posé ses lèvres contre les miennes et que sa langue s'était faufilée entre mes dents, je n'avais offert aucune résistance. Et quand elle avait dégrafé son soutien-gorge et pris mes mains pour les poser sur ses seins, je m'étais senti gagné par une joie profonde et presque solennelle, une joie qui ressemblait au courant d'un fleuve ou à une grande vague, quand elle se déroule et glisse sur le sable en faisant crisser les cailloux. Je n'éprouvais plus ce mélange de peur et d'adoration qui m'avait conduit tant de fois à monter dans sa chambre dans le seul but de contempler sa poitrine si généreuse, à la fois fière et mélancolique, j'ai pensé, comme les plus hautes montagnes, celles qu'on voyait au loin, avec Duke, lors de nos expéditions, et dont il disait que « celles-là, on ne peut pas les atteindre, on n'est pas équipés pour, il nous faudrait des combinaisons spéciales et des bouteilles d'oxygène ».

Plus tard, après l'avoir quittée, assis sur un talus, je m'étais souvenu du petit jour au bord du lac Tahoe, de Fanny Wells qui avait fait de moi un homme, de ma joue contre son ventre chaud, de ses mains dans mes cheveux et de mes larmes. Dans la chambre d'Ophelia, je ne m'étais pas mis à pleurer mais, comme avec Fanny, j'avais vécu un moment de bonheur, de paix, et j'en gardais un sentiment de gratitude.

Ce sentiment, j'ai pensé, est toujours là, quelque part, comme un bout de bois qui flotte sur l'eau, qui s'éloigne et qu'on ramène à soi avant que le courant l'emporte, ou comme la lumière dont parle Duke, partout et nulle part, ou comme le beau costume d'Elijah, celui qu'il conserve précieusement dans son armoire et qu'il peut aller admirer quand ça lui chante. Bien sûr, cette gratitude n'est pas visible, je ne la vois pas comme Duke voit la lumière, et pourtant, elle est là, à l'intérieur de quelques souvenirs, et quand ces souvenirs me viennent à l'esprit, je me sens soudain envahi de reconnaissance. Ma gratitude est comme un tout jeune chiot, j'ai pensé, elle est attirée par tout ce qui bouge, elle se jette au-devant de n'importe qui et de n'importe quoi, tout la captive, et elle ne sait bientôt plus où donner de la tête.

Les jours suivants, après cette soirée mémorable où on avait fait l'amour, je n'arrivais plus à voir clair dans mes sentiments pour Ophelia. J'étais tout ensemble heureux, troublé, et étrangement déçu. J'éprouvais pour Ophelia une plus grande tendresse, mais en même temps, je lui en voulais. Elle était devenue à la fois plus proche et plus lointaine, et quand, à l'occasion d'une visite à la décharge, j'en ai parlé à Duke, il a comparé ce phénomène à celui des mirages.

« C'est un peu comme dans le désert, a dit Duke. Parfois, tu crois voir des arbres ou un village trembler sur l'horizon, et plus tu t'en approches, plus ils s'éloignent. En fait, c'est qu'ils n'existent pas. C'est le sable qui les reflète.

— Alors, c'est qu'ils existent quand même, j'ai dit.

— Oui, mais pas là où tu crois les voir.

— C'est peut-être vrai, ce que tu dis, mais la différence, c'est qu'Ophelia existe et quand je la vois, elle est là où je la vois.

— Quand tu la vois, a dit Duke. Mais c'est quand tu ne la vois pas que tu t'inventes des choses. C'est quand tu penses à elle que tu l'imagines plus proche et plus lointaine et que tu n'y comprends plus rien. Le problème, c'est que même quand tu la vois, contrairement à ce que tu prétends, je ne suis pas sûr que tu la voies vraiment, que tu la voies là où elle est.

— C'est vrai, j'ai dit. Et, du coup, je ne sais pas ce que je dois faire. D'un côté, j'ai envie de l'embrasser dans le cou, mais d'un autre côté, j'ai juste envie de la regarder, comme avant, lorsque je montais dans sa chambre pour qu'elle me montre ses seins.

— Faudra que j'aille les voir un jour pour me rendre compte », a dit Duke, et son regard est devenu rêveur. On était assis dans l'herbe, au bord du ravin qui descend vers la rivière, et sur un petit réchaud à gaz que Duke avait rafistolé, un plat d'agneau au curry mijotait. Quand Duke a dit qu'à l'occasion, il aimerait bien voir la poitrine d'Ophelia, ça m'a agacé, même si je savais que Duke, en tant que saint, était peu porté sur la chose et que s'il voulait voir par lui-même les seins d'Ophelia, c'était surtout pour satisfaire sa curiosité. « Depuis que vous avez couché ensemble, il a dit, tu ne sais plus sur quel pied danser.

— Comment ça ?

— Avant, Ophelia n'était qu'un mirage. Maintenant, tu aimerais qu'elle soit encore un mirage, mais comme tu l'as connue dans la chair, tu sais que tu peux la toucher, tu as même envie de la toucher, de sentir son odeur, de l'aimer comme un homme, mais tu n'arrives pas à te débarrasser du plaisir que tu trouvais à la voir comme si elle n'existait pas. Quand tu vois Ophelia, elle est là et elle n'est pas là.

— Partout et nulle part », j'ai dit, et en prononçant ces mots, j'ai observé le visage de Duke, son œil valide et son œil mort. J'ai songé que si Duke parvenait à voir sa fameuse lumière, c'était peut-être parce qu'il était borgne. Grâce à son œil valide, il voit la lumière partout, j'ai pensé, et grâce à son œil mort, il voit qu'elle n'est nulle part. « C'est ça, a dit Duke, c'est un peu ça. Toi aussi tu es au milieu du champ. Toi aussi tu as marché jusqu'à la clôture. Tu ne peux plus reculer mais tu n'es pas encore passé de l'autre côté.

— Qu'est-ce qu'il y a de l'autre côté ? »

Duke a éclaté de rire, puis il a chassé les mouches qui tournoyaient au-dessus de la casserole. Il s'est tourné vers moi, il a ri une nouvelle fois en tapant sur sa cuisse, mais il ne m'a pas répondu.

Après cette soirée où, pour reprendre l'expression de Duke, j'avais connu Ophelia dans la chair, je ne savais donc plus sur quel pied danser, ce qui est encore une formule employée par Duke. Quand, deux ou trois semaines plus tard, je suis retourné au bordel, je ne suis pas monté avec elle mais avec Polly. Et la fois suivante, c'est Piquette que j'ai accompagnée à l'étage. La première fois, Ophelia n'a rien dit, mais quand je suis sorti de la chambre où j'avais couché avec Piquette, je l'ai trouvée dans le couloir et comme ses yeux étaient rouges, j'ai compris qu'elle avait pleuré. On n'a pas échangé une parole et j'ai quitté la maison close en me disant qu'entre Ophelia et moi, ça ne tournait pas rond, et qu'il allait bien falloir, un jour ou l'autre, crever l'abcès.

Je n'arrivais pas à comprendre pourquoi, malgré le désir que j'avais de voir Ophelia et de la suivre dans sa chambre, je m'étais retrouvé d'abord dans le lit de Polly, puis dans celui de Piquette (à vrai dire, avec Piquette, on n'a pas fini dans son lit mais c'est trop long à expliquer). Je me suis alors juré que la prochaine fois que mon flacon serait plein, j'irais chercher Ophelia, et, plutôt que de m'allonger auprès d'elle, je lui proposerais de prendre le bus jusqu'à la côte et de jeter des bouts de poisson aux éléphants de mer. Ophelia m'avait confié sa passion pour les éléphants de mer et les animaux marins en général, et je me suis dit que c'était la bonne décision. Le matin où le Révérend Poach m'a surpris dans l'église, endormi sur un banc, j'ai pourtant refusé son billet de cinq dollars, et j'ai dû travailler plusieurs après-midi de rang chez Abigail Hatchett pour rassembler la somme nécessaire à mon projet. J'ai alors pris le chemin de la maison close, mais quand j'ai demandé à Maud si Ophelia pouvait « s'occuper de moi », elle m'a répondu : « Homer, c'est plutôt à toi de t'occuper d'elle.

— Tu penses que Jo sera d'accord si je l'emmène sur la côte ?

— Je pense que Jo serait heureuse si tu parlais avec Ophelia.

— Où elle est ?

— Dans sa chambre.

— Seule ? »

Maud m'a regardé avec une expression de pitié moqueuse. Je suis monté et j'ai frappé à la porte de la chambre d'Ophelia. J'ai attendu un moment, puis j'ai frappé de nouveau.

« Ophelia ?

— Qui est-ce ? a répondu Ophelia d'une voix endormie.

— Homer.

— Va-t'en !

— Tu es occupée ?

— Va-t'en ! je ne veux plus jamais te voir, elle a dit, et j'ai senti à sa voix qu'elle était une fois de plus au bord des larmes.

— Tu ne veux pas venir voir les éléphants de mer ? »

Ophelia s'est tue. Je me sentais si mal à l'aise que je tripotais la fiole au fond de ma poche en essayant de trouver mes mots.

« Ophelia », j'ai dit, et c'est alors que j'ai commis la pire des maladresses, comme me l'a expliqué Fausto longtemps après. « Ophelia, tu sais que c'est toi que je préfère, j'ai dit. Je te préfère à Polly, à Piquette, à Maud, je te préfère même à Jo. Tu me crois ? »

A ces mots, j'ai entendu Ophelia qui éclatait en sanglots. Je n'ai pas insisté.

« Homer, tu me dois une explication », a dit Jo en me regardant droit dans les yeux. Elle était assise à côté de moi sur le sofa et j'ai dû faire un effort pour me ressaisir. Depuis l'épisode de la forge, je n'avais guère songé à Ophelia et en quelques secondes, tous ces souvenirs avaient ressurgi avec une telle violence et une telle clarté que pendant un instant, je n'ai plus su où je me trouvais.

« C'est un malentendu », j'ai dit, en revoyant le tambour rouler sur la colline et heurter la surface de l'eau. Dès que Jo m'a sommé de m'expliquer en me fusillant du regard, Ophelia s'est en effet trouvée chassée de mes pensées, et pour cause : ces dernières semaines, je n'arrivais pas à penser à autre chose qu'à l'accident, et j'étais à ce point convaincu que tout le monde m'en voulait, que Jo, dans mon esprit, faisait partie du nombre.

« Un malentendu ? elle a dit. J'espère bien. Seulement, j'ai bien peur qu'il soit irréparable.

— Pas du tout, Jo.

— Facile à dire.

— Ça aurait pu mal se finir, c'est vrai, mais heureusement, personne n'y a laissé de plumes. Sauf moi, bien sûr. Comme toujours, ça me retombe sur la tête.

— C'est comme ça que tu le prends ?

— Oui et non. C'est vrai, j'ai commis une faute, mais depuis, je me sens... Je me sens purgé, j'ai dit, en me rappelant une parole du Révérend Poach. Je me sens libre. Et je n'en veux à personne.

— Je me demande bien à qui tu pourrais en vouloir !

— Je sais, ça peut paraître étrange, mais c'est difficile de ne pas y voir une injustice. D'accord, j'aurais dû me contrôler, mais c'était plus fort que moi.

— Tellement fort qu'à présent tu te sens libéré ?

— Quelque part, oui.

— Alors ça ne va pas plus loin ? Tu as eu ce que tu voulais, tu as tiré ton coup.

— Si on peut dire oui. Ou comme dirait le Révérend, j'ai vidé mon ventricule.

— Au moins, tu ne t'en caches pas, ce qui n'est pas le cas de la plupart des hommes.

— Mais une fois qu'il est vidé, qu'on n'a plus une goutte de méchanceté en soi, c'est alors que tout le monde nous tombe dessus. Elle est là, l'injustice, elle est là. Les jours qui ont suivi, ça m'a mis en colère. Mais maintenant, j'y vois plus clair. J'accepte. Et je n'en veux plus à personne.

— Mais enfin, à qui pourrais-tu bien en vouloir ?

— Au shérif, à Elijah, et même au Révérend qui prend tout à l'envers.

— Qu'est-ce qu'ils viennent faire là-dedans ?

— Tout. Le shérif et le Révérend parce qu'ils décident de ce qui est bien et de ce qui est mal alors qu'ils n'y comprennent rien. Et Elijah, parce que sans lui, rien ne serait arrivé. Après tout, c'était quand même son projet.

— Elijah ? Tu veux dire qu'il t'a suggéré d'agir ainsi ?

— En quelque sorte, oui. Il n'a pas arrêté de me chauffer.

— Et toi, évidemment, tu fais tout ce qu'il te dit ?

— Au contraire, j'en fais ce que je veux, et c'est bien parce que je refusais de lui obéir qu'on en est arrivés là.

— Donc, Elijah a voulu te dissuader d'accomplir cette mauvaise farce, et c'est ce qui t'a décidé ?

— Il ne pouvait pas se douter, l'imbécile. »

Jo m'a regardé comme si j'étais une espèce de diable. Elle s'est levée, s'est versé un scotch, et l'a bu d'une traite. Mais elle n'était pas au bout de ses émotions. Les paroles que j'ai prononcées quand elle a reposé son verre l'ont embrouillée plus encore. Jo a même été choquée, et pour choquer Jo, ce n'est un secret pour personne, il faut se lever de bonne heure.

« Je l'ai mis au défi. Tu ne le sais peut-être pas, mais Elijah ne supporte pas d'être coincé dans des espaces étroits. Au départ, il a voulu qu'on se batte. Mais j'ai retourné la situation et l'ai tellement excité qu'il m'a dit : "On va voir ce qu'on va voir !" et il s'est mis à quatre pattes.

— Tu es en train de me dire que vous étiez ensemble ?

— Bien sûr qu'on était ensemble !

— Tous les trois ?

— Non, juste tous les deux. Le shérif ne nous aurait quand même pas suivis !

— Le shérif ?

— Il est resté en bas, sinon comment veux-tu que l'accident ait eu lieu ? Et Elijah, comme un con, a commencé à entrer dedans. "Regarde un peu ! il me disait, la tête y est. Et maintenant les épaules, le dos, regarde un peu !" J'ai attendu le bon moment... »

Jo s'est laissée tomber sur un fauteuil. Elle était blanche comme le bicarbonate de soude dont se sert Duke quand il prépare sa pâte à pancakes.

« Homer, elle a dit d'une voix tremblante, je ne te croyais pas si... »

Emporté par mon élan, je ne l'ai pas laissée finir

135

sa phrase : « ... et quand j'ai vu ses pieds disparaître, j'ai poussé le tambour de toutes mes forces.

— Quel tambour ?
— La forge.
— Comment ça, la forge ?
— La forge d'Elijah, bien sûr, qu'on avait récupérée dans la décharge et qu'on avait poussée jusqu'en haut de la colline. »

Cette fois, Jo m'a pris pour un fou. Jusqu'alors, elle s'était imaginé que je me moquais cruellement d'elle et d'Ophelia, mais quand j'ai mentionné la forge, Jo a vraiment cru que j'étais bon pour l'asile, comme elle me l'a raconté des mois plus tard.

« Homer, a dit Jo, calme-toi.
— Je suis calme.
— Ce qui est fait est fait, et je voulais juste être certaine de tes intentions.
— Je n'ai pas pu résister, j'ai dit.
— C'est dommage. J'avais espéré qu'on trouverait une solution. A présent, je ne te demande qu'une chose.
— Tout ce que tu veux, Jo.
— Cesse de la tourmenter.
— Qui ?
— Ophelia ! Qui veux-tu que ce soit ? Et ne remets plus les pieds ici pendant quelque temps.
— Jo, pourquoi tu me parles d'Ophelia ? »

C'est alors seulement que Jo s'est rendu compte qu'on ne parlait absolument pas de la même chose. Elle m'a interrogé sur l'histoire de la forge et j'ai compris à mon tour qu'elle n'était au courant ni de l'expédition, ni de l'accident de l'étang. Jo était rentrée quelques heures plus tôt d'un séjour au Nouveau-Mexique et les filles n'avaient pas trouvé l'occasion de lui rapporter les derniers potins. Elle avait posé ses bagages, avait enfilé sa robe à paillettes et s'était immédiatement rendue au chevet d'Ophelia. Elle l'avait trouvée aussi mal en point que le jour de son départ. Depuis des semaines, Ophelia refusait de travailler et restait la plupart du temps enfermée dans sa chambre. Elle pleurait sans cesse et il fallait la forcer à se nourrir.

« Et tout ça, c'est entièrement de ta faute », a conclu Jo.

Je suis tombé des nues, comme le dit le Révérend à propos du mauvais ange, Satan, qui se voulait plus puissant que le Seigneur et a fini au fond d'un trou. Je m'étais mal conduit à l'égard d'Ophelia et j'étais le dernier à l'apprendre. Mais ce qui m'a le plus étonné, c'est de sentir que je voulais sans attendre monter à l'étage, entrer dans la chambre d'Ophelia quitte à défoncer la porte, et la prendre dans mes bras quitte à recevoir quelques gifles au passage. Jo s'est aperçue que je faisais une drôle de tête et elle a posé sa main sur la mienne.

« Homer, dis-moi à présent, qu'est-ce que tu comptes faire ?

— Je n'en sais rien, j'ai dit. C'est un malentendu.

— J'espère bien, a dit Jo, et j'ai cru qu'on allait répéter toute notre conversation précédente.

— Je ne voulais pas lui faire de la peine. Je lui ai même proposé qu'on passe l'après-midi au Santa Cruz Wharf pour voir les éléphants de mer.

— C'est tout à ton honneur, a dit Jo de sa voix la

plus conciliante. Mais à part les éléphants de mer, tu ne souhaites pas lui proposer autre chose ?

— Je ne demande que ça, j'ai dit, mais si elle refuse même de prendre un bus avec moi, je ne vois pas ce que je peux faire.

— Tout peut s'arranger, a dit Jo. Ce n'est qu'une question de bonne volonté.

— En ce moment, je n'ai que ça, de la bonne volonté. J'en ai même tellement que je ne sais pas quoi en faire.

— Alors rien n'est perdu.

— Mais je ne peux pas tout faire tout seul. Il faut aussi qu'Ophelia y mette du sien.

— Je comprends, a dit Jo, et c'est pourquoi ce que je vais te dire va te faire le plus grand plaisir. Si tu es prêt à la prendre pour femme, sache qu'Ophelia est déjà d'accord. Du jour où elle t'a rencontré, elle a commencé à se dire que le métier de fille n'était pas pour elle et c'est pourquoi, si tu lui demandes sa main, elle quittera la maison dès que toutes les conditions seront réunies, et, bien sûr, elle gardera le bébé. »

Je suis resté pétrifié. Un tremblement de terre de haute amplitude aurait pu secouer la région, abattre la forêt tout entière et réduire en miettes la maison close de Josephine Haggardy, je n'aurais pas bougé. J'ai senti des picotements dans mes doigts et ma bouche est devenue aussi sèche que si je n'avais pas bu depuis la veille. J'ai voulu soulever mon bras pour porter une main à mon front mais il pesait plus lourd qu'une enclume et une pensée idiote m'a traversé la tête et s'est mise à ricocher à l'intérieur de mon crâne comme une boule de flipper. Heureusement que je n'ai pas de permis de conduire ni de fusil de chasse, j'ai pensé, sinon on me les aurait retirés, heureusement que je n'ai pas de permis de conduire, heureusement, et je n'arrivais pas à me défaire de cette phrase. Jo, qui, sans doute, s'est imaginé que je vivais un moment de bonheur indescriptible, s'est levée, a fait le tour de son bureau et a fouillé dans ses papiers.

« Homer, écoute un peu, a dit Jo en approchant une feuille de ses yeux. C'est une annonce de la mairie : "Recherche homme d'expérience pour poste de garde forestier. Aucun diplôme requis mais une connaissance approfondie de la forêt et de la région de Farrago ainsi qu'un solide sens des responsabilités. S'adresser à la mairie." Qu'est-ce que tu en dis ? »

Je n'ai rien pu répondre mais les paroles de Jo ont au moins eu le mérite de me libérer de cette histoire de permis de conduire et de permis de chasse. A présent, j'entendais la voix de Jo répéter en boucle l'annonce de la mairie et j'ai eu l'impression que j'allais vomir.

« Tu ne peux plus continuer à vivre comme un vagabond, a dit Jo en reposant le papier. Quand on vit à deux — que dis-je, à deux ?, à trois ! — on ne peut plus coucher à la belle étoile et travailler une fois tous les trente-six du mois chez Abigail Hatchett pour s'offrir une partie de jambes en l'air chez Josephine Haggardy. Et on ne peut plus perdre des journées entières à refaire le monde en compagnie d'Elijah Sommer ou partir en vadrouille une fois l'an avec saint Duke. On a des devoirs, on a une famille à nourrir. Mais on a aussi des compensations, et quelles compensations ! » a dit Jo qui, visiblement, avait retrouvé sa bonne humeur. « Est-ce que tu peux rêver d'une femme plus merveilleuse, plus séduisante, plus douce et plus parfaite qu'Ophelia ? Est-ce que tu peux rêver d'un boulot plus stimulant, plus adapté, plus honorable et plus respecté que celui de garde forestier ?

— Non, j'ai réussi à dire en essayant d'avaler ma salive.

— Est-ce que tu penses avoir le courage et la détermination nécessaires ?

— Oui, j'ai dit, parce que c'était le mot qu'elle voulait entendre et qu'il fallait bien que je réponde quelque chose.

— Est-ce que tu aimes assez Ophelia ?
— Oui.
— Est-ce que tu es assez amoureux d'elle ?
— Oui.
— Amoureux tout court ?

— Oui », j'ai dit un peu plus fort, gagné bien malgré moi par l'enthousiasme de Jo qui frappait le bureau de son poing à la fin de chaque question et dont la voix gonflait comme celle du Révérend Poach pendant ses prêches.

« Est-ce que tu es prêt à t'unir à elle pour le meilleur et pour le pire ?
— Oui.
— Jusqu'à ce que la mort vous sépare ?
— Oui.
— Et à veiller à ce que votre enfant soit bien nourri et bien vêtu ?
— Oui.
— A ce qu'il aille à l'école ?

— Oui.
— Est-ce que tu vas accepter ce job, Homer ?
— Oui.
— Est-ce que tu vas épouser Ophelia, Homer ?
— Oui !
— Est-ce que tu as vraiment ça en toi ?
— Oui !
— Est-ce que tu en as les couilles ?
— Oui, Jo ! » je me suis exclamé en me redressant d'un coup comme si une abeille m'avait piqué. Jo m'a alors rejoint, elle m'a pris par les mains et a déposé un baiser sonore sur mon front.

« Homer, je vois qu'on peut encore tirer quelque chose de toi ! elle a dit. Maintenant, va vite rejoindre Ophelia et rapporte-lui fidèlement tout ce que tu viens de me dire.

— Mais Jo, ce job, qui te dit que je l'obtiendrai ? Et qui te dit qu'il n'a pas déjà été donné à quelqu'un d'autre ? Duke m'en a parlé, mais ça remonte déjà à plusieurs semaines.

— Le maire m'a promis qu'il le gardait pour toi.
— Comment c'est possible ?
— C'est possible parce qu'il m'aime bien et parce qu'il ne veut pas que certaines choses se sachent.

— Mais Jo, j'ai dit, tu ne comprends pas, j'ai quand même fait une grosse connerie, le shérif veut m'arrêter, Judge Merrill veut me convoquer, le Révérend Poach doit sûrement me mettre à toutes les sauces dans ses sermons, comment veux-tu que je décroche ce job dans ces conditions ?

— C'est vrai qu'il y a le shérif, a dit Jo en prenant quelques secondes pour réfléchir. Mais ne t'inquiète pas, on trouvera une solution. En attendant, prends ça et file retrouver ta fiancée ! »

J'ai pris ce que m'a tendu Jo et je suis sorti du bureau comme un homme ivre. En traversant le salon, j'ai vaguement entendu Polly, Maud, Piquette et Mabel qui jacassaient entre elles et me criaient dans les oreilles. Elles me tournaient toutes les quatre autour. J'ai senti que l'une d'elles passait un peigne dans mes cheveux, qu'une autre me vaporisait de parfum et qu'une troisième glissait une fleur à ma boutonnière, mais j'avais l'impression d'évoluer dans une sorte de crachin et les filles de Josephine ne m'apparaissaient qu'à travers un voile. Puis, toujours dans le brouillard, j'ai monté les marches et je suis arrivé devant la porte de la chambre où, si ce que m'avait dit Jo était vrai, Ophelia attendait que je lui déclare ma flamme. J'ai alors ouvert la main, et j'ai vu qu'elle contenait un écrin. A l'intérieur brillaient deux anneaux de fiançailles.

Un vrai traquenard, j'ai pensé, et j'ai frappé trois petits coups en me demandant si je rêvais et si je n'allais pas me réveiller d'un moment à l'autre au bord de la rivière, mon nez contre la truffe humide de Bone.

« Qui est-ce ? a dit Ophelia d'une voix éteinte.

— Homer.

— Va-t'en !

— Ophelia, ouvre-moi.

— Plutôt crever.

— Ophelia, ouvre-moi ou je défonce la porte ! »

Ma menace l'a sans doute fait réfléchir, parce qu'elle est restée muette.

« Ouvre ! j'ai dit.

— Tu défoncerais la porte pour moi ?
— Bien sûr, j'ai dit.
— Et après ?
— Comment ça, après ?
— Après, qu'est-ce que tu ferais ?
— Après ? Je me jetterais à tes pieds et je te prendrais dans mes bras !
— C'est vrai ? a dit Ophelia, dont la voix s'est fêlée.
— Bien sûr que c'est vrai. Tu peux me gifler, tu peux me griffer, je te prendrai dans mes bras et je t'embrasserai même si tu te débats.
— La porte est ouverte. »

J'ai tourné la poignée et de fait, elle n'était pas verrouillée comme je l'avais cru. Ophelia, vêtue d'une robe de chambre, se tenait au milieu de la pièce, et la première chose qui m'a frappé, c'est qu'elle avait beaucoup maigri. Elle était toujours aussi belle, mais les traits de son visage étaient plus dessinés, et dans son attitude aussi, quelque chose avait changé. Dans son regard, il y avait une fermeté et un éclat que je ne lui avais jamais connus. Ophelia n'était plus une fille. Elle était devenue une femme. Elle avait pourtant l'air fatigué, épuisé même, sa peau était plus blanche que d'habitude, ses taches de rousseur ne se voyaient presque plus et ses cheveux paraissaient plus sombres, mais dans la pénombre de la chambre, comme je l'ai raconté plus tard à Duke, il m'a semblé qu'elle luisait.

Au lieu de me jeter sur elle pour la prendre dans mes bras, je suis resté immobile sur le pas de la porte. De son côté, Ophelia a donc eu tout le temps de m'examiner. Elle a vu que je portais un nouveau costume et qu'une fleur ornait ma boutonnière, elle a vu que j'étais propre, elle a vu l'écrin que je tenais dans la main, mais elle a aussi vu que je ne m'avançais pas.

« Qu'est-ce que tu attends ? elle a dit très doucement.

— Rien. »

J'ai accompli les quelques pas qui nous séparaient et je l'ai prise dans mes bras. J'aurais voulu la serrer vigoureusement mais j'étais sans force. Ophelia, elle, frissonnait. Elle a frotté sa joue contre mon cou. Elle sentait bon. Tout d'un coup, elle s'est détachée de moi, et dans un brusque accès de colère, elle a saisi une de ses chaussures à talons qui se trouvait par terre et elle me l'a lancée au visage. J'ai esquivé le projectile, et la chaussure a rebondi contre l'accoudoir d'un fauteuil.

« Qu'est-ce que ça peut me faire ? J'abandonnerai l'enfant et la vie continuera comme avant, a dit Ophelia. Il s'en sortira peut-être mieux que moi. Ce ne sera pas bien difficile ! »

Ophelia tremblait de tout son corps. J'ai pensé à ce paillasson où j'avais été trouvé un matin par les éboueurs d'Aptos, sur la côte, un nouveau-né emmitouflé dans une serviette et qui braillait parce qu'il avait faim et parce qu'il avait froid. C'est la dame de l'orphelinat qui m'a raconté l'histoire, le jour où j'ai quitté l'institution pour aller vivre dans les collines, chez les Kebbles, la première famille d'une longue série. Les deux éboueurs ont entendu mes cris, ils ont poussé la grille du jardin, l'un d'eux m'a soulevé, et pendant qu'il me frictionnait pour que mon sang recommence à circuler, l'autre a sonné à la porte de Worth Bailey, le taxidermiste. Bailey a cru que c'était une farce. Par la suite, il a été incapable de dire pourquoi j'avais été déposé sur le pas de sa porte plutôt qu'ailleurs et l'enquête menée par la police a conclu qu'il ne pouvait pas être mon père, attendu qu'il n'était jamais parvenu à mettre enceinte sa propre femme et que les médecins, après toutes sortes d'analyses, l'avaient déclaré stérile.

Bailey a pourtant été assez bon pour moi. Pendant mes années d'orphelinat, il est venu me rendre visite plusieurs fois, et, les jours de Noël, je recevais un cadeau. Les cadeaux de Bailey étaient parfois un peu étranges (j'ai ainsi eu droit à une trousse médicale, à des conserves d'ormeaux de Monterey ainsi qu'à un hibou empaillé qui a fait cauchemarder tous les enfants du dortoir et que la directrice m'a confisqué) mais il m'a aussi offert un mirliton, un livre sur les locomotives, un pistolet à eau (également confisqué) et ce bon vieux canif qui ne m'a pas quitté depuis. Les envois et les visites de Bailey ont pris fin lorsque je suis parti vivre à Farrago, grâce à l'intervention du Révérend Poach.

Quand Ophelia a dit qu'elle abandonnerait l'enfant, ça m'a serré le cœur. Elle aussi était orpheline. Sa mère, tuée par une mauvaise grippe, l'avait confiée à sa sœur qui s'était si mal comportée à son égard que des voisins de palier, exaspérés par le tapage, avaient fini par appeler la police, de sorte qu'Ophelia, dès l'âge de sept ans, a vécu dans un foyer tenu par des bonnes sœurs. Puis, à quatorze ans, elle a trouvé du travail dans une blanchisserie d'Oakland, et c'est à cette époque qu'elle a rencontré un voyou du nom de Jim Rookey, qu'elle en est tombée amoureuse et qu'elle a commencé à tapiner pour qu'il puisse dîner au restaurant, porter de beaux vêtements et frimer au volant de son auto.

Non, j'ai pensé en imaginant le bébé dans le lit à barreaux d'un dortoir d'orphelinat, je ne la laisserai pas faire, il n'en est pas question. Je me suis rapproché d'Ophelia, j'ai pris ses mains et j'ai dit : « Ophelia, cet enfant, on va l'élever. Il ne va pas lui arriver ce qui nous est arrivé. Jamais de la vie ! Je vais devenir garde forestier, tu vas démissionner du bordel et on aura notre maison.

— Une maison ? a dit Ophelia, reprenant espoir.

— Une maison, un jardin, un chien, une niche pour le chien, peut-être même une camionnette, j'ai dit, en me demandant si je réussirais à passer mon permis.

— Des chats, je préfère les chats.

— Alors des chats, plein de chats, et une tondeuse à gazon.

— Et une chambre pour notre enfant.

— Bien sûr, une chambre pour lui, une chambre pour nous, une autre pour les invités.

— On aura des invités ?

— On fera comme on voudra.

— Je ne connais personne.

— On pourra inviter Elijah si jamais on se raboche.

— Il a déjà sa maison à lui.

— C'est vrai, mais on pourra toujours inviter tes amies d'ici, Polly, Piquette... qui tu voudras. »

Ophelia s'est fermée comme une huître et j'ai senti que je venais de commettre une bourde.

« Et pourquoi pas Sarah Connolly, la fille qui s'est jetée dans la rivière ? Avec elle, tu n'as pas hésité, tu as sauté dans l'eau pour la repêcher.

— Elle se noyait.

— C'est avec elle que tu devrais être !

— Je n'ai aucune envie de vivre avec Sarah Connolly. Ce n'est pas parce qu'on invite quelqu'un à dîner...

— Tu vois ! Tu commences déjà !

— Quoi ?

— A me tromper !

— Ophelia, comment veux-tu que je te trompe alors qu'on n'est pas encore mariés ? Tiens, regarde », j'ai dit, et je lui ai montré les deux anneaux dans l'écrin. « Il y en a un pour toi et un pour moi. »

J'ai pris un des anneaux et je l'ai glissé au doigt d'Ophelia. Puis, j'ai passé l'autre à mon index. Ophelia, que la cérémonie des anneaux avait réconfortée, s'est assise sur le lit et je l'ai imitée.

On est restés comme ça un long moment, à regarder nos mains. « Ça fait drôle », a dit Ophelia. Je n'allais pas la contredire, tant j'avais l'impression de tenir un rôle dans un de ces films d'amour qu'Ophelia m'avait entraîné voir au cinéma de Santa Cruz. Un rôle appris à la va-vite, j'ai pensé, et une fois de plus, j'ai eu la sensation de vivre un rêve fantastique. Avec le recul, je me dis que Jo, ce soir-là, avait vraiment fait preuve de génie. Elle s'était montrée si convaincante qu'en sortant de son bureau, je me voyais déjà dans mon uniforme de garde forestier, donnant un baiser à

Ophelia sur le pas de notre porte avant de monter dans ma camionnette et de partir au travail au fond des bois.

« Comment on va l'appeler ? » a dit Ophelia en se tournant vers moi.

Elle souriait d'un air mi-gai, mi-triste.

« Oui, tiens, comment on va l'appeler ? Mais d'abord, pourquoi tu ne m'as pas dit que tu étais enceinte ?

— Tu n'avais qu'à deviner ! s'est exclamée Ophelia, et ses taches de rousseur ont commencé à flamboyer.

— Et tu es sûre qu'il est de moi ? »

Ophelia m'a regardé comme si elle voulait me tuer. Ma question l'avait terriblement offensée. Pendant quelques secondes, elle s'est mordillé les lèvres, et puis soudain, elle m'a giflé.

« Pardonne-moi, j'ai dit. Mais c'est juste que...

— C'est juste qu'avec tous les types qui me sont passés dessus on ne peut être sûr de rien, c'est ça ? Tu crois que je ne sais pas ce que je fais ? Tu crois que je ne prends pas mes précautions ?

— Mais alors, avec moi...

— J'ai oublié, a dit Ophelia en se redressant avec un air de défi. Et moi qui croyais que tu avais des sentiments pour moi.

— J'ai des sentiments pour toi.

— Quels sentiments ?

— Des sentiments qu'on ne peut pas expliquer.

— Tu m'aimes ?

— Oui, j'ai dit.

— Et quand tu as voulu tuer Elijah et le shérif, tu m'aimais aussi, tu pensais à moi ?

— Pourquoi tu me parles de ça ?

— Tu crois que j'ai envie de me marier avec un criminel ? Qu'est-ce qu'ils diront, les gens ? Tu n'es pas encore allé en prison ou tu en es déjà sorti ? »

Je n'ai pas répondu. Il y avait du vrai dans les reproches d'Ophelia et je me suis promis, à l'avenir, de faire plus attention. Je ne suis plus seul, j'ai pensé, et cette phrase a résonné en moi comme un écho dans la montagne. Je n'étais plus seul. Je n'arrivais pas à y croire. J'avais l'impression d'être un de ces élus dont parlait le Révérend Poach, un de ces personnages plus grand que nature (comme le dit le Lt. McMarmonn à propos du général MacArthur ou de l'amiral Nimitz) qui vivaient à l'époque où le monde était rempli de prophètes, d'Egyptiens, de pêches miraculeuses et de dromadaires.

« En plus, a dit Ophelia, on ne pourra jamais se marier à l'église.

— Pourquoi ?

— Demande au Révérend Poach.

— Ce n'est pas grave, j'ai dit. L'essentiel, c'est qu'on n'est plus seuls. »

Et la main d'Ophelia s'est posée sur ma nuque. Elle m'a attiré contre elle et on a basculé sur le matelas en nous agrippant l'un à l'autre. Soudain, j'ai compris que je l'aimais, que je l'aimais vraiment comme un homme aime une femme, et que je l'avais toujours su. La veille, dans la nuit, tandis que Fausto me décrivait sa rencontre avec Bess Brown, je songeais à Ophelia et je m'étais même demandé si notre amour, comme celui de Bess et de Fausto, était bel et bien né le premier soir, quand elle m'était apparue, assise au piano, dans le salon de la maison close. Mais entre cette interrogation silencieuse et ce que je ressentais à présent, il y avait autant de différence qu'entre la carte géographique du Lt. McMarmonn et la région elle-même, avec ses arbres gigantesques, ses parfums de mousse, d'écorce et de résine, ses rayons de soleil, ses filets de vapeur, ses cascades d'eau limpides et les vieux cerfs solitaires qu'on voit parfois passer, au loin, à travers le feuillage. Dans les yeux verts d'Ophelia, comme dans les miens, il y avait une infinité d'émotions, de pensées, de souhaits, de questions, il y avait tant de choses à voir, parmi lesquelles de l'espoir, de la tendresse, de la gratitude, du désir, et de la peur. On ne voulait plus se lâcher, et j'aurais voulu que le temps s'arrête, là, tout de suite, sans faire d'histoires. Mais c'est justement parce que le temps ne s'arrête jamais qu'on se tenait si fort, qu'on se cramponnait à s'en meurtrir.

Ophelia et moi, on revient de loin, j'ai pensé, et je l'ai serrée encore plus fort. Je me suis dit que si seulement je pouvais la faire entrer en moi, ou bien si je pouvais disparaître en elle, on serait sauvés. C'était une pensée bizarre, mais tout était tellement bizarre. J'avais l'impression qu'on était sur un radeau au milieu de la mer et qu'on flottait entre des vagues énormes, alors qu'on se trouvait tout simplement dans sa chambre, entre quatre murs rouges, et qu'il n'y avait rien à craindre. J'avais l'impression que nos peaux voulaient à tout prix se mélanger l'une à l'autre, que nos lèvres voulaient se confondre, qu'il y avait quelque chose d'anormal et de profondément injuste dans le fait que nos corps soient séparés et que, malgré tous nos efforts et tout le désir qu'on ressentait l'un pour l'autre, on ne parviendrait jamais à se réunir à la manière des sœurs siamoises que j'étais allé voir dans une foire, à Capitola, des années plus tôt.

Les seules choses qui se mélangeaient vraiment, c'étaient toutes les émotions que je voyais dans les yeux d'Ophelia, toutes ces lumières, et dans ma gorge, et dans ma poitrine, je ne faisais plus la différence entre le chagrin et le bonheur. On se réunissait dans l'inquiétude et dans la joie, mais nos corps, eux, n'y arrivaient pas. C'est pourquoi, sans doute, on a fait l'amour si violemment, qu'on s'est griffés, qu'on s'est pincés, qu'on s'est tirés par les cheveux et qu'on s'est mordus jusqu'au sang. La chevelure d'Ophelia semblait avoir pris feu, sa peau blanche brillait et quand je fermais les yeux, je voyais des lucioles. Ophelia pleurait en faisant l'amour, cela aussi, c'était nouveau pour moi, je ne savais pas que ça pouvait exister, et à ma manière, moi aussi je pleurais, je sentais mes larmes couler à l'intérieur comme si elles cherchaient à éteindre le soleil qui brûlait dans mon ventre. Tant d'émotions, comme un jour de tempête sur le débarcadère de Santa Cruz, quand des montagnes d'eau se fracassent contre les rochers et se retirent en bouillonnant dans le vent qui hurle et sous des rafales de pluie glacée qui criblent l'océan et cinglent les visages, tant de violence et tant de bonté dans les mains d'Ophelia et dans ses yeux mouillés.

Puis, quand on s'est apaisés, je n'ai pas éprouvé

cette espèce d'engourdissement et de tristesse qui, chez moi, vient après l'amour, parce que le moment est passé et qu'il faut s'en aller. L'amour était là, intact, et filait sans répit sur nos corps, vague après vague. Je volais de nouveauté en nouveauté, c'est presque trop pour un seul homme, j'ai pensé, mais aussitôt, comme si je n'avais fait que m'écarter, un instant, d'une route large et parfaitement droite qui filait comme une flèche vers l'horizon, je n'ai plus pensé à rien, la porte s'était ouverte et ne se refermerait plus, voilà tout, la porte s'était ouverte et on était entrés dans le royaume de Dieu.

Ophelia respirait contre ma bouche. J'écoutais son souffle, de plus en plus tranquille et régulier. Elle s'était endormie. Je sentais sa poitrine battre contre mes côtes. Quant à moi, j'étais complètement réveillé. Je n'arrivais même pas à garder les paupières fermées, et j'ai su que je ne trouverais pas le sommeil.

6

A l'aube, quand le soleil est venu taper aux carreaux, je me suis levé sans faire de bruit. Je ne me sentais pas fatigué par cette seconde nuit blanche consécutive, et même, je ne tenais plus en place. Il fallait à tout prix que je me dégourdisse les jambes en courant à travers les bois. J'irais jusqu'à la décharge pour confier à Duke l'incroyable nouvelle, que j'étais amoureux, que j'étais aimé d'Ophelia, qu'elle attendait un enfant, il fallait absolument que j'en parle à quelqu'un, sans quoi je ne parviendrais jamais à y croire. Duke est la personne idéale, j'ai pensé, et j'ai alors compris ce qu'il essayait de me dire, le soir où il avait comparé Ophelia à un mirage.

« Toi aussi tu es au milieu du champ. Toi aussi tu as marché jusqu'à la clôture, avait dit Duke. Tu ne peux plus reculer mais tu n'es pas encore passé de l'autre côté. »

A présent, tout était clair. C'était l'amour qui depuis le premier jour m'attendait de l'autre côté, et je venais enfin de sauter par-dessus la clôture.

Tout en me rhabillant, je regardais Ophelia dormir. Elle était si belle, si forte et si fragile. Je n'ai pas résisté au désir d'écarter le drap qui la recouvrait et d'effleurer son ventre pour sentir le bébé. Mais le ventre d'Ophelia n'avait pas grossi du tout, il était plutôt moins charnu que d'habitude. J'ai trouvé curieux qu'Ophelia soit tombée enceinte et qu'en même temps elle ait maigri. C'est à cause de moi, j'ai pensé, parce que je n'ai rien voulu comprendre et qu'Ophelia, dans son chagrin, a perdu son appétit.

Il y avait du soleil sur les draps et sur les jambes d'Ophelia, il y avait du soleil sur la petite commode près de la porte ouverte de la salle de bains, sur les carreaux blancs, sur les robinets de la baignoire. « C'est un grand jour », j'ai murmuré. Ophelia a remué, elle s'est retournée sur le dos en marmonnant je ne sais quoi. Je venais de passer la nuit avec elle et je me suis dit que Jo avait raison, le mariage s'accompagnait de devoirs, mais il offrait aussi des compensations, la première d'entre elles étant de pouvoir coucher chaque nuit avec la femme qu'on aime, de s'éveiller un peu avant elle et de la regarder dormir. Je n'avais jamais vu Ophelia sommeiller et je dois dire que j'en ai retiré une grande satisfaction et que je me suis même senti rassuré. En effet, jusqu'à présent, Ophelia m'avait toujours donné l'impression d'être une sorte de bombe à retardement, comme celles dont parlait le Lt. McMarmonn et qui ont été mises au point pendant la Première Guerre mondiale, mais une bombe à retardement capable d'exploser autant de fois qu'elle le voulait et de remettre à zéro sa minuterie dans l'attente de l'explosion suivante. C'étaient tantôt des explosions de fureur, tantôt des éclats de joie, séparés bien sûr par des périodes un peu plus calmes mais qui ne duraient jamais longtemps.

L'avantage, quand on sera mariés, j'ai pensé, c'est que je partagerai chaque moment de la vie d'Ophelia, siestes et nuits comprises, si bien que j'aurai tout le loisir de la contempler dans le sommeil et d'écouter ses petits ronflements.

Je suis sorti de la chambre sur la pointe des pieds et j'ai descendu l'escalier. Le salon mauve était désert. J'ai récupéré mon manteau, et comme la porte d'entrée était fermée à clef, je suis sorti par une fenêtre. Dehors, couché dans l'herbe, Bone m'attendait.

« Bone, j'ai dit, je suis pour me marier. Tu es le premier à le savoir. »

Il a remué la queue. On a pris le chemin du village. L'air était vif et la brume, qui se formait sur l'océan, ne gagnerait pas les hauteurs de Farrago avant que le soleil éclaire le fond de la vallée et les toitures des maisons. La vallée, je la voyais se déployer devant moi à mesure que je descendais vers la route principale. Quelques cheminées fumaient et le néon de Golden Egg, le *diner* tenu par Fred et Martha Dill, clignotait. Pour le reste, le village était comme mort. En passant devant l'église, j'ai vu qu'il était à peine six heures. De l'autre côté de l'avenue, l'épicerie n'avait pas encore ouvert. Le store était baissé et, aux fenêtres de l'étage, les volets étaient clos. Cette nuit, pendant que je dormais dans le lit d'Ophelia, Fausto a rédigé vingt nouvelles lettres à John Smith, j'ai pensé, et je me suis demandé quel jour on était. Une heure et demie plus tard, on atteignait la décharge, avec ses montagnes de détritus, ses tas de caillasse embroussaillés et ses carcasses étincelantes.

Duke était déjà levé. Assis dans l'herbe, il buvait son café en regardant frire une omelette sur le réchaud. En nous voyant arriver, Bone et moi, il nous a invités à partager son petit déjeuner. Bone a eu droit aux coquilles des œufs et à un reste de chili con carne. Quant à moi, j'ai dévoré la moitié de l'omelette et bu trois tasses de café. On a mangé en silence et j'ai pensé que Duke et Fausto avaient cela en commun qu'ils n'aimaient pas bavarder pendant les repas et, de manière générale, mettaient une sorte de point d'honneur à ne faire qu'une seule chose à la fois. Puis, Duke a nettoyé la poêle et les assiettes dans une bassine et il est parti faire sa toilette.

Au fond de la décharge, un sentier en pente raide longe le précipice et descend jusqu'à une rivière qui serpente entre de grands rochers escarpés et qui, à la fonte des neiges, prend l'allure d'un véritable torrent. Là, tous les matins, Duke se baignait dans l'eau glacée et se brossait les dents. Il n'utilisait pas de dentifrice mais une mixture d'herbes dont une vieille Indienne lui avait divulgué la recette secrète. Il en profitait aussi pour remplir deux ou trois bidons d'eau qu'il rapportait à la décharge. Cette eau, Duke ne la buvait pas mais s'en servait pour la vaisselle ou pour s'asperger le visage et la tête quand le soleil tapait trop fort.

L'organisation de Duke, j'ai pensé, est vraiment remarquable. Avec la modeste pension d'invalidité qu'il touchait grâce à son œil aveugle, il pourvoyait au nécessaire et même au superflu, pour reprendre l'expression d'Elijah. Il avait ouvert un compte à l'épicerie, et chaque semaine, lorsque Fausto, au cours de sa tournée, venait lui apporter son carton de marchandises, il lui donnait sa liste pour la semaine suivante. Etre livré à domicile quand on vit dans une décharge, c'est le summum du luxe, j'ai pensé. Et comme il lui restait toujours un peu d'argent, Duke s'offrait de temps à autre des petits plaisirs ou des cadeaux. Elijah lui avait d'ailleurs dégoté une boîte pour ses économies et Duke y piochait à loisir comme un roi dans les caisses du trésor, pour reprendre une autre expression d'Elijah. Un été, avant qu'on parte à l'assaut des montagnes, il m'avait même acheté une paire de chaussures de marche neuves. Je les porte depuis et je ne crois pas qu'on m'ait jamais fait de plus beau cadeau. Pendant la belle saison, Duke dormait dehors. Mais quand les nuits devenaient frisquettes, il trouvait refuge à l'arrière d'un minibus Volkswagen dont il avait retiré les roues et qui reposait sur un lit de briques.

Duke est apparu en haut du sentier, un bidon dans chaque bras, et il est venu se rasseoir sur l'herbe. Bone, lui, était parti explorer la décharge et marquer son nouveau territoire de petits jets de pisse. Je me suis dit que ses réserves d'urine ne lui permettraient jamais de faire tout le tour du terrain vague, mais ce type de considérations n'a jamais empêché un chien de faire son travail de repérage, et de fait, quand, après trois ou quatre pauses pipi, la vessie du chien a déclaré forfait, Bone a continué son œuvre comme si de rien n'était.

J'ai alors songé à Fausto, aux heures qu'il consacrait chaque nuit à la rédaction de ses lettres. Quand Fausto aura écrit sa dernière lettre, quand il l'aura expédiée au dernier John Smith de sa liste, en admettant qu'il ne reçoive pas de réponse entre-temps, est-ce qu'il continuera à recopier sa lettre, est-ce qu'il recommencera du début, que fera-t-il ? Sera-t-il capable, après toutes ces années, de renoncer à l'espoir de retrouver John Smith, ou poursuivra-t-il sa tâche à la manière de Bone qui, tous les dix mètres, levait la patte arrière et faisait semblant d'uriner ? Je n'ai pas su répondre, mais j'ai pensé qu'une fois de plus, Fausto avait eu raison de dire que je passais mon temps à décortiquer mes pensées et que j'aimais mettre les choses en rapport.

« Duke, j'ai dit, tu te souviens quand tu m'as expliqué qu'avec Ophelia, je ne savais pas sur quel pied danser ?

— Maintenant, ce sont tes mains qui te jouent des tours, m'a répondu Duke en observant une coccinelle qui s'était posée sur son genou.

— Pourquoi tu dis ça ?

— La bague se met à la main gauche. »

J'ai regardé ma main droite et l'anneau de fiançailles que j'avais glissé à mon doigt.

« Tu en es sûr ?

— Aussi sûr que la conduite se fait à droite et que le soleil se lève à l'est. Alors, ça y est ? »

Duke n'avait pas l'air particulièrement surpris. Il semblait plus intéressé par la progression de la coccinelle qui remontait sa cuisse en remuant ses ailes sous sa carapace à demi ouverte.

« Ophelia est enceinte.

— Alléluia, a dit Duke.

— Et Jo pense que j'ai des chances d'obtenir le poste de garde forestier.

— *Holy Moses* », a dit Duke et la coccinelle s'est envolée. On l'a regardée disparaître derrière le mur de buissons et de sumacs vénéneux aux petites taches rouges qui s'élève au-dessus du ravin.

« J'ai du mal à y croire, j'ai dit. J'ai l'impression que tout ça concerne quelqu'un d'autre. C'est arrivé si vite. Avant, c'était Ophelia le mirage. Maintenant, c'est moi. Je me vois au loin.

— Comme Charley Warren.

— Qui c'est ?

— Un boxeur que j'ai connu dans le temps. Simmons l'avait engagé pour dresser ses appaloosa. Il a passé six mois au ranch et on a sympathisé. Il était très discret sur son passé de boxeur, mais un soir, quelques jours avant son départ, il m'a raconté son dernier combat. On l'avait payé pour qu'il se couche. Seulement, son adversaire, Bunny Bronson, ne voulait pas jouer le jeu. Ou bien il n'était pas au courant. Charley n'a jamais su. Mais comme l'autre n'avait qu'une idée en tête, c'était de le démolir, il a été obligé de se défendre et il devait se retenir pour ne pas envoyer Bronson, un vrai toquard, dans les cordes.

— Un coup monté ! » j'ai dit, en pensant à la manière dont Jo m'avait embobiné, même si au fond, je ne demandais qu'à être embobiné. Je me suis alors rappelé l'instant où Elijah, le jour de notre expédition, avait aperçu le shérif au bord de l'étang. « Homer ! Regarde un peu qui est là ! » J'étais assis sur le tambour, et quand je me suis levé, le tambour, sans attendre, avait commencé à rouler sur la pente et nous avait échappé. C'est un peu ce qui s'est passé dans le bureau de Jo, j'ai pensé. Jo ne m'a pas obligé à courir jusqu'à la chambre d'Ophelia pour que je me jette à ses pieds et que je lui déclare mon amour. Elle m'a ôté un poids, et le reste du travail, je l'ai accompli tout seul, sans me faire prier.

« Debout, a dit Duke en se levant, je vais te montrer la scène. »

On s'est retrouvés face à face et Duke, en sautillant dans l'herbe d'un pied sur l'autre, m'a décrit le combat : « C'est arrivé au cinquième round. Juste avant le gong, son entraîneur lui avait soufflé à l'oreille qu'il devait tomber pendant la reprise. Charley a offert à son adversaire une série d'ouvertures comme sur un plateau, mais Bronson, qui était déjà épuisé, laissait passer chaque occasion. Double uppercut droit... swing du gauche... crochet droit... droite gauche... Bronson n'en touchait pas une. Il manquait d'allonge. Tous ses coups tombaient à côté. Charley ne savait plus quoi faire pour perdre. En désespoir de cause, il a carrément baissé la garde. Son crétin d'adversaire a enfin saisi sa chance. Il lui a balancé une droite et l'a touché à la tempe. Le coup n'était pas bien méchant mais Charley a enfin pu se laisser tomber. Et c'est là qu'il a glissé dans une flaque de sueur comme sur une peau de banane. Il est tombé à la renverse et son crâne a percuté le sol... »

Duke n'a pas pu finir sa phrase. Depuis tout à l'heure, il s'agitait devant moi, mimant le combat, et soudain, au moment de conclure sa description, il a été pris d'un vertige et a basculé. J'ai voulu le soutenir mais j'ai perdu l'équilibre et on a chuté ensemble, lui en avant, moi en arrière. On s'est retrouvés allongés sur l'herbe, l'un sur l'autre. Duke ne bougeait plus. Il serrait les mâchoires en fermant les yeux et des larmes ruisselaient entre ses paupières.

« Duke ? Duke, ça ne va pas ? »

Je me suis dégagé doucement et j'ai regardé Duke qui a ouvert les yeux, et, de la main, m'a fait signe que tout allait bien, mais je voyais qu'il souffrait. Sa peau, d'habitude si noire, avait pâli, et ses lèvres, comme l'entour de ses yeux, étaient gris. Duke a fini par se redresser. Il a étendu le bras, a soulevé un des bidons et s'est versé de l'eau sur la tête.

« C'est fini, il a dit. Qu'est-ce que je te disais ?

— Duke, tu ne te sens pas bien ? Tu es malade ?

— Je n'ai jamais été plus en forme. De quoi on parlait ? Ah oui, Charley a dérapé, son crâne a heurté le tapis, et devine ce qui s'est passé.

— Il a perdu le combat.

— Bien sûr, et il a même abandonné sa carrière, mais tu sais pourquoi ?

— On l'a payé ?

— Quand sa tête a percuté le sol, il est sorti de son corps.

— Comment ça ?

— C'est comme je te le dis. Il s'est vu d'en haut. Il flottait dans les airs au-dessus du ring et il s'est vu, étendu au milieu du ring, complètement K.-O. Il a vu Bunny Bronson se pencher sur lui et son entraîneur accourir, il a vu la foule se lever et applaudir. Son corps était couché par terre, sonné, mais son esprit planait dans les airs et observait la scène comme un simple spectateur.

— Et puis ?

— Et puis il a senti qu'il piquait comme un oiseau et il est rentré dans son corps.

— Et alors ?

— Et alors c'est un peu ce qui t'arrive, Homer. Tu as pris un coup. Sans doute que tu t'attendais à le recevoir, ce coup, et même, sans en avoir clairement conscience, tu as tout fait pour le recevoir. Mais ça n'empêche. Quand as-tu revu Ophelia ?

— Hier soir.

— Et quand as-tu appris qu'elle était enceinte ?

— Hier soir.

— Et vous vous êtes fiancés...

— Hier soir.

— Et vous avez passé la nuit ensemble ?

— Oui.

— Et tu t'étonnes de ne pas y croire ? Tu dis que tu te vois de loin, mais il n'y a rien de plus normal. C'est à cause du choc. Homer, tu es K.-O. Tu t'es mangé une série de droites et de crochets, et maintenant, tu flottes à côté de ton corps et tu te regardes de loin sans te reconnaître. Ça ne va pas durer. Tu vas bientôt retourner dans ton enveloppe charnelle.

— Sauf que Charley a jeté l'éponge. Moi, je n'ai pas envie de laisser tomber Ophelia.

— Tu ne peux pas comparer ta situation à celle de Charley Warren, a dit Duke. Charley était un boxeur au bout du rouleau. Ce combat, c'était un combat de trop. Toi, tu n'es même pas encore monté sur le ring.

— C'est vrai », j'ai dit, et j'ai voulu retirer l'anneau de mon doigt pour le passer à l'index de ma main gauche. Il était coincé. J'ai sucé mon doigt pour le lubrifier, mais l'anneau continuait de buter contre ma phalange et j'avais beau tirer dessus de toutes mes forces, je ne parvenais pas à l'enlever. Duke m'a dit de me calmer et il a marché jusqu'au minibus Volkswagen qui lui sert d'abri et de chambre à coucher quand il pleut ou qu'il fait trop froid pour dormir à la belle étoile. Il a ouvert la portière et a fouillé dans ses cartons.

« Tu as encore faim ? il a crié.

— Un peu », j'ai répondu, en pensant que depuis l'avant-veille au soir, je n'avais mangé que la moitié d'une omelette.

Duke est revenu en portant une bouteille d'huile, une autre de sirop d'érable, des œufs, du lait, du beurre, un sac de farine, un sachet de levure et son éternelle boîte de bicarbonate de soude. Bone, qui avait achevé son tour de ronde, trottait derrière lui. J'ai compris qu'on allait s'empiffrer de pancakes et, de nouveau, comme dans la chambre d'Ophelia, je me suis dit que j'étais le plus heureux des hommes et que la vie valait vraiment la peine d'être vécue. Pendant que Duke traversait le dépotoir, j'ai laissé ma main traîner dans l'herbe et, sans y penser, je l'ai plongée dans les cendres tièdes du feu de bois que Duke avait certainement allumé dans la nuit, avant de s'endormir. Quand il couche dehors, Duke fait toujours un feu. J'ai regardé ma main noircie par les cendres, puis j'ai regardé le sac de farine que Duke tenait contre son ventre.

« Duke, j'ai dit, tandis qu'il s'agenouillait près du réchaud, tu as déjà rêvé d'être blanc ?

— Prends le bol, là, près de toi, et la cuiller.

— Tu ne t'es jamais demandé quelle vie tu aurais eue si tu étais né dans un corps de Blanc ?

— Tu ne t'es jamais demandé quelle vie tu aurais eue si tu étais né avec un cerveau de coccinelle ?

— Non.

— Casse les œufs, a dit Duke.

— Alors tu ne t'es jamais posé la question ?

— Pourquoi ? Tu t'es déjà imaginé avec la peau noire, toi ?

— Non, mais ce n'est pas pareil.

— Pourquoi ce ne serait pas pareil ?

— Parce que les Blancs ont des avantages.

— Quels avantages ? a dit Duke en me prenant le bol pour y verser de la farine.

— C'est connu », j'ai dit, même si je ne savais pas très bien comment prouver à Duke que les Blancs étaient favorisés par rapport aux Noirs.

« Il n'y a jamais eu de Président noir, j'ai fini par dire, heureux qu'un argument se présente à mon esprit. Et regarde-toi ! Pendant la première moitié de ta vie, tu as trimé pour un Blanc, et maintenant, tu vis dans une décharge.

— Je préfère vivre ici qu'à la Maison-Blanche. Et puis à quoi ça sert de rêver d'être quelqu'un d'autre ? Tu crois qu'il rêve d'être quelqu'un d'autre, lui ? a dit Duke en jetant les coquilles d'œuf à Bone. Moi, si je devais me poser ce genre de questions, il y a longtemps que je serais devenu aussi bête et aigri que ce crétin de Jack Simmons, et il n'y a pas plus blanc que lui. Les Noirs veulent être blancs, les Blancs veulent être encore plus blancs pour que jamais les Noirs ne deviennent aussi blancs qu'eux, mais le jour où les

Noirs seront tous devenus blancs, les Blancs, évidemment, auront cessé d'exister.

— Comment ça ?

— Il faut qu'il reste au moins un Noir pour que les Blancs sachent encore qu'ils sont blancs.

— Ce sera peut-être toi, j'ai dit.

— Non merci. Ils seraient foutus de m'élire Président.

— Pourquoi veux-tu qu'ils fassent ça ?

— Parce que les Blancs aiment bien les Noirs au cas par cas. Un Noir, ça va. Deux Noirs, ils commencent déjà à s'inquiéter. Mais un seul Noir, ils aiment bien, comme ça ils peuvent à la fois se sentir blancs et se sentir honnêtes sans avoir peur qu'on leur pique leur place. Il suffit de voir au cinéma. A la Maison-Blanche aussi, ils doivent avoir leur Noir de service. Par contre, s'il ne reste plus qu'un seul Noir sur tout le territoire, il deviendra forcément Président du pays, puisqu'il ne peut y avoir qu'un Président.

— C'est juste, j'ai dit, tout en ayant l'impression d'avoir perdu le fil. Alors les Noirs ne seront à égalité avec les Blancs que le jour où tous les Noirs seront devenus blancs sauf un, qu'on nommera Président.

— En attendant, allume le réchaud.

— Sauf si tout le monde veut devenir noir comme le Président, j'ai dit, en craquant une allumette, tous les Blancs deviendront noirs, jusqu'à ce qu'il ne reste plus qu'un Blanc.

— Ce jour-là, a dit Duke sur un ton solennel en levant sa cuiller pleine de pâte à pancakes, ce jour-là tu seras élu Président ! »

J'ai regardé Duke pour être sûr qu'il ne blaguait

pas. Mais il avait recommencé à touiller la pâte et j'ai compris à son air concentré qu'il ne songeait déjà plus à notre conversation. Président des Etats-Unis d'Amérique ! Et pourquoi pas ? En une nuit, je m'étais fiancé, j'avais appris qu'Ophelia était enceinte de moi, et bientôt, j'ai pensé, si Dieu le veut, je serais marié, père de famille et garde forestier. Si ma vie se transformait à ce rythme, tout devenait possible. Je me suis alors rappelé Fausto, disant à Elijah, un soir qu'on était passés lui rendre visite à l'épicerie, que Nixon, le Président actuel, ne savait pas la différence entre une négociation et une bombe au napalm, qu'il confondait les intérêts de la nation avec ceux de l'industrie pétrolière et que les Doors, les Beatles et les Rolling Stones étaient pour lui autant de groupuscules à la solde des communistes.

Moi non plus je ne vois pas clair dans toutes ces questions, j'ai pensé, et le Président actuel n'y voit pas moins clair que moi ! J'avais donc toutes mes chances. J'ai voulu faire part de ces réflexions à Duke, mais il a choisi cet instant pour verser une première dose de pâte dans la poêle et la présidence des Etats-Unis est aussitôt allée rejoindre les tas de vieux souvenirs brisés, d'idées laissées pour compte et de rêveries sans queue ni tête qui encombrent le vaste dépotoir de ma mémoire. Seule Ophelia sent aussi bon que la pâte à pancakes quand elle tombe sur la fonte brûlante et se mélange au beurre fondu, j'ai pensé, et je me suis imaginé dans la cuisine de notre maison, profitant tout ensemble du parfum d'Ophelia et de celui des *buttermilk pancakes* ou des gaufres aux myrtilles qu'on dégusterait chaque matin.

J'ai tendu mon assiette, Duke m'a servi, et tandis que je regardais couler le sirop d'érable sur la crêpe épaisse et blonde, j'ai été saisi d'un sentiment presque religieux. Ce n'était pas la lumière de Duke, mais c'était magnifique quand même, et en engloutissant le pancake gorgé de beurre et de sirop, je me suis dit que Fausto avait eu raison de croire, enfant, que Dieu se cache dans les petites choses. On a mangé en silence, et quand on a eu fini, Duke a roulé deux cigarettes et Bone a léché les plats en fouettant l'air de sa queue. Puis, Duke m'a tendu une des tiges, a coincé l'autre derrière son oreille, il a pris la bouteille d'huile de tournesol et a versé un peu d'huile sur mon doigt. L'anneau a glissé sans se faire prier. Je l'ai posé devant moi, sur une planche qui traînait là, pour le regarder briller. J'ai sorti mon Zippo. On a fumé.

« Homer, a dit Duke en s'allongeant dans l'herbe, quand je pense à tout ce que mes ancêtres ont subi, je me dis parfois que s'ils ont tant souffert, c'est pour qu'un jour, un de leurs descendants puisse se la couler douce et dire à qui veut l'entendre qu'il mène une vie d'homme libre et qu'il est heureux. Tous les matins, qu'il pleuve ou qu'il fasse beau, j'y pense. Et quand le soleil brille, que je me roule une cigarette et que je me dis : Duke, tu n'as rien de mieux à faire que fumer ta cigarette et te coucher au soleil, je sais, tout au fond de moi, qu'ils ne sont pas morts pour rien.

— J'aimerais pouvoir en dire autant, j'ai dit. Mais je ne connais pas un seul de mes ancêtres. Aussi bien, ils n'ont pas trimé comme les tiens. Ils étaient peut-être riches comme Rockefeller. Ma mère était peut-être une actrice d'Hollywood », j'ai ajouté en laissant s'échapper de ma bouche une série de ronds de fumée.

Cette idée, je la tenais d'Ophelia. D'après elle, les actrices d'Hollywood n'ont pas le droit d'avoir d'enfants parce qu'elles ne peuvent se permettre d'être enceintes à l'écran et c'est même écrit dans leur contrat. Quand elles ont un bébé, elles s'arrangent toujours pour s'en débarrasser, ou bien elles se retirent dans une clinique privée et accouchent loin des caméras. Ophelia en avait conclu qu'avec un peu de chance, elle était la fille de Maureen O'Hara, une comédienne rousse. « Une actrice qui devient mère ne fait plus rêver les hommes », m'avait dit Ophelia, le soir où on était allés voir *Monkey Business*, le film des Marx Brothers. « Il faut qu'elle soit glamour. » Je n'ai jamais bien compris ce qu'elle voulait dire, mais par la suite, je me suis souvent répété que si j'étais orphelin, c'était peut-être à cause de ce foutu glamour qui faisait obstacle à la maternité.

« Qu'est-ce que ça change ? a dit Duke. Ce n'est pas une question de richesse. Tes ancêtres pouvaient être riches à millions, ça ne veut pas dire qu'ils étaient heureux. Quand on abandonne son enfant, qu'on soit riche ou pauvre, c'est forcément qu'on est malheureux. »

C'est alors que je me suis rappelé l'article sur la réouverture des mines de Tuskegee Heights que j'avais arraché du journal, chez Fausto. Je l'ai trouvé roulé en boule au fond d'une poche de mon manteau et je l'ai remis à Duke qui l'a déplié et l'a lu attentivement. Puis, il a posé le bout de papier et il a regardé droit devant lui en plissant les paupières.

« Il faut laisser les morts tranquilles », a murmuré Duke. Sa voix tremblait légèrement. Il était parfaitement immobile, le regard perdu dans le taillis, et son visage n'exprimait rien. Mais au frémissement de sa voix, j'ai compris qu'il était en colère. De petites gouttes de sueur tapissaient son front et roulaient le long de la ride profonde qui prolonge l'arrête de son nez. Dans chacune des billes de sueur qui s'accrochaient à sa peau sombre, je voyais chatoyer toutes les couleurs de l'arc-en-ciel. Le monde entier brillait autour de moi. Tant de splendeur, j'ai soupiré en m'étendant sur la terre chaude.

7

« Homer ? Réveille-toi ! »

J'ai ouvert les yeux. Il faisait sombre, et dans le ciel, quelques étoiles luisaient. Duke, une main dans le dos, était penché sur moi et j'ai senti la langue de Bone qui me léchait l'oreille. Je me suis redressé et j'ai vu le dernier rayon du soleil raser les collines, à l'ouest.

« Ophelia », j'ai bredouillé, songeant que j'avais commis une faute impardonnable, qu'il fallait que je retourne au bordel le plus rapidement possible.

« Duke, pourquoi tu m'as laissé dormir ? Ophelia va me passer un savon terrible.

— Profites-en, a dit Duke. A ce qu'il paraît, c'est une des plus grandes joies du mariage.

— Qu'est-ce que tu racontes ? » j'ai dit en enfilant mon manteau à la va-vite. Puis, je me suis aperçu que j'étais en chaussettes. Je ne me souvenais ni d'avoir retiré mon manteau, ni de m'être déchaussé. J'avais dû le faire dans mon sommeil, un sommeil peuplé de rêves plus délirants les uns que les autres. Je m'étais ainsi retrouvé à la porte de l'église, en compagnie d'Ophelia, vêtue de blanc, et d'Elijah qui ne voulait pas assister à la cérémonie de mariage sans son tambour. Le Révérend Poach, les bras en croix, empêchait Elijah d'entrer, mais on était désormais au sommet d'une colline, le Révérend avait baissé les bras et sermonnait Elijah sur ses mœurs dissipées. Il lui reprochait amèrement de faire souffrir le Seigneur en refusant de lui rendre visite dans sa maison. Elijah lui répondait que la maison de Dieu ne valait pas un bon vieux tambour et qu'il avait d'ailleurs décidé d'y élire domicile. Puis, tout le monde était entré dans le cylindre métallique, Ophelia, le Révérend, Elijah, mais aussi Duke, Fausto et le shérif. Au signal du Lt. McMarmonn, debout sur un rocher et vêtu d'un uniforme orné de douzaines de médailles militaires, je m'étais lancé dans la pente, poussant le tambour sur un sentier caillouteux qui serpentait jusqu'au sommet d'une immense montagne au pic enneigé.

Mes pieds glissaient dans la poussière comme si j'étais chaussé d'une paire de skis, je ne cessais de déraper, si bien qu'au lieu d'avancer, je perdais du terrain, incapable de résister au poids du cylindre, et ce malgré les exhortations du lieutenant qui faisait de grands gestes et criait : « Homer ! Espèce de mauviette ! Du nerf ! La vérité, c'est que tu as la frousse ! Est-ce que tu es un homme, Homer ? Est-ce que tu as ça en toi ? Est-ce que tu vas pousser ce foutu tambour jusqu'au sommet ? Est-ce que tu en as les couilles ? »

A l'intérieur du cylindre, Ophelia, Duke, Fausto, Elijah, le shérif et le Révérend mêlaient leurs encouragements à ceux du Lt. McMarmonn et toutes leurs voix se confondaient, formant comme un ruisseau liquide et multicolore qui coulait dans mon oreille et lapait mes pensées, c'était la langue de Bone qui me léchait.

J'ai remis mes chaussures. Mes doigts étaient si engourdis que je ne parvenais pas à nouer mes lacets et les visages courroucés d'Ophelia, du Lt. McMarmonn, du Révérend et de tous les autres tournoyaient sous mon crâne comme dans la porte à tambour du Nick, le cinéma de Santa Cruz. Une fois debout, j'ai cherché du regard les bidons d'eau que Duke ramène de la rivière afin de faire un brin de toilette. Comme je ne les voyais nulle part, je me suis tourné vers Duke. Il brandissait une bouteille en souriant d'un air entendu. A l'étiquette, j'ai tout de suite vu qu'il s'agissait du scotch douze ans d'âge dont Duke nous avait régalés, Elijah et moi, le jour où on était venus chercher la forge. Seulement, depuis notre dernière visite, un miracle s'était produit : la bouteille, qu'on avait vidée jusqu'à la dernière goutte, était de nouveau pleine.

« Comment c'est possible ? j'ai dit, tiraillé entre le désir de regagner la maison close au pas de course et celui de boire au moins un verre de whisky avec Duke.

— J'ai reçu une visite de mon bienfaiteur.

— Le type à la Pontiac ?

— Joseph Kirkley.

— Il est revenu te voir ?

— Il ne peut plus se passer de moi, a dit Duke en dévissant le capuchon de la bouteille. Il a décidé qu'il me rendrait visite chaque fois qu'il descend à Carmel pour s'occuper de son business.

— Quel business ?

— Il a plusieurs magasins de souvenirs. Deux à Frisco, un à Santa Barbara, et un autre à Carmel. Il roule sur l'or. Prends les deux tasses, là, sur le cageot. »

Non, je n'étais pas à une minute près, je me suis dit. Et après une dizaine de minutes, je me suis dit que je n'étais pas à une demi-heure près. La demi-heure passée, Duke a remarqué qu'on avait déjà bu la moitié de la bouteille, et pour marquer l'événement, on a trinqué à la santé de Jack Kirkley. Duke a rassemblé du petit bois pour allumer un feu et j'ai vu la lune apparaître entre les troncs des séquoias.

Je ne sais pas comment, quelques minutes plus tard, on s'est retrouvés à poil, courant l'un derrière l'autre autour d'un amas d'enjoliveurs et de pots d'échappement en poussant des hurlements d'Indiens. Je ne garde pas un souvenir très précis de cet épisode, ni des événements qui l'ont suivi. Le scotch douze ans d'âge coulait dans mes veines et l'image d'Ophelia flottait quelque part au milieu d'un fouillis de pensées ivres et vaporeuses, si lointaine que sa voix ne portait pas jusqu'à moi et que ses appels répétés s'évanouissaient en chemin. Je crois avoir mis Duke au défi de couvrir sa tête de farine, à moins qu'il n'y ait pensé tout seul. Ou bien c'est lui qui est revenu sur l'histoire des Blancs, des Noirs et du Président des Etats-Unis, et comme je lui ai dit que j'aspirais à la présidence, il m'a recouvert le visage de cendres froides. Ce qui est sûr, c'est qu'on a commencé par se barbouiller la figure, lui de blanc, moi de noir. Puis, Duke a dit qu'on ne pouvait se contenter de demi-mesures. Il s'est déshabillé, je l'ai imité, et pendant que je me roulais dans la cendre, Duke a vidé le sac de farine sur sa tête et s'est frictionné vigoureusement jusqu'à devenir aussi blanc et lumineux que la lune au bord du ciel.

On a ensuite dansé autour du feu en poussant des cris tandis que Bone, la gueule levée vers les étoiles, hurlait à la mort. Duke et Bone ont détalé, j'ai couru après eux dans la décharge, et on s'est lancés dans une nouvelle ronde endiablée autour du tas de pots d'échappement et d'enjoliveurs rouillés en criant de joie. C'est alors qu'on a entendu le grondement d'un moteur. Un poids lourd descendait le chemin de terre sous le couvert des arbres, ses phares illuminant les carrosseries amoncelées. Duke s'est immobilisé, et comme Bone n'arrêtait pas d'aboyer, il a posé sa main enfarinée sur son museau. Le chien, miraculeusement, s'est tu. Il m'a ensuite fait signe de m'accroupir.

Planqués derrière le monceau de ferraille, on a regardé passer le véhicule. C'était un camion-citerne. Il a roulé lentement jusqu'au bas du terrain vague et s'est garé à proximité du sentier qu'emprunte Duke pour se rendre à la rivière. Deux hommes armés de lampes torches ont sauté à terre et se sont dirigés vers l'arrière du camion. Là, le conducteur a vissé un gros tuyau au robinet de la citerne tandis que le passager, tirant après lui le tuyau en l'agrippant par l'autre bout, s'est engagé sur le sentier et a disparu.

« Ils viennent pomper de l'eau ? j'ai murmuré à Duke en songeant aux bidons qu'il remplissait chaque matin en les plongeant dans le courant.

— Tais-toi.

— Mais qu'est-ce qu'ils font ?

— Ce qu'ils sont payés pour faire.
— Ils ne sont pas venus pomper ?
— Tais-toi, je te dis.
— Ils sont venus vider leur citerne ? »

Duke a opiné et un nuage de farine s'est formé au-dessus de sa tête. J'ai pris le temps d'examiner son visage et je me suis dit qu'en temps normal, Duke, avec son œil mort, sa peau abîmée par le soleil et marquée de rides profondes, n'était peut-être pas un Apollon, pour reprendre l'expression dont se sert toujours Ophelia pour parler des acteurs d'Hollywood, mais qu'à tout prendre, je le préférais en noir. A vrai dire, il était méconnaissable. Son masque blanc faisait ressortir certains traits d'ordinaire invisibles et effaçait ceux que j'avais l'habitude de voir, de sorte qu'il avait plus l'air d'un diable que d'un saint. Son regard seul, attentif et espiègle, veillait sur la personne qu'en apparence il n'était plus, et dans mon ivresse, je me raccrochais à l'œil vivant de Duke comme à une planche de salut. Je ne comprenais pas pourquoi il nous obligeait, Bone et moi, à nous cacher et à garder le silence. Après tout, on était sur son territoire. Et puis je me suis dit que Duke aurait peut-être honte qu'on le voie ainsi, aussi blanc et nu qu'un ver de terre. L'honneur des Noirs d'Amérique est en jeu, j'ai pensé.

« Duke, j'ai murmuré, tu n'as pas d'inquiétude à avoir. Dans l'obscurité, ils ne devineront jamais que tu es noir.
— Quoi ?
— Le Noir, c'est moi. Je n'ai qu'à me faire passer pour toi. Comme ça, l'honneur est sauf, j'ai dit en

fermant un œil afin de prouver à Duke que je pouvais facilement passer pour borgne.

— Homer, tu es cuit. Tiens-toi tranquille. »

Pendant un instant, j'ai cru entendre la voix du Révérend Poach, le matin où je m'étais réveillé dans l'église. Lui aussi, voyant que je ne me laisserais pas corrompre et que je voulais absolument assister à la messe, m'avait supplié de me taire et de me tenir à carreau.

« Duke, j'ai dit, en haussant le ton, je veux bien rester tranquille, mais je veux savoir pourquoi.

— Moins fort, imbécile. Il va nous entendre.

— Et alors ?

— Tu veux qu'on se fasse taper dessus ? Pour ce genre de boulot, on n'embauche pas des rigolos.

— Quel boulot ?

— Pollueur. »

Mon sang n'a fait qu'un tour et j'ai vécu un moment d'extrême lucidité. Pollueurs ! Ces deux types étaient des pollueurs et ils venaient se débarrasser de leurs déchets toxiques dans la rivière où les arbres prenaient racine, où les animaux venaient boire et où Duke faisait sa toilette. Depuis mon plus jeune âge, j'entendais parler de ces pratiques criminelles. On racontait que les directeurs de certaines usines payaient leurs propres employés ou faisaient appel à des truands pour enterrer leurs résidus chimiques ou déverser à la sauvette des quantités énormes de poison dans les rivières ou bien au large. A l'école, Miss Flann, l'institutrice, nous avait d'ailleurs mis en garde contre les risques encourus par ceux d'entre nous qui se baignaient dans les torrents ou buvaient l'eau des sources naturelles. Et d'année en année, j'avais assisté à la lente agonie de la nature. Elle résistait encore, elle tenait bon, et sans doute survivrait-elle à tous les gens qui cherchaient à la détruire, comme me l'affirma le shérif un jour qu'il m'avait prié de l'aider à retrouver un enfant perdu dans les bois, mais en attendant, la pollution gagnait du terrain, les algues verdâtres s'agglutinaient au bord des ruisseaux souillés, les feuilles des arbres se couvraient de taches brunes, et pour s'abreuver d'eau pure, il fallait s'enfoncer dans la forêt sans cesse davantage et monter toujours plus haut dans les collines.

Jusqu'à présent, je m'étais résigné à voir évoluer ce cancer qui rongeait la terre, les plantes et les cours d'eau exactement comme on se résigne à la progression d'un mal incurable. C'est Fausto qui, un soir, dans l'arrière-boutique, avait comparé la pollution de la nature à une maladie. Cette image me hantait, et chaque fois qu'elle me revenait à l'esprit, je songeais au Lt. McMarmonn lorsqu'il affirmait qu'en temps de guerre il fallait frapper comme la foudre afin que les ennemis se sentent aussi démunis que s'ils étaient victimes d'une éruption volcanique ou d'un déluge. « Il faut que les bombes tombent comme un châtiment du ciel », disait le lieutenant quand il se lançait sans prévenir dans son discours favori et prenait son auditoire en otage (l'assistance était invariablement composée de moi, d'Elijah, de sa fille Lisa, et quelquefois de Frances Primrose, venue disputer une partie de poker). Le Lt. McMarmonn, à ce jour, ne s'est pas encore lassé de son sujet, bien au contraire. Il se répète avec un tel enthousiasme qu'il me semble toujours l'entendre deviser sur la guerre, les attaques surprises, la déroute des troupes adverses et de la population tout entière pour la première fois, et comme son discours n'a jamais varié d'un pouce, j'ai fini par le connaître par cœur :

« Il faut que les ennemis s'imaginent qu'ils n'ont pas affaire à des hommes comme eux, même si ces hommes sont mieux équipés et plus nombreux, non, ça ne suffit pas, on ne gagne pas une guerre comme ça. On remporte la victoire quand l'ennemi est persuadé qu'il n'a pas affaire à des hommes mais à la fatalité ! »

Face au dépérissement de la nature, je me sentais comme ces pauvres soldats découragés que le lieutenant se plaît à décrire. Quand, lors d'une promenade en forêt, je tombais sur un nouveau ruisseau pollué ou sur un arbre mourant, j'étais envahi par un sentiment d'impuissance mais je n'en voulais à personne. Je ne pensais pas à ces hommes qui, la nuit venue, répandaient leurs produits empoisonnés au fond des bois, et au bout du compte, je ne m'offusquais pas plus des ravages causés par ces hommes sans visage que des tremblements de terre qui secouent la région. Mais cette fois, accroupi derrière le tas de ferraille, je voyais les salopards à l'œuvre, et je suis entré dans une colère noire. Je sentais que mon ventricule de méchanceté s'était rempli d'un coup, comme un des bidons de Duke, et qu'il me fallait le vider séance tenante.

Je me suis redressé comme sous l'effet d'un ressort, j'ai saisi un enjoliveur et, nu comme Adam, recouvert de cendres de la tête aux pieds, j'ai couru vers le camion-citerne sans accorder la moindre attention à Duke qui m'ordonnait de rester où j'étais. Je n'avais pas joué au frisbee depuis mes années d'école, et la plaque métallique que je serrais dans ma main en courant était beaucoup plus lourde et difficile à manier qu'un disque en plastique, mais je sentais mon enfance revenir au galop. Aucun de mes camarades de classe, à l'époque, n'égalait ma dextérité au frisbee, et j'ai souvent pensé que si le frisbee avait fait partie des matières enseignées, je n'aurais pas eu une moyenne aussi médiocre.

Je sentais mes pieds fouler la terre sèche et les mauvaises herbes, mon cœur battait à tout rompre, ma gorge, d'un coup, s'était asséchée, j'y voyais clair comme en plein jour. Ce n'était plus du sang qui coulait dans mes veines mais de l'adrénaline pure, je n'éprouvais aucune peur mais une joie féroce et la certitude de la victoire. Rien ne pouvait aller de travers, le temps s'était arrêté, le monde était figé, j'étais le seul être à me mouvoir dans l'univers entier. Les étoiles dansaient dans le ciel, mais pour le reste, il n'y avait que Homer Idlewilde armé de son enjoliveur et j'avais l'impression de courir dans un décor de film.

A mi-chemin du camion, j'ai replié le bras et j'ai visé mon homme qui, juste à cet instant, s'est tourné vers moi, braquant sa lampe torche sur mon visage. J'ai eu le temps, avant d'être aveuglé par le faisceau, de saisir son expression épouvantée, puis j'ai lancé l'enjoliveur. Je n'ai jamais oublié la tête de ce pollueur, sa bouche ouverte, les deux lignes reliant la base de ses narines aux commissures de ses lèvres tendues à la verticale, ses yeux exorbités. J'ai entendu un cri, le bruit d'une chute, et quand j'ai retrouvé la vue, j'ai vu l'homme étendu dans la poussière, groggy, la bouche en sang.

« Et d'un ! » j'ai crié en me précipitant vers la citerne pour refermer le robinet. Par chance, il n'avait pas eu le temps de l'ouvrir. J'ai ramassé le disque de métal et, au sigle qui l'ornait, j'ai vu qu'il avait appartenu à une Mercury. Mon adversaire dodelinait de la tête et tentait vainement de se redresser, ses chaussures patinant dans le sable. Il avait du sang plein son menton et bavait sur sa chemise. Il a essayé de parler, et comme je ne comprenais rien à ce qu'il disait, je me suis approché. C'est alors que l'autre type est apparu en haut du sentier. Il m'a regardé avec le même air stupéfait qu'avait eu son complice un instant plus tôt, et a pris la matraque qui pendait à sa ceinture. J'ai levé l'enjoliveur, j'ai senti le métal froid contre mon avant-bras, l'homme s'avançait vers moi, il a atteint la citerne mais il n'est pas allé plus loin. J'ai entendu Bone aboyer et, au même moment, Duke a surgi de nulle part, brandissant la poêle à pancakes qui a tournoyé dans les airs avant de retomber sur le crâne du pollueur. L'homme s'est effondré, aussi K.-O. que Charley Warren le jour de son dernier match. Bone a trotté vers le corps inanimé, l'a reniflé.

Sans un mot, Duke m'a fait signe de le suivre, et on s'est rhabillés. Puis, on est retournés sur la scène du combat, on a noué les poignets des deux pollueurs avec des bouts de corde et on les a hissés dans l'habitacle.

« Et maintenant ? j'ai dit à Duke qui s'était appuyé contre la citerne, à bout de souffle.

— Tu sais conduire ? » m'a demandé Duke. Les clefs du camion reposaient dans sa paume.

« Pas encore », j'ai dit, me rappelant soudain qu'Ophelia m'attendait au bordel et que si jamais je décrochais le poste de garde forestier, il me faudrait passer mon permis de conduire.

Après avoir informé Bone qu'on serait bientôt de retour, je suis monté dans le camion. Duke était déjà au volant. Sur la banquette, entre nous, étaient vautrés nos deux combattants assommés. Celui qui avait reçu l'enjoliveur dans les dents gémissait, les paupières mi-closes. L'autre était plongé dans un profond sommeil et, d'une main posée sur son front, je le retenais de choir sur le tableau de bord.

Duke a mis un certain temps avant de trouver la marche arrière et plus de temps encore pour faire sortir le camion de la décharge. Il n'avait pas conduit depuis belle lurette, et comme il me l'avoua plus tard, il n'avait piloté jusqu'à cette nuit que des tracteurs. Je ne me rappelle pas très clairement le voyage. J'ai voulu profiter de l'occasion pour demander à Duke à quoi servaient les différentes pédales et comment s'effectuaient les changements de vitesse, mais je crois bien m'être assoupi au milieu de ses explications.

J'ai repris conscience lorsqu'on a fait notre entrée dans le village. Duke a garé le camion devant le Q.G. du shérif, une petite maison de rondins située face à la poste, il m'a confié la garde des deux pollueurs et s'est rendu à la cabine téléphonique pour appeler le shérif à son domicile. Quand il est revenu, il m'a dit que le shérif ne tarderait pas à se pointer, « et comme tu es en froid avec lui, que tu as des démêlés avec la justice, tu ferais peut-être mieux de déguerpir », a dit Duke.

Il n'a pas eu besoin de me le dire deux fois. On s'est serré la main, j'ai promis de venir lui rendre visite au plus vite, et je suis parti en courant. « Ophelia va me tuer », j'ai pensé, et tandis que je bifurquais sur le chemin qui mène à la maison close, je me suis aperçu que j'avais laissé mon anneau de fiançailles dans la décharge. « C'est trop pour un seul homme », j'ai murmuré en levant les yeux vers le bordel.

A l'étage, quelques fenêtres étaient éclairées et diffusaient une lumière rouge qui baignait le gazon devant le porche. Je n'avais pas le choix. Si je me présentais à Ophelia sans mon anneau, j'étais certain de ce qui allait suivre. Elle me dirait que je n'éprouvais aucun sentiment pour elle, qu'en oubliant mon anneau, j'avais purement et simplement rompu nos fiançailles, elle me giflerait et me griffrait au passage, et elle aurait tout à fait raison. En retournant chercher l'anneau, je savais que je ne faisais que différer l'heure des représailles, mais c'était le seul moyen de sauver notre mariage.

J'ai donc rebroussé chemin en évitant le Q.G. du shérif, et deux heures plus tard, Bone m'accueillait à la décharge avec des grondements de plaisir. J'ai retrouvé mon anneau où je l'avais laissé, posé sur un cageot, et je l'ai glissé à mon doigt. Une nouvelle marche de deux heures m'attendait mais j'étais déjà épuisé, c'est pourquoi j'ai décidé de m'asseoir et de retirer mes chaussures pour dégourdir mes orteils. Je me suis retrouvé couché dans l'herbe, et j'ai fermé les yeux. Quand je les ai rouverts, j'ai été aveuglé. Convaincu qu'un des malfaiteurs braquait sur moi sa lampe torche, j'ai sauté sur mes pieds, prêt à en découdre. Le soleil brillait au milieu du ciel. J'étais seul.

8

« Malheur ! » j'ai crié, effrayant un groupe de cailles qui s'est envolé en caquetant. Et comme en écho à mon aveu de désespoir, j'ai entendu le bruit d'un moteur. Je me suis tourné vers la route, persuadé que les pollueurs étaient de retour, et j'ai surpris les reflets bleu et rouge d'un gyrophare éteint à travers les arbres. C'était la voiture de police du shérif qui roulait paresseusement sur le chemin de terre. A son bord se trouvaient le shérif et Duke. Pris de panique, et sans songer un instant que le shérif n'était peut-être pas venu pour m'arrêter, j'ai pris la fuite. Je n'ai cessé de courir qu'après avoir rejoint la grande route, un mile en amont du dépotoir.

Je n'étais pas au bout de mes peines. Moins d'une minute plus tard, une Studebaker blanche jaillissait d'un tournant. Son conducteur, qui portait des lunettes noires, m'a vu cheminant au bord de la route, et il a freiné si brutalement que les pneus ont dessiné deux bandes sombres sur l'asphalte.

« Craig McNeilly », a dit l'homme en sortant de sa voiture. Il a marché vers moi à grandes enjambées en tripotant le bracelet de sa montre. Craig McNeilly mesurait au moins 6 pieds 5 pouces et ses épaules étaient si larges que deux personnes normalement constituées auraient aisément pu s'y asseoir. Un appareil photo, dont la sangle disparaissait sous le col de sa chemise, battait contre son ventre. Parvenu à ma hauteur, il a souri et m'a tendu la main.

« Duke ? il a dit pendant que ma main disparaissait dans la sienne.

— Vous cherchez Duke ?

— Vous n'êtes pas Duke ?

— Non, j'ai dit. »

Craig McNeilly a baissé ses lunettes. Les cendres ! j'ai pensé, et j'ai fouillé mes poches à la recherche d'un mouchoir. Impossible d'apparaître devant Ophelia dans cet état, je me suis dit, mais McNeilly a coupé court à mes pensées.

« Homer Idlewilde ?

— Qui êtes-vous ? j'ai dit.

— Pourquoi êtes-vous tout noir ? »

Je n'ai pas su quoi répondre mais comme j'allais bientôt m'en apercevoir, c'était sans importance. Craig McNeilly était un homme dont toutes les phrases s'achevaient sur un point d'interrogation. Il parlait aussi vite qu'il conduisait et avait tant de questions à me poser que si un nouvel incident n'était pas venu interrompre son interrogatoire, je l'aurais peut-être encore sur le dos aujourd'hui.

« Alors c'est vous, Homer ? a dit McNeilly en pressant la touche de son appareil photo qui fit entendre comme un son de crécelle.

— Oui, c'est moi, j'ai dit, non sans méfiance.

— On fait un petit tour ?

— Pour quoi faire ?

— J'ai quelques questions à vous poser, vous voulez bien ?

— Ça dépend, j'ai répondu pour gagner du temps.

— Vous avez déjà entendu parler du *San Francisco Daily* ?

— Le journal ?

— Vous avez toujours vécu dans le coin ? a dit McNeilly tout en me prenant par le bras.

— Presque.

— Qu'est-ce que vous faites dans la vie ?

— Des tas de trucs.

— Vous travaillez ?

— Ça m'arrive.

— Qu'est-ce que vous savez faire ? m'a demandé McNeilly en ouvrant la portière de sa voiture, côté passager.

— Un peu de tout. Jardiner, couper du bois, suivre une piste.

— Un sentier ?

— Tout le monde sait suivre un sentier. Non, je parle des gens ou des animaux qui se perdent. Je sais les retrouver.

— Mais vous avez un métier ?

— J'ai un ami qui m'a proposé un boulot d'apprenti forgeron, j'ai dit, m'asseyant sur le siège sans réfléchir.

— Comment s'appelle-t-il ?

— Elijah Sommer. Il compte ouvrir une forge pour concurrencer les frères Flink.

— Qui sont les frères Flink ? a dit McNeilly, qui avait fait le tour de sa voiture et s'était installé au volant.

— Deux frères qui tiennent une forge, j'ai répondu tandis que McNeilly claquait sa portière et démarrait plein pot.

— Alors vous allez devenir forgeron ?

— Il faudrait d'abord qu'on se rabiboche.

— Avec Elijah Sommer ?

— On a eu un différend. Mais ce n'est pas tout. Si je me marie...

— Vous marier ? Avec qui ?

— Ophelia.

— Ophelia comment ?

— Je ne sais pas, j'ai dit, en songeant que je ne connaissais même pas son nom de famille. Mais pour ça, il faut que je dégote un vrai job, comme garde forestier par exemple, d'autant qu'Ophelia est enceinte.

— Enceinte de vous ?

— Bien sûr.

— De combien de mois ?

— C'est difficile à dire.

— Garde forestier ?

— Il y a un poste qui s'est libéré. Dunken Jr. a pris sa retraite.

— Dunken Jr. ?

— C'est l'ancien garde forestier... » j'ai dit, mais je n'ai pu finir ma phrase. Sur notre gauche, j'ai vu apparaître la voiture du shérif qui roulait en sens inverse, et je me suis ratatiné sur mon siège.

« Qu'est-ce qui se passe ? Vous êtes recherché ?

— Par le shérif.

— Pourquoi ?

— Pour une bêtise. Il y a quelques semaines, j'ai

poussé Elijah dans l'étang pendant qu'il était à l'intérieur de sa forge, et par-dessus le marché, j'ai failli renverser le shérif. C'était son jour de repos.

— Il vous en veut ?

— Il m'en veut toujours, même quand il ne peut pas prouver que je suis coupable. Quand j'ai fait quelque chose, il me soupçonne. Quand je pense à faire quelque chose, il me soupçonne. Quand je n'ai rien fait, il me soupçonne, et quand je ne songe même pas à faire une connerie, il me soupçonne encore.

— On m'a dit au village que vous aviez agi à deux, avec un dénommé Duke qui vit dans la décharge, c'est vrai ?

— Vous êtes au courant ?

— Comment ça s'est passé ? » a dit McNeilly, mais c'est alors qu'une épaisse fumée s'est élevée devant le pare-brise, ruisselant du capot de la voiture. « Merde ! » a hurlé McNeilly, et c'est l'unique fois où je n'ai pas cru devoir lui répondre. McNeilly a freiné plus brusquement encore que lors de son premier arrêt, traçant deux nouvelles bandes grises sur la route. Par chance, on roulait sur un des rares segments de la route qui ne zigzague pas trop, si bien qu'on a évité le désastre. Les sorties de route et les carambolages sont fréquents sur Highway 217, et je connais plusieurs personnes qui y ont laissé leur peau. McNeilly est sorti de la voiture en pestant et a ouvert le capot, libérant un tourbillon de vapeur.

Pourquoi ce Craig McNeilly était-il si curieux ? Et comment était-il au courant de l'histoire des pollueurs et du camion-citerne, alors que notre bagarre s'était déroulée il y avait quelques heures à peine et que

McNeilly ne vivait même pas à Farrago ? Je commençais à être sérieusement fatigué de tout ce remue-ménage. Depuis que j'avais accompagné Jo dans son bureau, ma vie s'était emballée comme un cheval fou et je n'étais toujours pas parvenu à remettre les pieds au bordel. Je n'osais pas imaginer dans quel état de fureur se trouvait Ophelia. Il faut absolument que j'invente une excuse, j'ai pensé.

Pendant ce temps, McNeilly allait et venait entre le capot et le coffre de sa voiture, d'où il sortait différents outils. Je me suis demandé pourquoi il multipliait ainsi les allers et retours alors qu'il aurait facilement pu disposer de tous ses instruments à la fois en les transportant dans leur caisse, mais à la réflexion, j'ai compris qu'en récupérant ses outils un par un, il était, d'une certaine façon, fidèle à lui-même, et qu'il n'aurait pu s'y prendre autrement. Il en allait de ses outils comme de ses questions, et il me semblait qu'il interrogeait son moteur exactement comme il venait de me cuisiner.

C'est au cours de l'une de ses nombreuses haltes à l'arrière de l'auto que s'est produit l'accident. Pour calmer mes esprits, je tentais depuis quelques instants de mettre en pratique une méthode de concentration que m'avait enseignée Elijah. Lui-même ne parvenait pas à en tirer le moindre profit et il voulait savoir si une personne qui ne souffrait pas comme lui de crises de paralysie mentale obtiendrait de meilleurs résultats ou si, comme il s'en doutait depuis longtemps, le psychiatre de Santa Cruz qu'on l'obligeait à consulter une fois par mois était réellement un escroc. La technique du médecin était sans conteste à la portée du premier imbécile venu. Il s'agissait, pour reprendre la formulation d'Elijah, de choisir plusieurs objets dans son champ de vision et de les nommer dans sa tête ou à voix haute les uns après les autres. Si l'opération était répétée un assez grand nombre de fois, l'esprit, selon l'opinion du docteur, se vidait de toutes les pensées qui l'engorgeaient, et le patient se sentait progressivement gagné par un sentiment de joie et de sérénité.

Assis dans la voiture de Craig McNeilly, j'ai tenté ma chance. Dans mon champ de vision, j'ai sélectionné un arbre, le rétroviseur, le volant, l'allume-cigare, un insecte écrasé sur le pare-brise, un des essuie-glace, le capot relevé de la Studebaker et un sachet de bonbons au miel qui était posé sur le tableau de bord.

« Arbre, j'ai murmuré. Rétroviseur. Volant. Allume-cigare. Insecte. Essuie-glace. Capot. Bonbons. Arbre. Rétroviseur. Volant. Allume-cigare. Insecte. Essuie-glace. Capot. Bonbons. Arbre... »

J'ai recommencé plusieurs fois mon énumération, et j'ai effectivement constaté une nette amélioration de mon état. Je ne pensais plus qu'aux différents objets dont je prononçais les noms en boucle, et je n'étais plus inquiété par la perspective d'essuyer les foudres d'Ophelia ou par la proximité du shérif qui rôdait dans les environs à bord de sa voiture et ruminait mon arrestation. Je ne saurais dire comment ma main gauche s'est retrouvée en contact avec le frein à main, ni pourquoi j'ai appuyé sur le bouton-pressoir du levier avant de le rabattre contre le revêtement de moleskine. Captivé par ma récitation, j'ai agi d'une manière totalement machinale. Quand le véhicule s'est mis à rouler sur la pente, je ne m'en suis même pas rendu compte. Le capot ouvert m'empêchait de voir la route devant moi, et si les arbres commençaient bel et bien à défiler lentement, je n'accordais aucune importance à ce phénomène. Le mot arbre figurait sur ma liste, il y avait toujours un arbre dans mon champ de vision, et quand venait le tour du mot arbre, je le prononçais, voilà tout.

Le plus étrange, dans l'histoire, fut le silence de McNeilly. Il s'était peut-être retourné pour voir s'il n'y avait pas une maison dans les parages, il avait peut-être vu un cerf ou un daim, je n'en sais rien.

Quand il s'est enfin aperçu que sa voiture lui avait faussé compagnie, il a crié « Homer ! ». Mais entretemps, j'étais sorti de ma transe hypnotique, pour reprendre une autre expression dont se servait le médecin d'Elijah, je m'étais glissé tant bien que mal derrière le volant et, la tête passée par la vitre, je tentais de piloter la voiture de McNeilly en tapant du pied sur les différentes pédales. A vrai dire, je n'étais pas vraiment effrayé. La route filait droit et, au pire, je savais pouvoir compter sur le frein à main. Les coups de pied que je donnais aux pédales n'avaient aucun effet notable, sinon d'agiter la Studebaker de brusques soubresauts. A présent que j'ai réalisé de grands progrès dans l'art de la conduite, je mesure à quel point j'étais naïf : dans mon esprit, les pédales de la voiture fonctionnaient comme les touches du piano qu'Ophelia tapotait négligemment, certains soirs, dans le petit salon mauve. « Une telle ignorance, pour un Américain, est une honte ! » s'est d'ailleurs exclamé le Lt. McMarmonn, le soir où je lui ai raconté toute l'aventure. Je ne sais pas s'il a raison. Tout ce que je sais, c'est que je n'ai jamais éprouvé le moindre intérêt ni pour les automobiles ni pour la mécanique.

La Studebaker, dans la descente, prenait de la vitesse. J'ai jeté un coup d'œil au compteur, et j'ai vu que je roulais déjà à 45 miles à l'heure. Sur la gauche s'ouvrait un sentier qui traverse la forêt et monte jusqu'à la tour et le hameau fantôme de Rainbow Point en cheminant le long du versant est de la colline (les mines de Tuskegee Heights se trouvent sur le versant opposé, à l'ouest). Plutôt que de soulever le frein à main, j'ai tourné sur le sentier qui s'élevait en pente douce. La manœuvre ne m'a posé aucun problème.

« Homer, tu es doué ! » j'ai dit en me regardant dans le rétroviseur, mais le spectacle de mon visage noir de suie m'a tellement surpris que je ne me suis pas reconnu et, dans mon émotion, j'ai lâché le volant, perdant le contrôle du véhicule qui a roulé contre un talus sur une centaine de yards, le pare-chocs et la tôle creusant la terre et projetant une multitude de mottes et de fougères à l'intérieur de l'habitacle. La voiture, pour finir, a accompli un tête-à-queue avant d'emboutir en douceur un séquoia de l'autre côté du sentier.

J'ai poussé un soupir de soulagement et je suis sorti de l'auto côté passager, la portière gauche refusant de s'ouvrir. Assis sur le talus, tremblant de tous mes membres, j'ai attendu que Craig McNeilly me rejoigne. Il n'est jamais venu. Au bout d'une demi-heure, j'ai compris qu'il avait sans doute continué de marcher tout droit sur la grande route, sans se douter que j'avais pris un tournant. Dans le ciel, le soleil avait amorcé sa lente chute vers l'horizon. La forêt était calme. Quelques mouches bourdonnaient. Il n'y avait pas la moindre brise et les oiseaux se taisaient.

Seul au milieu des arbres, je me suis apaisé. J'ai regardé l'anneau qui brillait à mon doigt et j'ai pensé que rien n'était perdu. J'ai plongé mon regard dans le bleu du ciel et je me suis dit que la vie m'attendait et que j'avais tout à gagner. Il faisait chaud. J'ai retiré mon manteau et ma veste et, à l'aide d'un chiffon que j'ai trouvé dans la boîte à gants de la voiture, je me suis nettoyé le visage. Puis, j'ai fumé une cigarette, une deuxième, et en formant mes ronds de fumée, j'ai pensé à la sainteté de Duke, à la sagesse de Fausto, aux seins d'Ophelia, à ses taches de rousseur et ses colères extraordinaires. Mes pensées flottaient comme les anneaux gris de la fumée, s'enroulant les unes dans les autres avant de se dissiper. J'ai entendu la voix de Fausto qui me demandait : « Tu préfères les idées abstraites ou les hommes ? », puis celle d'Ophelia qui soupirait dans mon oreille : « Qu'est-ce que tu attends ? » disait-elle tout doucement. Et puis : « Des chats, je préfère les chats. » Et puis : « Une chambre pour notre enfant. » Ensuite, avec une même douceur, Duke a pris la parole : « Je sais, tout au fond de moi, qu'ils ne sont pas morts pour rien », disait Duke de sa voix chantante pendant qu'une coccinelle grimpait le long de sa cuisse. Je l'ai alors revu, allongé dans l'herbe, le visage crispé de douleur et des larmes dans les yeux. Une ombre est passée sur mon cœur.

Je ne sais combien de temps je suis resté ainsi, assis sur le talus, au milieu de toutes ces choses, visibles ou pas, qui tournaient et s'enroulaient les unes dans les autres, les plis de l'écorce, les coulées de sève, les parfums de la mousse, de la terre, du soleil sur ma peau, de ma sueur, du tabac, des fougères, de l'écorce tiède, ma respiration, mes pensées, les mouches, les mille impressions fugitives qui battaient en moi comme les ailes des papillons de nuit contre les carreaux d'une fenêtre. C'était comme une danse légère et heureuse, une ronde, où toutes les sensations du monde se prenaient par la main et tournaient aux sons d'un petit orchestre de village, et je me suis mis à fredonner l'air des premiers habitants de la région, les pionniers miséreux, les paysans sans terre et les prospecteurs avides, les putes, les bandits, les têtes brûlées et les prédicateurs, cette chanson que reprenaient en chœur les Farragoans, à l'occasion des différentes fêtes qui ponctuent le calendrier :

> *Far away, long ago*
> *Farrago*
>
> *Far away, long ago*
> *I'll be missin' Farrago*
>
> *Somethin's a' singin'*
> *somethin's a' cryin'*
> *somethin's a' callin'*
> *Far away, long ago*
>
> *But soon I'll come whistlin'*
> *my heart full and brimmin'*
> *yes you'll soon see me runnin'*
> *up the road I'll come flyin'*
> *home to Farrago*
> *to Farrago*

Soudain, un motocycliste est apparu sur le sentier, les freins de son vélomoteur crissant dans la descente. Il était vêtu de noir et ses cheveux blancs flottaient au-dessus de son crâne. Pendant un instant, j'ai cru que je rêvassais encore, et que l'homme sur son vélomoteur n'était qu'une des nombreuses images qui naissaient et mouraient au bord de ma conscience, dans cette après-midi brûlante que je pensais sans fin. Mon cerveau, de nouveau, s'est emballé, et tous mes souvenirs gais et calamiteux de ces derniers jours si chargés en événements ont afflué comme s'ils voulaient se libérer de leur histoire, et toutes mes pensées sont revenues à la charge.

« Révérend !

— Homer ? » s'est exclamé le Révérend comme à la vue d'un spectre. Il roulait au milieu du chemin, si bien qu'il a failli percuter la Studebaker de McNeilly. Le Révérend a fait une brusque embardée et c'est un miracle qu'il n'ait pas perdu l'équilibre. Plusieurs paquets sont tombés de la hotte en paille fixée au guidon de son engin et j'ai tout de suite compris que le Révérend effectuait l'une de ses tournées dans la paroisse. Grâce aux visites qu'il rendait aux fidèles, le Révérend prétendait récolter des dons pour les pauvres, en nourriture et en espèces. Quand Poach parlait des habitants de Farrago qui vivent dans la misère, il disait d'ailleurs « mes pauvres ». Je n'ai jamais réussi à connaître l'identité des pauvres du Révérend. Tout ce que je sais, c'est que je n'en faisais pas partie. Jamais le Révérend Poach ne m'a remis un des paquets de gâteaux ou une des boîtes de conserve que lui offraient ses paroissiens. La seule fois où il a voulu me donner quelque chose, c'était à l'église, quand il m'a tendu un billet de cinq dollars en me suppliant de ne pas assister à la messe, et j'ai refusé de me laisser corrompre.

Où allaient les dons du Révérend Poach ? C'est une question que je me suis souvent posée. Où allaient toutes ces boîtes de conserve, toutes ces bouteilles d'huile, toutes ces pommes de terre, tous ces poulets rôtis ? Je suis même allé jusqu'à imaginer qu'il gardait tout pour lui, qu'il stockait la nourriture dans sa maison, en vue peut-être d'ouvrir une épicerie et de concurrencer Fausto. Je reconnais qu'il s'agit d'une hypothèse un peu tirée par les cheveux, mais je m'en suis ouvert un soir à Elijah, et il a pris mon idée très au sérieux. Il n'y a qu'Elijah pour prendre au sérieux les idées absurdes et les hypothèses imbéciles. C'est ce qui a fait dire à Fausto, un matin qu'on se baladait avec lui dans sa camionnette, qu'Elijah était un poète méconnu et il l'a comparé à deux autres poètes de sa connaissance, Walt Whitman et Robert Frost. Pour voir jusqu'où Elijah était capable d'aller dans ses divagations, je lui avais d'ailleurs fait part, le même jour, d'une autre hypothèse plutôt tordue, celle du Lt. McMarmonn, qui affirmait parfois que le pays était déjà sous le joug des envahisseurs mais qu'on ne s'en apercevait pas.

« Les ennemis sont parmi nous, disait le lieutenant. Ils sont arrivés petit à petit et ils ont infiltré le pays. Ils ont épousé nos femmes, ils travaillent dans nos usines et dans nos bureaux, ils ont noyauté l'armée, ils ont gangrené nos institutions, ils se sont faufilés jusque dans la Maison-Blanche, et à première vue, on ne peut pas les distinguer des vrais Américains. »

J'avais demandé à Elijah ce qu'il pensait de cette théorie en évoquant la possibilité que les envahisseurs dont parlait le lieutenant soient des extraterrestres.

« Bien entendu, m'avait dit Elijah, le Révérend Poach est un extraterrestre, c'est sûr, et il n'est pas le seul. Tu crois que le Révérend est un vrai Américain ? Et tu crois que Jack Simmons et Alvin Carollan sont des Américains ? Tu parles. Ils ont été parachutés, avait dit Elijah.

— Parachutés d'où ?

— Tu n'as qu'à leur poser la question. »

J'avais ensuite rapporté les paroles d'Elijah à Fausto pour m'assurer qu'il ne croyait pas plus que moi à la présence des extraterrestres parmi nous. Mais, sur ce point, Fausto n'a pas été très clair. Ce qui l'intéressait dans l'histoire, c'était la confusion qui existait dans la tête d'Elijah entre les Américains et les êtres humains.

« C'est typique, m'a dit Fausto. A croire qu'il n'y a que les Américains sur terre et que les mots homme et Américain sont synonymes.

— Comment ?

— A croire que c'est la même chose, que l'humanité n'est formée que de citoyens des Etats-Unis et qu'il n'y a personne d'autre que nous sur la planète. Va dire ça aux Espagnols, aux Chinois, aux Turcs. A ce compte, c'est facile de voir des extraterrestres partout. Inutile de chercher plus loin. Montre à Elijah la photo d'un Ecossais en kilt, et même s'il a lui-même des origines écossaises, tu verras ce qu'il te dira. »

J'ai voulu mettre ce projet à exécution, mais je n'ai pas réussi à dégoter de photo d'un Ecossais en kilt, si bien que je ne sais pas moi-même à quoi ressemble un tel personnage.

Le Révérend a donc freiné brutalement et parmi les paquets tombés de la hotte se trouvait un sac de graines pour oiseaux dont l'emballage s'est rompu, déversant une partie de son contenu sur le sentier. Voilà bien les pauvres du Révérend ! j'ai pensé, si pauvres qu'ils n'ont rien de mieux à faire que de nourrir les cailles et les rouges-gorges ! Puis, j'ai eu peur que le Révérend ne file à toute allure afin d'avertir le shérif qu'il m'avait croisé dans les bois. Mais je me suis rassuré en songeant que la mobylette de Poach était une antiquité, qu'elle ne roulait pas très vite et que j'aurais amplement le temps de disparaître. Et je me suis dit que l'occasion se présentait enfin d'interroger le Révérend à propos des graines que l'on jette ou que l'on garde chez soi.

« Homer, a dit le Révérend en me prenant de vitesse, tu devrais avoir honte !

— De quoi, Révérend ?

— Tu le sais mieux que moi.

— Je n'ai pas honte, Révérend.

— Alors tu devrais avoir deux fois plus honte ! Tu veux essayer de me tuer moi aussi ?

— Comment ?

— Tu as voulu la peau du shérif et maintenant tu t'embusques au milieu du sentier pour que je tombe de ma mobylette ?

— Révérend, vous ne parlez pas sérieusement.

— Je sais de quoi tu es capable. Mais je sais aussi

qu'il n'est jamais trop tard pour se racheter. Elijah, par exemple, qui aurait pu croire qu'il vienne à l'église après tant d'années vécues dans le péché.

— Elijah est venu à l'église ?

— Il est venu prier.

— Révérend, j'ai dit, c'est vous qui êtes en train de pécher. Elijah à l'église ? Vous me prenez pour un imbécile.

— Imbécile ou pas, tu sais ce qu'il te reste à faire, a enchaîné le Révérend.

— Quoi donc ?

— Te rendre.

— Révérend, j'ai dit en songeant aux paroles de Fausto, les choses sont comme elles sont et on ne peut rien y changer. C'est arrivé, et en ce qui me concerne, personne n'a été victime de quoi que ce soit. On ne peut pas parler d'injustice, j'ai dit, un point c'est tout.

— Qu'est-ce que tu me chantes ? Qu'est-ce que c'est que ces sornettes ?

— Vous le savez mieux que moi. C'est vrai, vous passez votre temps à dire que les gens vivent dans le péché alors que ce qui est fait est fait et qu'il faut d'abord l'accepter au lieu de s'en vouloir, même si les choses auraient pu se passer autrement », j'ai dit, tout en ayant le sentiment de ne pas m'exprimer aussi clairement que Fausto. J'aurais tant aimé qu'il soit là, avec nous, et qu'il explique au Révérend que l'injustice est une manière de voir les choses. « C'est nous qui décidons, j'ai ajouté, personne ne décide à notre place. » Mais je sentais que je m'engageais sur un terrain glissant et que je n'allais pas m'en sortir.

Cette fois, je n'ai pu échapper à la migraine. J'ai

senti une douleur dans la région de mes tempes et j'ai compris que j'étais allé trop loin. Il y a décidément une différence de taille entre comprendre une chose et la formuler d'une manière qui vous appartienne, j'ai pensé. On ne peut pas se contenter d'emprunter les mots des autres. Et je me suis demandé si le Révérend, qui trouvait toutes ses histoires dans la Bible, comprenait ce qu'il disait ou ne faisait que réciter jour après jour les mêmes leçons comme lorsque je mettais en pratique la technique de concentration d'Elijah. Etait-ce pour cela qu'il n'arrivait jamais tout à fait à me convaincre ? Le Révérend affirmait que la maison du Seigneur était ouverte à tous parce que c'était écrit dans son livre. Mais le livre ne précisait sans doute pas qu'il fallait laisser la porte ouverte à la nuit tombée et c'est pourquoi le Révérend tournait chaque soir la clef dans la serrure sans avoir l'air de se contredire. Le Révérend prétendait également que certaines personnes vivaient dans le péché et que d'autres restaient dans le droit chemin. Le droit chemin ! j'ai pensé, encore une expression à méditer. J'ai songé que si le droit chemin était le plus court chemin entre les deux croix, on ne pouvait, à moins d'être un oiseau, vivre dans la vertu sans emprunter des raccourcis. Le droit chemin est un sentier de traverse, j'ai pensé, et les rêveurs, les débauchés, les infidèles sont ceux qui n'osent couper par les bois et demeurent sur la grande route en s'imaginant à tort, à la manière d'Elijah, qu'ils atteindront plus vite leur destination, même si, quoi qu'en dise le Révérend, Elijah n'est pas un mauvais homme.

« Homer ? Tu m'écoutes ? »

J'avais complètement oublié le Révérend Poach. Depuis tout à l'heure, il s'adressait à moi en me pointant du doigt et je n'avais pas la moindre idée des propos qu'il avait pu tenir. « ... et puis d'abord, à qui est-elle, cette voiture ? A qui l'as-tu fauchée ? Et depuis quand possèdes-tu un permis de conduire ? Il serait temps que tu grandisses ! Tu sais ce que tu fais, enfin quoi !

— Je ne dis pas le contraire, Révérend. Seulement, je n'en veux à personne.

— De quoi ? Enfin, Homer, tu délires ? Tu crois que tu n'as pas mérité ce qui t'est échu ? C'est toi le fauteur de troubles !

— Oui, seulement, depuis l'accident, je n'ai plus une goutte de méchanceté dans le corps, et tout le monde est après moi ! Mais je ne dis pas que c'est injuste, non, c'est ma destinée. »

J'ai prononcé ces derniers mots avec force et je ne crois pas m'aventurer en disant qu'ils ont fait impression sur le Révérend. Mes tempes vibraient, ma gorge était sèche, je regardais tour à tour le Révérend Poach, ses mains serrées sur le guidon, la carrosserie crottée de la Studebaker et les graines pour oiseaux répandues sur la terre. Guidon. Carrosserie. Graines. J'étais la proie d'une foule d'émotions et d'idées contradictoires. Il fallait absolument que je pense à autre chose.

« C'est ma destinée », j'ai répété, et le Révérend a murmuré : « Irrécupérable », en clignant des yeux comme s'il était gêné par le soleil.

La brise s'était levée et les pollens voltigeaient autour de nous. Le Révérend a tiré un mouchoir de sa poche et s'est mouché. Il avait l'air accablé, plus encore que le matin où il m'avait réveillé sur le banc de l'église en tâtant mes côtes du bout de sa canne.

« A propos des graines... j'ai dit pour changer de sujet.

— Encore tes fichues graines ! a dit le Révérend. Ramasse-moi ces paquets. »

Je me suis baissé pour récupérer les dons et je les ai remis dans la hotte. Le Révérend est alors remonté en selle et il a commencé à s'éloigner sur son vélomoteur en tanguant. Ce n'était pas la première fois que je tentais de l'interroger sur cette histoire et une fois de plus, il refusait d'en parler. « Révérend ! Révérend ! » Mais quelques secondes plus tard, il avait disparu dans un tournant. J'ai soulevé le sac éventré. Il contient encore une bonne demi-livre de graines, j'ai pensé en le soupesant, et je me suis dit que je pourrais en faire cadeau à Duke. J'ai donc fourré le sac dans mon manteau tout en songeant que Duke non plus n'appartenait pas à la mystérieuse secte des pauvres du Révérend Poach, mais que lui, au moins, aimait les oiseaux.

9

« Homer, sors de là ! Homer, espèce de fils de pute !
— Elijah ?
— Sors de là, fumier ! »

C'était l'aube, la brise charriait des parfums de résine et de terre, mon corps était gelé, et j'ai compris que je m'étais endormi dans le tambour de la machine industrielle où, de toute évidence, j'avais trouvé refuge au milieu de la nuit. Je me rappelais vaguement mon excursion nocturne jusqu'à la maison d'Elijah. Avais-je renversé le cylindre pour me glisser à l'intérieur et m'assoupir dans son ventre tiède ? Je ne m'en souvenais plus. Je suis sorti de la forge en rampant et j'ai vu les bottes poussiéreuses d'Elijah qui m'attendait, debout sous l'appentis, immobile et sévère comme Judge Merrill sur son estrade, une main posée sur le manche de son petit maillet, au tribunal de Santa Cruz. J'ai levé les yeux pour tenter de l'amadouer. Je savais qu'Elijah était un homme d'honneur et qu'il ne frapperait pas un type à terre, même si, à sa place, je n'aurais sans doute pas fait preuve d'autant de mansuétude, pour reprendre une expression chère au Révérend.

Ce que j'ai vu m'a stupéfié. Elijah souriait. Entre ses lèvres fendillées, toutes ses dents se chevauchaient comme les enfants appuyés au balcon du Nick, pendant les scènes d'amour ou d'action.

« Elijah est un homme aux sourires comptés », m'avait dit Fausto une fois, et, comme à son habitude, il était tombé juste. De même qu'Elijah répartit ses pièces de monnaie et ses billets en autant de parcelles qu'il possède de boîtes et de récipients, il économise ses sourires, ses poignées de main, ses bourrades amicales et ses paroles d'encouragement et les dispense au compte-gouttes, un peu comme feu Révérend Poach avec ses dons. Un sourire d'Elijah vaut de l'or. En effet, je ne crois pas me tromper en disant qu'Elijah ne sourit pas plus de trois ou quatre fois par an. Quant à son rire, il vaut tout l'or de la terre, Elijah n'ayant, à ma connaissance, jamais ri de sa vie.

Elijah, donc, souriait, et quand je me suis relevé, il a posé une main sur mon épaule.

« Homer, il a dit, viens te réchauffer près du poêle. Je vais te faire un café. »

Puis, il m'a regardé plus attentivement et a froncé les sourcils.

« Qui t'a fait ça ?
— Quoi ?
— Tu es griffé de partout et tu saignes de la bouche. »

J'ai porté un doigt à mes lèvres et je les ai trouvées collantes. Le bout de mon doigt était rouge. Soudain, tout m'est revenu, nos retrouvailles, notre course dans les bois, les caresses des fougères, les morsures des ronces, les mains d'Ophelia sur la rambarde du pont, son silence, ma peur d'arriver trop tard, les cheveux rouges d'Ophelia, les lèvres rouges d'Ophelia, et ses taches de rousseur qui s'embrasaient.

La veille au soir, après ma rencontre inopinée avec le Révérend sur son vélo, j'avais enfin réussi à retourner au bordel pour tenter d'expliquer à Ophelia la raison de mon absence prolongée. En montant la route qui mène à la maison close, je me demandais par quel bout commencer et je tournais l'anneau sur mon majeur afin de me donner du courage. A la porte, j'avais été accueilli par Maud qui me dit que je trouverais Ophelia dans la buanderie. Celle-ci est située derrière le bâtiment principal, dans une petite dépendance en bois de séquoia qui s'élève au milieu du jardin.

Assise sur un tabouret comme à l'intérieur d'une tente (des draps jaunes, orange et mauves — ce sont les couleurs préférées de Jo Haggardy — séchaient, tendus sur les fils à linge), Ophelia posait du vernis sur ses ongles tandis que tournoyait le tambour d'une grosse machine à laver.

« Ophelia », j'ai dit, mais en me voyant entrer, Ophelia a fondu sur moi. Au lieu d'une gifle, j'ai senti sa robe effleurer mon avant-bras, je l'ai vue s'élancer vers le fond du jardin, planté de citronniers. C'était le crépuscule et les fruits brillaient dans la brumaille comme d'énormes lucioles. « Ophelia ! » j'ai crié, courant après elle.

Sa robe flottait devant moi, et par instants, je ne voyais plus que ce triangle rouge qui frôlait l'herbe drue et changeait de forme à la manière des taches lumineuses que le soleil dépose sur l'œil. Ophelia ne courait pas, elle volait comme un papillon *monarch*, comme un cerf-volant, elle volait, et moi, pour aller d'un point à un autre, je ne possédais qu'une paire de jambes moulues. Les semelles de mes chaussures s'enfonçaient dans la terre comme dans de la poix et ne s'en détachaient qu'avec peine, je sentais mes ampoules frotter contre mes chaussettes, mes cuisses et mes mollets criaient grâce, je sentais que mon corps était rempli d'argile, de brindilles et de cailloux, j'avais couru toute la nuit, j'avais couru tout le jour et je courais encore.

Ophelia est sortie du jardin, glissant sur un lit de fougères. J'ai trébuché à sa suite, je n'y voyais plus très clair, on se poursuivait à flanc de colline, Ophelia planait à quelques mètres de moi, il m'aurait suffi de forcer l'allure pour la rejoindre, mais c'était comme si on n'appartenait plus au même monde et je me suis souvenu de ces ânes, dans un film d'aventures, qu'on faisait avancer en agitant devant eux un foulard noué au bout d'une perche.

J'ai coursé Ophelia à travers une succession de bois et de clairières, jusqu'au bas d'un vallon qui allait s'élargissant et le long d'une interminable clôture. Coupant à travers champs, Ophelia a regagné la forêt, et dans le brouillard qui nimbait la feuillaison, le rouge de sa robe devenait plus sombre. Elle fuyait, toujours plus loin, et je dégringolais après elle, le regard rivé sur la tache rouge de sa robe. Je ne pensais plus à rien, les branches et les ronces me griffaient au passage, un sang neuf coulait dans mes veines, et j'avais l'impression que mon corps courait de lui-même. Ophelia éclairait la route comme ce porte-drapeau valeureux dont parle souvent le Lt. McMarmonn et qui devint un héros des nordistes pendant la guerre de Sécession, elle filait sous les arbres, volait par-dessus les ruisseaux, les trous et les troncs abattus, rien ne pouvait l'arrêter. Parfois, je la perdais de vue et parfois je la talonnais, mais, toujours, elle m'apparaissait lointaine, intouchable, et je ne songeais pas plus à la rattraper qu'un oiseau ne cherche à prendre de vitesse le soleil.

Pendant combien de temps l'ai-je poursuivie à travers les collines de Farrago ? Je n'en ai pas la moindre idée. Il me semblait qu'Ophelia ne me fuyait pas, bien au contraire, qu'elle nous frayait un chemin, qu'elle nous ouvrait la voie, à elle comme à moi, et que j'allais la suivre, ainsi, jusqu'au bout du monde et jusqu'à la fin des temps. J'étais ivre de joie, je ne sentais plus mes jambes, mes pieds ne touchaient plus le sol, je volais moi aussi, mais le plus étrange, dans tout ça, était le sentiment que j'avais de filer droit, sans détour, à la surface d'un monde où les obstacles, les virages, les raccourcis, les zigzags n'avaient aucun sens. Ophelia formait avec moi une ligne mouvante dont nous étions les deux croix, comme sur le dessin de Fausto, une ligne dont elle était la tête et dont j'étais la queue et qui se déplaçait sur la terre sans jamais s'infléchir. Il n'y avait plus de différence entre les distances terrestres et les distances à vol d'oiseau, il n'y avait plus qu'un trajet infini, un espace entre deux points qui étaient nos deux corps et que rien ne viendrait jamais combler, comme si l'important dans l'histoire, c'était la ligne elle-même, ce n'était pas elle, ce n'était pas moi, mais ce fil invisible tendu entre nos deux vies.

Entre un point et un autre, le chemin le plus court est l'amour, j'ai pensé, et j'ai compris que toutes les souffrances de l'humanité provenaient d'un même malentendu. Les hommes couraient après un but et n'arrivaient pas à l'atteindre, tombaient amoureux et n'arrivaient pas à aimer, se rendaient quelque part et se plaignaient du voyage, voyaient le temps filer et craignaient de mourir avant d'être vieux, vieillissaient quand même et vivaient dans l'obsession de leur fin prochaine, les hommes ne prenaient en compte que le point de départ et le point d'arrivée et oubliaient le chemin qui passe entre les deux. Or ce chemin existe quoi qu'il arrive, on ne peut ni l'allonger ni le réduire, on peut au mieux le reconnaître, et pour mon compte, c'est en courant derrière Ophelia que je l'ai reconnu. Cette intuition du chemin, je ne la devais qu'à mon amour, mais j'en étais fier malgré tout. Homer, je me suis dit, il y en a là-dedans, et c'est alors que j'ai vu Ophelia quitter le sous-bois et rejoindre la route à un demi-mile de Barnaby Bridge, le pont qui enjambe la rivière au nord de Farrago.

La brume commençait à se dissiper. L'obscurité, bientôt, serait complète, jusqu'au lever de la lune. Ophelia, dans la pénombre, retrouvait ses formes, le dessin de ses hanches, sa peau laiteuse et sa chevelure rousse. Il y avait tout juste assez de lumière pour me permettre de dire que c'était elle, Ophelia, et qu'on avait bel et bien franchi, ensemble, ce vaste territoire qui ne figure sur aucune carte et n'appartient pas à la réalité de tous les jours. Mais déjà, je sentais qu'on en était sortis, ou qu'il ne se laissait plus percevoir. Il s'était retiré de nos consciences comme une vague, il n'avait pas disparu, il ne s'était pas refermé comme les portes d'une église, non, il attendait le moment propice pour nous inviter à l'explorer encore une fois. Les vagues reviennent toujours, j'ai pensé, puis j'ai crié : « Ophelia ! »

Elle avait atteint l'entrée du pont. Elle ne courait plus et s'est retournée pour me faire face. Son beau visage était en sueur, en flammes, des mèches de cheveux collaient à son front et à ses joues.

« Tu m'aimes ? » a dit Ophelia. Il y avait tant de douleur dans ses yeux.

« Oui.

— Alors sauve-moi. »

Ophelia s'est engagée sur le pont, et c'est à cet instant que j'ai su qu'elle allait se jeter dans la rivière. J'ai couru. Mes membres, de nouveau, étaient courbaturés et lourds. J'ai vu Ophelia poser ses mains sur le garde-fou, je n'allais jamais arriver à temps. Trente pieds plus bas, l'eau s'engouffrait entre les piles du pont. Ophelia a passé une jambe au-dessus de la rambarde, mais au moment de se jeter, elle a eu le vertige et n'a plus bougé.

Je l'ai rejointe, j'ai posé mes mains sur ses épaules et l'ai sentie se détendre. Puis, on a glissé au sol. Mes mains ne l'ont plus quittée, j'avais si peur qu'elle m'échappe, que la rambarde ne cède, que les eaux s'élèvent brusquement, que le monde s'en mêle. On s'est retrouvés à genoux. Son dos pesait contre mon torse, je voyais le creux mouillé de sa nuque et les petites bosses de sa colonne vertébrale sous le coton tendu. Je ne peux pas dire combien, à cet instant, je l'ai aimée. J'ai enlacé Ophelia, je l'ai serrée aussi fort que j'ai pu, à l'étouffer, à lui briser les os, elle ne s'est pas plainte, pas un souffle, rien. Le mal que je lui cause, j'ai pensé, lui fait du bien. Enfin, d'une toute petite voix, elle a dit : « Tu ne t'es pas jeté pour me sauver.

— Tu n'as pas sauté. Si tu avais sauté, je t'aurais suivie.

— Tu dis ça pour me faire plaisir ?

— Pas du tout.

— J'ai peur des hauteurs.

— Je t'aurais sauvée.

— C'est vrai ?

— Oui.

— Alors tu m'aimes autant qu'elle ?

— Qui ?

— Sarah Connolly.

— Je n'ai jamais été amoureux de Sarah Connolly ! » j'ai dit.

Ophelia a relevé la tête et m'a regardé longuement. Elle fixait tour à tour mon œil gauche et mon œil droit, comme si elle cherchait à les déchiffrer. Elle ne me regardait pas moi, Homer, c'étaient mes yeux qui l'intéressaient, et par la suite, Ophelia a souvent procédé à cet examen. Elle ne cherchait pas forcément à me prendre en faute, mais à comprendre quelque chose qui lui échappait. Elle ne rencontrait pas mon regard, elle scrutait mes pupilles, le marron clair de mes iris, leurs auréoles blanches, et tirait une grande satisfaction de ce rituel. Quand elle a achevé son tour d'inspection, Ophelia m'a embrassé. Nos visages étaient trempés de sueur. Puis, on s'est levés, et, main dans la main, sans mot dire, on a suivi la grande route jusqu'au village. Il faisait nuit.

A la porte de la maison close, Ophelia m'a dit : « Va-t'en maintenant ! » J'ai plongé ma main dans la poche de mon manteau et j'en ai tiré la barrette ornée de petites fleurs bleues que j'avais achetée sur la côte et que je désirais depuis longtemps lui offrir.

« Pour moi ? a dit Ophelia.

— Oui. »

Elle a d'abord souri, avant de secouer la tête : « Tu me la donneras une autre fois.

— Quand ?

— Quand tu seras plus gentil », a dit Ophelia, franchissant le seuil et refermant la porte.

Cette attitude, c'était Ophelia tout craché. Ophelia avait une sorte de code de l'honneur qu'elle respectait à la lettre et qu'elle appliquait sur l'heure. Quand elle était heureuse de moi, elle me le faisait comprendre sans délai. Quand je commettais un impair, je le savais tout de suite. Et quand Ophelia était à la fois satisfaite et en colère, elle trouvait le moyen de me récompenser tout en me condamnant. C'est Fausto qui, bien plus tard, a eu l'idée de comparer l'amour à la justice et Ophelia à un *district attorney*.

« Il y a des juges qui font traîner les procédures en longueur, m'a expliqué Fausto, et d'autres qui tranchent dans le vif et règlent les affaires séance tenante. Ophelia, elle, a une conception expéditive de la justice. Elle ne perd pas de temps. Tu as bien de la chance. »

Elijah, donc, m'a demandé pourquoi j'étais griffé de partout et je saignais de la bouche.

« C'est à cause des branches, j'ai dit, quand j'ai couru après Ophelia. Mais autour de ma bouche, ce n'est pas du sang, c'est du rouge à lèvres. »

Il n'a pas fait de commentaires. On est entrés dans la maison et on s'est assis à la table de la cuisine. Elijah, je le voyais bien, n'était pas dans son état normal. Il voulait me dire quelque chose, mais il temporisait, et comme il ne parvenait pas à penser à autre chose, il ne disait rien et ne cessait de tourner sa cuiller dans sa tasse de café. Je me suis dit qu'il désirait sans doute m'entretenir de sa forge et de ses boîtes. Plus tard, j'apprendrais que Percy l'avait aidé à sortir le tambour de l'étang en l'amarrant à son tracteur. Elijah disposait même de l'enclume d'Abraham Burnet, le dentiste, comme je m'en suis aperçu en laissant errer mon regard dans la cour. Sur le moment, je me suis simplement dit qu'Elijah vivait les plus grands jours de sa vie et qu'à sa manière, il devait être le plus heureux des hommes. Depuis combien d'années parlait-il de sa forge sans quitter son tabouret ? Dix ? Quinze ?

Je m'apprêtais à lui poser la question, quand tout à coup, je me suis rappelé Ananda Singsidhu, le météorologue indien qui, à l'époque où je fréquentais encore l'école, était venu s'installer à Rainbow Point dans la tour d'observation construite grâce à une subvention de l'université Stanford. Nand — c'est ainsi que l'appelaient ses proches — et moi étions devenus amis et il m'avait avoué qu'il rêvait de cette tour depuis son enfance. Quand il avait débarqué à Farrago, son rêve s'était réalisé, comme celui d'Elijah. Elijah n'a pas connu Nand, j'ai pensé, et je ne lui ai jamais raconté cette histoire.

L'occasion est venue, je me suis dit, mais c'est alors qu'à ma plus grande surprise, j'ai vu Bone passer en trottant sur la route, une carcasse de poulet coincée entre ses crocs. Je suis sorti sur la terrasse et je l'ai appelé, mais comme il avait déjà un os dans la gueule, il ne m'a pas écouté et a continué son chemin. Cet événement m'a fait oublier l'histoire d'Ananda Singsidhu et de la tour, et je ne m'en suis souvenu qu'une semaine plus tard, à la tombée de la nuit, en atteignant le promontoire de Rainbow Point, où je devais participer à une réunion clandestine qui allait révolutionner le cours des choses.

« Les affaires marchent bien ? j'ai dit en retournant dans la cuisine.

— Moins bien que les tiennes, a répondu Elijah.

— Rien n'est joué. Le Révérend n'acceptera jamais de nous marier et il faut que je décroche ce job de garde forestier.

— Je sais.

— Qui te l'a dit ?

— Tu vas voir ce que tu vas voir ! a dit Elijah, et je me suis rendu compte qu'il jetait des coups d'œil fréquents vers la route.

— Tu attends quelqu'un ?

— Moi ? Personne. C'est toi qui attends quelqu'un.

— Qui ? » j'ai dit, mais en regardant par la fenêtre, j'ai eu la réponse. La voiture du shérif faisait son entrée dans la cour.

« Vendu ! »

Je me suis redressé et j'ai tenté d'attraper Elijah par la chemise. Il s'est dégagé et je l'ai coursé autour de la table. Le shérif pouvait bien me passer les menottes et me conduire devant le juge, j'aurais la peau d'Elijah, je lui épaterais le nez, je lui pocherais les deux yeux, je lui péterais les dents, et il n'aurait plus qu'à retourner chez Abraham Burnet. Tout en manœuvrant pour éviter mes coups, Elijah souriait d'un air idiot, ce qui a eu pour effet de décupler ma rage.

« Sale traître ! j'ai crié. Tu as entendu parler d'Apollo-17 ? Je vais te foutre dans ton tambour, je vais te faire rouler jusqu'au Kennedy Space Center et t'expédier dans l'espace à bord de ta capsule trouée ! Apollo-18, ce sera ton dernier exploit, espèce d'enculé ! »

Le shérif ne m'a pas laissé mettre mon plan à exécution. Il est entré dans la cuisine, nous a regardés courir autour de la table, et quand j'ai voulu renverser la table pour acculer Elijah dans un angle de la pièce, il m'a agrippé dans le dos et m'a retenu.

« Calme-toi, Homer, a dit le shérif, assieds-toi.

— Je suis très bien debout, j'ai répondu sans quitter des yeux Elijah qui souriait d'un air entendu et dont les dents étaient autant d'injures.

— Qu'est-ce qui se passe ici ? a demandé le shérif. Vous croyez que c'est le moment ? Homer, quelle mouche t'a piqué ? Elijah, tu ne lui as rien dit ? Homer, tu n'as pas lu le journal ?

— Le journal ? »

J'ai senti ma colère refluer. C'était fini, j'étais fini, j'étais bon pour la taule, et comme je ne pourrais jamais payer l'amende, je serais condamné à quelques mois de travaux d'utilité publique, à monter des barrières de protection au bord des routes ou à ramasser les ordures sur la plage, armé d'une pique et d'un sac-poubelle. Quelqu'un d'autre obtiendrait le poste de garde forestier et Ophelia ne voudrait plus jamais de moi pour mari. Peut-être abandonnerait-elle notre enfant, comme elle m'en avait menacé, le soir où j'étais monté la rejoindre dans sa chambre. Peut-être ne connaîtrais-je jamais le visage ni le nom de mon enfant. Quelle mouche m'avait piqué ? C'est à Jo Haggardy qu'il aurait fallu poser la question, Jo, avec ses grandes phrases et ses grands projets, qui s'était mis en tête de nous marier, Ophelia et moi, alors que je n'étais même pas capable de veiller sur mes propres intérêts et que je passais mon temps à entraîner les autres dans ma chute. La trahison d'Elijah m'avait abattu comme un oiseau en plein vol. Je n'avais plus la force de lutter. Je me suis laissé tomber sur une chaise.

« Tiens », a dit le shérif en me tendant un exemplaire du *San Francisco Daily*. La première page était consacrée dans sa quasi-totalité au scandale du Watergate et à la démission des principaux conseillers du Président. L'article commençait par expliquer que le Président avait passé dix heures à réfléchir avant de prendre la décision de renvoyer les coupables (je n'ai jamais rien compris à toute cette histoire), ce qui a renforcé en moi la certitude que l'imbécillité et la présidence étaient loin d'être incompatibles. Oubliant mes soucis, j'ai imaginé Nixon, dans son bureau ovale, la tête entre les mains, se demandant, dix heures de suite, s'il allait ou non congédier ses hommes, et je me suis dit qu'à ce rythme, les affaires du pays ne devaient pas s'arranger du tout et que s'il avait fallu attendre tant d'années avant de signer un accord de paix avec le Vietnam, c'est parce qu'il avait fallu autant d'années au Président pour se prononcer. L'éditorial, qui occupait la moitié d'une colonne, à droite, parlait d'une certaine Miss Roe et des avortements au Texas, légalisés depuis peu. J'ai lu sans réfléchir les premières lignes de l'article, et mon regard s'est porté sur le bas de la page, où se trouvait la photo d'un Noir, l'air ahuri. Quelque chose, dans l'expression de son visage, a retenu mon attention, et j'ai examiné la photo plus attentivement. J'ai d'abord remarqué que le Noir n'était noir que par endroits, puis j'ai vu que son manteau ressemblait au mien, et pour finir, je me suis reconnu.

« C'est moi ! » je me suis exclamé.

Elijah et le shérif ont hoché la tête. Ils souriaient, Elijah comme un gamin qui vient d'accomplir une farce, le shérif avec fierté. J'ai alors lu le titre de l'article : « Le héros de Farrago ». Il était signé Craig McNeilly et décrivait la manière dont j'avais, en compagnie de Duke, assommé les pollueurs dans la décharge de Farrago et ramené le camion-citerne devant le Q.G.

« Homer, a dit le shérif, enterrons la hache de guerre. »

J'étais si stupéfait que je ne lui ai pas répondu.

« Shérif, a dit Elijah, la suite !

— Homer, a enchaîné le shérif en tirant une enveloppe de sa poche, voilà pour ta peine. Cette enveloppe contient cinq cents dollars. Duke a déjà touché sa part, qui correspond à la moitié de la récompense offerte par la police pour tout renseignement menant à l'arrestation des bandits qui s'amusent à polluer nos rivières. Grâce à vous, on va maintenant pouvoir remonter la filière. Homer, tu as le droit à mes remerciements personnels. Judge Merrill, que j'ai eu au téléphone tout à l'heure, m'a dit que pour cette fois, il passait l'éponge, et Morris Cuvelton te fait savoir par mon intermédiaire qu'il t'attend à la mairie pour cette histoire de job. Tu veux vraiment devenir garde forestier ? a ajouté le shérif avec une certaine inquiétude.

— Je n'ai pas le choix », j'ai répondu en contemplant la liasse de billets verts à l'intérieur de l'enveloppe, et je me suis demandé pourquoi Craig McNeilly n'avait pas également tiré le portrait de Duke. Etait-ce parce que je m'étais enfui au volant de sa voiture ? Ou n'était-ce pas plutôt la preuve que les Blancs sont toujours avantagés par rapport aux Noirs, au point que l'article, au lieu d'être intitulé « Les héros de Farrago », ne faisait état que d'un seul héros, moi, même si, sur la photographie, j'avais plutôt l'air d'un Noir ? La situation était assez embrouillée. Il faudra que j'en parle à Fausto, j'ai pensé.

« Maintenant, a dit Elijah, prépare-toi à en prendre plein la vue ! Le 1er mai 1973 restera dans les annales de l'histoire de l'industrie américaine et du génie humain, c'est moi qui te le dis. Homer, suis-moi, tu compteras tes billets plus tard. Shérif, vous avez le droit de venir aussi. Je n'ai de secret pour personne, a dit Elijah en sortant de la cuisine, et surtout pas pour les frères Flink. »

Sous l'appentis, une autre surprise m'attendait. Sur le tabouret d'Elijah, qu'il avait retiré de la cour pour l'installer dans sa forge, trônait sa première création, une boîte en fer, de forme presque cubique, dont le couvercle était orné d'un joli fermoir, et qui tenait dans la main. La boîte avait un aspect assez grossier, ses parois étaient gondolées et elle penchait légèrement d'un côté. Je l'ai examinée avec soin, puis j'ai regardé Elijah. Il rougissait de plaisir. Le shérif, quant à lui, a soulevé la boîte, l'a tournée dans tous les sens et l'a reposée en prenant un air grave.

« Elijah, il a dit, je retire tout ce que j'ai pu dire sur toi. Cette boîte que je vois là va provoquer une épidémie de mea culpa dans le comté, parole d'honneur.

— C'est la toute première, a dit Elijah en tapotant le couvercle comme s'il caressait la tête de son marmot.

— Je n'aurais jamais cru ça possible, a enchaîné le shérif. Homer en première page du journal, toi qui, d'un jour à l'autre, après des années d'hésitations, ouvre ta forge, chapeau. Le vent tourne à Farrago.

— Les frères Flink n'ont qu'à bien se tenir », a dit Elijah, avant de se tourner vers moi : « Homer, cette boîte est pour toi. Oui, imbécile, ne fais pas cette tête. Quand tu m'as balancé à l'eau, je ne sais pas ce qui s'est passé, mais il s'est passé quelque chose. Me retrouver comme ça, au fond de l'étang, à l'intérieur de ma forge, ça m'a fait tout drôle. J'avais l'impression d'être dans le ventre de ma mère. Je n'ai même pas eu peur. Et quand j'ai sorti la tête de l'eau, j'ai eu l'impression de renaître. J'ai même crié. Pas vrai, shérif ? »

Le shérif a acquiescé.

« J'ai même crié, a répété Elijah. J'ai crié comme si je respirais pour la première fois. Et j'ai senti qu'un truc se brisait dans ma tête. Un truc qui n'aurait pas dû y être et que je trimbalais dans mon crâne depuis des lustres. Quelques jours plus tard, Percy m'a aidé à tirer la forge de l'étang, et quand je l'ai vue surgir de l'eau, couverte de vase et de petites algues, j'ai pleuré. J'ai pleuré ! »

Elijah a regardé autour de lui comme s'il espérait voir apparaître Percy Tuddenham pour lui demander de confirmer ses dires.

« C'est vrai, a dit le shérif, témoignant à la place du fermier. Percy m'a raconté l'histoire.

— Et le jour même, a repris Elijah, tu ne sais pas ce que j'ai fait ?

— Non, j'ai dit.

— Je suis allé à l'église et j'ai prié. J'ai même allumé un cierge. »

C'était donc vrai. Le Révérend ne m'avait pas menti. Elijah s'était bel et bien rendu à l'église. Le vent qui tournait à Farrago, c'était le vent de la Révolution.

« Tu priais qui ? j'ai demandé. Dieu ?

— Va savoir ! Je priais, c'est tout. Et mes crises, a dit Elijah, fini ! Enfin presque. A présent, elles ne durent jamais plus d'une seconde ou deux, c'est à peine si j'ai le temps d'aller et de venir, et je n'en ai pas eu depuis une semaine. Prends cette boîte, Homer.

Elle te portera chance. Tu n'as plus assez d'un flacon d'encre pour ranger tes économies, mais d'une vraie boîte que tu pourras mettre chez toi et admirer tous les jours de l'année en te souvenant du 1er mai 1973. »

Je n'étais pas certain de me souvenir de la date. En revanche, je me rappellerais toujours ce matin chez Elijah, le journal, la récompense, les remerciements du shérif et la métamorphose de mon ami. Elijah n'était plus le même homme. Je ne l'avais jamais entendu parler autant, je ne l'avais jamais vu sourire avec une telle facilité, mais, surtout, je ne l'avais jamais vu passer la matinée ailleurs que sur son tabouret. Les jours suivants, Elijah a retrouvé son flegme et sa discrétion habituels. Mais il souriait pour un oui, pour un non, et quand il ronchonnait, il le faisait sans enthousiasme, comme pour sauver les apparences. On est sortis de l'appentis, Elijah m'a remis la boîte, et le shérif m'a accompagné à la mairie.

10

J'ai passé la journée entre le bureau de Morris Cuvelton, celui de sa secrétaire, la petite bicoque de Dunken Jr., l'ancien garde forestier, et les collines de Farrago, où on s'est promenés ensemble jusqu'au soir. Dunken Jr. (son père, Dunken Sr., venait de fêter son quatre-vingt-dix-septième anniversaire, ce qui faisait de lui le doyen de Farrago) m'a raconté en quoi consistait son travail et je me suis rendu compte que, toutes ces années, j'exerçais déjà le métier de garde forestier sans le savoir, sauf que je n'étais pas rémunéré. Je n'étais pas non plus obligé de porter un uniforme et de rédiger des rapports, mais à ces quelques différences près, ma vie ressemblait étonnamment à celle de Dunken et on s'est très bien entendus.

Dunken est l'homme le plus simple que je connaisse. C'est comme si la nature avait déteint sur lui. Il parle peu, et toujours pour dire quelque chose, ce qui, d'après Fausto, fait justement partie des grandes lois de la nature. Les gens qui n'ont rien à dire — c'est Fausto qui parle — dissimulent leur manque d'intelligence et de profondeur sous un flot continu de paroles creuses, et ceux pour qui la parole n'est pas qu'un simple cache-misère et un remède contre « l'effrayant silence des arbres, des bêtes et des hommes libres » (cette expression, Fausto l'a trouvée dans un de ses livres de poésies) se contentent, linguistiquement parlant, du strict nécessaire. Dunken, par ailleurs, était heureux de savoir que j'allais prendre sa place. Au Golden Egg, le *diner* de Farrago, Martha Dill lui avait montré l'article du journal. Il était donc au courant de la correction qu'on avait infligée, Duke et moi, aux pollueurs, et quand je suis monté à bord de sa camionnette, il m'a dit que la forêt me devait beaucoup et qu'elle saurait me rendre ce que je lui avais donné.

Je n'ai jamais oublié cette phrase. J'ai même acheté un cahier pour la recopier et je me suis dit que j'en profiterais pour noter les paroles mémorables des uns et des autres. Rien qu'entre Duke et Fausto, j'avais déjà de quoi noircir de nombreuses pages, et c'est dans cet esprit que j'ai fait l'acquisition du cahier, un petit cahier comme on nous en fournissait à l'école, avec la table des multiplications imprimée sur la couverture. Mon cahier de phrases mémorables est resté à l'état de projet. Je n'y ai inscrit que celle de Dunken, puis, lors de la grande expédition qu'on a entreprise avec Duke, Ophelia me l'a emprunté pour y noter ses impressions de voyage.

On se comprenait si bien, Dunken et moi, qu'il nous suffisait, le plus souvent, d'un simple geste ou d'un regard pour nous entendre et partager les fruits de notre expérience. Il me montrait les empreintes d'un harpail de biches, d'un putois ou d'un raton laveur, j'attirais son attention sur le martèlement feutré d'un pivert à l'ouvrage, le vol immobile d'un colibri ou l'ardent friselis d'un ruisseau caché (j'emprunte ces dernières expressions à un recueil de poèmes que m'a prêté Fausto). Dans une clairière, Dunken a passé en revue plusieurs espèces de fleurs sauvages, *Indian paintbrushes*, *bitterroots*, *sky pilots*, *leopard lilies*, et je lui ai fait voir un flanc de colline tapissé d'oseille et de buissons de myrtilles où s'ébattait une bande de *chestnut-backed chickadees*. Sans prononcer un mot, on s'est donné à voir, à sentir, à entendre ou à deviner toutes les sortes d'animaux et de plantes qu'une fréquentation intense de la région nous avait appris à reconnaître et à aimer. Dès qu'on quittait l'ombre formidable des séquoias et les puits de lumière qui dessinaient dans l'espace une autre forêt, fantomatique et chatoyante, la végétation se diversifiait, les érables à grandes feuilles se mêlaient aux mancenilliers, aux chênes noirs et aux aulnes rouges. Sur le chapitre des insectes, Dunken était un peu plus bavard. Il connaissait par cœur tout ce qui concernait les hannetons et les boules parfois énormes qu'ils poussent à reculons des heures durant, quitte à recommencer cent fois de suite la même ascension, les cigales et leurs tunnels d'habitation qu'elles plâtrent à l'aide d'une glu naturelle, les mantes religieuses et leurs postures pétrifiantes, les sauterelles, les vers de terre, les taons, et portait un intérêt spécial aux lucioles qui, contrairement à ce qu'on pourrait s'imaginer, sont des prédateurs voraces, « aussi amateurs d'escargots que les Frogs, tu sais, de l'autre côté de l'Atlantique », selon le mot de Dunken (les Frogs, je l'ai appris plus tard, est une expression qui désigne les Français ; les vraies grenouilles, en effet, ne sont pas particulièrement friandes d'escargots), et qui, littéralement, boivent leurs victimes après les avoir anesthésiées.

A la tombée de la nuit, Dunken m'a déposé à la maison close et on s'est donné rendez-vous le lendemain. Il voulait m'offrir quelques livres et m'apprendre à rédiger un rapport. Je l'ai regardé descendre la route à bord de sa camionnette, puis je suis monté rejoindre Ophelia. Cette fois, j'ai été bien accueilli. Vêtue d'une robe de satin bleu aux manches de dentelle, la peau aussi blanche que la porcelaine des lampes, Ophelia était tellement désirable que je me suis senti aussi ému que la nuit où Fanny Wells avait réglé son compte à ma virginité. Elle m'a dit que depuis que Jo avait découpé ma photo dans le journal pour la coller sur un mur de son bureau, toutes les filles étaient devenues jalouses et qu'elles ne parlaient plus que de nous. Elle m'a également mis en garde contre la tentation de tirer avantage de ma célébrité en serrant ma gorge entre ses mains, mais elle n'était pas vraiment fâchée, comme je l'ai compris quand elle a lâché prise pour s'amuser à badigeonner mon visage de crème hydratante, et aucun incident réel n'est venu troubler la soirée. On a fait l'amour avec beaucoup de tendresse et je me suis endormi contre sa poitrine en songeant une fois de plus qu'il était bon d'aimer, d'être aimé, et de ne pas avoir à s'en aller.

Les jours suivants, je n'ai pas eu le temps de me retourner. A huit heures, Dunken Jr. m'attendait devant chez lui pour m'emmener dans les bois et je consacrais mes après-midi à la recherche d'une maison, Ophelia désirant quitter le bordel le plus rapidement possible, ce qui n'était pas étonnant, vu qu'elle était enceinte, qu'on était pour se marier, et qu'elle y vivait comme à l'hôtel. En outre, malgré toute sa gentillesse et sa bonne volonté, Jo ne voyait pas d'un très bon œil le fait que je passe chacune de mes nuits dans la chambre d'Ophelia. Le moral des autres filles, disait-elle, s'en trouvait atteint, même si Polly, Piquette, Mabel et Charleen, la dernière recrue en date, une grande blonde qui devait prendre la place d'Ophelia, nous prodiguaient toutes sortes de conseils et nous entouraient d'égards. Il n'était pas évident pour une prostituée, même repentie, et un ancien vagabond, même célèbre, de trouver une maison à louer. Jo, qui misait sur ses nombreuses connexions et son prodigieux bagout, n'était parvenue à convaincre aucun des propriétaires qu'elle connaissait à Farrago et qu'elle avait pourtant sollicités en personne, n'hésitant pas, au dire des filles, à leur promettre certaines compensations.

Quant à moi, je me promenais d'un bout à l'autre du comté, tirant sur les cordons des sonnettes, frappant aux portes. La plupart du temps, j'étais reçu avec des poignées de main et des tapes dans le dos. « Je cherche une maison pour moi et ma fiancée », je disais, mais la réponse était toujours identique : « Demande à Untel, il pourra peut-être faire quelque chose », ou bien : « Je sais que personne ne vit dans la maison d'Unetelle, dépêche-toi de lui rendre visite. »

C'est ainsi que Margaret Woods, la coiffeuse, m'a envoyé chez Alfred Snipin, un employé de la poste qui m'a conseillé de poser la question à Freddie McLean qui a téléphoné à Gordon Little, le vétérinaire, qui m'a recommandé à Aiken Boone qui m'a accompagné à la menuiserie où travaillent les frères Bickford qui m'ont promis d'en toucher à mot à Boniface Wagner, leur patron, qui m'a mis sur la piste d'une grange à retaper sur le terrain de Kay et Nigel Keegan qui, au motif que j'avais semé la panique dans leur poulailler des années plus tôt, m'ont chassé à coups de fusil en hurlant que si je remettais les pieds chez eux, ils se chargeraient personnellement de me trouver un lit chez Moe Hendricks, le responsable de la morgue, qui m'a déposé en voiture chez le Lt. McMarmonn qui m'a parlé de la prise de Pyongyang et s'est retiré pour faire la sieste, me laissant en compagnie de sa fille Lisa qui m'a demandé pourquoi je n'étais pas allé voir Abigail Hatchett qui a voulu m'offrir cinq dollars (j'ai refusé l'argent) pour que je lui ramène un sirop de la pharmacie où Leo Pomeroy, le pharmacien, m'a parlé du départ pour Seattle d'Elridge Cheney qui avait déjà loué sa maison à Clive Renshaw qui m'a assuré que Dick Detmold saurait me donner un bon tuyau, mais Dick était plein comme une barrique et comme il ne comprenait pas ce que je lui racontais, il m'a donné l'adresse d'un maçon, Ray Hagley, qui m'a informé que son neveu, Tupper, avait un *trailer* à vendre, seulement, Tupper ne voulait plus vendre sa caravane et comme il se rendait à la décharge pour y jeter de la ferraille, j'en ai profité pour interroger Duke qui m'a suggéré de passer voir Billy Lambert, l'ancien comptable de Jack Simmons, qui m'a convaincu de recourir aux services de Lilly Charmaine, une diseuse de bonne aventure qui a lu dans les cartes que je n'avais pas la moindre chance de parvenir à mes fins et qu'il me fallait me méfier d'un homme au visage brûlé. Lilly Charmaine a tout de même dépêché son fils, Jerome, chez Abraham Burnet. Il lui a donné le nom de Margaret Woods, la coiffeuse, et a bouclé la boucle.

Fausto, de son côté, a aussi tenté de nous venir en aide. Un soir, à l'épicerie, je lui ai présenté Ophelia et Fausto qui, sans être aussi ronchon qu'Elijah, n'est généralement pas très expansif, s'est montré ravi de faire sa connaissance et nous a dit qu'on était faits pour se rencontrer. C'est donc que le destin s'en mêle, j'ai pensé. Ophelia s'est même vu offrir un joli parapluie qu'une cliente avait commandé mais qu'elle n'était jamais venue chercher. Le lendemain, Fausto a posté une annonce à l'entrée de l'épicerie et téléphoné au *Santa Cruz Sentinel* pour en dicter une autre, mais quand les propositions ont commencé à affluer, il était déjà trop tard. Le maire, que je suis retourné voir dans son bureau, m'a tenu un grand discours sur la construction imminente de logements sociaux dans un nouveau lotissement ; seulement, il en allait de ces logements comme des poteaux téléphoniques qu'il promettait depuis des années à ses administrés et je n'ai pas réussi à prendre ses paroles au sérieux.

Je me souviens très précisément de mon entrevue avec Cuvelton, parce qu'après avoir tenté de m'embobiner avec son histoire d'habitations pour les plus démunis, il m'a demandé si je m'intéressais à la politique et si j'accepterais de l'accompagner dans ses tournées.

« Vous aussi vous faites des tournées ? » j'ai dit, en pensant à Fausto et au Révérend Poach. L'un distribuait ses cartons de nourriture aux habitants qui ne pouvaient pas se déplacer jusqu'à l'épicerie, l'autre récoltait ses dons (parmi lesquels se trouvaient forcément des articles provenant de l'épicerie, et c'est ainsi que j'ai compris ce que Fausto voulait dire quand il parlait de la « circulation des biens ») auprès des membres de la paroisse, mais je ne voyais pas très bien ce que Morris Cuvelton s'amusait à recueillir ou à distribuer lors de ses balades à travers le comté.

« A quoi ça vous sert ? j'ai dit.

— A faire comprendre aux gens le sens de mon action.

— Quelle action ?

— Mon action politique, bien sûr. Mais Homer, tu n'as pas besoin de connaître tous les détails. Tout ce que je te demande, c'est de venir avec moi, de serrer quelques mains et d'assister à quelques meetings.

— Je n'ai pas trop le temps, j'ai dit. Ophelia n'aime pas quand je traîne, le soir. Dans moins d'un mois, si je réussis l'examen, je succède à Dunken, et il faut à tout prix qu'on trouve à se loger d'ici là.

— Homer, si tu participes à ma campagne, je te promets qu'avant le 1er juin, tu auras tellement d'offres de maisons que tu n'arriveras même pas à toutes les visiter. Tu seras avec moi sur les podiums, on se fera prendre en photo ensemble pour le *Sentinel* et les autres canards, on boira des coups et tu connaîtras le gratin.

— Est-ce qu'Ophelia pourra nous accompagner ?

— C'est une très bonne idée, a dit Cuvelton, et je peux t'assurer qu'elle me va droit au cœur. Mais la politique, tu vois, est une affaire d'hommes. Elle s'ennuierait. Tu ne voudrais pas qu'Ophelia s'ennuie, n'est-ce pas ?

— Au bordel aussi elle s'ennuie.

— Oui, oui... » a dit le maire, puis il a changé de sujet : « Homer, tu es un héros maintenant. Hier, je parlais de toi avec Jack Simmons et il m'a dit qu'être un héros, c'est comme avoir un capital. Le tout est de le mettre entre de bonnes mains afin d'en tirer le plus grand bénéfice possible. Tu vois ce que je veux dire ?

— L'argent file vite, j'ai dit, en pensant aux cinq cents dollars que m'avait remis le shérif. Je n'arrête pas de piocher dans la boîte.

— Tu sais que dans moins d'une semaine, j'organise une garden-party à Tuskegee. Il y aura là des banquiers de la côte, des investisseurs, une vraie mine d'or sur pattes. Je suis à deux doigts de réunir les fonds nécessaires à la création de mon parc d'attractions. C'est un coup énorme, qui créera un tas d'emplois et mettra enfin Farrago sur la carte. Homer, tu te dois de faire partie de l'aventure. Tu te le dois, tu le dois à Ophelia et à votre fils qui, dans quelques années, te demandera tous les dimanches de l'emmener à Tuskegee pour explorer les galeries, se lancer du haut des toboggans et manger une glace sur le belvédère. "Papa, il dira, allons à Tuskegee." Tous les enfants des environs diront la même chose à leur père. "Papa, je veux aller jouer à Tuskegee Heights." Et il en viendra de partout. De partout ! Tuskegee sera à la fois le paradis des moutards et un monument à la gloire des pionniers de Farrago. Tu veux décevoir ton fils ?

— Non, j'ai dit.

— Bien sûr que non. Et tu dois être des nôtres dès le départ. Dimanche, j'ai prévu un grand pique-nique. Avec Jack, on aimerait que tu en sois l'invité d'honneur.

— Moi ?

— Homer, le nouveau héros de Farrago ! Le dernier pionnier ! Les investisseurs raffolent de ce genre de conneries. Tiens », a dit Cuvelton en épinglant un badge sur ma chemise. Il a ensuite fourré dans mes poches deux grosses poignées de badges identiques sur lesquels étaient imprimés, en majuscules rouges, les mots : « WE ALL RUN FOR CUVELTON ».

Quand je suis sorti de son bureau, il m'a fallu quelques minutes pour mettre de l'ordre dans mes pensées. Puis, je suis retourné à mes affaires. Au village, d'autres personnes de bonne volonté ont cherché à nous venir en aide. Alvin Carollan, le garagiste, a demandé à sa belle sœur, Jenny Carollan, si elle nous laisserait retaper la maisonnette au fond de son jardin. Jenny a refusé, sans doute parce qu'elle soupçonnait Francis, le frère d'Alvin, d'être un habitué du bordel et qu'elle ne voulait pas « d'une maîtresse de son mari pour locataire », a dit Alvin. Percy, pour sa part, nous a proposé de nous installer dans une dépendance de sa ferme, une masure isolée où il stockait ses confitures et ses conserves, mais Ophelia a refusé de vivre au milieu des poules, des vaches et des citrouilles, « et je ne lui jette pas la pierre », j'ai dit à Percy qui n'a pas caché sa déception, tant il aurait souhaité avoir un peu de compagnie. Elijah, enfin, a essayé de convaincre Frances Primrose, sa partenaire de poker, de nous louer la maison de sa fille, Helen, qui était située en face de la sienne, à l'entrée de Laurel Avenue. Un matin, je me suis donc rendu chez Elijah pour savoir s'il avait eu gain de cause, et je l'ai trouvé dans son appentis, soudant une nouvelle boîte.

Helen Primrose avait quitté Farrago trois ans plus tôt en compagnie d'un groupe de hippies. Elle était tombée amoureuse d'un dénommé William Upcott, originaire de Salt Lake City, et l'avait suivi en Arizona où il voulait fonder une communauté en harmonie avec la nature et qui s'accorde aux besoins réels de l'humanité : cultiver la terre, vivre au rythme des saisons, jouer de la musique, chanter, fumer de l'herbe et s'aimer sans faire d'histoires. Ce William Upcott, je l'avais un peu connu, ayant passé une nuit avec lui aux frais du shérif, dans l'unique cellule du Q.G. Il s'était fait arrêter pour avoir tenté de convaincre les filles du bordel de cesser de monnayer leurs faveurs (ce qui ne l'avait pas empêché de coucher avec Piquette), et moi, j'avais été bouclé suite à un pari idiot : Elijah, avec qui je me promenais dans le village à la tombée de la nuit, m'avait mis au défi de grimper sur le toit de l'église pour neutraliser la cloche en ficelant un morceau de mousse autour du battant, mais tandis qu'il me faisait la courte échelle, le shérif s'était pointé, alerté par Heck et Betty Darrell, les voisins de Fausto, et j'avais fini au poste.

Upcott, allongé sur une des banquettes de la cellule, m'a accueilli comme s'il était chez lui et qu'il recevait de la visite. Personne, à Farrago, ne connaît la cellule du Q.G. mieux que moi, et c'est pourquoi l'attitude d'Upcott m'a légèrement désorienté. Il m'a proposé de m'asseoir et m'a offert une cigarette. Ses cheveux étaient si longs et lisses qu'ils formaient comme une cape et il portait la barbe ainsi qu'une croix autour du cou. Pendant la nuit, il n'a pas arrêté de parler et j'ai appris tout un tas de choses sur son histoire personnelle et sur l'avenir de l'humanité, deux sujets qui dans son esprit ne faisaient qu'un, comme je m'en suis rendu compte quand il m'a affirmé avec le plus grand sérieux qu'il avait été « choisi » pour une mission.

« Choisi par qui ? » j'ai dit.

Upcott a levé les yeux au ciel en expirant la fumée de sa cigarette. Puis, il m'a dit qu'il était destiné à fonder une nouvelle lignée d'hommes et de femmes qui paveraient le chemin pour le reste de la planète. « L'heure est proche, a dit Upcott. Je le sens dans mon cœur et dans mon sexe brandi à la face du monde comme un nouvel étendard. Homer, je vais te révéler le plus grand des secrets. Il y a un an, j'ai reçu une vision. J'ai vu l'étoile à six branches briller au firmament et j'ai su que l'humanité avait vécu et qu'une nouvelle humanité attendait de naître. Regarde ! » il a dit en retroussant la manche de sa chemise. Une étoile à six branches était tatouée sur son biceps.

« Qu'est-ce que c'est ?

— Un tatouage, j'ai répondu.

— C'est l'étoile. Je vois bien que tu ne comprends pas, alors je vais te l'expliquer. De quoi est faite cette étoile ? il a dit.

— D'encre indélébile.

— Elle est faite de deux triangles imbriqués l'un dans l'autre et dont les pointes s'opposent.

— C'est vrai, j'ai dit, étonné de ne pas m'en être aperçu plus tôt.

— Et sais-tu ce que représentent ces deux triangles ?

— Non.

— Ils représentent les générations depuis l'origine, ils représentent toute l'humanité depuis le premier homme jusqu'aux myriades d'hommes et de femmes qui existent aujourd'hui mais qui existaient également au début des temps, de même que le premier homme existait à la fois au commencement du monde et dans le présent où je te parle. Tu ne comprends pas encore. C'est normal. Ecoute-moi bien et tu sauras toi aussi. Tu connais ta Bible ? "A vous d'être féconds et multiples, une foule sur terre, des foules sur terre !" Mais ce que ne dit pas la Genèse, c'est que ça marche dans les deux sens ! Dans les deux sens, a répété Upcott en formant une croix de ses avant-bras. Maintenant dis-moi, Homer, combien as-tu de parents ?

— Je n'en sais rien.

— Comment ça ? a dit Upcott, soudain perplexe.

— Je suis orphelin.

— Ah ! Mais ce n'est pas le problème. Tu es né, non ?

— Oui, j'ai dit.

— D'un père et d'une mère.

— Oui.

— Donc, tu as eu...

— J'ai eu quoi ?

— Tu as eu deux parents, a dit Upcott.

— Comme tout le monde, j'ai dit.

235

— Exactement. Maintenant, Homer, dis-moi. Combien as-tu eu de grands-parents ?

— Je n'en sais rien, j'ai dit.

— Réfléchis.

— Quatre ! j'ai dit après un moment de réflexion.

— Magnifique, Homer, magnifique. Et combien d'arrière-grands-parents ?

— Huit !

— Homer, tu es sur le bon chemin. Et si je te demande combien tu as eu d'arrière-arrière-grands-parents ?

— Quatorze !

— Presque. Tu as eu seize arrière-arrière-grands-parents. A présent, je te demande de faire un effort d'imagination. Essaie de t'imaginer à la pointe d'un des deux triangles, celui dont la pointe est en bas. Tu y es ?

— A la pointe.

— A la pointe. La pointe, c'est toi. Et imagine que tes ancêtres représentent les deux lignes qui partent de la pointe et montent en s'écartant. Plus tu montes, plus tu remontes dans le temps, et plus tu remontes dans le temps, plus tu as d'ancêtres, non ? Tu passes de deux parents à quatre grands-parents, de quatre à seize, de seize à trente-deux, de trente-deux à soixante-quatre, de soixante-quatre à cent vingt-huit, tu me suis ? Plus tu remontes dans le passé, plus tu as d'ancêtres.

— C'est vrai, j'ai dit.

— Maintenant, si on remonte le temps sur, mettons, cent mille ans, combien as-tu d'ancêtres ?

— Des milliers.

— Des milliards !

— Tant que ça ? j'ai dit.

— Homer, tu as des milliards d'aïeuls, c'est mathématique, et c'est cela qu'il m'a été donné de voir dans ma vision. Et pourtant, il a bien fallu qu'il y ait un premier homme et une première femme, n'est-ce pas ?

— C'est sûr.

— Les milliards d'ancêtres qui sont dans ta famille n'ont pas poussé comme de l'herbe.

— Dieu a créé Adam et Eve, j'ai dit en me souvenant d'un sermon du Révérend Poach.

— Tu oublies le déluge. Il faut commencer à compter à partir de Noé, même s'il descend d'Adam. Noé a trois fils, Japhet, Cham et Sem, et ces trois-là dispersent leur semence sur toute la terre. Japhet engendre Gomer et Magog, Magdaï et Yawân, Touval, Méchek et Tiras. Cham conçoit Koush, Mitsraïm, Pout et Canaan. Sem donne Elam, Assyrie, Arpakhad, Loud, Aram. Très vite, il y a de plus en plus d'enfants, si bien qu'au bout de cent mille ans, Noé est l'ancêtre de milliards de descendants.

— C'est impossible, j'ai dit, et j'ai perçu les signes annonciateurs d'une migraine.

— L'étoile, a dit Upcott, c'est l'étoile, dans sa double marche ascendante et descendante, tu comprends ? Non, bien sûr, parce que cette vérité échappe à l'entendement. Le début et la fin se confondent, voilà la vérité, et quand j'ai eu ma vision, quand j'ai vu les deux lignes parallèles qui forment les bases des triangles et tirent un trait sur l'entreprise grandiose de la conception, quand j'ai su que l'étoile était achevée, j'ai compris que la totalité de l'humanité était née et que l'heure était venue d'un nouveau départ. »

Cette histoire m'a soufflé. Le lendemain, j'ai répété la démonstration de William Upcott à Elijah, et je l'ai envoyé rendre visite à sa grand-mère. Sa crise a duré plus de trois minutes, ce qui constituait un record. William Upcott s'est tu un long moment, savourant la victoire qu'il avait emportée sur mon intelligence débordée, puis il s'est levé de sa banquette, a traversé la cellule et a pressé ma tête contre son ventre.

« Reins de mes reins, a murmuré Upcott en caressant mes cheveux, sang de mon sang, couilles de mes couilles. »

C'est alors qu'il a commencé à me tripoter les oreilles. Sa respiration s'est accélérée, il s'est penché en avant et a tenté de m'embrasser sur la bouche. Je l'ai repoussé et il est tombé sur les fesses.

« Homer, il a dit, je bande pour ton cul. Dieu bande pour ton cul. »

Je n'avais jamais entendu un discours pareil. Ça me change des sermons de Révérend Poach sur les larmes de sang du Seigneur tout seul dans sa maison, j'ai pensé, mais je n'avais pas la moindre envie de me laisser peloter par William Upcott, même s'il était le nouveau messie de l'humanité.

« Homer, c'est pour ton bien, a dit Upcott. Je veux t'aider à ouvrir tes chakras.

— Mes quoi ?
— Tes canalisations divines.
— Qu'est-ce que c'est que ce charabia ?
— Ton énergie ne circule pas librement, je la sens

qui tourne en toi comme un oiseau en cage. Il faut faire sortir le petit oiseau, Homer, il faut le laisser déployer ses ailes et prendre son essor », mais quand il a voulu aider mon petit oiseau à sortir, je l'ai repoussé une nouvelle fois et on en est restés là.

Helen, la fille de Frances Primrose, avait donc suivi Upcott en Arizona, et elle ne doit pas s'ennuyer, j'ai pensé, en regardant Elijah, la tête dans son tambour. A l'heure qu'il est, je me suis dit, Frances est sans doute la grand-mère de deux ou trois enfants. D'autres habitants de Farrago ont d'ailleurs imité l'exemple d'Helen. Certains sont devenus bouddhistes ou hindous, d'autres sont partis tresser des guirlandes de fleurs et prier pour la paix dans le monde sur Telegraph Avenue ou dans les bois. A Farrago, le phénomène est pourtant resté limité, m'avait dit Fausto, « parce que notre grande fierté, ici, c'est d'avoir au moins vingt ans de retard sur les événements », et depuis quelques années, le mouvement hippy était en perte de vitesse. Philipp Detmold, le fils de Dick Detmold, qui vend des pesticides et des engrais chimiques aux paysans du coin, avait été le premier à revenir au bercail. Depuis, il occupait ses journées à guetter les passants, planqué derrière la clôture de sa maison, et à les mitrailler de grains de riz en soufflant dans sa sarbacane. Selon Fausto, les drogues lui avaient troué le cerveau.

Moi-même, j'ai souvent été traité de beatnik et de hippy. Je n'ai pourtant jamais rien fait pour mériter ces épithètes. Je me souviens aussi qu'une fois, Elijah m'avait montré un dépliant en couleurs qui appelait à suivre les enseignements mystiques d'un certain Shri

Babaraji. En voyant la photo de Babaraji, je me suis dit qu'il fallait vraiment être désespéré pour mettre sa vie entre les mains d'un pareil escroc. Babaraji était obèse et souriait de l'air le plus hypocrite du monde. Ses yeux, noyés dans la graisse, avaient une lueur cruelle. A en croire le dépliant, il ne se nourrissait pourtant que de fruits et de légumes en petites quantités, et s'il était un peu enrobé, c'était parce qu'il absorbait l'énergie négative de ses fidèles, ainsi que me l'a expliqué Lilly Charmaine, la voyante, qui prétend aussi que les esprits des morts communiquent avec les vivants à coups de marteau et que les êtres humains, quand on les perçoit à travers le troisième œil, celui que les mystiques possèdent au milieu du front, ressemblent à des œufs. Shri Babaraji, quant à lui, n'avait que le nombre d'yeux réglementaire, à savoir deux, mais ça ne l'empêchait pas de se prendre pour le dépositaire authentique de la conscience cosmique.

« Si ce gros lard est un envoyé de Dieu, comme c'est écrit dans le prospectus, alors Myron Morse est le Seigneur en personne ! » s'était exclamé Elijah.

Myron Morse est l'homme le plus gros du comté. Le jour de l'élection de Miss Farrago, on procède toujours à l'élection de la personne la plus en chair de la région. Morse gagne chaque année le prix. Il est tellement énorme que les organisateurs ont dû remplacer le pèse-personne par une balance à bascule. Morse est par ailleurs incapable de monter tout seul sur le podium, mais c'est son jour de gloire et c'est pourquoi, au désespoir de son docteur et de sa mère, il ne cessera jamais de s'empiffrer, tant il a peur de perdre son titre. « Quitte à être gros, autant être le plus gros », il a dit une fois à Elijah qui lui a répondu : « Quitte à être con, autant être le plus con. »

C'est toujours la même histoire, j'ai pensé, assis sur le tabouret, dans la forge d'Elijah, on sait tout de suite quand une personne a vécu ce qu'elle raconte et quand elle invente ce dont elle n'a pas l'expérience. Duke voit la lumière mais ne se prend pas pour un saint. Fausto connaît l'âme humaine comme sa poche, mais il ne lui viendrait jamais à l'esprit de se prétendre un sage. Les gens qui ont vécu quelque chose ne s'écoutent pas parler comme ceux qui affabulent et vous mènent en bateau. Ils ne se racontent pas d'histoires et ne se soucient pas de berner leurs auditeurs. Les autres, les mystificateurs, ne peuvent pas s'empêcher de s'ériger en modèles. Certains se prennent pour des héros, comme Holly Strechinsky, un habitué du Golden Egg, qui raconte à qui veut l'entendre qu'il a libéré à lui tout seul un village français, après le débarquement des forces alliées. D'autres, comme William Upcott ou Shri Babaraji, avec ses colliers de fleurs autour du cou, prétendent montrer le chemin aux âmes égarées comme s'il était possible de faire un destin de la vie des autres, pour reprendre l'expression de Fausto. C'est comme pour les amoureux, j'ai pensé en regardant Elijah fermer les robinets de ses bonbonnes de gaz.

« Si un homme t'aime vraiment, m'avait dit Ophelia une nuit, il ne va pas te le répéter toutes les trois minutes. S'il le fait, c'est qu'il n'en est pas si sûr. On ne dit pas je t'aime pour se donner du courage. Et je ne te parle même pas de celui qui te dit je t'aime pendant l'amour. Il compte encore moins. »

On était étendus l'un contre l'autre, dans la chambre rouge. Ophelia a enfoncé ses ongles dans mon bras : « Et toi, tu m'aimes ?

— Oui, j'ai dit.
— C'est vrai ?
— Je t'aime, Ophelia.
— Dis-le encore.
— Je t'aime.
— Tu vois ! Tu ne m'aimes pas du tout.
— Ophelia, j'ai dit, tu veux que je te le dise, ou tu veux que je me taise ?
— Je veux que tu me le fasses », a dit Ophelia.

Elijah, donc, avait cherché à persuader Frances Primrose de nous loger chez sa fille, même temporairement, mais elle lui a répondu qu'Helen pouvait rentrer d'un jour à l'autre, sur un coup de tête, et qu'elle n'aimerait pas trouver des étrangers chez elle. Surtout avec trois mômes dans une poussette, j'ai pensé.

On est sortis de l'appentis et on s'est assis sur les marches de la maison pour boire un café et admirer mon vélo, calé sur sa béquille au milieu de la cour. La maison pose encore problème, j'ai pensé, mais j'ai au moins réglé la question de la voiture. Convaincu, à la lecture des premières pages du code de la route, que je ne parviendrais jamais à décrocher mon permis, je m'étais rabattu sur l'achat d'une bicyclette d'occasion. Elijah m'avait proposé de me vendre la sienne pour un prix dérisoire, mais elle était dans un état lamentable et j'ai préféré opter pour un vélo de postier que Fausto avait récupéré des années plus tôt dans la décharge et dont il ne se servait pas. Alvin s'était chargé de remplacer les chambres à air, la chaîne et les freins. Depuis l'avant-veille, je m'entraînais à rouler sur les chemins en m'imaginant dans mon uniforme de garde forestier, et je me sentais le roi du monde.

Elijah parlait du nombre de boîtes qu'il pensait pouvoir forger avant la fin du mois et je sirotais mon café en effleurant la marche sur laquelle j'étais assis. Elle était chaude et sèche, comme la terre brûlée de la cour qui reflétait la lumière du soleil et m'obligeait à plisser les yeux.

« Homer, a dit Elijah qui essuyait ses lunettes de soudeur à l'aide d'un chiffon, il se passe de drôles de trucs à Farrago. L'autre soir, devine qui j'ai vu passer sur la route.

— Je n'en sais rien, j'ai dit, la tête ailleurs.

— Duke et le Révérend.

— Sans blague ?

— C'est comme je te le dis, et ils avaient l'air de s'entendre comme de jeunes mariés. Ils te cherchaient.

— Pour quoi faire ? »

Elijah m'a regardé comme s'il essayait de sonder mes pensées et de voir s'il pouvait me faire confiance. Je connais bien Elijah, et je sais tout de suite quand il a quelque chose derrière la tête.

« Je ne peux pas te le dire, il m'a répondu, avec son air de conspirateur.

— Ils savent où me trouver, j'ai dit.

— Ils ne sont pas aussi bêtes. Ils ne vont pas aller vendre la mèche comme deux débutants.

— Elijah, de quoi tu parles ?
— Je ne peux pas te le dire.
— Pourquoi pas ?
— Tu es peut-être un traître.
— Un traître ! » j'ai dit en me redressant, prêt à me battre. Quand la situation s'est éclaircie et qu'on s'est raccommodés, j'ai pensé que notre amitié ressemblait à un interminable match de boxe. Lorsque sonnait le gong, on se levait pour en découdre, mais avant même qu'on commence à se taper dessus, le gong sonnait à nouveau et on retournait au bord du ring pour papoter.

« Et pourquoi pas ? a dit Elijah qui s'est levé à son tour. Tu passes ton temps dans les jambes de Cuvelton et du shérif, pas vrai ? Qu'est-ce que vous avez de si intéressant à vous dire, hein ? Qu'est-ce que vous manigancez ? Qui me dit que tu n'es pas un espion à leur solde ?

— Un espion ?
— Infiltré dans nos rangs, a dit Elijah.
— Et pourquoi pas un extraterrestre ?
— Et pourquoi pas ? »

Elijah avait lâché son chiffon et ses lunettes. Il serrait les poings et je voyais battre sa jugulaire sous le col de sa chemise.

« Elijah, j'ai dit, calmant le jeu, tu n'es pas sérieux.
— Moi ? Moi je ne suis pas sérieux ? Viens voir un peu ici si je ne suis pas sérieux !
— Pourquoi tu voudrais que je joue aux espions ?
— Parce que c'est bientôt les élections et que Morris Cuvelton t'a graissé la patte !
— Il ne m'a rien graissé du tout.

— Alors pourquoi tu portes son badge ?
— Je ne vois pas le rapport, j'ai dit.
— Tu ne vois pas le rapport ? Et quand il t'invite à Tuskegee pour pique-niquer avec les gros bonnets, tu ne le vois toujours pas, le rapport ?
— Etre un héros, c'est comme avoir un capital. Il faut que je veille dessus.
— Tu es vraiment trop con, a dit Elijah. Tu es même trop con pour être un espion.
— Alors tu retires ce que tu as dit ?
— Rendez-vous ce soir au crépuscule, à Rainbow Point. N'en parle à personne. Si jamais j'apprends que tu as moufté, je te dessoude la calotte crânienne. »

Elijah a reculé de quelques pas en me pointant du doigt comme s'il me menaçait d'une arme à feu. Il a heurté ma bicyclette, s'est pris les jambes dans le cadre et a perdu l'équilibre. Quand j'ai voulu l'aider à se relever, il m'a répété que j'étais vraiment trop con et que si on l'avait écouté, jamais je n'aurais été mis dans le coup.

11

« Homer ! Homer ! »

La voix de Duke flottait dans l'air de la nuit. Elle s'élevait et retombait comme une chaîne rouillée sur une vieille poulie, allant et venant au gré des rafales. J'ai levé la tête, les nuages galopaient dans le ciel, le vent mugissait.

« Homer ! Par ici, Homer ! »

J'ai toujours aimé la voix de Duke, son timbre ébréché et sa manière de chantonner les mots, sa voix qui ressemblait au feu qu'il allumait chaque soir au fond de la décharge. Je le cherchais du regard, je ne le voyais nulle part et tournais sur moi-même comme une toupie, mon corps balayé par les tas de brindilles et de feuilles mortes que charriaient les vents contraires à l'approche du sommet. J'avais laissé mon vélo au bout de la route et suivi le sentier qui serpente dans la rocaille jusqu'à Rainbow Point, passé le hameau abandonné du même nom, dont les quelques baraques encore sur pied font la joie des mômes de la région et ont la réputation d'être hantées. Tout en haut de la plus haute colline de Farrago, fichée dans la terre broussailleuse comme un phare de haute mer sur son île, s'élève l'ancienne station météorologique, fermée à la fin des années 40, un édifice malingre et tordu en bois de séquoia qui, d'après Fausto, ressemble à un tournesol qui n'aurait jamais été cueilli et que le soleil aurait calciné. A l'époque, un escalier à vis conduisait, soixante pieds plus haut, à une pièce ronde percée de baies vitrées depuis longtemps brisées par les enfants et les *hobos* de passage. Si l'on continuait à monter, on atteignait la terrasse de la tour, une plate-forme aux lattes gauchies et disjointes, exposée à tous les vents, et qui offre, aujourd'hui encore, le plus beau point de vue sur les montagnes, sur les collines de Farrago et sur l'océan, quand le smog ne recouvre pas la côte de son manteau doré.

Quelques années après le départ d'Ananda Singsidhu, un météorologue originaire de Bombay qui avait surveillé la construction de la tour — c'est ainsi que les habitants de Farrago appellent la station — et s'y était installé avec son matériel d'observation, un ermite du nom de Luther Wallace avait élu domicile à Rainbow Point. L'un envoyait des ballons-sondes dans les airs, l'autre dressait des pigeons voyageurs qu'il lâchait du haut de la tour et dont il attendait à longueur de temps le retour.

Je me rappelle bien mieux Ananda que Fennimore Smith, par exemple, même si quelques souvenirs précis de l'ancien épicier, le cauchemar vivant des enfants du village, sont restés gravés dans ma mémoire. Ananda et Fennimore appartiennent à l'époque de mon arrivée dans les collines et aux dernières années de mon enfance, avant mon voyage à travers le pays, de Frisco à Eureka, d'Eureka à Reno, de Lake Tahoe au cœur de l'Utah, de Richfield à

Phoenix et des steppes de l'Arizona à la frontière californienne du Mexique, où j'ai séjourné quelques semaines avant de me réveiller, un matin, sur la plage, en écoutant s'évanouir les voix des enfants de l'école qui chantaient en chœur...

Far away, long ago, Farrago

... et de songer, avec un sentiment indescriptible de tristesse et de joie, que l'heure était venue de rentrer. Ananda était un vrai Indien qui, pour dire oui, penchait la tête sur le côté et, en d'autres occasions (je n'ai jamais tout à fait compris à quoi correspondaient ces mouvements compliqués), la balançait de droite et de gauche ou en avant. Il était, pour le dire comme Jo Haggardy, d'une beauté paranormale, même s'il n'était ni grand ni particulièrement athlétique, et c'est ainsi qu'il avait tourné la tête de toutes les filles de la maison et de Jo la première. Celle-ci n'était encore qu'une jeune recrue du bordel et n'imaginait pas qu'elle succéderait un jour à Ginger Maidenhead, la première patronne de l'établissement, une ancienne actrice dont la carrière n'avait jamais vraiment démarré à cause d'un problème d'élocution. Aux yeux des filles de Ginger, Ananda Singsidhu qui, au village, les saluait respectueusement mais n'aurait franchi la porte du bordel pour rien au monde était un prince, et leur émotion fut à son comble quand elles apprirent qu'il appartenait à une famille noble et que son père était à Bombay l'équivalent du Révérend Poach à Farrago, comme il l'avoua à George Cook, le propriétaire du pressing, où il faisait nettoyer ses costumes cousus main. Ses manières, me raconta Jo à l'occasion d'une de mes visites, étaient irréprochables, et s'il ne parlait pas beaucoup, c'est parce qu'à la différence de nous autres Américains, il n'allait pas droit au but mais construisait d'immenses phrases sans queue ni tête, truffées d'expressions poétiques et de formules de politesse, si bien qu'il perdait la plupart de ses interlocuteurs en cours de route et les jetait dans l'embarras. Quant à moi, j'aimais l'écouter me raconter des histoires sur son pays ou me décrire les phénomènes climatiques et les différents types de nuages, auxquels il vouait une passion sans bornes. Sa façon de s'exprimer ne me gênait pas. En effet, je pouvais me perdre dans sa parole, laisser mes pensées flâner, aller et venir comme je le voulais, sans jamais craindre d'être accusé d'inattention, comme à l'école, lorsque Miss Flann interrompait son cours pour me demander de répéter ce qu'elle venait de dire. La parole de Nand — c'est ainsi que je l'appelais, sans considération pour ses airs de prince intouchable — ressemblait pour moi à un train roulant au ralenti. Il était toujours possible de sauter d'une voiture en marche, de cheminer un moment le long du convoi et de remonter à bord dans un autre wagon.

J'avais rencontré Nand au milieu de l'été, lors d'une promenade à Tuskegee en compagnie de mon meilleur ami d'alors, Barth Nemechek, un jour qu'on explorait les crevasses à la recherche d'un accès oublié aux mines. On était tombés sur lui au détour d'une paroi de roche abrupte qui, sur le versant sud de la colline, forme comme un rempart criblé de trous où de nombreux couples d'oiseaux font leur nid. Nand était assis en tailleur au milieu d'un cercle de terre nue cerné par la broussaille et où s'élevaient trois jeunes arbres. Sur chacun des troncs, il avait épinglé la photographie d'une jeune Indienne. Il se tenait parfaitement immobile face aux trois portraits, ses mains reposant l'une sur l'autre, les paumes tournées vers le ciel, et les yeux mi-clos.

Ventres à terre, cachés derrière les buissons, on l'a observé pendant quelques minutes en se demandant ce qu'il fabriquait. Puis, l'un de nous a eu l'idée de jeter des cailloux à travers la clairière pour voir sa réaction. Barth a chuchoté que le plus beau tour à lui faire serait de remplacer les photos des jeunes Indiennes par des cartes de joueurs de base-ball. On a alors été pris d'un tel fou rire qu'on s'est retrouvés pliés en deux, les mains pressées contre la bouche et les yeux remplis de larmes.

C'est ainsi que Nand nous a découverts, allongés dans la poussière où on se tortillait comme deux poissons jetés par une vague sur la plage, et de fait, quand on l'a vu apparaître au-dessus de nos têtes, on a commencé à rire si fort qu'on n'arrivait même plus à respirer. Je n'ai jamais ri autant qu'à cette époque de ma vie, peut-être parce que je n'ai jamais rencontré par la suite quelqu'un qui aimait autant rire que Barth Nemechek, un vrai clown. Nand nous a regardés avec un léger sourire et il a attendu qu'on se calme un peu pour nous demander à qui il avait l'honneur de s'adresser et nous offrir de boire un thé avec lui dans la tour. Au passage, Nand a récupéré ses trois photos, et tandis qu'on grimpait le sentier vers Rainbow Point, je l'ai interrogé sur son étrange cérémonial.

« Homer Idlewilde, a dit Nand qui marchait sans quitter des yeux le ciel, regarde là-haut. Que vois-tu ?

— Il va pleuvoir, j'ai dit.

— Tu pourrais bien avoir raison. Cette immense nappe ridée de cirrocumulus annonce peut-être d'importantes précipitations à la mi-journée, mais aussi bien le ciel s'éclaircira, et qu'il pleuve ou qu'il fasse beau, ce sera dans l'ordre des choses et nous n'en serons pas plus surpris que si le faucon que tu vois sur ta gauche tournoyer au-dessus de la forêt file soudain vers l'horizon ou fond sur une proie invisible. En ce moment, le faucon et le ciel hésitent tous deux, et moi-même, j'hésite entre trois unions possibles. Depuis une semaine, je consacre chaque matin une heure entière à ce dilemme. Qu'en penses-tu ? a dit Nand, en me tendant les photos. Ton regard est vierge et tu y verras peut-être plus clair que moi. »

J'ai pris les portraits et c'est à cet instant que le faucon a plongé. De près, les trois jeunes filles étaient plus jolies encore que de loin. Elles portaient de magnifiques vêtements brodés, leur chevelure et leurs yeux brillaient comme de l'onyx (Barth en possédait un bout qu'il gardait dans sa poche) et leurs lèvres rouges souriaient. Il y avait quelque chose chez elles de mystérieux et d'inaccessible, comme si elles n'existaient pas à la manière des filles de Santa Cruz ou de Farrago, mais flottaient au-dessus du sol et semblaient prêtes à s'envoler dans les hauteurs si on essayait de les toucher, comme Simbad sur son tapis volant, j'ai pensé, en me souvenant d'un film que j'étais allé voir avec les Kebbles, ma première famille d'accueil, au Nick. Les photos, malheureusement, ne laissaient pas voir leurs pieds.

« La première se prénomme Deepti, la deuxième Manisha et la troisième Ritu. Elles ont toutes les trois dix-huit ans et appartiennent à de grandes familles nobles et prospères de l'incomparable cité portuaire de Bombay, ma ville natale. J'ai été envoyé par mon père parachever mes études à Stanford, a dit Nand, et c'est grâce à l'université que, désormais, je vis et travaille dans cette région reculée du monde, mais je ne suis ici que de passage. Dans quelques mois, je dois rentrer dans mon pays et prendre un de ces trois joyaux pour femme. Alors, quel est ton verdict ? »

Je n'ai pas su répondre du tac au tac. Observant les photos tour à tour pendant tout le temps de notre ascension, j'ai fini par pencher pour Manisha, parce qu'elle me rappelait une personne de ma connaissance, même si, sur le moment, je n'arrivais pas à savoir de qui il pouvait s'agir.

« Manisha, j'ai dit.

— Voilà qui me réjouit ! Il semblerait, Homer, que nos cœurs roulent sur une même pente ! Je prendrai cela comme un signe. Mais puis-je te demander ce qui motive ta préférence ?

— Ses yeux et ses seins.

— Tu ne trouves pas que les poitrines de Deepti et Ritu sont aussi avantageuses ?

— Peut-être, mais on ne les voit pas aussi bien.

— C'est tout le problème », a dit Nand avec un petit soupir.

C'est alors que Barth a voulu donner son avis. Mais

après avoir jeté un coup d'œil aux photos, il a reniflé en faisant la grimace et a donné un coup de pied dans une branche qui reposait en travers du sentier.

« Il préfère les joueurs de base-ball », j'ai dit, à quoi Barth a répliqué que ce n'était pas l'avis de ma mère, mais comme je n'ai jamais connu ma mère, la provocation de Barth est tombée à l'eau et il n'a pas insisté. On est arrivés en vue de la tour, Nand a pris les devants et nous a invités à emprunter l'escalier jusqu'à la terrasse et à admirer le paysage pendant qu'il faisait bouillir de l'eau pour le thé.

« Je te le dis, a lancé Barth avant de cracher un glaviot du haut de la tour, cet Indien, il n'est pas net. En ce moment, il est sûrement en train de mettre un somnifère dans nos tasses pour nous endormir.

— Tu crois ?

— Et après, il fera comme Sid Codlin quand il a saoulé ma sœur.

— Qu'est-ce qu'il a fait ?

— Ce qu'il a voulu.

— Quoi ?

— C'est ce qu'elle m'a dit, Tina, qu'il lui a fait ce qu'il a voulu. Peut-être qu'il lui a mis sa chose dans sa chose.

— Ah ! » j'ai dit, tâchant de faire bonne figure. Je ne possédais sur le chapitre des rapports intimes entre les hommes et les femmes que des notions abstraites et pour la plupart erronées, comme je m'en suis rendu compte des années plus tard, la nuit où, sur le bord du lac Tahoe, Fanny Wells m'a dépucelé.

« On pourrait s'échapper en s'accrochant à un de ses ballons, voler dans les airs jusqu'à la côte, se laisser tomber dans l'eau et nager jusqu'à la plage, a dit Barth.

— On pourrait aussi l'assommer, prendre l'or et se tailler au Mexique.

— Quel or ?

— L'or qu'il trouve la nuit dans les mines.

— Alors ce truc de météo...

— Une couverture, j'ai dit. En fait, il a trouvé un gisement caché.

— On serait riches ! a dit Barth. Moi, je m'achèterai une Harley, la même que celle de Sid, et un nouveau skateboard.

— Moi, un vélo de course.

— Moi, une boîte de Meccano, des Pencil Puppets et une Chevrolet.

— Chut, j'ai dit, le voilà qui arrive. »

Nand est apparu en haut des marches, un plateau entre les mains. En plus de la théière et des tasses, il apportait une assiette pleine de biscuits et Barth m'a jeté un regard entendu, signifiant par là que les biscuits aussi étaient sans doute empoisonnés. De plus, Nand s'était changé. Il avait troqué son pantalon et sa chemise pour une ample robe de soie turquoise, ce qui, sans que je sache bien pourquoi, a renforcé ma méfiance. Il a contemplé le ciel, puis nous a fait signe de nous asseoir à la petite table ronde de jardin où il prenait ses repas, comme je l'ai appris à l'occasion de mes visites suivantes.

« Enfants, a dit Nand en versant le thé dans les tasses, vous aurez vous aussi à faire des choix difficiles.

— Monsieur Singsidhu... j'ai dit.

— Mes amis m'appellent Nand.

— Nand, ces trois filles, elles veulent toutes se marier avec toi ? Ou est-ce qu'elles ont des photos d'autres hommes, elles aussi ?

— Et des arbres pour les accrocher », a glissé Barth, ce qui a déclenché chez lui une nouvelle crise d'hilarité, et je n'ai pas tardé à craquer moi aussi. Nand a attendu qu'on se calme, puis il a dit que de fait, Deepti, Manisha et Ritu possédaient toutes trois une photo de lui.

« Je ne les ai jamais rencontrées, il a ajouté.

— Sérieux ?

— C'est ainsi que ça se passe dans mon pays. Au moins, depuis l'invention des appareils photographiques, on peut se faire une idée. »

Ces dernières paroles m'ont tellement étonné qu'oubliant l'histoire du somnifère, j'ai bu une gorgée de thé et croqué dans un biscuit. J'imaginais toutes ces Indiennes et tous ces Indiens assis dans les bois et les milliers de portraits photographiques punaisés aux troncs d'arbre.

« Nous, on vit dans un pays libre », a dit Barth, la bouche pleine. Voyant que je ne m'étais pas évanoui sous l'effet du soporifique, il s'était jeté sur les biscuits et en avait englouti trois d'affilée. « On se marie avec qui on veut, quand on veut.

— Barth Nemechek aurait-il déjà une petite idée derrière la tête ? » a demandé Nand de l'air le plus sérieux du monde. Barth a rougi jusqu'à la pointe de ses cheveux. Je savais qu'il était amoureux de Cynthia Appelbaum, mais qu'il n'avait aucune chance, parce qu'elle en pinçait déjà pour Douglas Mayhew, comme d'ailleurs les trois quarts des filles de l'école.

« Et toi, Homer ? As-tu succombé aux charmes d'une jeune beauté du village ? Ton cœur est-il pris ? »

J'ai secoué la tête, mais au même instant, le visage de Rachel Mildew, la fille du pressing de George et Maggie Cook, m'est apparu avec une telle force qu'à mon tour je me suis mis à rougir. Et j'ai su que le visage de Manisha sur la photo me rappelait justement celui de Rachel.

Au milieu de l'après-midi, en redescendant vers Farrago et la maison des Kebbles où je vivais alors, j'ai été hanté par cette coïncidence curieuse et je me suis dit que j'étais peut-être amoureux de Rachel Mildew. Maggie Cook m'offrait parfois quelques pennies pour aller chercher un costume chez un client ou le ramener sous plastique, une fois nettoyé, et c'est ainsi que j'avais lié connaissance avec Rachel qui, au pressing, était chargée du repassage. Elle aussi avait dix-huit ans, et, comme me le confia un jour ce pauvre George Cook (il mourrait quelques années plus tard d'un arrêt du cœur en voulant accompagner son petit-fils sur les montagnes russes, au parc d'attractions de Santa Cruz), « elle n'est pas comme les autres filles de son âge, Rachel, elle se réserve. Prends Patty Stordahl ou Dinah Haymes. Prends Lilly Weems. Elles veulent toutes faire croire que pour les avoir, il faut les attraper au lasso, mais elles se passent elles-mêmes la corde autour de la taille, tirent sur le nœud, s'allongent dans l'herbe et attendent qu'on vienne leur poser le pied dessus. Crois-moi, les filles de Farrago se prennent toutes pour de jeunes veaux dans un rodéo. Le féminisme, les femmes d'affaires, le soi-disant progrès des choses, mon cul. John Wayne, elles l'ont dans les gènes. Rachel, elle sait se tenir. Ce n'est pas qu'elle ait de l'éducation, mais elle a de la classe. Chez elle, c'est naturel. Elle a beau avoir grandi dans un champ de citrouilles, elle sait peut-être se servir de ses poings, il y a du sang bleu en elle.

— Du sang bleu ?

— De la royauté. Et le problème, c'est que dans cette réserve d'arriérés, il n'y a personne à sa taille. »

Ses yeux n'étaient pas noirs comme ceux de Manisha, mais d'un vert émeraude qui me fascinait au point que je n'arrivais pas à détacher mon regard du sien et qu'elle me demandait toujours ce que je faisais, planté là, à la fixer d'un air idiot, la bouche pendante, comme si je ne m'étais rien mis sous la dent depuis une semaine. Je suis rentré chez les Kebbles, j'ai refermé la porte de ma chambre, et, allongé sur mon lit, j'ai pensé à Rachel, à la photo de Manisha. Je me suis dit que si elles se ressemblaient, c'était sans doute parce que Rachel — je tenais l'information de Maggie Cook — avait du sang cheyenne. Elle était indienne par sa grand-mère maternelle, ce qui, selon Maggie, expliquait son tempérament farouche et son énergie débordante. En une matinée, elle abattait le travail d'une journée et ne dormait pas plus de quatre ou cinq heures par nuit. Une fois, elle avait infligé une sévère dérouillée à Patrick Gunton, un bûcheron et un ivrogne, qui s'était mis en tête de la courtiser et l'attendait chaque soir à la porte du pressing. Il a eu droit à trois points de suture et une radio du crâne. Elle maniait son fer chauffé à blanc avec un mélange de vivacité et de grâce que je ne retrouvais pas chez Bonnie Kebbles, ma mère adoptive de l'époque, laquelle repassait mes habits et ceux de son mari avec l'entrain et l'expression abrutie d'une bête de somme. Dans ma mémoire, le souvenir de Rachel se marie au parfum de la lessive employée au pressing, à celui de l'amidon, des vêtements brûlants à peine sortis des séchoirs rotatifs, à l'odeur de métal chaud du fer à repasser et aux petits jets de vapeur qu'il émettait lorsque le pouce de Rachel pressait le bouton sur la poignée.

Je crois que j'entretenais l'espoir secret d'être un jour adopté par Rachel Mildew, ou de l'épouser, ce qui, dans mon esprit, revenait à peu près au même. Ce n'était pas que j'étais malheureux chez les Kebbles, pas plus qu'à l'orphelinat ou dans les autres familles qui m'ont accueilli par la suite, mais je considérais — et mon opinion n'a pas changé depuis — que dans les affaires d'adoptions et de placements temporaires, on retirait aux enfants un choix qui leur appartenait et n'appartenait à personne d'autre. Si le monde était plus juste, les adultes n'auraient pas leur mot à dire et tout se passerait beaucoup mieux. Etendu sous la fenêtre de ma chambre, je regardais les nuages en me demandant si Nand, qui confiait ses vêtements aux Cook, avait rencontré Rachel et si, en vertu de la ressemblance de la jeune employée du pressing avec Manisha, il était susceptible de partager mes sentiments à son égard. C'était une drôle de pensée, mais elle ne m'a plus quitté. Il n'a pas plu ce jour-là.

Le lendemain matin, je me suis rendu au pressing

sous le prétexte de demander à Maggie Cook si elle avait des courses à me confier. J'ai trouvé Rachel derrière sa planche à repasser, et je lui ai raconté que la veille, on était montés, Barth et moi, au sommet de la tour, et que Nand nous avait offert des biscuits et une tasse de thé. J'ai passé sous silence l'histoire de Ritu, Deepti et Manisha, mais j'ai dit à Rachel que Nand n'allait pas tarder à rentrer chez lui pour se fiancer.

« Nand ? C'est comme ça que tu l'appelles ? m'a demandé Rachel en pliant une chemise fumante.

— C'est comme ça que l'appellent ses amis. Sa fiancée est indienne. Nand dit qu'elle te ressemble. »

Je n'avais pas prémédité ce mensonge. Il est sorti de ma bouche de sa propre initiative, et j'en ai été le premier surpris. Soudain, j'ai vu que Rachel ne me regardait plus de la même manière et j'ai compris qu'elle brûlait d'en savoir plus. J'ai eu de la peine à contenir mon enthousiasme, c'est pourquoi j'ai fait mine de m'intéresser aux lacets de mes chaussures.

« Alors tu le connais ? j'ai dit.

— Qu'est-ce qu'il t'a raconté d'autre ?

— Qu'il aimerait avoir ta photo.

— Ma photo ? Pour quoi faire ? » a dit Rachel en fronçant les sourcils. Cette fois, j'ai noté qu'elle était nerveuse, parce qu'elle a commencé à appuyer sur le bouton de la vapeur alors qu'elle n'avait aucun vêtement à repasser. Je ne savais pas encore que dix jours plus tôt, au bal de charité organisé par le Révérend Poach derrière l'église, elle s'était retrouvée avec le même numéro que Nand et qu'ils avaient dansé ensemble le temps d'un slow. Et je ne songeais pas davantage à la tenue prochaine des élections de Miss

Farrago et à la soirée musicale qui viendrait clôturer la journée de fête.

« Mistress Cook ! a crié Rachel en se tournant vers le fond du magasin. Est-ce que Mr. Singsidhu est venu chercher son costume ?

— Non », a répondu Maggie, cachée derrière une rangée de housses. Rachel a disparu un instant, est revenue avec le costume, un complet de lin blanc au col et aux manches brodés, et me l'a remis. Puis, elle a fouillé dans son sac à main, en a tiré son porte-monnaie, à l'intérieur duquel elle conservait trois photos d'identité, le même nombre que celui des fiancées de Nand, j'ai pensé, et a glissé une des photos dans la poche intérieure de la veste repassée par ses soins.

« File ! » a dit Rachel.

Une heure plus tard, j'atteignais la bande de terre caillouteuse, au pied du rempart de roche où, la veille, j'avais surpris Nand en pleine séance de méditation amoureuse. Armé d'une truelle empruntée au passage, j'ai exploré les environs à la recherche d'un jeune arbre et j'ai fini par repérer le candidat idéal au milieu des fourrés, un sapin haut de deux pieds que j'ai soigneusement déterré pour le replanter à proximité des trois autres arbres auxquels Nand punaisait les photos de ses promises. J'ai caressé mon sapin en lui adressant quelques paroles d'encouragement, puis j'ai collé le portrait de Rachel à l'aide de petites boules de résine. Mon ouvrage achevé, je me suis essuyé les mains sur mon pantalon et, chargé du costume, j'ai suivi le sentier jusqu'à la tour.

Le ciel était dégagé, et le vent soufflait fort, soulevant des vagues de poussière qui ressemblaient à des voiles de gaze. J'ai vu Nand ouvrir la porte rouge à la base de la tour et sortir au soleil en s'étirant.

« Une armée d'altocumulus lenticulaires à l'horizon ! » il a lancé en me voyant, « précédés par Sir Homer Idlewilde crotté de la tête aux pieds et chargé d'une commission de la plus haute importance. Je te remercie », a dit Nand en jetant la housse sur son épaule, « c'est l'unique costume dans lequel j'ose me produire sur les pistes de danse sans avoir peur de me tromper dans mes pas et de meurtrir les orteils de ma partenaire. Suis-moi. »

Sur la terrasse, Nand m'a de nouveau servi du thé et des biscuits et j'ai passé la matinée à l'écouter parler de la nature des cercles lumineux qui entourent le soleil, du passage des saisons, de la condensation de la vapeur d'eau en gouttelettes, des gouttelettes en grosses gouttes qui capturent les plus petites gouttes dans leur chute, et de la manière dont les cristaux de glace deviennent des flocons de neige, s'évaporent, se transforment en pluie. Nand allait et venait entre la terrasse et la grande pièce aux baies vitrées, pleine de papiers, de manuels et d'instruments de mesure. J'ai appris tout un tas d'informations relatives à l'atmosphère et j'ai fait de mon mieux pour répondre à ses questions. Nand, en effet, ne se contentait pas de parler de son travail ou de ses amours, mais semblait s'intéresser à moi autant qu'à lui-même. C'était la première fois qu'un adulte m'accordait une telle attention et je sentais mon amour grandir pour lui à la vitesse des nuages qui, désormais, traversaient le ciel comme s'ils voulaient échapper à l'incendie du soleil, filant vers l'est. Je lui ai ainsi raconté comment j'avais été trouvé à ma naissance par deux éboueurs sur le seuil de la maison de Worth Bailey, le taxidermiste, je lui ai décrit mes années d'orphelinat et ma venue à Farrago sous les auspices du Révérend Poach, je lui ai fait part de mes sentiments mitigés au sujet de la maison de Dieu dont le Révérend prétendait qu'elle était ouverte vingt-quatre heures sur vingt-quatre aux enfants et aux nécessiteux, et je n'ai pu me retenir de me vanter de mes prouesses au frisbee et à la course à pied.

Après qu'il m'eut raccompagné au village à bord de sa camionnette, je suis resté un long moment à regarder le ciel, couché sur un talus, la tête assaillie par un tourbillon de pensées et d'émotions impossibles à identifier. Ma première migraine, j'en mettrais ma main à couper, date de ce début d'après-midi. J'étais, je crois, dans ma onzième année, et, puisque les élections de Miss Farrago allaient se tenir dans quelques jours, on devait être en juillet. C'était comme si Nand avait ouvert une porte en moi, mais une porte que je n'avais pas le pouvoir ou le courage de franchir. Aujourd'hui, grâce à mon expérience de la vie et aux témoignages d'êtres aussi éclairés que Duke et Fausto, je sais qu'il n'est pas donné aux hommes d'emprunter ce passage et que le mieux à faire, quand la porte s'ouvre, est d'attendre le plus calmement du monde qu'elle se referme et que la réalité reprenne ses droits.

« Parfois, me dit un jour Duke au bord de la rivière en retournant du bout de sa chaussure un cadavre de truite, c'est comme si on nous sortait la tête de l'eau pour nous faire comprendre que le monde est beaucoup plus grand qu'on ne le croit, mais comme on ne peut plus respirer, on se dépêche de replonger.

— Mais toi, j'ai dit, la lumière, tu continues de la voir ?

— Le truc, a dit Duke, c'est justement de la voir en passant. Tu crois qu'il est mangeable, ce poisson ? »

Je me suis endormi sur le talus et quand je me suis réveillé, cinq heures sonnaient à l'église. Je suis retourné au pressing et j'ai vu Rachel qui me guettait par la vitrine.

« Alors ? elle m'a demandé tandis que je prenais quelques bonbons dans un bol posé sur le comptoir.

— Nand te dit merci.

— Merci ? C'est tout ? Il ne t'a pas dit s'il venait au bal ?

— Quel bal ?

— Celui de dimanche prochain, le jour de Miss Farrago.

— Tu t'es inscrite ?

— Peuh ! a dit Rachel.

— Bien sûr qu'il viendra au bal, j'ai dit, maintenant qu'il a son costume spécial », et, coupant court à la conversation de peur de commettre une bourde et de me trahir, je suis sorti du pressing pour rejoindre Barth qui passait l'après-midi chez Cynthia Appelbaum, dont c'était l'anniversaire.

Quand, le lendemain matin, je suis retourné à Rainbow Point, j'ai vu que Nand paraissait fatigué, comme s'il n'avait pas fermé l'œil de la nuit. En prévision du terrible orage qui, dans l'après-midi, allait précipiter les collines dans les ténèbres, tracer au ciel ses lettres de foudre, crever les nuages et gorger la terre d'eau tiède, il avait recouvert de bâches la table et les chaises de la terrasse et descendu ses instruments à l'étage inférieur. Je l'ai trouvé au sommet de la tour, occupé à remplir d'hélium un ballon-sonde équipé d'un émetteur.

« Mister Idlewilde, a dit Nand tandis que l'aérostat, retenu par deux filins, commençait à s'élever dans les airs, te serais-tu par hasard lancé, depuis hier, dans un grand projet de reforestation de Tuskegee Heights ?

— Pas du tout », j'ai répondu.

Nand m'a regardé pendant un temps qui m'a semblé interminable, il a ouvert la bouche, puis l'a refermée et m'a adressé un grand sourire qui contrastait bizarrement avec la tristesse de son regard. Ce jour-là, il s'est montré distrait et préoccupé. Il essayait d'apparaître aussi enthousiaste qu'à son habitude mais il n'arrivait pas toujours à la fin de ses phrases et quand la tempête a éclaté, il est resté silencieux pendant une bonne demi-heure, debout face à la baie, contemplant les rafales de pluie qui s'abattaient sur la vitre, le lent tournoiement des nuages bleus, les illuminations. Le vent hurlait entre les coups de tonnerre, et j'avais l'impression qu'il nous en voulait personnellement et cherchait à déraciner la tour, lançant contre elle une succession d'assauts de plus en plus violents qui avaient pour seul effet de faire trembler les châssis et de décupler sa rage. Quand Nand a repris la parole, sa voix s'est perdue dans la clameur et j'ai dû me rapprocher pour l'entendre : « ... et je ne puis me le permettre.

— Comment ?

— Il faut avoir la haute main sur ses rêves, a dit

Nand. On ne doit pas les laisser prendre le dessus, parce qu'au fond, les rêves sont en nous comme des étrangers. Même quand ils sont animés des meilleures intentions, ils demeurent prêts à tous les sacrifices pour parvenir à leurs fins, et s'il le faut, ils détruiront sans la moindre hésitation l'être qui les porte en lui-même, l'homme qu'ils inspirent et qui les nourrit en son sein. Seul compte l'accomplissement de leur destin. Nous pouvons appartenir à nos rêves, nous pouvons nous abandonner à eux corps et âme, mais jamais un rêve n'a appartenu à personne. »

Nand s'est tourné vers moi et m'a pris par les mains. Ce qu'il m'a raconté alors m'a sans doute profondément marqué. A la lumière de tout ce qui m'est arrivé par la suite, je me dis que cette heure passée avec Nand a été décisive, qu'elle a déposé en moi une graine, pour le dire à la manière du Révérend Poach, une graine de compréhension des choses. Seulement, une graine ne pousse pas toute seule, il faut de la terre et de l'eau, il faut bien que quelqu'un l'arrose. Après son départ, l'histoire de Nand m'est complètement sortie de la tête, et aussi incroyable que cela puisse paraître, je n'y ai repensé qu'à l'époque de mes fiançailles avec Ophelia, au terme de ce que Craig McNeilly a appelé dans un article mes « drôles de tribulations » et après avoir passé une soirée seul à seul en compagnie de Fausto. C'est alors seulement que j'ai pris conscience de mon histoire, pour reprendre l'expression que je me suis murmurée à moi-même, c'est alors que j'ai su que j'avais, comme Fausto, comme Duke, comme Ananda, et, au bout du compte, comme tout le monde, une histoire qui m'appartenait, à moi, Homer Idlewilde, que j'avais vécue, que j'avais menée depuis le premier jour, une histoire que je pouvais me raconter, que je pouvais raconter à qui voulait l'entendre, et qui en valait bien une autre. J'ai compris que toute ma vie, j'avais cru vivre sans histoire, et pourquoi ?

« Parce que le sens du mot "histoire" t'échappait, me dit Fausto dans l'arrière-boutique, parce que tu avais toujours le sentiment de passer dans la vie des autres comme un traîne-misère qui erre au petit bonheur la chance, alors que tout le monde est dans le même sac ! Notre histoire, c'est le croisement d'un tas d'autres histoires, ce n'est que ça, et tant que tu n'arrives pas à le voir, tu cherches quelque chose qui n'existe pas. »

Nand a saisi mes mains et ses yeux brillaient de tendresse : « Homer, nous sommes liés. Homer Idlewilde et Ananda Singsidhu, réunis par la plus inattendue et la plus belle des coïncidences, réunis par la plus merveilleuse des abstractions, une ressemblance ! Ce n'est pas le charme de Rachel Mildew ou la beauté de Manisha Supthankha qui nous rassemblent, Homer, c'est un petit quelque chose qu'elles ont en commun et qui nous a touchés, toi et moi. Est-ce que tu peux me l'expliquer ?

— Non », j'ai dit, tandis que la bouilloire commençait à siffler. Nand a relâché mes mains et, parvenu à l'autre bout de la pièce, a coupé le feu.

« Moi non plus, il a dit, et pourtant c'est arrivé. Nos esprits se sont rencontrés.

— Nos esprits ?

— Appelle-les comme tu voudras, ça n'a pas

grande importance. Ils ressemblent à des amants séparés dans une grande forêt sombre et qui se cherchent, ou à des oiseaux migrateurs qui volent jour et nuit vers leur destination. C'est comme s'ils n'avaient qu'une idée en tête et qu'ils étaient prêts à remuer ciel et terre pour atteindre leur but. Mais ils sont bien plus que des amants perdus ou des oiseaux. Ils nous suggèrent un voyage et nous l'accomplissons. Ils nous inspirent un amour et nous tentons de le vivre. Ils attirent notre attention sur un visage, sur un nom, sur les quelques lignes d'un poème, et ce visage, ce nom, ce poème revêtent pour nous une importance particulière, ils sortent de la brume des jours, ils sortent de l'ordinaire. C'est comme s'ils...

— Tiraient la sonnette d'alarme », j'ai dit en songeant au voyage en train que j'avais accompli sur la côte à la fin de l'année scolaire en compagnie de ma classe. « Si l'un d'entre vous s'amuse à tirer la sonnette d'alarme, avait dit Miss Flann en levant son index, je le ferai descendre du wagon et il rentrera à pied ! »

« A la bonne heure ! a dit Nand. L'esprit guette l'occasion de nous ouvrir les yeux, et plus nos yeux sont ouverts, plus les occasions sont nombreuses.

— Je ne comprends pas.

— L'esprit, Homer, a toutes les cartes en main. Mais tant que nous continuons de croire que nous menons notre vie à notre guise en jonglant avec le hasard, il poursuit sa tâche, il fait tout ce qui est en son pouvoir pour guider nos pas vers la prochaine destination, ou si tu préfères, pour nous faire monter dans le bon train, et quand vient le moment critique...

— Il tire sur la sonnette », j'ai répété, visualisant la manette située aux extrémités du wagon, cette petite tige rouge qui m'attirait comme un aimant et que j'ai eu le plus grand mal à ignorer, tout le temps qu'a duré le voyage.

« L'esprit fait feu de tout bois, a poursuivi Nand, ou plutôt, il embrasse d'un regard le monde où nous sommes, l'époque que nous traversons, et il improvise. Pour reprendre ton image, il sait qu'à 9 h 57, tu seras à bord de l'express qui descend de Berkeley à San Jose, il sait que le voyage durera une heure, il connaît les moindres détails du paysage, il sait les noms et les histoires de tous les autres voyageurs, et il essaie de voir si dans cette multitude d'êtres et de moments, il n'y aurait pas moyen d'agir. Toi, Homer Idlewilde, tu viens de monter à bord, ta valise à la main, tu marches entre les rangées de sièges, tu entends le sifflet du chef de gare, la locomotive s'ébranle, tu avances toujours, à la recherche d'une place, et tu vois une tache de lumière sur un rideau, une longue tache qui s'étend comme un trait de peinture jaune et qui éclabousse le visage d'une passagère.

— Et alors ?

— Et alors ce trait de lumière est comme une flèche pointée sur ce visage, ou bien il te rappelle un rayon de soleil sur le mur de ta chambre, un jour que tu pensais au visage de quelqu'un, ou bien tu songes à une route, à l'horizon, à l'embrasure d'une porte, ou bien la tache lumineuse attire ton regard au-dehors et tu vois des moineaux posés sur les fils électriques, ils sont au nombre de six, ils te rappellent des notes sur une portée musicale, ils te rappellent un oiseau à l'aile cassée que tu as trouvé un matin et que tu as soigné, ils te font penser à une corde tendue dans un chapiteau de cirque et tu découvres ta vocation, tu seras funambule.

— J'aimerais bien », j'ai dit, et pour un instant, j'ai imaginé le cirque, la foule sous mes pieds, la perche entre mes mains, mon costume rouge et or. Quand je suis revenu à moi-même, j'ai vu que Nand lui aussi était perdu dans une vision lointaine. Nos regards se sont croisés et j'ai eu la sensation qu'ils s'attrapaient au vol comme deux trapézistes.

Nand a repris : « Il y a toutes sortes de révélations comme il y a toutes sortes de nuages. Il y a de grands instants de compréhension qui tombent comme des rayons de foudre et des intuitions si légères, si frêles que pour un peu, elles passeraient inaperçues. Dans ce wagon, Homer, tu rencontreras peut-être la femme de ta vie, ou un simple souvenir tiré du gouffre de ta mémoire, une petite pensée qui, la nuit prochaine, dans quelques jours, dans quelques années, résonnera avec une autre et t'offrira un aperçu sur ta vie. Il y a de petites et de grandes rencontres, l'esprit fait comme il peut. Sur toutes les plages du monde, il y a un galet que tu choisiras de ramasser parmi tous les autres, et sur tous les quais de gare du monde il y a un voyageur que tu choisiras de voir dans la foule des visages. Mais ce que tu dois comprendre, c'est que l'esprit se contente de te faire signe. Il déploiera des trésors d'imagination et de volonté pour y parvenir, et tu ne sauras jamais l'effort que lui a coûté cette tache de lumière sur le rideau, tout ce qu'il a dû mettre en œuvre pour que tu la voies, à ce moment précis de ton existence, dans ce wagon, dans ce train, dans cette ville, dans cette parcelle infime de l'univers, dans cet instant perdu dans l'immensité du temps, tu ne le sauras jamais. Simplement, c'est à toi de jouer désormais. La balle est dans ton camp. L'esprit n'a aucun pouvoir sur la suite des événements et tu ne peux le tenir pour responsable de ce que tu choisiras de faire ou de ne pas faire. Tu peux tomber éperdument amoureux de la passagère éclairée par le rayon de soleil et elle peut tomber éperdument amoureuse de toi, mais si, d'aventure, votre amour ne se vivait pas comme tu le désires, il ne faudrait pas que tu t'en prennes à Dieu, au destin qui fait si mal les choses, à cette femme ou à toi-même. Si tu vois les choses telles qu'elles sont, tu te diras seulement que tu as interprété le signe de travers ou que tu as agi maladroitement, que cette femme a suivi un autre chemin et que ce chemin n'était pas le tien, tu te diras cela sans t'en vouloir, sans en vouloir à personne. Les hommes, vois-tu, passent leur temps à se plaindre, à se haïr eux-mêmes ou à incriminer les autres, le ciel, la fatalité, parce qu'ils confondent le signe avec le rêve qu'ils s'inventent. Imagine un poète qui a une intuition magnifique, tente vainement de la traduire en mots et s'arrache les cheveux. Il a cru que son intuition donnerait lieu à un poème. Il a fait un rêve et il s'est trompé. Ou imagine que Barth Nemechek se réveille un matin avec la certitude qu'il croisera la fille de ses rêves, une camarade de classe sans doute, sur le chemin de l'école. Il s'habille, dévore son petit déjeuner, prend son *lunchbox* et court sur la route. Il voit la jeune fille passer à vélo. Mais elle n'est pas seule. Un garçon pédale à ses côtés. Barth est triste, Barth est en colère. De dépit, il jette son *lunchbox* au sol, pourquoi ? Parce qu'il a confondu son intuition et le rêve qui en est né, il a extrapolé.

— Extra quoi ? j'ai dit.

— Il s'est inventé toute une histoire et quand il s'aperçoit que cette histoire n'existait que dans sa tête, il se sent trahi. La plupart des hommes sont ainsi, Homer, et crois-moi, tu ne veux pas rejoindre leurs rangs. Les rêves sont aux signes ce que les signes sont à Dieu, une même volonté féroce les anime. Mais si les signes sont les anges de Dieu, les rêves trompent les hommes et les attristent. »

Le sens de ses dernières phrases m'a échappé, mais j'ai rangé les paroles de Nand dans un coin de ma tête où, des années durant, elles ont hiberné. Sur le moment, je n'ai donc pas saisi exactement de quoi parlait Ananda Singsidhu, et je ne suis toujours pas certain de vraiment le comprendre, mais j'étais captivé, et les coups de tonnerre, le hurlement du vent, les vagues de pluie qui giflaient la baie vitrée s'étaient retirés de ma conscience, ne me parvenant plus qu'à la manière d'échos à bout de souffle. C'est le moment qu'a choisi Nand pour me révéler son plus grand secret, celui qu'il n'avait raconté à personne depuis son arrivée à Rainbow Point. Nand m'a parlé de la tour.

« J'en rêve depuis que je suis en âge de rêver, a dit Nand, et ma chambre d'enfant, dans la céleste maison de mon illustre père, est encore remplie de dessins maladroits d'une haute tour perdue perchée sur un promontoire dans la nature sauvage.

— Tu veux dire qu'avant de venir à Farrago...
— Avant même de savoir qu'il existait un pays nommé les Etats-Unis d'Amérique, et de nombreuses années avant de me décider à faire des études scientifiques et à convaincre mon père de me laisser quitter le pays. La tour de mes rêves ne s'élevait pas sur une colline de la Californie, elle n'était pas en bois mais en pierre, et au lieu d'une terrasse, elle se terminait en pointe. De plus, elle était peinte de toutes les couleurs, toutes celles que contenait ma boîte de crayons. Mais lorsque l'université Stanford a décidé de financer la construction d'une station d'observation et m'a proposé de diriger le projet, j'ai su que l'heure était proche où je me tiendrais au sommet de ma tour comme un roi dans sa forteresse. »

Cette histoire m'a laissé bouche bée. J'aurais donné de bon cœur mon canif ou ma collection de cartes de joueurs de base-ball pour jeter un coup d'œil à ces dessins de tours que Nand avait réalisés pendant son enfance. Moi-même, je n'avais jamais rêvé à l'avance de mon arrivée à Farrago, de la maison des Kebbles, de ma rencontre avec Barth, pas plus que je n'ai anticipé mon voyage à travers le pays, mon amour pour Ophelia ou mes expéditions à la montagne en compagnie de Duke, et c'est Nand qui m'a fait découvrir l'existence des rêves dits « prémonitoires ». Quand, après des années de rumination, Elijah avait enfin ouvert sa forge, je m'étais tout à coup souvenu de l'histoire d'Ananda, mais entre le projet de ce trou du cul d'Elijah et les visions enfantines du météorologue, la différence, j'ai pensé, est de taille, même si j'étais incapable de percevoir précisément ce qui les distinguait. C'était comme si l'avenir de Nand lui était promis depuis toujours. Il n'avait pas eu besoin, comme Elijah, d'en parler pendant des années comme pour rassembler ses forces. Sa vision de la tour allait se concrétiser un jour, pour peu qu'il se donne les moyens d'aller à sa rencontre.

« C'est de famille, m'a dit Nand. Mon père descend d'une très ancienne et très sainte lignée de brahmanes et les rêves annonciateurs sont choses courantes parmi les miens. Mon révéré père connaît ainsi la date de sa mort. Elle lui a été révélée dans une vision glorieuse, aux premières heures de la matinée, et il a ensuite vérifié l'authenticité de cette révélation grâce à des calculs astrologiques. En Occident, vous avez prodigieusement régressé dans la connaissance des réalités de l'âme et de ses possibilités.

— Et toi, j'ai dit, tu sais aussi quand tu vas mourir ?

— Pour mon révéré père et mes frères aînés, je suis une espèce de mouton noir et de splendide anomalie, a dit Nand. Ou pour le dire comme mon père, je suis amoureux des choses les plus éphémères, des phénomènes les moins prévisibles et les plus capricieux du monde manifesté. J'ai toujours éprouvé une joie profonde à observer les formations nuageuses, les arcs-en-ciel et les éclairs, et pendant la saison des pluies, je passais des heures à contempler les milliers de lignes verticales qui s'abattaient dans la cour de ma maison et sur les toits de la ville comme autant de lances dans la grande guerre que mène le ciel à la terre depuis la naissance de l'Univers. Mais, comme le dit mon père, le temps d'une averse est comme le temps d'une vie humaine, d'un arbre ou même d'une pierre. Leur durée de vie est rigoureusement nulle au regard de l'éternité, et lorsque je tente de prévoir à quoi ressemblera le ciel de demain à l'aide d'équations, de ballons-sondes, d'appareils électroniques, je fais ce que fait mon père quand il entre en méditation et tente de rejoindre un état de félicité. Je cherche, tout autant que lui, à me pénétrer des lois qui régissent la providence, la volonté et le destin. Je cherche le secret des signes. Sais-tu qu'au-delà de quarante-huit heures, il est impossible de prédire les variations du climat ? C'est un peu comme toi, Homer Idlewilde, qui ne sais jamais à quoi ressemblera ta journée du lendemain.

— C'est vrai, j'ai dit, jusqu'à la fin des vacances.

— Et pourtant, elle ressemblera à quelque chose, a dit Nand.

— Sauf si je ne fais rien de la journée, comme lorsque Barth part pêcher avec son père et que je ne trouve personne pour jouer.

— Alors ta journée ressemblera au voile bleuté d'un altostratus translucidus. Et si tu emploies ta matinée à jouer à cache-cache dans les bois, tu progresseras dans le brouillard en repérant çà et là une empreinte de pas, une brindille cassée, et il sera comme le halo du soleil visible à travers les haillons d'un cirrostratus. Tout ce que tu vivras demain peut se raconter en termes de nuages, et tous les nuages existants trouvent une expression pareillement adéquate dans les faits et gestes de Homer Idlewilde. Malgré tout, tu ne sais pas ce que tu feras d'ici quelques heures et je ne sais pas s'il pleuvra sur Farrago dans un jour ou deux. Dieu, lui, le sait, et il se sert de sa connaissance pour essayer de nous ouvrir les yeux. Les signes ne sont pour lui que des moyens, et si nous parvenons un jour à voir, tout devient signe, Homer, tout brille, et nous sommes libérés de nos rêves. »

Nand s'est tu. Depuis quelques minutes, la pluie s'était transformée en bruine et la tempête avait continué sa route, la route la plus large du monde, j'ai pensé, vers l'océan. J'ai regardé les nuages et les premiers morceaux échappés du ciel bleu. Des années plus tard, dans la cour de l'épicerie, Fausto remarquerait que j'aimais bien mettre les choses en rapport et que mon esprit aurait besoin d'une nourriture plus substantielle. Mais c'est à Nand, sans doute, que je dois d'avoir mis en pratique cette manière de marier les idées les plus lointaines en apparence, comme lorsqu'il comparait les hommes et les nuages, et je tiens cette leçon pour plus importante que toutes celles de Miss Flann, mon institutrice, qui m'ont ennuyé à mourir, à l'exception de celles qui concernaient l'arrivée des pionniers dans la région et les prouesses de Sitting Bull, le chef des Sioux.

Le jour de l'élection de Miss Farrago est venu, et je crois bien que c'est Patty Stordahl qui a remporté le titre, cette année-là. Les préparatifs de la fête avaient commencé la veille au matin. Assis dans les branches d'un arbre en compagnie de mes amis Barth Nemechek et Myron Morse, j'avais regardé les volontaires monter les tentes et le podium autour de l'étang, dans cette petite vallée bordée à l'est par la forêt et à l'ouest par une colline couverte d'herbe brûlée qui, à l'époque, appartenait encore à Buck Tuddenham, le père de Percy, et où les réjouissances ont lieu chaque été. C'est dans ce même étang qu'Elijah et son tambour allaient sombrer, des années plus tard, mais comme je n'ai jamais fait de rêves prémonitoires, je ne pouvais le savoir, de même que je ne pouvais m'imaginer que je rencontrerais un jour un imbécile du nom d'Elijah Sommer et qu'on deviendrait les meilleurs amis du monde.

Mes compagnons d'alors s'appelaient Barth Nemechek et Myron Morse qui, de son côté, aurait sans doute fait une drôle de tête si un envoyé du futur lui avait révélé qu'il deviendrait un jour l'homme le plus gros de Farrago et ingurgiterait des litres de glace et une bonne douzaine de steaks par jour dans le seul but de conserver son titre. Dans son enfance, Myron était maigre comme un asticot, pour reprendre l'expression de Barth, et c'est pourquoi on le surnommait, entre autres, Maggot Morse. Lors d'une visite médicale, le docteur avait même employé le terme « rachitique », et ce mot, imprimé dans la mémoire de la classe tout entière, lui collait à la peau exactement comme sa peau collait à ses os. Rickety Maggot, Rickety Morse, Rick Maggot, Maggot Morse, Myron avait presque autant de surnoms qu'il y a de jours dans une semaine.

Le lendemain, au terme d'un discours-fleuve, George McKay, le maire, a donné le coup d'envoi des festivités et on s'est précipités vers le stand de tir pour tenter de ravir le premier lot, une splendide bicyclette rouge au guidon chromé. Buck Tuddenham, Phil Carollan (le père du garagiste actuel) et Maggie Cook étaient chargés du barbecue et après qu'on eut dépensé nos derniers cents, on s'est rués sur les *spare ribs* et les saucisses.

Toute l'après-midi, j'ai guetté l'arrivée de Nand et de Rachel. Nand n'a fait son apparition dans la clairière qu'après l'élection de Miss Farrago, à la tombée de la nuit. Il portait son costume de lin blanc et sa chevelure noire luisait. Toutes les jeunes filles de Farrago, Patty Stordahl comprise, se sont tournées vers lui et l'ont regardé fendre la foule, s'avançant vers moi, un sourire mystérieux aux lèvres. « Ravi de vous retrouver, Mr. Idlewilde », a dit Nand. George McKay est alors sorti de nulle part et l'a pris par le bras, écourtant nos retrouvailles. Quant à Rachel, j'ai fini par croire qu'elle ne viendrait pas. J'ai tué le temps en disputant une partie de ricochets au bord de l'étang, avec Barth, Myron et quelques autres, puis en m'amusant à répandre du ketchup sur les bancs. A onze heures, Gordon Schaap, un pompier de Santa Cruz, et Jeff Flink, le père des futurs forgerons, ont mis le feu aux fusées et quand le ciel s'est rempli de trombes, de spirales et d'étoiles filantes, des dizaines de chapeaux ont volé dans les airs et tout le monde s'est mis à hurler.

Il était minuit passé, l'orchestre des Swingin' Singles jouait une chanson intitulée *Take the « A » Train*, et sur le carré de terre nue dégagé pour les danseurs, le bal battait son plein. Barth, qui était parvenu à faucher une bouteille de cabernet, s'était endormi sous le podium après avoir vomi dans l'étang, et Myron était rentré chez lui, traîné de force par sa mère. De tous les cavaliers, Nand était de loin le plus sollicité. Les filles se l'arrachaient comme un trophée. Nand, bien sûr, n'était pas un trophée quelconque, et s'il se laissait faire en apparence, il n'appartenait à personne et continuait à sourire comme un homme qui détient un secret, le plus grand secret du monde peut-être, la formule qui permet de multiplier les pancakes et les *doughnuts* à volonté, la clef d'une caverne remplie de pierres précieuses et de doublons espagnols, la recette d'un élixir qui permet de vivre mille ans ou de rendre follement amoureuse la fille de son choix, comme celui qu'on avait tenté de concocter avec Barth, un breuvage à base de miel, de clous de girofle, de jus de carotte et de pisse de chat, dont Barth avait soi-disant lu la recette dans un livre magique et qu'il appelait un *Afro dizzy hawk*.

Incapable de l'attendre plus longtemps, je suis parti à la recherche de Rachel. Je ne savais pas où elle habitait, il faisait sombre, je me suis perdu. Au lieu de rejoindre la route au bout de la clairière, j'ai voulu couper par la colline afin de gagner le village au plus vite, mais une fois parvenu au sommet, je me suis égaré parmi les arbres et au lieu de redescendre vers Farrago, j'ai foncé droit dans la forêt. Je ne sais combien de temps j'ai erré ainsi dans l'obscurité. Des regards hostiles hantaient le taillis. Ils perçaient comme des trous dans les ténèbres, laissant filer une lumière pâle qui appartenait à l'au-delà de la nuit, un monde incolore et glacial où erraient des milliers de fantômes d'hommes et de bêtes, et d'un instant à l'autre, j'allais être happé. Une patte froide et griffue se refermerait sur un de mes mollets et je passerais de l'autre côté. J'aurais beau crier, personne ne m'entendrait, on ne me reverrait plus. Le shérif placarderait des avis de recherche sur tous les poteaux électriques de la région, sans se douter que j'avais été emporté dans le territoire des spectres, un lieu qui ressemblait étrangement au décor d'un film d'horreur que j'étais allé voir avec Myron et Barth, au Nickelodeon. J'ai appelé au secours, et comme mes appels demeuraient sans effet, j'ai commencé à prier. Soudain, j'ai vu des lumières. Farrago, j'ai pensé, le village, et je me suis senti envahi par le désir de me précipiter au pressing et de m'enfouir dans un des paniers d'osier remplis de draps propres en attente de repassage. Espèce d'idiot, j'ai pensé, le pressing est fermé. Je me suis mis à courir. C'est alors seulement que j'ai entendu la musique et les bruits des pétards. Des feux de joie, prisonniers de leurs cercles de pierres, montaient vers le ciel.

J'étais revenu à mon point de départ. La clairière se déployait devant moi, avec au loin les cuivres étincelants, les costumes rouges des musiciens sur l'estrade, le costume blanc de Nand, la robe blanche de Rachel. Dans ma mémoire, ils sont seuls à danser, enlacés au milieu de la piste, ils tournent et tournent et tournent encore, je les regarde, assis dans l'herbe, loin de la foule et des feux, un petit être invisible de tous, ils sont seuls sur la piste et je suis seul à les voir, le monde est beau, mon cœur est plein de gaieté et de chagrin, ils tournent et tournent et tournent toujours.

Trois mois plus tard, Nand est retourné dans son pays. La veille de son départ, on a passé la soirée ensemble, sur la terrasse de la tour. La nouvelle lune laissait transparaître des milliers d'étoiles. Nand m'a raconté que la Voie lactée, cette ligne poussiéreuse qui traverse le ciel de part en part, a la forme d'un disque et que notre galaxie se trouve à l'intérieur.

Rachel Mildew a quitté Farrago elle aussi, l'hiver suivant. Un jour, je l'ai croisée à Rainbow Point lors d'une promenade. Depuis qu'elle avait abandonné son job au pressing pour s'occuper d'une vieille dame impotente, je ne l'avais pas revue. On s'est regardés sans rien dire. Le ciel était lourd, les pluies avaient raviné le versant de la colline qui descend en pente douce, au nord. Rachel m'a attiré contre elle. Elle s'est penchée en avant, lentement, si lentement, et m'a embrassé sur la bouche. Mon premier baiser, c'est elle qui me l'a donné. Puis, elle s'est éloignée sur le sentier. Je l'ai regardée disparaître, ses pieds, ses jambes, ses hanches, son dos, son cou, la barrette rouge dans ses cheveux noirs, et jusqu'au soir, j'ai senti le picotement de son baiser sur mes lèvres.

Deux ou trois années ont passé. L'année scolaire s'est achevée et j'ai passé les premières semaines de l'été à étudier les cartes routières que Phil Carollan, le garagiste, avait mises à ma disposition. J'étais décidé à prendre le large, mais je ne savais pas dans quelle direction, et les cartes, à vrai dire, ne m'ont été d'aucune aide. Il y avait tant de routes, tant de villes, tant d'itinéraires possibles. C'est pourquoi, un matin, je suis retourné dans la clairière où Nand méditait devant les photos de ses fiancées, et aux branches des quatre arbres, j'ai accroché quatre cartes postales. La première était une prise de vue aérienne du Grand

Canyon ; la deuxième était un cliché noir et blanc et légèrement flou d'une avenue de New Orleans, dans les années 30 ; la troisième, qui m'avait été envoyée par Nand (un seul mot était inscrit au dos, ou plutôt, un seul nom, « Ritu »), découvrait le port de Bombay au soleil levant ; la quatrième, que je possède encore, était une photo des chutes du Niagara.

Je me suis assis en tailleur face aux images, et j'ai attendu que l'une d'elles me fasse signe. Je suis resté concentré de longues minutes, j'ai rêvé des scorpions dans le désert, des cactus et des chevaux sauvages, j'ai survolé New Orleans, ses avenues bondées de carrosses, de vieilles autos, de banquiers blancs et de musiciens noirs, je suis entré dans la rade de Bombay à bord d'un bateau de pêche, perché en haut du mât qui se balançait au gré des vagues, j'ai filé entre des gerbes d'écume, accroupi dans un tonneau, vers l'immense nuage de vapeur où s'engouffraient les fleuves, et alors que je commençais à somnoler, le vent s'est levé d'un coup, et la bourrasque a emporté les cartes postales. Peine perdue, je me suis dit en me levant pour les récupérer. Je n'ai retrouvé que celle des chutes du Niagara et, à demi enterrée sous un tas de poussière et de brindilles amassées au pied de la falaise, la photo d'identité de Rachel, maculée de boue.

Quand je suis revenu de mon voyage à travers le pays, Fennimore Smith était mort et Fausto avait pris sa place derrière le comptoir de l'épicerie. C'est lui qui m'a appris l'arrivée de Luther Wallace, le nouvel habitant de la tour. Avant de s'installer avec ses cages à pigeons dans l'ancienne station météorologique à l'abandon, Wallace avait passé deux heures en compagnie de Fausto « afin de régler une fois pour toutes les détails de son séjour ». Ensemble, ils ont établi une liste de courses « définitive », pour reprendre l'expression de Wallace, et Fausto s'est engagé à le livrer tous les quinze du mois, à huit heures précises. La liste contenait différentes conserves de viandes et de légumes, des paquets de pâtes et de riz, une boîte de vingt-quatre œufs, du beurre, du chocolat noir, des pommes vertes, une cartouche de Camel maïs, un gallon de vin blanc, et comme Wallace désirait se procurer des livres, une denrée aussi introuvable à Farrago que des citrouilles au Groenland, selon le mot de Fausto, ce dernier lui a proposé de lui prêter des romans empruntés à sa collection personnelle, « trois par quinzaine », a tranché Wallace en le remerciant.

Fausto m'a raconté qu'il était coiffé d'un borsalino, portait un costume noir coupé à merveille, que ses boutons de manchette étaient en or et que ses chaussures provenaient d'un célèbre magasin new-yorkais. Il parlait avec l'accent de l'Est, n'arrêtait pas de pianoter sur le comptoir, levait sans cesse les yeux vers l'horloge murale et semblait impatient de rejoindre sa nouvelle habitation.

« Je n'ai pas réussi à savoir d'où il venait, m'a dit Fausto, pourquoi il avait jeté son dévolu sur la tour et ce qu'il comptait faire de ses pigeons », une douzaine de bêtes enfermées dans deux grandes cages sur la banquette arrière de sa voiture. Wallace lui a simplement dit qu'il resterait « trente-six mois » à Rainbow

Point, pas un jour de plus, pas un jour de moins, et il a tenu sa parole, à la minute près. Trois ans après avoir refermé derrière lui la porte de la tour, Wallace a retrouvé sa liberté, pour reprendre l'expression de Fausto. Pendant ces trois longues années, il ne s'est pas accordé la moindre sortie mais il a reçu plusieurs visites mystérieuses, au milieu de la nuit, et, une fois, selon quelques témoins, des coups de feu ont résonné du haut de la colline. On n'a jamais su la raison de la pétarade et, *dixit* Abigail Hatchett, « on n'a jamais retrouvé de cadavre ».

A écouter les mauvaises langues, Wallace se serait amusé à tirer sur ses pigeons pour passer le temps. Je n'ai jamais rien entendu de plus absurde. Ses pigeons, en effet, étaient tout pour lui, des compagnons, des êtres à nourrir, à soigner, et des porteurs de nouvelles. Dans un tube minuscule fixé à leur patte, il glissait des billets. Les oiseaux s'envolaient, filaient droit vers le nord et revenaient se poser sur la terrasse de la tour un ou deux jours plus tard. Pendant des mois, toutes sortes de rumeurs ont circulé sur le compte de Luther Wallace et de ses pigeons voyageurs. Pour certains, Wallace était un espion à la solde des Russes ou des Cubains et échangeait des messages codés avec un haut gradé du Praesidium. Pour d'autres, il était un gangster recherché par d'autres gangsters et il s'était réfugié à Farrago pour se faire oublier. Il reviendrait à New York lorsque sa vie ne serait plus en danger. Quant aux raisons de son exil, elles donnaient lieu à mille autres hypothèses. La vérité, une seule personne la connaissait, mais elle avait dû promettre à Wallace de ne rien révéler, parce qu'elle évitait de parler de lui et quand elle ne pouvait faire autrement, se contentait de dire que Wallace était un homme en quête de solitude, qu'il avait été autorisé par la mairie à loger dans la tour et qu'il fallait le laisser tranquille. Cette personne, c'était l'ancien shérif du comté, Stirling LeMont, et si Fausto, un matin, n'avait pas percé le mystère, j'aurais dû, pour connaître la vérité, attendre comme tous les autres que Wallace plie bagage, trois ans jour pour jour après son arrivée.

Fausto était parvenu à résoudre l'énigme par la seule force de son esprit, et depuis ce jour, je n'ai plus jamais osé l'embêter. En effet, quand ma poche de méchanceté menace de se rompre, je suis comme frappé de cécité, et je ne sais jamais à l'avance qui va payer les frais de mes accès de malveillance. Jusqu'alors, je n'avais joué à Fausto que de petits tours de rien du tout, comme gorger d'huile de foie de morue l'éponge qu'il garde près de l'évier ou poser des points de colle forte sur les tabourets du bar. Mais après l'histoire de Wallace, je l'ai rayé à vie de la liste de mes victimes potentielles, une liste assez importante, puisqu'elle contient les noms de tous les habitants de Farrago ainsi que de leurs animaux familiers et des étrangers de passage. Fausto m'a dit qu'il avait été frappé par un trait de caractère de Wallace : « Il était coupable de quelque chose. Ça se voyait à la manière qu'il avait de fuir mon regard. Et puis, vers la fin de notre conversation, quand je lui ai demandé s'il comptait vraiment s'installer là-haut pendant si longtemps, il m'a répondu que c'était la moindre des choses. La moindre des choses, il a dit, comme s'il avait une faute à expier, comme s'il se rendait à la tour pour faire pénitence.

— Ah », j'ai dit.

Fausto effectuait une de ses tournées matinales du comté au volant de sa camionnette et j'étais assis près de lui, une tasse de café coincée entre mes genoux. Il a garé sa camionnette sur le bord de Highway 217, non loin de l'entrée de la décharge, et m'a fait jurer de garder le silence. Puis, il a repris son explication : « Ecoute un peu. Il y a six mois, quelques semaines avant l'arrivée de Wallace, j'ai lu un article dans le *San Francisco Daily*, à propos d'un truand nommé Alfred Larkin, et l'histoire m'est revenue. Larkin s'était fait prendre pour un vol de bijoux chez le sénateur Brandford, dans sa propriété de Carmel. Joshua Brandford a quatre-vingt-huit ans, il est sourd comme un pot et souffre de dégénérescence maculaire.

— De quoi ?

— Il est presque aveugle. Quand les flics lui ont montré la photo de Larkin, Brandford a juré qu'ils s'étaient trompés de bonhomme. Il avait vu le cambrioleur sauter par la fenêtre et il était certain de l'innocence de Larkin. Les flics ne l'ont pas écouté, d'autant que Larkin avait avoué les faits. Il en a pris pour trois ans. Mais le plus étrange, c'est que la même nuit, celle du vol, Larkin s'est fait arrêter à Scotts Valley pour conduite en état d'ivresse. Tu as déjà vu un voleur professionnel se saouler la nuit d'un coup ?

— Il avait peut-être des remords.

— Lui, non, mais Wallace, oui. Le chapardeur, c'est Luther Wallace.

— Arrête ton char.

— J'ai mené ma petite enquête. Larkin et Wallace sont des associés de longue date. En 48, ils ont écopé de quatre ans de taule chacun pour un vol de tableaux à Washington. C'est Wallace qui a dérobé les diamants du sénateur Brandford et c'est Larkin qui a porté le chapeau.

— Mais pourquoi ?

— Par amitié », a dit Fausto.

Ces dernières paroles m'ont soufflé. J'ai regardé les arbres au bord de la route, les serpentins de vapeur blanche qui fuyaient devant le jour, la rosée scintillante et, pour un instant, je me suis imaginé que le paysage qui nous entourait était un décor, qu'on était des acteurs dans le plus grand film de l'Univers, que l'Univers lui-même était artificiel et qu'on ne pouvait se fier à rien ni à personne. J'ai senti poindre une migraine. Les années suivantes, cette pensée affreuse est revenue plusieurs fois hanter mon esprit et j'ai toujours essayé de m'en débarrasser le plus vite possible, en sifflotant ou en piquant un sprint.

« Et pour lui rendre la monnaie de sa pièce, a poursuivi Fausto, Wallace s'est fait lui-même prisonnier et s'est condamné à trois années de réclusion dans la tour. Tu connais Lesley Morgan ?

— La postière ?

— Son frère, Terry, travaille comme gardien à l'Oakland State Penitentiary, où Larkin purge sa peine. Il est passé rendre visite à Lesley le week-end dernier et on s'est croisés. Il m'a dit que Larkin était au mieux avec le directeur de la prison, et que ce dernier le laissait élever des pigeons. »

Dans ma compréhension des choses, jusqu'au jour où j'ai rencontré Elijah Sommer, l'histoire d'Ananda

Singsidhu et celle de Luther Wallace sont demeurées séparées, comme deux personnes qui attendent le même bus à un arrêt désert et qui n'ont rien à se dire. Après le départ de Wallace, la tour est restée vide, et il m'est arrivé parfois d'y passer la nuit. Mais je n'ai plus guère songé à Nand, à ses ballons-sondes, à sa brève idylle avec Rachel Mildew, ni à Wallace et à ses pigeons voyageurs. En abandonnant la tour, c'était comme s'ils avaient emporté dans une valise le souvenir de leur présence. La tour était redevenue un simple bâtiment de poutres et de planches exposé aux vents, tombant en ruine, un havre temporaire pour les *hobos*, un terrain de jeu pour les enfants.

J'ai fait la connaissance d'Elijah un jour de pluie, dans le garage d'Alvin Carollan. Elijah venait d'hériter de la maison de sa grand-mère, qui était morte des suites d'une longue maladie dans un hospice de Sacramento et que je n'ai jamais connue. La bicoque, vide depuis des années, était dans un état lamentable, et quand Elijah, quelques semaines après son arrivée, s'est mis en tête de la repeindre à neuf, de poser de nouveaux carreaux aux fenêtres et de lessiver le plancher, il m'a demandé de lui donner un coup de main.

Tout s'est bien passé jusqu'au jour où il a eu l'idée de creuser sa propre fosse septique dans le jardin. On a suivi les instructions d'un magazine de bricolage mais quelque chose n'a pas tourné rond. En l'espace de quelques jours, le terrain qui s'étend derrière la maison s'est transformé en marécage. Elijah a dû faire face à une invasion de grenouilles et à la colère de la compagnie des eaux (en posant la canalisation, on s'était apparemment trompés de tuyau), il m'a accusé d'avoir saboté son installation et on s'est battus dans le bourbier. Elijah a bu la tasse et j'ai perdu une chaussure qu'un chien a déterrée des années plus tard. Mais ce jour-là, dans le garage d'Alvin, on était loin de se douter qu'on allait devenir amis.

Elijah, qui à l'époque avait encore son permis, était venu commander un nouveau joint de cardan pour sa Volkswagen ; quant à moi, j'attendais à l'entrée du hangar qu'il cesse de pleuvoir. Alvin, une clope au bec, rafistolait une bicyclette, et quand Elijah est apparu, armé d'un parapluie qui refusait de s'ouvrir et trempé jusqu'aux os, on était en train de discuter du système solaire. Alvin connaissait par cœur les noms de toutes les planètes et de leurs satellites, et c'est lui qui m'a appris qu'en termes de taille, le Soleil et la Terre sont comme une orange comparée à un grain de sable.

« Tu vois, disait Alvin en faisant tourner la roue avant du vélo, les planètes tournent autour du Soleil qui tourne sur lui-même, mais par rapport à ses satellites, c'est comme s'il était immobile.

— Comment ça ? j'ai dit.

— Regarde cette roue, regarde son axe. Il ne bouge pas. L'axe lui-même, la ligne qui traverse le moyeu et d'où partent les rayons, pile au centre, ne tourne pas. La roue tourne autour, mais le centre, lui, est parfaitement immuable. Il ne peut pas tourner.

— Pourquoi pas ?

— Parce qu'il faut bien que la roue tourne autour de quelque chose », a dit Alvin, et c'est à cet instant qu'Elijah a laissé tomber son parapluie. On ne l'avait pas entendu entrer. Il se tenait là, pétrifié, devant l'établi, et j'ai d'abord cru qu'il était ivre. Ses bras pendaient le long de son corps, son regard était trouble, et selon le mot d'Alvin, il avait l'air d'un soldat au garde-à-vous. Mais quand on lui a adressé la parole, il n'a pas répondu. Alvin s'est redressé, il a essuyé ses mains graisseuses sur les jambes de son pantalon et s'est approché de lui. Elijah n'a pas bronché.

« Il est en état de choc », a dit Alvin en passant une main devant ses yeux. Trente secondes plus tard, Elijah est revenu à lui et nous a salués comme si de rien n'était. Quand j'y repense, je me dis que j'ai rencontré Elijah en son absence et que c'est une drôle de manière de lier connaissance. Mais sur le coup, j'ai vécu moi aussi une espèce de crise. Soudain, j'ai vu la tour de Rainbow Point qui s'élevait devant moi, j'ai vu Luther Wallace lâcher un pigeon du haut de la terrasse, j'ai vu Nand accoudé au garde-fou, observant les nuages, et j'ai compris ce que le cambrioleur et le météorologue avaient en commun. Leur vie, dans la tour, s'était trouvée suspendue. Elle ressemblait au corps figé d'Elijah dans le garage d'Alvin. Et la tour elle-même était comme l'axe immobile d'une roue, elle existait parce qu'il faut bien que le monde tourne autour de quelque chose, mais elle n'appartenait pas à cet univers où les gens naissent, vivent des histoires et les racontent, s'aiment, ne s'aiment plus, vieillissent et meurent.

Plus bas, au village et alentour, les clients du bordel laissaient leur solitude dans le salon mauve pour monter l'escalier au bras d'une fille, les enfants couraient sous les arbres en se prenant pour des Indiens, des soldats ou des chercheurs d'or, les croyants priaient à l'église, Duke faisait un brin de toilette dans la rivière, le Révérend récoltait ses dons, Fausto distribuait ses marchandises, l'humanité trimait ou se payait du bon temps, rêvait, souffrait, s'agitait à n'en pas finir, et toutes les vies gravitaient comme autant de satellites autour d'un point unique, la tour, qui se dressait au cœur des choses, entre la terre et le ciel, indifférente au grand vertige du monde. Puis, j'ai vu Nand et Rachel danser sur la piste, la nuit de la fête, leur image m'est apparue avec une force extraordinaire, comme s'ils se tenaient réellement devant moi, une fois de plus, au milieu de la clairière, rayonnant de leur propre lumière, de toute la puissance d'un amour qui ne s'est pas vécu, un amour sans histoire. Ils tournoyaient sur la piste mais ils ne bougeaient pas. Ils étaient d'une beauté à couper le souffle mais à part moi, personne ne les voyait. Il n'y avait rien à voir, je les voyais pourtant, j'étais dans le secret. Par moments nous sommes dans la ronde, et par moments, c'est le monde qui tourne autour de nous, j'ai pensé. Par moments nous sommes dans la tour et c'est comme si nous étions sauvés.

« Il est en état de choc », a dit Alvin. Tout cela n'avait duré qu'un instant. La roue de la bicyclette tournait toujours, la chaîne cliquetait, la pluie crépitait à la porte du garage et je me suis senti envahi par une tristesse immense et incompréhensible.

12

« Homer ! Par ici, Homer !
— Duke ? »
J'étais parvenu à la porte de la tour. Elle s'ouvrait et se refermait avec force, la barre du vieux verrou claquant contre le cadre. Le vent mugissait, les nuages galopaient à travers le ciel et il y avait tant de poussière dans l'air que j'ai dû rabattre le col de ma veste et le tenir contre mon nez. J'ai levé les yeux vers la terrasse et le spectacle de cette grande flèche, noire contre le ciel, m'a donné le tournis. Pendant un instant, j'ai eu une drôle de pensée. Je me suis imaginé que j'étais un enfant, à peine assez âgé pour tenir sur mes jambes, que la tour était un homme, mon père peut-être, et qu'on se tenait lui et moi au sommet de la colline, attendant je ne sais quoi. Puis, la voix de Duke s'est élevée de nouveau, hachée menue par les courants d'air qui filaient dans toutes les directions, se carambolant les uns les autres : « Ho... er !... es... veugle... ou quoi ? A ta... auche... ar ici ! »

C'est alors que je les ai repérés, Elijah, le Lt. McMarmonn, Moe Hendricks, le Révérend Poach, deux types que je n'avais jamais vus de ma vie, et Duke, le moins visible de tous, même s'il se détachait du groupe, croisant et décroisant les bras devant sa tête. Ils se tenaient tous les sept à l'entrée d'une grotte qui se découpait dans un triangle de roche à l'ouest de Rainbow Point, ce mystérieux antre, fermé par une lourde grille, dont je ne soupçonnais pas qu'il se prolongeait sur des centaines de mètres et conduisait au cœur même des mines de Tuskegee.

M'approchant de Duke et de ses six compagnons, j'ai découvert avec stupéfaction que la grille était ouverte. Le lieutenant est sorti à l'air libre et m'a serré la main. Il portait son uniforme d'officier et il n'était pas le seul : Moe et les deux inconnus étaient également vêtus de costumes et de bérets militaires. Quant à Elijah, il s'était improvisé une tenue de soldat à l'aide d'un treillis beaucoup trop grand pour lui (il se l'était procuré aux puces de Soquel) et d'un bonnet de laine kaki. Duke et le Révérend étaient habillés comme à leur habitude, l'un de sa salopette Oshkosh mille fois reprisée et l'autre de sa soutane qui dépassait d'un épais manteau d'hiver.

« Homer, a dit le lieutenant, tu connais déjà le gros des troupes. Je te présente le caporal Stanley Turpentine.

— 176e bataillon d'artillerie, 9e corps, a dit Turpentine d'une voix aiguë et légèrement zézayante, en me tendant la main.

— Homer Idlewilde.

— Et ça, c'est le sergent Diego Altolaguirre, compagnie A, RTC, 24e division. Il a été fait prisonnier en 53 à Camp #1, Chungson. C'est là qu'on s'est rencontrés.

— Vous aussi, lieutenant, vous avez été prisonnier ?

— Pendant seize semaines. Il y avait que du sorgho à bouffer. C'est ce que les *rouges* filaient aux vaches.

— A la fin, on a dû percer un nouveau trou à notre ceinture », a dit le sergent en se donnant de petites tapes au ventre. Altolaguirre était loin d'être aussi gros que Myron Morse, mais depuis la fin de la guerre de Corée, il avait mis les bouchées doubles, j'ai pensé.

« Tu connais déjà Moe Hendricks.

— 363ᵉ Recon Tech Squadron, a dit Moe, droit comme un I, les bras le long du corps.

C'était bien la première fois que Moe, le responsable de la morgue, se mettait au garde-à-vous pour me dire bonjour, mais il avait l'air si fier de lui que je me suis contenté de hocher la tête en me retenant de pouffer. Je brûlais d'envie de lui dire : « Repos ! », mais je me suis tu et le lieutenant a fait un pas de côté pour me laisser saluer le Révérend.

« Homer, tu es des nôtres maintenant, a soupiré Poach avec une pointe de lassitude.

— Alors tiens-toi à carreau ! » a ajouté Elijah qui essayait de paraître aussi sérieux que le lieutenant mais ne possédait pas son autorité naturelle, pour reprendre une expression de Fausto.

« Homer, a dit le Lt. McMarmonn, tu sais ce qui nous réunit ce soir.

— Non, j'ai dit.

— Comment ? »

Le lieutenant s'est tourné vers Elijah qui a eu beaucoup de peine à soutenir son regard : « Je ne lui ai pas tout dit, lieutenant, parce qu'il aurait pu nous trahir sans faire exprès.

— Espèce de trou du cul ! » j'ai crié en me jetant sur Elijah. Turpentine et Moe se sont interposés et le lieutenant m'a ordonné de rester tranquille.

« Pas de ça entre nous, a dit McMarmonn. Homer, tu es un soldat désormais, et tu es sous mes ordres. Tout acte d'insubordination est passible de conseil disciplinaire.

— Parfaitement, a glissé Elijah.

— Tu as fait ton service ?

— J'ai les pieds plats, j'ai dit. Pas la sorte de pieds plats qui obligent à porter des semelles spéciales, mais les docteurs m'ont quand même réformé.

— Pieds plats ou pas, je te nomme éclaireur, a dit le lieutenant.

— Eclaireur ? Alors il me faudrait de l'essence.

— De l'essence ?

— Pour mon Zippo. »

Ma remarque a paru désorienter le lieutenant, mais Turpentine a fait diversion en déclarant qu'on disposait de tout l'attirail nécessaire et que je n'aurais pas à me servir de mon briquet : « Dans ce sac, il y a huit casques munis de lampes et j'ai aussi prévu des torches électriques en cas de pépin. »

J'ai jeté un coup d'œil à l'entrée de la galerie et j'ai vu trois gros sacs de toile posés contre la roche.

« Homer, a repris le lieutenant, tu connais les mines mieux que personne et tout le monde compte sur toi. »

J'ai voulu répondre à McMarmonn que je n'étais entré qu'une fois dans les mines, en compagnie de Barth Nemechek, à l'époque où je fréquentais encore l'école, et qu'à la vue du corridor obscur qui s'ouvrait devant moi, j'avais renoncé à poursuivre mon exploration, mais j'ai croisé le regard hostile d'Elijah et une fois de plus, j'ai gardé le silence.

« Mes fils, a dit le Révérend, une main posée sur l'épaule d'Elijah, que le Seigneur éclaire notre route, qu'il soit comme la lampe accrochée à notre casque, qu'il nous inspire et qu'il nous guide ! Seigneur, toi qui pleures des larmes d'amour et de sang à la porte de ta maison, bénis notre entreprise, donne-nous la force de venir à bout de notre tâche, Seigneur, parce que tu pleures déjà assez, tu pleures l'ignorance et la misère, et cette nuit, tu pleures les soldats tombés au champ d'honneur, les soldats oubliés du fond de la terre, ces pauvres soldats armés de pelles et de pioches qui sont morts dans les entrailles de la mère nourricière comme des enfants qui n'ont pas eu la chance de naître. Seigneur, nous ne laisserons pas ces malheureuses victimes de la cupidité des hommes mourir une nouvelle fois, nous ne laisserons pas les marchands du Temple profaner leur tombe pour s'en mettre plein les poches, nous ne permettrons pas que des légions de visiteurs envahissent la sépulture de tes enfants et de nos martyrs, ces travailleurs des profondeurs morts de soif, de faim et d'asphyxie. Seigneur, il y a parmi nous un de leurs fils, a dit le Révérend en se tournant vers Duke, et moi-même, je suis le petit-neveu de l'homme qui les a soutenus jusqu'au dernier instant et a béni leur tombeau en ton nom. Et il y a parmi nous des soldats qui se sont battus pour toi à l'autre bout du monde, en ton nom, Seigneur, et au nom de notre grande patrie. Ils ont vu leurs frères tomber, ils connaissent la valeur d'une vie et ils ne veulent pas que la mémoire des morts soit souillée. Seigneur ! » a répété le Révérend en haussant le ton, mais c'est alors qu'il a avalé sa salive de travers et qu'il a failli s'étrangler. Ses yeux se sont remplis de larmes et son visage s'est empourpré.

« Amen, a conclu le lieutenant. A présent, Homer va nous conduire au cœur des mines. En avant !

— Mais, lieutenant, pourquoi on entre par ici ? j'ai dit. Pourquoi on n'emprunte pas l'entrée principale ?

— Pauvre pomme, a dit Elijah avec une grimace de mépris.

— Nous servons une autorité plus haute que celle du shérif et du maire », a commencé le Révérend, mais le lieutenant lui a coupé la parole : « Avec les pains de plastic qu'a réussi à se procurer le sergent, on va tout faire sauter.

— Pauvre pomme, a répété Elijah.

— Si tout se passe comme prévu, et avec l'aide de Dieu et du sergent Altolaguirre, nous n'avons aucun souci à nous faire. Les mines vont tout simplement être rayées de la carte. Il faudra vingt ans à Cuvelton et à Simmons pour défaire l'œuvre de quelques instants. Homer, ouvre la marche ! »

Turpentine a distribué les casques ; Altolaguirre, Elijah et Moe se sont emparés des sacs et on s'est engagés à la queue leu leu dans le boyau. J'avais peur ne pas être à la hauteur de ma mission et je me suis dit que je fumerais bien une cigarette pour me calmer les nerfs. Plongeant mes mains dans mes poches, je suis tombé sur le sachet de graines pour oiseaux que j'avais ramassé sur le sentier pour l'offrir à Duke, suite à ma rencontre fortuite avec le Révérend au cœur de la forêt, et comme je l'ai raconté plus tard à Fausto, j'ai alors eu l'idée de l'année. Tout en cheminant dans la galerie, j'ai commencé à semer des graines derrière moi sans que personne s'en aperçoive.

Tout le monde se taisait, on n'entendait que le son de nos bottes, et je me suis demandé si les autres songeaient comme moi aux cadavres des mineurs enterrés vivants au début du siècle. J'ai eu un peu peur de marcher sur un squelette et d'entendre les os de sa cage thoracique craquer sous mes semelles. Puis, je me suis imaginé que les mineurs n'étaient peut-être pas tout à fait morts. Le Révérend Poach de l'époque leur avait administré l'extrême-onction de l'autre côté de la galerie effondrée et, dans ces conditions, il n'était pas certain que la prière ait obtenu le résultat espéré. Or, comme l'affirme Abigail Hatchett, les morts qui ne sont pas morts convenablement se transforment en fantômes et hantent le monde jusqu'au jour où ils reçoivent gain de cause. Heureusement que l'actuel Révérend Poach est avec nous, j'ai pensé, et heureusement que Duke est de la partie, parce que les spectres n'oseraient pas s'en prendre à l'un de leurs descendants, surtout s'il voit la lumière et peut prétendre à la sainteté. J'ai ensuite eu une pensée émue pour la grand-mère d'Elijah, et tout à coup, les morts ont commencé à défiler dans ma tête, toutes les personnes décédées que j'avais connues à Farrago ou dans d'autres parties du pays : Fennimore Smith, l'ancien épicier ; George Cook, le propriétaire du pressing ; Ginger Maidenhead, la première tenante du bordel ; Miss Flann, mon institutrice, victime d'une crise d'appendicite tardive ; Jeff Flink, George McKay, Buck Tuddenham, Phil Carollan et tous les autres, les bons et les méchants, les vieux, les moins vieux, les enfants : David Gryce, un de mes camarades de classe, mort à huit ans ; Gina Allendy, une nièce de Fred et Martha Dill, emportée par une maladie dont j'oublie le nom ; Oliver, le petit-fils d'Abraham Burnet.

Les enfants meurent, j'ai pensé, et tout ce que le Seigneur trouve à faire, c'est de pleurer dans sa barbe. Lorsque j'ai eu l'occasion de m'en ouvrir à Fausto, je lui ai dit que c'était comme si mon crâne s'était soudain pris pour un mausolée. Où vont les morts ? j'ai pensé, où vont les âmes de tous ceux qui meurent ? Est-ce qu'ils vont au paradis, au purgatoire ou en enfer, comme le prétend Poach, où est-ce qu'ils empruntent à la queue leu leu une galerie souterraine, un couloir humide et rempli de toiles d'araignée, jusqu'à déboucher dans une immense cité enfouie sous la surface de la terre, où la vie se poursuit telle quelle, avec ses tristesses et ses espoirs, ses déceptions, ses amours ?

« Allez savoir », j'ai murmuré, et je me suis rendu compte que depuis de longues minutes, j'avançais au hasard, tournant à gauche puis à droite dans le labyrinthe des mines. Par bonheur, j'avais continué à semer mes graines sans réfléchir, et mes sept compagnons continuaient à me suivre en s'imaginant que j'étais un habitué de Tuskegee et que je les menais au centre de l'ancienne exploitation par le plus court chemin. Après tout, c'est comme en forêt, j'ai pensé, il suffit que je me fie à mon instinct. Cette réflexion m'a apaisé, et quand j'ai songé qu'il n'y avait pas la moindre chance pour qu'on tombe sur les squelettes des mineurs (sans quoi ils auraient pu s'en tirer en remontant des profondeurs jusqu'à Rainbow Point), je me suis senti plus rassuré encore.

Parvenu à un nouveau croisement où, dans un coin, s'empilaient des planches, j'ai lâché une nouvelle poignée de graines et j'ai tourné à gauche. Il me semblait qu'on se dirigeait désormais vers l'entrée principale et la vaste clairière où le maire et Jack Simmons avaient prévu d'organiser leur garden-party le dimanche suivant. Il me semblait aussi que je guidais mon peuple à travers le désert, comme Moïse, et que rien ne pouvait m'arrêter, ni la famine, ni les querelles intestines, ni les Egyptiens. Des fragments de sermons du Révérend Poach me sont revenus à l'esprit, à propos de l'errance des Juifs, et je me suis promis de demander au Révérend des éclaircissements à ce sujet. En effet, je n'ai jamais compris pourquoi je n'étais pas juif et pourquoi les juifs ne venaient pas écouter les prêches du Révérend alors qu'il passait son temps à parler des juifs et que le Seigneur lui-même était juif, ou, pour le dire comme Elijah, circoncis. Elijah a des tas de théories plus ou moins vraisemblables sur les juifs, les chrétiens et les autres espèces de croyants. Une fois, je l'ai entendu discuter religion avec Alvin, le garagiste, qui se demandait à quoi servait le petit cube que certains juifs, selon lui, portent sur le front.

« C'est La Mecque, a dit Elijah.

— Imbécile, a dit Alvin, La Mecque c'est pour les musulmans.

— La Mecque est cubique. C'est le même cube. »

Alvin, qui a de l'éducation, a essayé de lui faire comprendre que les juifs et les musulmans n'ont pas la même religion mais Elijah s'est obstiné et Alvin n'a pas réussi à lui faire entendre raison. Pour ma part, je n'ai jamais vu personne porter de petit cube au front et je ne sais même pas si j'ai déjà rencontré un musulman. Si j'en ai la chance, je lui poserai la question. Plus récemment, Elijah m'a montré une photo de La Mecque entourée de milliers de pèlerins, et il m'a bien fallu admettre qu'elle avait la forme d'un cube. Elijah garde sa photo de La Mecque scotchée sur son armoire. Souvent, il se rend dans sa chambre pour l'admirer. Pour un peu, il en pleurerait. « Regarde-moi ça, il m'a dit un soir, de retour du village, c'est la boîte des boîtes ! Le jour où j'arriverai à forger une pareille boîte !... »

Le boyau où l'on s'avançait à présent descendait en pente de plus en plus raide. Le plafond était par endroits si bas que je devais me pencher en avant afin d'éviter que mon casque ne racle la roche. La lampe projetait un rond de lumière qui se balançait entre les murs et le sol, et j'ai soudain pris conscience d'un phénomène alarmant. Depuis qu'on était entrés dans les mines, je ne me fiais pas le moins du monde à mon légendaire sens de l'orientation, non, je suivais le rond de lumière comme un âne suit sa carotte. Où sommes nous ? j'ai pensé, avec le sentiment insupportable d'être pris au piège. Je me suis retourné, certain de rencontrer les regards furieux de mes compagnons, mais ils n'avaient pas l'air particulièrement inquiet. Des toiles d'araignée pendaient sur le visage du lieutenant, Turpentine mâchait un bâton de chewing-gum, Elijah transpirait abondamment, le caporal Altolaguirre faisait rebondir un caillou dans sa paume, et le Révérend, qui fermait la marche, serrait une bible contre sa poitrine.

« Où est Duke ? » j'ai dit.

Il avait disparu. On s'est tous mis à l'appeler, en vain. Sans attendre, le lieutenant a constitué une équipe de sauvetage. Turpentine et Elijah devaient rebrousser chemin, mettre la main sur Duke, lui prodiguer, en cas de besoin, des soins d'urgence, le ramener à la surface, puis rallier le gros des troupes. Altolaguirre a hérité du sac d'Elijah, et j'ai chargé celui de Turpentine sur mes épaules. Ils se sont éloignés le long de la galerie et on a repris notre route dans la direction opposée.

« Courage ! a dit le lieutenant. Les troupes placées sous mon commandement en Normandie ou à Inch'on n'ont jamais failli à leur devoir et se sont toujours illustrées par leur patriotisme et leur bravoure. Homer, où en sommes-nous ?

— Nous y sommes presque, mon lieutenant.

— Courage ! » a répété McMarmonn, et c'est alors qu'il a commencé à chanter :

Down the mine we work our way
We'll blow it up and live to see the day
We like tight pussies cos' we've got what it takes
We're always up to a nice long lay
Down the mine we sing and pray
And kill all the commies along the way

We stick our guns up every commie's ass
We stick it in deep cos' we've got class
We stick it up till it really aches
We grab our crotches cos' we've got what it takes
Down the mine we work our way...

   Au début, seul Diego Altolaguirre, qui avait l'expérience des chants militaires, reprenait les phrases en chœur. Je me suis bientôt joint à lui, et le Révérend Poach n'a pas tardé à nous imiter, tout en faisant l'impasse sur les gros mots, si bien qu'il se contentait de fredonner la moitié du temps. Je ne sais pas où le lieutenant puisait son inspiration, mais j'ai compris cette nuit-là ce qui faisait de lui un aussi bon officier. Le lieutenant possédait l'art d'exalter le moral de ses troupes, et bientôt, j'avançais au rythme de la musique, progressant au pas cadencé dans le boyau qui allait s'élargissant, le cœur bouffi d'enthousiasme et d'orgueil. A chaque fin de phrase, je balançais une poignée de graines par terre, et quand McMarmonn s'est enfin tu, je me suis aperçu que mon sachet était pratiquement vide. On avait atteint un nouveau croisement. Plusieurs wagonnets reposaient sur des rails étroits, accrochés les uns aux autres, barrant le passage.
   « Homer ?
   — On y est lieutenant, c'est ici.
   — Tu en es sûr ?
   — Oui, j'ai dit, tellement j'avais envie de faire plaisir au lieutenant et de me montrer à la hauteur. Au plus profond des mines, on y est, c'est ici.
   — Sergent !
   — A vos ordres mon lieutenant », a répondu Alto-

laguirre en s'agenouillant avec beaucoup de difficulté devant un des gros sacs de toile dont il a sorti une douzaine de pains de plastic et un rouleau de fil. Il m'a ensuite passé une drôle de capsule métallique munie de fils et d'une pointe.

« C'est le détonateur, a dit Altolaguirre, je l'ai fabriqué moi-même. Ne le perds pas. »

Pendant ce temps, le Révérend, gris de fatigue, s'était appuyé contre la paroi de la galerie, sa bible contre le ventre, et le faisceau de son casque éclairait le visage de McMarmonn, qui peinait à garder les yeux ouverts. Je crois que la chanson et notre marche forcée le long du tunnel les avaient tous deux épuisés. Le Révérend, je le savais par Fausto, venait de fêter son soixante et onzième anniversaire, et le lieutenant n'était plus jeune que de quelques années, trois ou quatre au maximum, j'ai pensé. L'air était putride, l'étroitesse des galeries avait quelque chose d'oppressant et aucun de nous, à part peut-être le sergent, n'était ici dans son élément naturel.

Lorsque a retenti la voix de Stanley Turpentine, on s'est tous figés : « Lieutenant ! Lieutenant ! » appelait le caporal depuis une distance incalculable. Sa voix sourde et haut perchée semblait à la fois proche et lointaine. Sur le moment, je me suis dit qu'à son tour il s'était perdu et qu'à présent, près de la moitié des troupes errait au hasard dans le dédale.

Je n'ai appris la vérité que le lendemain, de la bouche de Duke, que Turpentine et Elijah avaient trouvé allongé en travers d'un corridor, victime d'un nouveau malaise. Duke s'était à demi évanoui, comme dans la décharge, quand il m'avait décrit le combat de Charley Warren et de Bunny Bronson. Soutenu par Elijah et le caporal, il était parvenu à reprendre la route, et n'avait plus qu'une idée en tête : regagner Rainbow Point, l'air libre, les étoiles. Seulement, à l'approche d'une intersection, une dispute s'était déclarée entre Duke et Turpentine. L'un voulait tourner à droite, l'autre ne jurait que par la gauche, et Elijah, pris en tenaille, était allé rendre visite à sa grand-mère, s'immobilisant, l'œil vide, et selon le témoignage de Duke, un filet de bave au coin des lèvres. Depuis qu'il avait coulé dans l'étang à bord du tambour, Elijah, de son propre aveu, ne redoutait plus les espaces clos, mais je suis sûr que l'exiguïté du tunnel, son odeur de renfermé, l'obscurité ambiante, étaient en partie responsables de cette nouvelle crise. Pris de panique, Turpentine — qui, de l'avis de Duke, était sans doute un peu claustrophobe — avait alors appelé le lieutenant à l'aide.

McMarmonn a voulu ordonner la constitution d'une nouvelle mission de sauvetage pour se porter au secours de la première équipe de secouristes, mais il a tout de suite vu que le Révérend tenait à peine debout et qu'il ne pouvait priver Altolaguirre de son unique assistant. Il s'est donc engagé seul dans le boyau en hurlant : « Tenez bon ! J'arrive ! » McMarmonn s'est engouffré dans les ténèbres, et à l'instant où il a disparu, j'ai crié : « Les graines, lieutenant ! Suivez les graines ! »

A ce jour, je reste fier de mon initiative privée, pour reprendre l'expression du lieutenant, ainsi que de ma présence d'esprit. Si je n'avais pas informé le lieutenant de l'existence des graines pour oiseaux, qui sait ? — il n'aurait peut-être jamais retrouvé son chemin, et il serait allé grossir, avec Duke, Turpentine et ce couillon d'Elijah, la liste déjà considérable des victimes de Tuskegee.

On n'était pas encore au bout de nos surprises. D'abord, il y a eu les paroles d'Altolaguirre, une fois que le lieutenant s'est éclipsé. Puis, la fausse illumination du Révérend Poach, l'entrée en scène de Jo Haggardy et tout ce qui s'est ensuivi jusqu'à mon départ précipité pour la montagne en compagnie de Fausto, d'Ophelia et de Duke. Je ne le savais pas encore, mais j'allais vivre la plus longue nuit de mon existence, et découvrir, chemin faisant, qu'on se perd parfois en croyant se trouver et qu'en se perdant tout à fait, il arrive à l'inverse qu'on se trouve.

« Révérend, a dit Altolaguirre en reliant les pains de plastic à l'aide du fil électrique, priez pour nous.

— Je ne fais que ça, mon fils, je ne fais que ça, a soufflé le Révérend.

— Je ne sais pas ce qu'on peut espérer.

— Comment ça ? j'ai dit.

— Ce n'est pas une carrière, c'est une montagne !

— Qui a parlé de carrière ?

— Le lieutenant, quand il m'a contacté. Il m'a parlé d'une carrière et d'un bout de tunnel à deux doigts de s'effondrer. Le lieutenant est un grand homme. Ce que je ferais pour lui, je ne le ferais pour personne, même pas pour ma femme. Mais Tuskegee, c'est une vraie montagne. Je ne suis pas spécialiste en explosifs, Idlewilde, mais il ne faut pas être Oppenheimer pour comprendre qu'on ne démolit pas des tonnes et des tonnes de roche avec quelques kilos de plastic. Sauf votre respect, Révérend, autant péter dans une cathédrale. »

Le Révérend a fait quelques pas et a posé sa bible sur le rebord de l'un des wagonnets. Pendant de longues minutes, il est resté là, les mains repliées sur le chariot, de part et d'autre du livre, le rayon de sa lampe fendant l'obscurité au-delà des rails. Altolaguirre, à genoux, manipulait les explosifs, et ses poumons sifflaient comme ceux d'un asmathique. Des courants d'air tièdes et glacés se battaient en duel, les parois exhalaient une odeur de rouille et de champignons, les feux de nos lampes dessinaient des silhouettes de lucioles monstrueuses, rondes et pâles, qui se mouvaient dans l'ombre comme des bêtes captives, et à mesure que le temps passait, je sentais que je perdais courage.

« Ophelia, j'ai chuchoté, Ophelia, que fais-tu en ce moment, Ophelia mon amour, est-ce que tu dors ? est-ce que tu papotes avec Mabel et Piquette dans le salon mauve ? est-ce que tu te regardes dans le miroir ? est-ce que tu penses à moi ? Et notre enfant, recroquevillé au fond de ton ventre, à quoi rêve-t-il ? Est-ce que son cœur a commencé à battre ? »

L'heure tournait avec une lenteur infinie, le sergent s'activait toujours, le Révérend semblait dormir debout et je guettais le moindre bruit, le moindre signe de vie de nos compagnons égarés. Si, au lieu d'être une mine, Tuskegee avait été une exploitation forestière, et les ancêtres de Duke, de pauvres bûcherons morts écrasés sous des troncs abattus, je n'aurais eu aucun mal à retrouver leur trace et à les ramener sains et saufs au village. Mais une caverne n'est pas une forêt et un tunnel n'est pas un sentier, comme je l'ai expliqué à Fausto le lendemain, pendant notre voyage en camionnette. J'avais, pour le dire comme Diego Altolaguirre, des tonnes et des tonnes de roche au-dessus de ma tête et je me sentais plus vulnérable qu'un nouveau-né. Brusquement, le Révérend s'est animé. Il a levé les bras, sa bible est tombée avec un bruit sourd dans le wagonnet, et il s'est exclamé : « Je la vois !

— Qu'est-ce qui se passe, Révérend ?

— La lumière ! Je vois la lumière ! »

J'ai rejoint Poach qui pointait du doigt les ténèbres. Ça y est, j'ai pensé, son tour est venu, le Révérend a ouvert les yeux, comme Duke au milieu du champ. J'ai suivi la direction de son regard et le faisceau de ma lampe s'est confondu avec celui de Poach si bien qu'au départ, je n'ai vu que nos propres lumières et rien d'autre.

Le tunnel devant nous s'évasait. Le sol était recouvert d'empreintes de bottes. Contre le mur de gauche reposaient un râteau et plusieurs sacs de ciment. A droite, un peu plus loin, j'ai découvert une bétonnière dont l'ouverture béante m'a d'abord impressionné, comme si un monstre était tapi dans la grotte et me fixait, moi, Homer, coupable par excellence, de son œil sans pupille. Puis, je l'ai vue. Ce n'était pas à proprement parler une lumière, du moins au sens où l'entendait Duke. La lumière de Duke, pour reprendre son expression, était à la fois partout et nulle part. Celle-ci, au contraire, n'occupait qu'un tout petit segment d'espace, et scintillait comme une étoile lointaine. Surnaturelle ou pas, l'apparition m'a glacé le sang. Si je la vois aussi, j'ai pensé, c'est qu'elle est réelle, et pour la première fois de ma vie, j'ai ressenti le besoin impérieux de tomber à genoux et de prier pour mon âme.

« Alléluia... notre Père qui es aux cieux... délivre-nous du mal... Sainte Marie mère de Dieu... sur la terre comme au ciel... le fruit de vos entrailles... pardonne-nous... pardonne-moi... sur la terre comme au ciel... »

J'ai bredouillé ainsi pendant quelques secondes, avant que le Révérend ne m'ordonne de pousser les wagonnets pour libérer le passage. Ce commandement m'a été des plus salutaires. Cessant d'ânonner, je me suis penché en avant, les pieds ancrés dans la terre, et j'ai pesé de toutes mes forces contre l'avant-dernier chariot. Le résultat a dépassé toutes mes espérances. Le convoi s'est ébranlé en douceur, et j'ai achevé le travail en donnant un grand coup de pied au dernier wagonnet. Les rails étaient en pente et les chariots ont pris de la vitesse, disparaissant Dieu sait où dans un affreux tintamarre.

Sans attendre, Poach s'est avancé d'un pas ferme à la rencontre de la lumière. Je marchais derrière lui, à la fois plein d'admiration pour son courage et épouvanté à l'idée de ce qui nous attendait.

Les morts se sont réveillés, j'ai pensé, armés de pelles et de pioches, les morts viennent à nous, ivres de colère, et comme ils ne nous ont jamais vus, ils risquent de nous prendre pour Jack Simmons et Morris Cuvelton, ils risquent de nous réduire en pièces alors que nous sommes là pour veiller sur leur sommeil et défendre leur mémoire. Ils n'ont peut-être même plus d'yeux pour voir, mais des trous vides, ils n'ont peut-être plus de bouche mais deux rangées de dents grimaçantes, et entre les bons et les méchants, feront-ils la différence ?

« Révérend ? C'est vous, Révérend ? »

La lumière a chuté vers le sol, formant un rond dans la poussière, et les rayons de nos lampes ont convergé sur le visage de Jo Haggardy qui battait des paupières et semblait sur le point d'éternuer. Jo s'est protégé les yeux d'une main aux ongles vernis, et Mabel, vêtue d'une robe verte et chaussée de hauts talons dont les lanières de cuir ceignaient ses mollets, est apparue à ses côtés. Elle tenait une torche électrique.

« Jo ! Comment c'est possible ?

— Homer, a dit Jo d'une voix où se mêlaient inquiétude et impatience, dépêche-toi, il est arrivé quelque chose. Viens vite. »

J'ai voulu obéir, mais il a fallu que je soutienne le Révérend qui ne tenait plus sur ses jambes et dont le casque était tombé sur le nez.

« C'est Ophelia, a dit Mabel tandis que je prenais le Révérend dans mes bras. Jim Rookey s'est enfermé avec elle dans sa chambre et ne veut plus la laisser sortir. On a voulu prévenir le shérif mais le Q.G. est désert.

— Jim Rookey ? j'ai dit, Jim Rookey d'Oakland, le maquereau d'Ophelia ?

— En personne, a dit Jo, et si elle refuse de le suivre, il menace de se foutre en l'air.

— Le suivre ? Où ? Et comment vous avez fait pour arriver jusqu'ici ? » j'ai demandé, oubliant que je m'étais senti obligé, plus tôt dans la journée, de rapporter à Ophelia les paroles d'Elijah et de lui révéler le lieu de notre réunion secrète, en partie parce qu'il ne faut rien cacher à sa future épouse, mais aussi parce que c'était le seul moyen d'éviter une nouvelle crise de jalousie.

« Tu devrais savoir que je connais les secrets les mieux gardés de Farrago, a dit Jo. J'étais au courant des intentions de Duke et du lieutenant avant même qu'ils n'en parlent à Poach. Ces jeux nocturnes, ce n'est plus de votre âge, Révérend », a ajouté Jo en replaçant le casque sur la tête du vieillard, et tout d'un coup, on s'est retrouvés dehors.

Devant nous s'étendait un terrain entouré par la forêt. Deux bulldozers étaient garés près d'une tente dont la toile battait sous les assauts du vent. Tout au fond, au bord de la route, brillait la carrosserie rouge de la décapotable de Jo. On était sortis par le tunnel d'accès principal aux mines et on se tenait à l'endroit même où le maire avait prévu d'organiser sa garden-party pour aguicher les promoteurs. Mon étonnement a été tel que j'ai failli lâcher le Révérend. J'ai entendu Altolaguirre qui criait mon nom de famille depuis le fond de la caverne, mais j'ai ignoré ses appels. Je ne songeais plus ni à notre mission sacrée, ni aux tribulations de Duke et de mes autres camarades, perdus dans les boyaux humides, et moins encore à ce satané détonateur, que j'avais fourré dans ma poche.

« Magne-toi ! » a dit Jo.

J'ai déposé le Révérend dans la voiture, j'ai retiré son couvre-chef métallique et je me suis assis près de lui. Mabel et Jo se sont glissées sur la banquette avant, Jo a démarré en marche arrière, puis a lancé le véhicule sur le chemin de terre.

« Mais qu'est-ce qui s'est passé ? j'ai dit en la

regardant dans le rétroviseur. Qu'est-ce qu'il fout ici, ce Jim Rookey ?

— Ce que tu ferais à sa place si tu aimais ta femme, Homer, a répondu Mabel.

— Mais je l'aime !

— Eteins cette foutue lampe, tu m'aveugles, a dit Jo. »

Je me suis débarrassé de mon casque et la tête du Révérend a basculé sur ma cuisse. Ses cheveux blancs trempés de sueur étaient plaqués contre son crâne et le spectacle de sa vieille tête rabougrie m'a ému. Je n'aurais jamais cru devenir aussi intime avec le Révérend. Et j'étais loin de m'imaginer que je le voyais pour la dernière fois, qu'à mon retour des Sierras il ne serait plus de ce monde. J'ai posé ma main sur son front brûlant et je lui ai dit de ne pas s'inquiéter, qu'il s'était montré à la hauteur de son grand-oncle, de la confiance du Lt. McMarmonn, et que s'il avait confondu la lumière d'une torche électrique avec celle de Dieu, ce n'était pas bien grave, d'autres occasions se présenteraient.

Il s'est alors produit un petit miracle. Ce n'était pas grand-chose sans doute, et ce geste n'a pas eu de témoin, mais il a eu pour résultat de me réconcilier avec l'église blanche sur la place de Farrago, avec ses portes closes et sa girouette, avec les espoirs déçus de mon enfance. La main du Révérend a cherché la mienne et l'a trouvée. Je ne sais pas s'il agissait sous l'effet du délire ou s'il était conscient de son acte, quelle importance. La main du Révérend s'est refermée sur ma main et l'a tenue doucement tout le temps du voyage.

13

Quand on est arrivés à la maison close, le Révérend n'avait toujours pas retrouvé ses esprits et je l'ai déposé sur un canapé du salon mauve. Tandis que je grimpais les marches vers la chambre d'Ophelia, j'ai vu Piquette et Charleen accourir, l'une avec une serviette mouillée, l'autre avec un flacon de bourbon. Puis, lorsque, moins de cinq minutes plus tard, je suis redescendu au rez-de-chaussée, courant après Jim Rookey qui tenait un revolver à la main et hurlait des insanités, j'ai surpris Poach en pleine conversation avec ses deux hôtesses. Le rose lui était monté aux joues et il semblait parfaitement à son aise.

Ma rencontre avec Jim Rookey a donc été des plus brèves. Parvenu à la porte, je suis entré sans frapper et j'ai trouvé un grand type vêtu de pantalon à pattes d'éléphant, d'une chemise de satin pourpre et d'un chapeau noir, debout au milieu de la pièce, un revolver à la main et une bouteille dans l'autre. Ophelia, elle, se tenait près de la fenêtre, et, le temps d'un reflet sur sa main mouvante, j'ai eu la satisfaction de découvrir qu'elle portait encore son anneau de fiançailles. Son visage était baigné de larmes et dès qu'elle m'a vu, elle a crié mon nom. Elle se serait jetée dans mes bras si Jim Rookey n'avait levé sur elle le canon de son arme à feu.

« Alors c'est lui, c'est lui ! » a dit Rookey en se tournant vers moi avec une expression de désarroi si total qu'il avait moins l'air d'un homme que d'un enfant de l'orphelinat, un de ces enfants qui traînent leur tristesse du matin au soir et ne savent même plus que Dieu nous a donné une bouche pour chanter et des lèvres pour sourire, selon l'expression de la directrice. Rookey s'accrochait à son arme comme à une bouée et dans sa main, le revolver n'était pas plus impressionnant qu'un pistolet en plastique. S'il tire, je me suis dit, il en sortira un jet d'eau ou un petit drapeau. Il inspirait moins de peur que de pitié, pour reprendre l'expression de Jo Haggardy, et j'ai pensé que le mieux à faire serait de lui proposer de s'asseoir auprès du Révérend, entre Charleen et Piquette, afin qu'il jouisse en même temps des plus grandes consolations que le monde peut offrir.

« Alors c'est lui, c'est lui ce pauvre type ! » a poursuivi Rookey d'une voix cassée. Il a fait un pas vers moi et j'ai senti son haleine viciée : « Tiens, c'est ta lettre ! Ta petite lettre d'adieu truffée de fautes d'orthographe. Regarde ce que j'en fais ! » a dit Rookey, tirant un papier de sa poche et le portant à sa bouche. Pendant qu'il mâchait la feuille, j'ai regardé Ophelia. Je voulais lui demander de quoi parlait Rookey mais, comme si souvent, elle m'a pris de vitesse : « Je lui ai écrit la semaine dernière, a dit Ophelia.

— Pour quoi faire ?

— Pour divorcer bien sûr, espèce de nigaud. »

J'ai tout de suite compris que le vent tournait et

que si je laissais Ophelia s'emporter, elle ne tarderait pas à me reprocher la rédaction de cette lettre, mon périple à Tuskegee et jusqu'à la présence de Jim Rookey dans notre chambre prénuptiale.

« Si j'avais su, je ne t'aurais pas lâchée d'une semelle, j'ai dit.

— Des mots, rien que des mots ! a répondu Ophelia.

— Tu lui as écrit pour lui dire que tu divorçais ?

— Qu'est-ce que tu voulais que je fasse ? Que j'aie deux maris à la fois ?

— Tu es déjà mariée ? j'ai dit, comprenant enfin les tenants et les aboutissants de la situation.

— Pas en ce qui me concerne ! a répliqué ma fiancée.

— Mais Ophelia, on ne divorce pas comme ça ! » j'ai lancé un peu au hasard.

« Jamais, tu entends ! a crié Jim Rookey après avoir avalé le dernier bout de la lettre. Je t'aime, je t'ai toujours aimée. Ophelia, pourquoi tu es partie ? Qu'est-ce qui s'est passé ? Pourquoi tu ne m'as pas dit que tu n'étais pas heureuse ? Tout aurait pu changer. Laisse-moi faire. Tout va changer à partir d'aujourd'hui. On va retourner à Oakland, toi et moi, et je te promets que tu auras tous les chats que tu voudras et que le frigo sera toujours rempli de glaces. Je veux te ramener à la maison, j'ai une nouvelle maison, il y a des petits travaux à faire mais elle est tout près des collines et le cinéma n'est qu'à deux blocs. Il y a six salles et de nouveaux films toutes les semaines. Tout va changer mon amour. »

Ophelia a rejeté sa chevelure en arrière et pendant

un instant, j'ai cru qu'elle allait se jeter sur Jim et le tailler en pièces, au lieu de quoi elle a respiré profondément, et, avec une dignité que je ne lui connaissais pas, une dignité mêlée de bonté, elle a dit à Jim Rookey de ranger son revolver avant que la police ne vienne l'arrêter, de récupérer ses fleurs (il y avait un bouquet de tulipes posé sur le lit) et de s'en aller sans se couvrir de ridicule.

« Tu as pris tout ce que tu pouvais prendre et je t'ai donné tout ce que je pouvais donner. Maintenant quitte le bordel, monte dans ta voiture et promets-moi de ne pas commettre de bêtises. Tu vas rouler jusqu'à ta maison et puis tu vas te coucher. Demain, tu auras tout oublié.

— Demain ? Demain ? » a dit Jim Rookey, et il a enfoncé le canon de son revolver dans sa bouche. Ophelia s'est approchée de lui, mais Rookey s'est écarté en poussant un cri.

« Jimmy ! »

Rookey est sorti de la chambre en me bousculant au passage.

« Il va se tuer, a dit Ophelia, il est assez idiot pour ça. Rattrape-le ! » et comme je ne réagissais pas, elle m'a poussé vers la porte.

C'est seulement après coup, une fois lancé à la poursuite de Jim Rookey dans la forêt, que j'ai pris la mesure de l'événement. Rookey, le voyou d'Oakland, n'avait pas simplement abusé de l'innocence d'Ophelia pour s'offrir des costumes neufs et dîner au restaurant, il l'avait épousée. Il ne s'était pas contenté, chaque soir, de livrer le corps d'Ophelia aux marins et aux ouvriers, il l'avait prise pour femme, ou plutôt, il avait demandé sa main pour ensuite faire d'elle une prostituée et empocher l'argent des passes.

A quatorze ans, après s'être échappée du foyer des bonnes sœurs, Ophelia avait trouvé du travail dans une blanchisserie, et c'est à la sortie de l'établissement que Rookey l'avait abordée. Il s'était montré gentil : « C'était la première fois qu'on me tenait la porte quand j'entrais quelque part, c'était la première fois qu'on me disait que j'étais jolie, c'était la première fois qu'on me disait que j'avais toute ma vie devant moi et que d'Oakland à Hollywood, il n'y avait qu'un aller simple en Greyhound. J'ai fini par monter dans le bus, mais je ne suis pas allée plus loin que Santa Cruz, n'empêche que Jim, il connaissait sa chance. Quand je sortais du bain, il m'attendait avec ma robe de chambre, quand je voulais fumer, il allumait son briquet avant même que je sorte une cigarette du paquet, quand je me sentais un peu triste, il me chatouillait pendant des heures et il me mordait jusqu'au sang. Il m'achetait toujours des robes, des foulards, des crèmes pour la peau et le premier qui osait me regarder de travers, il l'alignait sur le trottoir », m'a raconté Ophelia, quelques jours plus tard, dans la montagne. « Alors si tu crois que tu vaux mieux que lui, Homer, prouve-le-moi. Parce que si je suis avec toi, sache-le, c'est par pitié. A l'heure qu'il est, j'aurais déjà pu remporter un Oscar, vivre dans une *beach house*, avoir une femme de ménage et un jacuzzi. »

Si Ophelia est déjà mariée, le Révérend détient un argument de plus pour refuser de nous unir, j'ai pensé, en m'enfonçant dans les bois, passé la buanderie et le champ de citronniers, mais le maire trouvera sûrement une solution. Sur le moment, je n'ai pas songé que depuis ma participation au complot, la donne n'était plus la même, pour reprendre le mot d'Elijah, et que Morris Cuvelton avait désormais toutes les raisons du monde de s'opposer lui aussi à notre mariage. Mais plus en avant dans la nuit, quand, après avoir déposé le corps de Rookey aux abords de la morgue, j'ai eu le temps de réfléchir à la situation, je me suis dit que non seulement le divorce d'Ophelia était à présent caduc, mais qu'après tout, le Révérend et moi partagions, depuis notre descente dans les mines, une cause commune et un secret, et qu'il n'était pas près de l'oublier.

La lune s'était levée, je la voyais filer à travers les arbres, projetant des ombres bleues sur le sentier. Rookey n'avait pas plus de trente secondes d'avance sur moi. Je le distinguais par instants, détalant comme un lièvre affolé ou un poulet sans tête, aveuglé par son chagrin autant que par l'alcool qui coulait dans ses veines. Il poussait de temps à autre un cri de douleur, et comme la forêt lui était étrangère, il ne cessait de buter sur des racines et de se lancer à corps perdu contre les branches qui barraient la route. A ce rythme, il ne tiendra pas longtemps, j'ai pensé, il ne va pas tarder à s'écrouler, comme Holly Strechinsky, le soir où, plus ivre que ce pauvre Elijah après sa comparution devant Judge Merrill (et la confiscation de son permis de conduire), il s'était perdu dans les collines. Le shérif, passant l'éponge sur mes derniers méfaits, m'avait chargé de ramener Holly au village, et suite à cette histoire, je m'étais promis qu'à l'avenir, j'éviterais autant que possible de me lancer à la poursuite des ivrognes.

Rookey courait sans but, aussi maladroit et apeuré qu'un moineau entré par mégarde dans une maison, et je n'arrivais pourtant pas à réduire la distance qui nous séparait. Il y a une justice pour les soûlards, c'est ce que Fausto aime à répéter. Rookey avait beau trébucher, sortir du chemin, se prendre les pieds dans les fougères et donner dans les ronciers, le dieu des alcooliques le guidait d'une main sûre, et quand, soudain, je ne l'ai plus vu ni entendu, je me suis d'abord imaginé qu'il avait été emporté dans le ciel. Je me suis arrêté, aux aguets, mais au-delà des battements de mon cœur, de mon souffle et d'un aboiement lointain, il n'y avait que le silence de la forêt.

J'ai repris ma route, songeant qu'il s'était peut-être assommé ou assoupi au bord du sentier et je suis tombé sur son chapeau, une vague tache noire sur la terre bleuie. De nouveau, je me suis tenu immobile, à l'écoute du moindre bruit. Dans mon esprit, je voyais le visage de Rookey, ses yeux fous, sa bouche tremblante, et j'entendais l'écho de sa voix, répétant à Ophelia qu'il voulait la ramener à la maison, une nouvelle maison, des petits travaux à faire, le cinéma n'est qu'à deux blocs, six salles, les films changent tout le temps. Rookey parlait sous mon crâne et j'ai eu envie, moi aussi, de crier.

Qu'avais-je à proposer à Ophelia ? Toutes mes tentatives de nous trouver un toit étaient tombées à l'eau et si jamais le maire apprenait ma participation au complot, je pouvais dire adieu à mon poste de garde forestier. Je n'étais bon à rien, Ophelia ne tarderait pas à s'en rendre compte et à me dire de remettre mon vieux costume et de retourner à ma vie d'avant. Je n'étais bon qu'à me mêler aux histoires des autres, et pour reprendre l'image de Nand, je ne pouvais monter dans le train sans le faire dérailler. Dans mon train, il n'y a pas de sonnette d'alarme, j'ai pensé, et si je tente de sauter en marche, je suis certain de me rompre le cou. Je vais de gare en gare mais le train ne s'arrête pas. Je passe d'une connerie à la suivante et je ne sais pas comment modifier ma ligne de conduite. Il existe des êtres qui y parviennent, comme Fausto ou Duke, dont les vies ont brutalement changé, l'un grâce à une lumière dans un champ, l'autre à cause d'un homme aux espoirs brisés, mais je n'en fais pas partie.

Ophelia n'est pas dupe, elle l'a bien compris, dès la première nuit sans doute, elle en sait plus long que moi sur les abrutis de mon espèce, ils ont tous défilé dans sa chambre, les gros, les maigres, les puceaux, les affreux, tout le peuple des arriérés du coin, tous ceux qui n'ont jamais su conserver un job, une femme, ou les quelques billets qu'ils ont gagnés dans la journée. Jo Haggardy s'est payé ma tête, j'ai pensé. Elle m'a tenu de grands discours sur ma bonne fortune et les devoirs d'un homme marié, elle m'a remis les anneaux de fiançailles, elle m'a remonté comme un automate pour que je vole jusqu'à la chambre et que je me jette aux pieds d'Ophelia, elle a manigancé notre avenir tout en sachant pertinemment ce qui allait se passer. Jo n'a agi que par cruauté, j'ai pensé, afin de prouver aux autres filles et au reste de la communauté qu'une pute reste une pute et qu'une cloche reste une cloche. Mais Ophelia, elle, s'en tirera, parce qu'elle ne veut pas finir sa vie dans un bordel et qu'elle a des aspirations. Moi, je finirai ma vie entre la forge d'Elijah et l'épicerie de Fausto, entre la rivière et la maison close, entre Rainbow Point et la décharge municipale.

J'ai ressenti à cet instant une telle lassitude que si Bone n'était venu me rendre espoir et me relancer dans la course, je me serais roulé en boule sur le sentier en pleurant comme un bébé.

« Courage, Homer ! » j'ai murmuré, mais la mort était tombée sur mon cœur. « Courage ! » j'ai répété, tandis qu'un corps chaud venait se frotter contre mes chevilles.

« Bone ! »

Le chien a aussitôt commencé à remuer la queue et j'ai été si ému que je me suis baissé pour caresser son poil et gratter l'intérieur de ses oreilles. Bone avait dû se rouler dans une dépouille ou dans un tas de fumier parce qu'il puait plus encore qu'à son habitude.

« Bone, qu'est-ce que tu fais là ? Où tu étais passé ? » j'ai dit en continuant de le frotter. C'est alors que j'ai pensé à lui faire renifler le chapeau de Rookey. « Cherche, j'ai dit, cherche ! »

Bone a commencé par se dandiner en tournant autour de moi. Puis, soudain, il a bondi dans un fourré et je l'ai suivi en remerciant le Seigneur et tous ses saints. Par chance, sa vieille carcasse ne lui permettait pas d'aller aussi vite qu'un chien dans la force de l'âge, et de toutes les manières, Bone ne cessait de se retourner pour s'assurer que j'étais toujours derrière lui. Chaque fois qu'il semblait marquer une hésitation, je l'encourageais en essayant de faire preuve d'autant d'enthousiasme et d'autorité que le Lt. McMarmonn dans le boyau. Bone battait de la queue et retrouvait la piste.

Courir après le chien était beaucoup moins fatigant que poursuivre Rookey. Bone avait pris ma place à la tête des opérations, il ne demandait qu'à me faire plaisir, il ne risquait pas de se perdre en route ou de s'évanouir et je pouvais me fier à sa truffe comme à moi-même. Tandis qu'on gagnait le fond d'un ravin, ma confiance a grimpé en flèche. Bone a ensuite longé la faille sur un demi-mile au moins, avant d'entamer l'ascension d'un versant cailouteux et couvert de broussailles. On a progressé ainsi pendant plus d'une heure, passant de clairières en taillis, changeant sans cesse de cap, mais loin de me décourager, ces zigzags perpétuels m'ont convaincu que le chien tenait le bon bout. En effet, seul un homme ivre et sans repères était capable de tourner en rond d'une manière aussi absurde, même s'il y avait une sorte de logique à sa déambulation. Rookey, j'en ai pris conscience à la faveur d'une halte, semblait avoir adopté une trajectoire en spirale, traçant dans les bois des cercles de plus en plus vastes, et je savais que les matous égarés recouraient à la même stratégie. Un homme suit un chien qui suit un homme qui se prend pour un chat, j'ai pensé, et je me suis juré de ne pas oublier cette formule afin de donner du piment à mon histoire, lorsque je la raconterais à Ophelia, à Duke ou à Fausto.

Quand on est arrivés au bord de l'escarpement, la lune était haute dans le ciel, et si on m'avait demandé combien de temps s'était écoulé depuis le début de notre chasse à l'homme, j'aurais été incapable de répondre. De même, comme un peu plus tôt dans les mines, je ne savais pas le moins du monde où on se trouvait. Mon hypothèse était que Rookey nous avait entraînés à deux ou trois miles au sud-est de Farrago, mais je n'osais me fier à mon jugement. Bone avait pris la place de la lampe accrochée à mon casque et de mon sachet de graines pour oiseaux, et lui seul saurait nous ramener sains et saufs au village.

Au sommet du rocher, il a commencé à gémir, la queue entre les pattes, le poil hérissé. Je me suis penché en avant. J'ai vu une masse sombre, échouée parmi les herbes, au pied de la butte. Celle-ci mesurait à peine quinze pieds de haut. Elle offrait de nombreux appuis.

« Jim ? j'ai dit, c'est toi ? »

N'obtenant pas de réponse, j'en ai conclu un peu vite que Rookey, comme Holly Strechinsky, était tombé dans un coma éthylique et qu'il me faudrait le porter jusqu'au Q.G. du shérif. J'ai escaladé la paroi, et quand je suis arrivé en bas, Bone y était déjà. Il reniflait Jim Rookey, dont j'ai découvert le visage livide, les pupilles nébuleuses. Sa langue pendait.

Je me suis agenouillé, je lui ai donné des petites tapes sur les joues, puis je l'ai carrément giflé, ce qui m'a procuré un certain plaisir. Comme il ne se réveillait toujours pas, je l'ai soulevé par les épaules et je l'ai secoué. Son cou s'est balancé mollement d'avant en arrière et j'ai compris qu'il était mort. J'ai alors aperçu son revolver dans l'herbe. Je l'ai tenu un instant avant de le reposer. Bone s'est remis à gémir. On s'est regardés. Les yeux du chien brillaient. « Il est mort », j'ai dit. Bone s'est approché et m'a léché la main.

Je ne pensais pas qu'un cadavre pouvait peser si lourd. Un vivant, même inconscient, ne pèse pas autant. La tête de Rookey reposait contre ma nuque. Je le tenais par les bras. Ses pieds labouraient l'humus, se cramponnaient aux ronces, aux branches les plus basses, si bien que parfois, j'avais l'impression de traîner la forêt tout entière derrière moi. A travers le satin de sa chemise, je sentais ses membres refroidir. Je m'attendais à ce qu'ils commencent à se solidifier mais ils demeuraient flasques. Le corps de Rookey ne cessait de glisser, je transpirais, il me fallait régulièrement le hisser de nouveau afin qu'il repose contre mon dos, puis il recommençait à me filer entre les doigts, le long de ma colonne vertébrale et de mes jambes, comme un énorme boa ou un ballon rempli d'eau. Il faut attendre plusieurs heures avant que les muscles se rigidifient, comme me l'expliquerait le Lt. McMarmonn après mon retour de la montagne, je ne le savais pas et guettais avec impatience ce moment béni où je pourrais enfin me raccrocher à Rookey, le porter comme on porte un fagot.

Bone marchait devant nous. Son poil s'était aplati et sa queue battait de nouveau. Lui au moins s'était remis de ses émotions. Quant à moi, j'étais loin du compte.

Jim Rookey est mort, je pensais, tout à l'heure il était vivant et maintenant il est mort. Il s'était passé quelque chose, il ne s'était rien passé du tout, le monde était là, je sentais mon corps endolori et mes pieds enflés, j'écoutais mon souffle, Bone allait et venait, repérant le chemin du retour, j'étais en vie, Bone était en vie, pourtant Rookey était mort et mes sensations s'en trouvaient exacerbées, pour emprunter un mot au vaste vocabulaire de Fausto. Sur ma droite, j'ai vu un brin d'herbe jaillir dans un rond de lune ; plus loin, une souche d'où sortait une jeune branche, cette branche avait des feuilles, leur couleur était si vive au milieu de la nuit, d'un vert presque aveuglant. A gauche, un aiguillon de roche blanche, si blanche, avec, à sa base, un ruban de mousse épaisse et spongieuse. Il me semblait pouvoir la toucher, presser mes doigts dans sa matière fraîche et moelleuse, respirer son parfum, il me semblait que je goûtais la brise, que j'avalais le vent, et le ruisseau, là-bas, invisible, son glouglou remplissait ma tête, je plongeais mes mains dans son cours glacé, je m'y baignais, je sentais les cailloux percer ma peau, je sentais la vase entre les galets, et la lune, immense, je distinguais ses gouffres, ses cratères, je connaissais la texture de sa poussière bleue.

Jim Rookey était mort, il n'était plus là pour personne, mon corps tout entier criait grâce, j'ai senti poindre une migraine. Pour Jim Rookey, il n'y avait plus ni lune ni ruisseau, il n'y avait plus de nuit, il n'y avait plus de lumière, il n'y avait plus d'Ophelia, il n'y avait plus de douleur ni de joie. Le monde entier avait disparu, le monde où je vivais encore, où Bone flairait la piste, où Ophelia rêvait d'Hollywood, le monde de Jim Rookey s'était volatilisé, des plus grandes choses aux plus petites, toutes les étoiles, les océans, les collines, le chaud, le froid, la forêt, le parfum d'Ophelia, les rêves, les souvenirs, l'Univers, depuis son origine jusqu'à sa fin, avaient cessé d'être. Moi, j'étais là, le dos écrasé sous un tas d'os et de chair, Bone était là, la vie se poursuivait comme si de rien n'était, et pourtant, pourtant...

« Comment c'est possible ? j'ai murmuré. Jim, tu m'entends ? Réponds-moi. Tout à l'heure il fera jour. Est-ce qu'il y a encore un bout de toi qui flotte quelque part ? Est-ce que tu me vois ? Charley Warren était un boxeur en fin de carrière. Il a pris un coup de trop. C'est Duke qui m'a raconté l'histoire. L'autre l'a mis K.-O. et il a quitté son corps. Il s'est vu au-dessus du ring. Est-ce que c'est ce qui se passe quand on meurt ? Et la lumière ? Est-ce qu'il y a une lumière ? Est-ce que la mort est comme une clôture dans un champ ? Maintenant tu sais tout et tu ne dis plus rien. Tu sais toute l'histoire et à quoi ça te sert si tu dois la garder pour toi ? Si tu pouvais revenir, juste le temps de me dire ce qu'il y a de l'autre côté, s'il y a un autre côté. Tu sais toute l'histoire, j'ai répété. Moi et les autres, on n'a que des petits trucs à raconter. La plupart du temps, on n'arrive même pas à trouver les paroles justes, on renonce, on se tait. On vit des choses, on leur trouve un début et une fin, elles deviennent des aventures, des malheurs, des moments de joie, on sait où elles commencent et où elles finissent, on peut les formuler, et le plus souvent, après, on se sent plus léger, on peut continuer. Mais toi, tu as fait le tour de ta vie, tu la vois du dehors, toute ta vie, et tu n'as plus de tête pour penser, plus de langue, plus de bouche pour parler. Qu'est-ce que ça veut dire ? Qu'on ne peut jamais tout raconter ? Qu'il faut forcément en laisser de côté ? Alors si je veux décrire ma vie, à Ophelia par exemple, si je veux lui montrer qui je suis en lui disant d'où je viens, en lui parlant de Worth Bailey, de l'orphelinat, de Nand et de Rachel, de mon voyage à travers le pays, si je veux qu'elle comprenne comment je suis devenu un bon à rien, je n'y arriverai pas ? Il faut que j'attende d'être mort, comme toi ? Mais à qui tu peux bien la raconter ton histoire, espèce de crétin ? A Dieu ? Tu crois qu'il n'a que ça à faire, t'écouter lui réciter tes pauvres petits chagrins ? C'est trop tard. Qu'est-ce que je vais faire de toi ? »

J'ai senti que ma tête allait éclater. Il fallait absolument que je dépose Rookey et que je récupère mes forces. Bone, qui possédait un sens de l'orientation à toute épreuve, avait trouvé un sentier et le remontait sans se presser en s'arrêtant de temps à autre pour me permettre de le rejoindre. En la personne de ce chien, j'avais vraiment trouvé mon maître.

« Bone, j'ai dit, il faut que je me repose. »

J'ai laissé Rookey glisser à terre et je me suis assis près de lui. Mes tempes bourdonnaient. Je tremblais de partout et des étoiles dansaient devant mes yeux, ce qui explique pourquoi je n'ai d'abord pas réalisé où on se trouvait.

Le bunker gris de la morgue se dressait à quelques mètres, derrière une haie, avec sa cheminée et sa porte de fer, mais je ne le voyais pas. Plus rien n'existait que ce foutu mal de crâne et le vague souvenir d'avoir parlé au mort tout au long du chemin. J'aurais donné mon Zippo ou même mon canif pour un verre d'eau et un cachet d'aspirine.

Entre le moment où je me suis avachi sur le chemin

et celui où Bone, qui m'avait faussé compagnie, est revenu avec son maître, je ne me souviens de rien. Soudain, Moe Hendricks est là, une main sur le poignet du cadavre. Entre nous, Bone va et vient en se trémoussant. Cette image est restée gravée dans ma mémoire : l'apparition de Moe, la joie de Bone, les doigts de Moe sur le poignet de Rookey, cherchant son pouls. Je crois bien que mes premières paroles ont été : « Bone est ton chien ?

— Qui ?
— Bone. C'est ton chien ?
— Il est mort.
— Je sais.
— Qui c'est ?
— Jim Rookey, le mari d'Ophelia. »

Moe, toujours vêtu de son uniforme militaire (il avait roulé son béret sous une des épaulettes), m'a regardé d'un air stupide. J'ai compris qu'il était cuit et qu'il ne fallait pas trop lui en demander.

« Comment tu l'appelles ?
— Hein ?
— Bone, ton chien.
— Lui ? Je n'en sais rien. Il n'a pas de nom. D'où tu sors ?
— De la forêt. Il a fait une chute.
— Qui ?
— Rookey. »

Rookey, c'est le nom qu'on donne aux bleus dans l'armée, et Moe, qui s'était mis à boire dès son retour à la morgue (il vit dans une maisonnette derrière le bunker), avait la tête encore pleine des souvenirs de l'expédition, si bien qu'il n'a pas compris ce que je lui disais. Le complot, comme il allait bientôt m'en informer, s'était soldé par un fiasco total, et Moe n'avait plus qu'un désir, noyer le déshonneur dans l'alcool.

« Heureusement qu'il n'y a pas eu de victime, il m'a dit, la voix pâteuse, pendant qu'on transportait Jim Rookey dans le bâtiment. Grâce aux graines, on a pu ressortir, et on a retrouvé Altolaguirre qui errait sur la route. Il n'avait pas l'air fier. Qu'est-ce qui vous a pris ?

— Comment ?

— Toi et le Révérend, qu'est-ce qui vous a pris ? »

On était entrés dans la salle principale de la morgue, où on expose les morts avant de les brûler. Moe a poussé une porte du pied et on est passés dans une autre pièce, aussi lugubre que la première, carrelée de blanc, et qui sentait le désinfectant. C'est là qu'on a déposé Rookey, sur un lit métallique.

La morgue, de l'avis général, est l'édifice le plus laid de Farrago, et depuis sa construction, au début des années 60, je n'y avais pénétré qu'une fois, le jour de la nomination de Moe au poste de gardien. Moe est un chic type, même si parfois, il s'enferme en lui-même, pour reprendre l'expression d'Elijah, et peut rester des jours entiers sans ouvrir la bouche. Les enfants du village en ont d'ailleurs fait leur tête de Turc. Moe les voit venir et fait semblant de s'énerver, ce qui a pour seul effet de les exciter davantage. Les mômes ont peur de lui comme, à l'époque, on redoutait Fennimore Smith, mais à la différence du vieil épicier, Moe est inoffensif. Ce qu'il aime, c'est collectionner les papillons et regarder les programmes scientifiques à la télé. Quand il a trop bu, il lui arrive de s'attirer des ennuis (j'ai passé plus d'une nuit avec lui au Q.G. du shérif), mais comme le dit Abigail Hatchett, on ne peut pas lui en vouloir. Depuis qu'il travaille à la morgue, Moe voit défiler plus de morts que de vivants, et selon Abigail, il est normal qu'il soit un peu dépressif, d'autant qu'il a fait la guerre.

« C'est à cause de Jo Haggardy, j'ai dit. Elle s'est pointée avec Mabel et j'ai dû la suivre. On a été obligés d'emporter le Révérend. Le pauvre, il a cru voir la lumière. »

J'ai suivi Moe à travers le petit jardin qui sépare le bunker de sa maison et on s'est installés sur le porche. Moe m'a servi une grande rasade de scotch et dès la première gorgée, je me suis senti mieux.

« Tout de même, c'est incroyable, j'ai dit en jetant un coup d'œil à Bone qui s'était endormi sur le paillasson, le hasard fait bien les choses !

— Tu parles, a dit Moe.

— Je cours après Rookey, il m'échappe, je croise Bone que je n'avais pas vu depuis des jours, il retrouve la trace de Jim, et pour finir, il me ramène ici, à la morgue ! Tu ne trouves pas ça incroyable ?

— Qu'est-ce que c'est que ce chapeau ? Tu as l'air d'un maquereau. »

J'ai porté une main à mon front et j'ai senti le bord mou du chapeau de Rookey. Sans m'en rendre compte, je m'en étais coiffé. Je l'ai retiré vivement et l'ai jeté dans l'herbe.

« Qui c'est, ce Rookey ?

— C'est le mari d'Ophelia. L'ex-mari.

— Ophelia ? La jolie rousse du bordel ?

— Tu la connais ? » j'ai dit, succombant à un brusque accès de jalousie. Mais la réponse de Moe m'a rassuré : « Je n'aime pas les rousses. De toutes les manières, je n'ai jamais le temps de choisir. Chaque fois que je me pointe dans le salon, il y a l'autre qui me prend par le bras et nous voilà partis. Je n'ai jamais le temps de me retourner.

— Elle s'appelle Polly.

— Quand Altolaguirre a compté les pains, il a vu qu'il en manquait un, a enchaîné Moe. Faudra qu'on retourne à Tuskegee parce que ce pain, c'est une preuve. Et le lieutenant a dit de nous tenir prêts. On a perdu une bataille, pas la guerre. N'empêche, ces mines, elles me font froid dans le dos. Quand je pense à tous ces types enterrés vivants.

— Tu as la frousse, toi ? Des morts, tu en vois tous les jours.

— Ce n'est pas la même chose », a dit Moe.

On a fini la bouteille. Moe est entré chez lui pour en chercher une autre. Son scotch ne valait pas celui que Joseph Kirkley avait pris l'habitude d'offrir à Duke quand il passait par Farrago, mais il se laissait boire sans déplaisir.

« Ce Jim Rookey, a dit Moe après un long silence, il a de la famille ?

— Pas que je sache.

— Qu'est-ce qu'il faisait dans la vie ?

— Il séduisait les jeunes filles et les faisait tapiner, l'enflure.

— Ces types, faudrait les brûler. Leur trancher les couilles et les brûler. »

J'ai essayé de répondre mais ma langue refusait de

se mouvoir. Quand Moe s'est levé, je l'ai vu s'éloigner comme dans un nimbe. Il a ramassé le chapeau de Rookey et a poursuivi sa route vers le bunker. Près de moi, j'entendais Bone ronfler. Moe a disparu derrière la haie, et j'ai songé qu'il était bon d'avoir des amis. Un jour, avec Ophelia, on posséderait notre propre maison, un porche, une réserve de bouteilles, et Moe serait le bienvenu, comme Duke, Elijah, Fausto bien sûr, mais aussi le lieutenant, sa fille, et pourquoi pas le Révérend. Puis, je me suis assoupi.

Lorsque j'ai rouvert les yeux, c'était l'aube. J'ai appelé Moe, et comme il ne répondait pas, je suis retourné dans le bunker. Au passage, j'ai aperçu la mince colonne de fumée qui s'échappait de la cheminée. J'ai trouvé Moe dans la chapelle, devant la porte vitrée du crématorium où s'engouffrent les cercueils. Il était assis sur un banc et fixait les flammes.

« C'est bientôt fini, il a dit.

— Moe, ne me dis pas que tu as fait ce que je crois que tu as fait.

— C'est bientôt fini. »

Je me suis séparé de Moe une demi-heure plus tard. Dans la boîte de fer d'Elijah, celle qu'il m'avait donnée pour me remercier de l'avoir balancé à l'eau, j'emportais les cendres chaudes de Jim Rookey. Le brouillard enveloppait la terre. J'avançais sur la route, celle qui s'étend de l'autre côté de la morgue et rallie Farrago, en proie aux émotions les plus contradictoires.

D'une part, j'étais libéré d'un grand poids. Je m'étais débarrassé de Rookey, ou plutôt, il s'était débarrassé de lui-même, et la procédure de divorce n'était déjà plus que de l'histoire ancienne. Je regrettais simplement que les chiens ne soient pas doués de parole. Bone, alors, aurait pu témoigner de ma bonne volonté et, en cas de nécessité, défendre mon nom. J'avais suivi Rookey jusqu'à sa dernière demeure, pour le dire à la manière du Révérend, et je m'étais acquitté de mon devoir. Mais allait-on me croire ? « Rien n'est moins sûr », j'ai soupiré en pressant le pas. Après tout, Rookey avait été le mari d'Ophelia. En mourant, il me laissait le champ libre. C'était pain bénit pour les mauvaises langues. Il se trouverait au moins une douzaine de personnes, au village, pour affirmer que je l'avais tué. Dans les films, quand un homme meurt de manière suspecte, on pratique toujours une autopsie pour déterminer la cause du décès. Je doutais qu'on puisse tirer la moindre information de quelques livres de cendres. Je me sentais donc à la fois plus lourd et plus léger. Je craignais la réaction d'Ophelia. Je ne voulais pas la décevoir, maintenant que le danger était écarté et qu'on pouvait s'aimer sans peur.

Traversant le village, je suis passé devant l'épicerie. Au plafond, le ventilateur tournait malgré la fraîcheur de l'aube, une ampoule nue éclairait le fond de la boutique, mais Fausto n'était pas à son poste, derrière le comptoir. J'ai regardé l'église, l'arbre sur la place, l'enseigne du Golden Egg. Je me suis demandé à quoi ressemblerait Farrago dans cinquante ans. L'épicerie de Fausto existerait-elle encore ? Et l'arbre ? Et l'église ?

Quand j'ai fait mon entrée dans le salon mauve,

j'ai vu Mabel qui roupillait sur une chaise à bascule. Le couvercle du piano était ouvert. Je me suis imaginé le Révérend dansant un fox-trot en compagnie de ses deux hôtesses. C'est alors que j'ai entendu des voix provenant de l'étage et le son d'une porte qui se refermait. Quelques instants plus tard, Ophelia, Jo et le shérif apparaissaient en haut des marches. Ophelia est descendue vers moi, sa main pâle glissant sur la rampe, et j'ai volé à sa rencontre. On s'est retrouvés à mi-chemin.

Ophelia s'est jetée contre moi, j'ai senti ses ongles sur ma nuque et sa bouche tiède. « Mon amour », elle a dit. A cet instant, j'aurais voulu mourir. Les lèvres d'Ophelia, sa peau si douce, sa tendresse, son opulence, c'était trop pour un seul homme. Elle s'est détachée de moi le plus lentement du monde. Dans son regard, j'ai vu ce que j'espérais voir. C'est donc ça, être aimé, j'ai pensé. Puis, le shérif a pris la parole : « Homer, il a dit, où est Jim Rookey ? »

Je n'ai pas su répondre. J'ai même eu le désir de prendre mes jambes à mon cou et de trouver refuge au plus profond des bois. Mais je respirais l'odeur sucrée d'Ophelia et je me sentais gagné par une irrésistible torpeur.

« Tu as perdu sa trace ? a demandé le shérif.

— Non.

— Tu l'as retrouvé ?

— Il est là », j'ai dit, mais quand j'ai voulu montrer la boîte au shérif, je me suis trompé de poche. Cela peut sembler incroyable, et pourtant, c'est ce qui s'est passé. Au lieu de présenter l'urne, j'ai exhibé le détonateur. De l'avis de Fausto, à qui j'ai décrit la scène, cette méprise constituait un acte manqué. Inconsciemment, j'avais si peur de faire voir au shérif et à Ophelia les cendres de Rookey que j'ai opté pour le moindre mal, comme l'a dit Fausto. La boîte, pourtant, formait une grande bosse sous la toile de mon manteau. C'est d'ailleurs pourquoi j'aime tellement cet habit. Il a des poches phénoménales.

« Qu'est-ce que c'est que ce truc ? »

Le shérif a tourné l'appareil dans tous les sens et a fini par l'identifier : « Homer, qu'est-ce que tu fais en possession d'un détonateur ? »

J'ai secoué la tête en silence.

« Tu l'as pris à Rookey ? Où il est ?

— Il est mort. »

A ces mots, Jo a poussé un soupir, le shérif a juré et Ophelia est devenue toute blanche. « Il a fait une mauvaise chute, j'ai dit. C'est Bone qui m'a conduit à lui, le chien de Moe Hendricks.

— Mort ? a dit le shérif. Tu l'as laissé dans la forêt ? »

Comme je suis resté muet, le shérif a tapoté ses incisives du bout de ses doigts — une habitude chez lui — puis il a demandé à Jo s'il pouvait utiliser son téléphone. Je suis resté seul avec Ophelia qui baissait les yeux et se mordillait les lèvres. Elle avait l'air si jeune, soudain ! Jeune et totalement perdue, comme sur Barnaby Bridge, quand je l'avais serrée dans mes bras en lui jurant que je n'étais pas amoureux de Sarah Connolly. Elle doit s'imaginer qu'elle a tué Jim Rookey, j'ai pensé, elle doit se dire que tout est de sa faute.

« Ophelia, il était ivre. C'était un accident. Il n'a

pas vu la falaise et il est tombé. Tu n'as pas à t'en vouloir. Tu as été valeureuse. Quand tu lui as dit de s'en aller, de monter dans sa voiture et de rouler jusqu'à Oakland...

— Tais-toi.

— On ne peut pas rester ici. Quand le shérif apprendra la vérité...

— Quelle vérité ?

— A propos de Tuskegee et de l'incinération. Je ne sais pas ce qui va se passer. Tu vas m'en vouloir, je vais devoir me cacher, raser les murs, disparaître peut-être, et tu vas m'en vouloir encore plus. »

C'est Ophelia qui a eu l'idée de demander conseil à Fausto. Elle voyait bien que je n'étais pas dans mon état normal et que la présence du shérif au bordel m'empêchait de lui avouer toute la vérité. Au lieu de me reprocher d'avoir causé la perte de Jim Rookey et mis notre mariage en péril en jouant les héros au fond des mines, elle s'est ressaisie et a pris les choses en main.

A l'époque, je ne connaissais pas Ophelia comme je la connais aujourd'hui, même si j'ai toujours le sentiment de ne la connaître qu'à demi. Je la savais capable de gentillesse, de colères terribles, de gaieté, de violents désespoirs, je l'avais vue à l'œuvre, ordonnant à Rookey de s'en aller dignement, je devinais ses ressources cachées et sa grandeur d'âme, mais quand elle m'a pris par le bras pour m'entraîner dehors, quand j'ai vu ses yeux fixés sur la route qui mène au village, ses lèvres réduites à un trait décoloré et la petite boule de muscles de ses mâchoires, j'ai réalisé qu'Ophelia n'était pas aussi capricieuse et vulnérable que je l'avais cru jusqu'alors. Quand les circonstances l'exigeaient, elle pouvait faire preuve d'une fermeté et d'une clarté d'esprit impressionnantes. Elle n'avait pas eu besoin de longues explications pour comprendre que je m'étais fourré dans un drôle de pétrin et que cette fois, je n'allais pas m'en tirer en évitant de croiser le shérif le temps que le malentendu se dissipe.

L'intelligence, c'est de savoir qu'il y a plus intelligent que soi, m'avait dit Fausto un jour qu'on discutait de la santé mentale d'Elijah et de ses visites chez le psychiatre. Quand elle a vu que le vent tournait, Ophelia a tout de suite songé à Fausto. Ils se connaissaient à peine, mais entre eux, selon la formule d'Ophelia, le courant était passé. Fausto lui avait dit qu'on était faits l'un pour l'autre, il lui avait offert un joli parapluie et s'était mis en quatre pour nous trouver un logement. Ophelia lui faisait confiance et ce sentiment ne s'est jamais démenti.

Le shérif risquait à tout moment de quitter la maison close et de nous apercevoir sur le chemin. On a donc coupé à travers un champ et le petit bois qui longe le village au nord-est. La brume commençait à se lever. Le soleil brillait dans chaque goutte de rosée. Il y avait le parfum de la terre humide et le parfum d'Ophelia, j'étais ivre de fatigue, d'amour, je regardais mes chaussures qui se suivaient l'une l'autre, je ne pensais plus à rien.

Dans l'épicerie, la lumière entrait à flots, éclaboussant les bidons d'huile d'olive et de maïs, les boîtes de conserve empilées avec soin et les couvertures des *comics* sur leur présentoir de fer. Fausto, un crayon entre les dents, étudiait une carte routière déployée sur le comptoir. Il était si absorbé par sa tâche qu'il ne nous a pas entendus entrer. On s'est approchés, main dans la main, Fausto a sorti le crayon de sa bouche et a tracé une ligne sur la carte. Puis, il a pirouetté vers la porte entrouverte de l'arrière-boutique et a appelé : « Duke ! »

J'ai entendu un bruit de vaisselle entrechoquée provenant de la cuisine. Quelques secondes plus tard, Duke est apparu. Il portait un manteau neuf au col de laine moutonneux et de magnifiques chaussures de marche.

« Homer, Ophelia, vous tombez bien ! » il a dit en nous voyant.

Fausto, sans marquer le moindre étonnement, a hoché la tête en guise de salut et, sans plus attendre, s'est replongé dans l'examen de la carte : « On descend la 101, on tourne sur la 152 et on traverse la chaîne côtière. Ensuite, cap au sud sur l'Interstate 5 suivie de l'I-99, et on prend la sortie de Porterville. Après, je ne sais pas trop. Il y a une demi-douzaine de chemins possibles. Au total, il faudra compter sept ou huit heures de route pour atteindre les montagnes.

— Les montagnes ? » j'ai dit, mais Fausto, qui ne supporte pas d'être troublé dans sa concentration, n'a pas daigné me répondre, si bien que je me suis tourné vers Duke. C'est alors seulement que j'ai pris conscience de son état de délabrement. Ebloui par son nouveau manteau et ses chaussures de cuir montantes, je n'avais prêté aucune attention à ses paupières bouffies, aux poches sous ses yeux, à son visage gris cendre. Duke était plus pâle encore qu'après son évanouissement, le jour où il m'avait décrit le dernier combat de Charley Warren. Dans les mines, il y a quelques heures, il est de nouveau tombé dans les pommes, j'ai pensé, et maintenant, il est presque aussi blanc que s'il avait de nouveau plongé sa tête dans un sac de farine.

La lumière s'est faite en moi. Duke était malade. Il ne souffrait pas d'une indisposition passagère, pour le dire à la manière du docteur Clarke, qui, des années plus tôt, m'avait palpé l'estomac le lendemain d'une beuverie monumentale, ou d'un léger refroidissement. Il était gravement malade, comme Fennimore Smith, l'ancien épicier, dont la peau avait jauni et qui était mort quelque temps après l'arrivée de Fausto à Farrago, ou Ginger Maidenhead, la première tenancière du bordel, ravagée par un cancer des os. Tu n'as pas voulu l'admettre, j'ai pensé, tu sais depuis des mois que Duke est souffrant et tu as fait semblant de ne rien voir. C'était vrai. Je me suis senti envahi par une bouffée de honte. Je crois même que j'ai rougi.

« Je voulais t'en parler, a dit Duke, mais tu étais si occupé ces derniers temps, et puis avec l'opération commando, ça m'est sorti de la tête. D'ailleurs, qu'est-ce que vous avez foutu, toi et le Révérend ?

— Il a cru voir la lumière.

— Sans blague ?

— Il a confondu Dieu avec une torche électrique.

— Homer, je voulais venir vous voir au bordel pour vous annoncer mon départ. Les beaux jours sont là. Les hauteurs m'appellent. Cette nuit, dans les mines, c'était comme un cri. Plus on s'enfonçait sous la terre, plus j'avais envie de partir à l'assaut d'un sommet. Et dans ma tête, je croyais entendre mes ancêtres chanter. Ils chantaient un hymne à l'air pur, au ciel, je les entendais de loin, à travers la roche, leurs voix étaient comme les pierres d'une avalanche ou des cailloux qu'on brise à coups de pioche. »

Tout en parlant, Duke a fermé son œil valide comme pour mieux se souvenir du chant de ses ancêtres. Duke est un homme qui a une haute opinion de la vérité et se méfie au moins autant que moi des mystificateurs et des vantards, ainsi que je l'ai dit bien plus tard à Ophelia. Il ne raconterait pas de mensonges à ses amis. Mais cette histoire me laissait perplexe. Mon hypothèse était que Duke, suite à son malaise, nous avait entendus gueuler dans le boyau, reprenant en chœur la marche guerrière du Ltn. McMarmonn, et qu'il avait extrapolé, pour le dire à la manière d'Ananda Singsidhu. Je ne voulais surtout pas le décevoir, ce qui explique mon silence. Motus, je me suis dit, et pour une fois, je suis parvenu à m'obéir.

« J'ai rarement été aussi ému, a poursuivi Duke. C'était comme s'ils m'encourageaient à sortir de ce trou puant au plus vite, comme s'ils me soufflaient de me mettre en route dès l'aube et de grimper une montagne en leur nom. File, ils disaient, l'heure est venue, trouve un sentier et suis-le jusqu'au bout. Fais-le pour toi et fais-le pour nous autres ! C'est notre dernière chance de voir le jour, tu es notre dernière chance, Duke ! Sans cette promenade dans la tombe de mes ancêtres, je ne sais même pas si j'aurais trouvé le courage de partir, tu vois. Ça fait des semaines que je rumine ce projet, comme tous les ans, à l'approche du printemps. Mais cette fois, je n'étais pas sûr d'en avoir la force. J'aurais pu continuer à y penser jusqu'à l'automne sans bouger de la décharge. Mais tu ne me présentes pas ? » il a ajouté en adressant à Ophelia son sourire des grands jours, ce qui a eu pour effet momentané d'effacer de son visage toute marque de fatigue.

« Homer m'a beaucoup parlé de toi, a dit Duke. Le bébé pousse bien ?

— Oui, a répondu Ophelia qui s'est mise à rougir à son tour.

— Je pars ce matin même. Fausto va me conduire. Homer, tu ne m'en voudras pas. Je ne te propose pas de te joindre à moi. Pense à toutes nos aventures. Ensemble, qu'est-ce qu'on n'a pas fait ? De la Lost Coast à Yosemite, de la Kern River à Cathedral Peak, on en a vu du pays ! Je ne sais même plus combien de montagnes on a escaladées ensemble. Après Mount Williamson, j'ai cessé de compter. Tu as mieux à faire aujourd'hui que de combattre des nuées de moustiques et jouer à cache-cache avec les ours. Tu as ton avenir tout tracé. Tu sais sur quel pied danser. Et ce n'est pas moi qui vais te séparer d'Ophelia. »

A mesure que les phrases de Duke s'enchaînaient, j'ai songé que son discours sonnait faux. J'avais l'impression qu'il disait le contraire de ce qu'il pensait, comme s'il cherchait à nous convaincre, Ophelia et moi, de l'accompagner, en se faisant l'avocat du diable : « ... Il y a ton boulot de garde forestier, il y a le problème de la maison, il y a l'enfant qui pousse, et puis Ophelia, ça se voit comme le nez au milieu de la figure, elle mérite une vie de luxe et tous les avantages matériels possibles et imaginables. C'est une fille des villes, et tu ne vas pas lui demander de crapahuter sur des sentiers enneigés et faire sa toilette dans un ruisseau. Non, tu vois, je n'ai même pas cru bon de vous en parler. Et puis, le jour où vous partirez en lune de miel, vous ne voudrez pas d'un vieux bonhomme comme moi, boiteux et borgne, pour vous chaperonner.

— On vient », a dit Ophelia.

Duke, qui ne s'attendait sans doute pas à obtenir un tel succès, est resté bouche bée, tandis que Fausto, incapable de nous ignorer plus longtemps, a glissé son crayon derrière l'oreille et m'a considéré d'un œil critique. Je connaissais bien cette expression. C'était celle que Fausto destinait à chacun de ses clients. Elle annonçait la question qu'il pose toujours aux visiteurs en quête d'une parole éclairée. « Quelle est ton histoire ? » Je lisais ces mots dans son regard, et comme je n'avais plus la force de m'embarquer dans une longue explication, j'ai tiré de ma poche la boîte d'Elijah et je l'ai posée sur le bar.

« C'est Jim Rookey, la mari d'Ophelia, j'ai dit en retirant le couvercle. Il est tombé d'un rocher. A la morgue, Moe l'a brûlé. Il était saoul comme une barrique. Touchez, c'est encore chaud. »

Fausto a posé sa main sur le réceptacle, imité par Duke et Ophelia, hypnotisée par les cendres qui formaient en surface de petites vaguelettes immobiles.

« Jim ? » a murmuré Ophelia comme si elle espérait une réponse.

L'image de ces trois mains, celle d'Ophelia, longue et blanche, celle de Duke, sombre et noueuse, celle de Fausto, robuste, les ongles coupés court, au contact de l'urne, s'est imprimée dans ma mémoire. Duke, Fausto et Ophelia ressemblaient aux trois chevaliers des Croisades que j'avais vus au cinéma, dans mon enfance, la pointe de leurs épées réunies au-dessus du Graal, la coupe qui, soi-disant, contenait le sang du Christ. L'instant était solennel, et pour compléter le tableau, j'ai moi aussi posé la main sur la boîte. Je ne savais pas de quelle nature était cette cérémonie et si elle renfermait une signification cachée, mais j'ai eu un sentiment de déjà-vu et je me suis rappelé le soir où, autour de ce même comptoir, Fausto avait révélé à Elijah l'existence du tambour.

De nouveau, il m'a semblé qu'un pacte venait de se signer, un pacte sur le dos d'un mort. Longtemps après notre retour des Sierras, j'ai compris le sens de cette alliance ou pour le dire à la manière de Fausto, je lui ai donné un sens. Duke était l'objet de cet accord silencieux. En rassemblant nos mains sur la boîte de fer, sans le savoir encore, on s'était promis de le conduire coûte que coûte au sommet de Mount Forever.

Je m'étonne encore du sang-froid et de la grandeur d'âme d'Ophelia, le matin de notre départ. Après tout, elle venait d'apprendre la mort de cet enculé de Jim Rookey, son premier mari, un homme qui s'était servi d'elle mais qu'elle avait aimé, et son rêve d'une vie meilleure s'était évaporé comme un alcool volatil. A moins d'un miracle, elle pouvait dire adieu à sa maison, à l'espoir d'épouser un travailleur salarié et d'élever son enfant dans de bonnes conditions. Ma réputation serait forcément ternie par le décès suspect de Rookey et ma participation à la descente dans les mines. Si le shérif met la main sur le pain de plastic avant le lieutenant, je suis foutu, j'ai pensé, en aidant Fausto à charger des vivres à l'arrière de la camionnette.

Fausto nous a fourni des sacs de couchage et deux sacs à dos supplémentaires, de la nourriture, des gourdes et une trousse de médicaments. Selon Duke, l'ascension de Mount Forever ne demandait pas plus de trois jours de marche. Les conditions climatiques, à cette époque de l'année, étaient optimales, le chemin jusqu'au sommet offrait de nombreux points d'eau, il n'était donc pas question de s'encombrer inutilement. Pendant qu'on discutait des ultimes préparatifs, Ophelia est retournée au bordel pour récupérer quelques vêtements chauds et mettre Jo Haggardy dans la confidence. Celle-ci lui a donné une paire de chaussures de randonnée qui, par chance, lui allaient à merveille, un bonnet en cachemire, des lunettes de soleil et un flacon de cognac. Quand on a quitté le village à bord de la Ford bleu ciel de Fausto, neuf heures sonnaient à l'église.

14

Je ne garde pas un souvenir précis de notre voyage jusqu'au pied des montagnes. Assis sur la banquette arrière, j'ai passé l'essentiel de la journée à dormir, tantôt contre l'épaule d'Ophelia, tantôt contre la vitre. Quand je me réveillais, c'était pour décrire à mes amis des fragments de la nuit précédente, l'apparition de Bone, l'étrange fuite circulaire de Rookey, sa chute mortelle, la mélancolie de Moe, son initiative démente, mon retour au village.

Je me rappelle surtout la route devant nous. Chaque fois que je sortais de mon état de demi-sommeil où s'entrecroisaient des rêves sans queue ni tête, je remarquais qu'elle s'était rétrécie. Les six voies de l'Interstate se sont réduites à quatre, puis à deux, puis à une seule ; le goudron, enfin, s'est transformé en terre.

La camionnette de Fausto s'enfonçait dans la forêt des Sierras, traversait des plateaux plus ou moins désertiques, regagnait l'ombre des arbres. Le grondement du moteur et la tendre chair d'Ophelia agissaient sur mon corps comme un soporifique. Je pensais à d'innombrables choses et je ne pensais à rien. Farrago était loin, le shérif pouvait bien courir, alerter les Q.G.

voisins, téléphoner à Judge Merrill, fouiller la forêt de fond en comble, cela n'avait plus la moindre importance. Je demeurais inquiet de l'avenir, mais mon inquiétude, mêlée comme tout le reste au bruit de la machine, devenait une ligne continue qui ressemblait au trait de peinture blanche sur la route, à l'horizon des plaines, aux câbles électriques qui filaient de poteau en poteau, aux fumées des avions dans le ciel. Parfois, j'apercevais le visage de Fausto dans le rétroviseur. Il était plongé dans ses propres pensées, ses mains sur le volant, et je sentais ma poitrine et mes joues envahies de bouffées qui n'étaient pas tant des bouffées de chaleur que de bonté ou de joie. A l'abri de la carrosserie, entouré de mes compagnons, j'avais l'impression de voyager dans un ventre. Ophelia était lovée contre moi ; la nuque ridée de Duke, ses cheveux crépus et blancs, m'accueillaient dès que j'ouvrais les yeux, je bénissais jusqu'aux mouches écrasées sur le pare-brise, jusqu'aux mégots dans le cendrier.

Fausto nous a quittés vers six heures du soir, au bord d'un sentier défoncé par les pneus des engins tout-terrain et les dernières pluies. Sa camionnette n'avait pas la force motrice d'une Jeep ou d'un 4×4 et il craignait de s'aventurer plus haut. Il a serré la main de Duke, m'a donné une tape dans le dos, a embrassé Ophelia sur les deux joues, puis il est remonté dans son véhicule et quelques secondes plus tard, c'était comme s'il n'avait jamais été présent. Sur le moment, je ne me suis pas rendu compte que si Fausto avait expédié nos adieux si rapidement, c'était pour masquer son chagrin.

Ce jour-là, on a suivi le sentier pendant trois petites heures. A la tombée de la nuit, on s'est installés près d'une source tarie, dans un paysage clairsemé de pins. La terre était sableuse, propice au repos, et la fraîcheur du soir m'a paru plus délicieuse encore que dans les collines de Farrago. Les montagnes étaient proches, je les sentais dans mes veines, dans mes os. Duke a allumé le réchaud, a fait rissoler des oignons et des bouts de viande dans la casserole, touillant la nourriture avant d'y ajouter le contenu d'une boîte de haricots. Ophelia s'est assise sur son sac de couchage et a retiré ses bottes pour me montrer ses ampoules. Elle n'a pas dit un mot mais je voyais bien qu'elle me tenait pour responsable des deux cloques rosâtres qui défiguraient ses talons. J'ai appliqué de la crème sur ses blessures et pendant qu'elle mangeait, je lui ai massé les pieds.

Mon estomac criait famine mais le bien-être d'Ophelia est ma première priorité, j'ai pensé, c'est pourquoi j'ai continué à la masser, délaissant ses orteils pour ses mollets et ses mollets pour ses cuisses. Duke, de son côté, faisait semblant de ne s'intéresser qu'à son assiette, mais j'étais certain qu'il prenait plaisir à voir mes mains monter le long des jambes de ma fiancée. Il était toujours difficile de savoir ce que Duke regardait et ce qu'il ne regardait pas. D'une part, il y avait cette lumière mystérieuse qui rôdait sans cesse à la périphérie de sa vision, et d'autre part, Duke faisait partie de ces borgnes dont l'œil mort semble aussi vivant que l'œil valide, si bien qu'on ne savait jamais avec certitude lequel était le bon.

« Duke, a dit Ophelia, comme si les cours de nos

pensées se rejoignaient, tu n'as pas une femme cachée quelque part, une petite amie ?

— Ne parle pas de malheur, a répondu Duke.

— Les femmes ne te font ni chaud ni froid ?

— Bah... » il a dit, et d'un sac en plastique, il a sorti des noix et des fruits secs.

« Café ? »

Sans attendre, Duke a rincé la casserole, l'a essuyée d'un coup de torchon et y a versé de l'eau qu'il a mise à bouillir. Mais son acte de diversion a complètement échoué. Quand Ophelia veut savoir quelque chose, il n'existe aucun moyen de l'arrêter. D'un ton égal, elle a donc continué à l'interroger : « Tu ne t'ennuies pas de temps en temps, tout seul dans ton dépotoir ?

— Jamais, a dit Duke.

— Et tu n'es pas tenté, parfois, de passer la soirée au bordel ?

— Tiens, mange quelques abricots secs, ils sont bourrés de vitamines.

— Ça doit quand même te manquer. »

Je sentais qu'Ophelia avait touché un point sensible et que Duke désirait mettre fin au plus vite à cette conversation. Pour ma part, je ne m'étais jamais intéressé à sa vie amoureuse, de même que je ne m'étais jamais intéressé à la vie amoureuse de Myron Morse ou de Fausto, pour d'autres séries de raisons. Myron était trop gros pour plaire à quiconque, et quand bien même une femme serait assez tordue pour s'en amouracher, Myron ne parviendrait jamais à la prendre comme un homme. C'était une impossibilité physiologique, comme le disait Dunken Jr. à propos des hannetons (je lui avais demandé s'ils mâchaient leur nourriture). Quant à Fausto, je ne lui connaissais aucune aventure, et depuis qu'il m'avait raconté son histoire, j'étais certain qu'après le désastre de sa liaison avec Bess Brown, il s'était interdit à jamais d'éprouver à l'égard d'une autre des sentiments comparables.

« Tu devais être beau garçon, a dit Ophelia en mordant dans un abricot. Tu n'as pas eu de succès dans ta jeunesse ?

— Ophelia, pourquoi tu me poses toutes ces questions ? Tu n'aimes pas les noix ? Il n'y a rien à savoir.

— Rien ?

— Presque rien », a dit Duke dans un soupir.

Ophelia avait marqué un point. Je l'ai compris à la manière dont Duke remuait sa cuiller dans l'eau bouillante. Partageant son malaise, j'ai voulu attirer l'attention d'Ophelia sur la colonie de fourmis qui évoluait dans le sable, non loin du campement.

« Tais-toi et masse-moi », a dit Ophelia avant de repartir à l'assaut : « Comment elle s'appelait ?

— Prudence.

— En voilà un nom pour une amoureuse !

— Elle n'était pas vraiment mon amoureuse.

— Où tu l'as connue ?

— Sur le ranch, a dit Duke, le ranch des Simmons. Ça remonte à loin. J'avais quinze ans.

— Blanche ou noire ?

— Métisse. Ophelia, je ne sais pas si j'ai envie de remuer tout ça.

— Comme tu voudras.

— Je ne l'ai jamais raconté à personne.

— C'est peut-être l'occasion.

— L'occasion ou jamais », a dit Duke dans un murmure.

Ophelia a rabattu sa jupe sur ses jambes adorables, Duke s'est roulé une cigarette et j'ai enfin pu manger. L'occasion ou jamais. Cette phrase a résonné en moi tout le reste de la soirée. Longtemps après, quand je me suis remémoré notre aventure et la mort de Duke au sommet de la montagne, j'ai songé qu'Ophelia avait agi de façon préméditée. D'une manière ou d'une autre, elle était entrée dans l'âme de Duke, elle avait percé le vieil homme à jour. Dans l'histoire de Duke, il y avait un nœud, et Ophelia, grâce à son intuition féminine, était parvenue à le dénouer. C'était comme si elle lui avait accordé le droit de mourir, comme si elle lui avait donné l'extrême-onction, de même que le premier Révérend Poach en date, au début du siècle, avait béni ses ancêtres dans les mines, sauf que le Révérend Poach disposait de formules écrites d'avance et qu'Ophelia, après avoir bombardé ce pauvre Duke de questions indiscrètes, s'était tue. Mais cette comparaison n'est pas tout à fait appropriée, parce qu'Ophelia ne s'est pas contentée d'écouter le récit tragique du seul saint authentique de Farrago, elle en a tiré les conséquences qui s'imposaient, et sans que j'aie eu mon mot à dire, elle a parachevé le rituel la nuit suivante en offrant à Duke le plus beau cadeau de sa vie.

« Prudence était une saisonnière », a dit Duke, et il s'est lancé dans son récit. A la différence de Fausto, Duke n'a pas eu besoin de se chauffer et de trouver son rythme. Dans sa parole, il ne ressemblait d'ailleurs pas à un grimpeur, mais à un champion de boxe ou à un danseur. Ses phrases avaient de la souplesse, de l'allonge. Ce n'est pas qu'il utilisait plus de mots que Fausto, mais il avait cette manière unique de les tirer en arrière, de les retenir un quart de seconde et de les laisser se détendre qui donnait du swing à tout ce qu'il disait. De même, il donnait l'impression d'être toujours à deux doigts de commencer à fredonner un de ces airs tristes et chaloupés que chantaient ses aïeux pour se donner du courage. Ce n'était pas dans les mots mais dans la manière. Ce soir-là, assis près d'Ophelia, devant le feu, j'ai compris qu'une histoire se raconte aussi avec le corps, avec la voix, avec les gestes de la main et que les paroles, aussi belles soient-elles, ne suffisent pas.

« Prudence faisait les vendanges à Napa avec ses frères, a dit Duke. Je ne sais pas comment elle s'est retrouvée du côté de chez nous. Henry Simmons, le père de Jack, l'a engagée pour faire le ménage et s'occuper des poules. Moi, j'étais déjà là depuis un an ou deux. J'allais sur mes seize ans, j'étais aussi demeuré qu'on peut l'être à cet âge quand on a été élevé parmi une douzaine d'autres enfants et qu'on a juste appris son alphabet et sa table de multiplication. Pour vous donner une idée, le summum de l'existence, pour moi, c'était d'aller terroriser les petits Blancs à la sortie de l'école, de leur piquer leurs bonbons et leur argent de poche avec Forrest Simms, un autre Negro du coin. Quand j'ai vu Prudence arriver un matin, j'ai failli pisser dans mon froc tant elle m'a fait peur.

— Pourquoi elle t'a fait peur ? j'ai dit.

— Parce qu'elle était aussi belle qu'un arc-en-ciel à Rainbow Point. Tu ne peux pas t'imaginer comme elle était belle. Aussi jolie que toi, a dit Duke en regardant Ophelia. Elle avait la peau si claire. Je ne veux pas dire que les Blanches sont plus séduisantes que les Noires, mais regardez ma peau, je suis noir comme la nuit, et je ne sais pas, c'est un drôle de truc, en tout cas sa couleur a compté dans mon appréciation de sa beauté. Sa couleur et sa taille si fine et ses cheveux tirés en arrière, son front, son nez, et la couleur de ses yeux. Ils étaient verts.

— Comme les miens ? a dit Ophelia.

— Oui, et elle a dû ne rien comprendre, parce que je suis parti en courant et je l'ai laissée à l'entrée du ranch avec sa valise alors que j'étais censé l'accueillir et la conduire au petit dortoir des femmes. Durant des jours, j'ai réussi à l'éviter, sauf pendant les repas, mais je m'arrangeais pour m'asseoir à l'autre bout de la table et je restais le nez dans ma soupe. On était peu nombreux, à cette époque de l'année, huit ou neuf au plus. Puis, un soir, quand je suis retourné dans ma chambre — j'avais aménagé ma propre piaule au-dessus des écuries —, j'ai trouvé un bouquet de fleurs sauvages sur mon lit. J'étais tellement con que mon premier réflexe a été de lever la tête pour voir d'où les fleurs avaient pu tomber ! C'était inexplicable, comme les chutes de grenouilles dans le Wyoming, une sorte de miracle. Pas un instant je n'ai pensé à Prudence. Seulement, elle ne s'est pas arrêtée là. Une autre fois, j'ai eu le droit à une blague à tabac en cuir, et la fois d'après, à un joli savon qui sentait la lavande. Le message était clair, lave-toi Duke, je ne veux pas d'un homme qui fait sa toilette à l'eau froide une semaine sur deux. Je ne comprenais toujours pas.

Ensuite, il y a eu la paire de gants de laine, la tablette de chocolat aux amandes et pour finir, le monocle.

— Un monocle ? j'ai dit.

— Ouais. Je ne sais pas comment elle s'est procuré un machin pareil. Mais ça voulait bien dire ce que ça voulait dire : ouvre les yeux, Duke !

— L'œil.

— Les yeux. Laisse-moi finir. J'avais encore mes deux yeux et ma jambe gauche marchait aussi droit que ma jambe droite. C'est vrai que je ne devais pas être si mal, sinon je ne vois pas pourquoi Prudence en aurait pincé pour moi. Le monocle m'a fait réfléchir. Mais ça n'a pas suffi. J'ai cru que quelqu'un sur le ranch se foutait de ma gueule ou m'en voulait d'avoir ma propre chambre comme si je me prenais pour Rocky Feller. Prudence est passée au plan B. C'était un dimanche. J'avais décidé de me lever tôt pour partir me promener dans les collines, puis de longer la rivière jusqu'à Barnaby Bridge. Quand je suis sorti des écuries, je l'ai vue. Elle était assise sur une marche, à l'entrée de la cuisine, et elle peignait ses cheveux mouillés. J'ai fait mine de ne pas la voir, et au lieu d'entrer dans la cuisine pour me couper un bout de pain et boire une tasse de café, j'ai quitté le ranch le ventre vide. Une heure plus tard, je me suis arrêté pour relacer mes chaussures, et je l'ai aperçue derrière moi, sur le sentier, à une cinquantaine de yards. Elle m'avait suivi ! Là encore, j'ai fait comme si elle n'existait pas, j'ai repris ma route sans oser me retourner et j'ai marché pendant des heures avec une boule dans la gorge. Toute la journée j'ai marché en me demandant si Prudence me filait de loin, si j'allais sentir ses doigts se refermer sur mon épaule ou si elle avait regagné la ferme. De retour au village, j'ai craqué. Je suis entré dans l'épicerie de Fennimore, et j'ai regardé dehors par la vitrine. Personne. C'est à ce moment précis que j'ai découvert que je l'aimais. J'étais soulagé, bien sûr, mais plus profondément, j'étais si déçu, vous ne pouvez pas vous imaginer. Quand je suis arrivé au ranch, la nuit tombait. J'ai décidé d'aller m'allonger un quart d'heure avant le dîner. En passant devant la maison des patrons, j'ai surpris Jack Simmons à la fenêtre de sa chambre. Il observait les écuries à l'autre bout de la cour. Je l'ai salué, et il m'a lancé un regard plein de haine. Jack avait trois ans de plus que moi et jusqu'alors, on s'était plutôt bien entendus. Il était raciste comme son père, mais en ce temps-là, ça allait de soi, et comme je faisais une tête de plus que lui, il évitait en général de me chercher des poux. Ce que je ne savais pas, c'est que depuis l'arrivée de Prudence, il était obligé de prendre des cachets pour dormir. Simmons n'avait pas encore décroché la médaille du plus grand enculé de Farrago. Il n'était qu'un nigaud parmi d'autres, et c'est son père qui lui a légué sa médaille à sa mort, des années plus tard. Il ne pouvait pas être si mauvais, puisqu'il éprouvait des sentiments pour Prudence, et qu'il y avait de quoi. Mais Prudence, c'était moi qu'elle voulait, Simmons s'en est avisé bien avant que j'en prenne conscience, et depuis ce jour, il m'a détesté. Je suis entré dans les écuries, j'ai grimpé l'échelle jusqu'à ma chambre. Cette fois, Prudence en personne m'attendait dans mon lit. Elle avait allumé des bougies, elle s'était glissée sous la couverture, elle faisait semblant de dormir. Ophelia, Homer, je ne sais pas comment vous décrire mon émotion alors je ne vais même pas essayer. Je n'avais que six pas à faire, six pas exactement, pour atteindre ma couche, mais ces six pas m'ont coûté autant que l'ascension de Mount Williamson. J'ai mis une vie entière à traverser ma chambre, et aujourd'hui encore, je n'arrive pas à croire que j'y suis parvenu. C'est comme dans cette histoire que m'a racontée Fausto, celle de Zénon et de son arc. Pour toucher la cible, la flèche que décoche l'archer doit franchir une certaine distance, mais pour ça, elle doit d'abord parcourir la moitié de cette distance, et la moitié de la moitié, et ainsi de suite. Au bout du compte, elle ne devrait jamais atteindre son but, parce que la distance se divise à l'infini, et pourtant, c'est ce qui se passe, sa pointe perce l'écorce de l'arbre, elle arrive au terme de sa course et personne n'est capable de l'expliquer.

— Même pas Fausto ? » j'ai demandé, mais Duke a poursuivi sur sa lancée et il a fallu que j'attende de rentrer à Farrago pour que Fausto m'explique que certains problèmes n'ont tout simplement pas de solution.

« J'ai donc rejoint Prudence après des années-lumière de voyage en ligne droite, a dit Duke, je me suis allongé près d'elle et j'ai fait mine de dormir moi aussi. J'ai senti la chaleur de son corps, son odeur, le parfum de ses cheveux. Prudence s'est tournée sur le côté, elle m'a embrassé dans le cou, puis elle a posé ses lèvres sur ma bouche, puis... »

Duke s'est interrompu. La flamme du réchaud léchait la casserole. L'eau du café s'était entièrement évaporée. Je regardais les rides dans la terre sableuse. Duke a coupé le feu.

« Puis ? a dit Ophelia d'une petite voix.

— Elle m'a fait des choses.

— L'amour ?

— Juste des choses.

— Et ça t'a plu ?

— Je ne sais pas si c'est le mot. Elle était douce. J'ai vécu le moment le plus doux de ma vie. Peut-être que si Jack n'avait pas déboulé dans le grenier, peut-être qu'on serait allés jusqu'au bout. Va savoir. Je n'ai entendu craquer ni les marches de l'échelle ni les lattes du plancher. La ceinture de Jack s'est abattue sur le dos de Prudence, puis sur mon visage. On s'est relevés en essayant de se protéger. Jack continuait de nous frapper en pleurant de rage. Je lui ai arraché la ceinture des mains et on a commencé à se taper dessus. En bas, dans leurs boxes, les chevaux piaffaient, hennissaient, ils faisaient un raffut de tous les diables. C'est comme ça que Garland, le dresseur, a été alerté. Je lui dois une fière chandelle. Sans lui, j'y aurais laissé ma peau à coup sûr, même si, pendant longtemps, j'ai regretté qu'il m'ait sauvé. On a donc échangé des coups. Simmons était trop furieux et trop ivre pour se battre correctement et je l'ai cueilli plusieurs fois, une fois au nez, une fois à la tempe, une fois au menton. Il pissait le sang. C'est alors qu'il m'a donné un coup de pied dans l'entrejambe. Je me suis plié en deux de douleur, il en a profité le salaud, il m'a frappé de nouveau. Je me suis retrouvé accroupi au bord de l'estrade, devant l'échelle, et quand Simmons a voulu me balancer dans le vide, Prudence s'en est mêlée et le malheur a fait qu'on a chuté ensemble dans la stalle de Dasher, l'étalon. J'ai rebondi contre sa croupe et Prudence a atterri dans le foin. Dasher a perdu la tête, il a rué comme un fou. J'ai senti ma jambe se rompre comme du bois sec, puis j'ai reçu un coup de fer à la tête qui m'a mis K.-O. Garland a réussi à nous sortir de là mais il était trop tard. Quand je me suis réveillé dans la nuit, je n'y voyais plus rien. Simmons Sr. avait appelé le médecin qui m'a bandé les yeux et m'a bourré de morphine. C'est le docteur qui m'a annoncé que j'avais perdu un œil et que Prudence était morte. Dasher lui avait broyé la colonne vertébrale.

— Et Jack ? a demandé Ophelia après un long silence.

— Son père lui a passé un savon et l'a envoyé un mois chez des cousins.

— Et tu es resté au ranch ? j'ai dit.

— Bien sûr que non. Après que ma jambe a guéri, j'ai décampé. Mais dans le temps, un jeune Negro à la dérive n'allait jamais très loin. J'ai fini en taule, à Watsonville, et Henry Simmons a payé ma caution. Il avait peur que je parle. Le shérif était très remonté contre son fils. Je ne sais plus trop pourquoi. Je suis rentré. Où voulais-tu que j'aille ? Je suis rentré. »

La nuit était plus claire encore que la veille, dans les bois de Farrago. Avec Ophelia, on s'est allongés au pied d'un arbre. Duke était allé chercher du bois. Il est revenu, les bras chargés de branches et de pommes de pin. Il a roulé en boule des feuilles de papier journal, il a craqué une allumette, le feu a pris. Mais au lieu de s'étendre, il s'est éloigné du campement et s'est assis dans le sable. Il monte la garde, j'ai pensé. Il a peut-être senti la présence d'un ours.

Duke était comme moi un amoureux de la montagne, et la montagne le lui rendait bien. Il m'avait élu pour compagnon de voyage parce que dans la nature la plus sauvage, la plus retirée du monde des hommes, j'étais sans peur, pour reprendre son expression. Je ne redoutais ni les bêtes, ni le froid, ni les gouffres, ni les éclairs. C'est Duke, je crois, qui m'a révélé la puissance de ce lien avec la nature, et la première fois qu'on est partis ensemble à l'aventure, dans le King's Canyon National Park, il est vrai que je me suis tout de suite senti dans mon élément. L'océan ne me procure pas le même effet, les plaines m'ennuient, le désert m'effraie. Mais les forêts, les hauts plateaux, les pics me remplissent de sérénité et de joie. De nous deux, Duke demeurait le maître. Il n'était pas aussi bon chasseur que moi, mais il connaissait des formules magiques contre les ours, les moustiques, la pluie, qu'il a toujours refusé de m'enseigner. C'est une vieille Indienne d'une réserve située aux environs d'Anza Borrego qui lui aurait appris ces rituels. Par ailleurs, Duke est incapable de se perdre. Si le shérif prétend que j'ai une boussole à la place du cœur, c'est qu'il ne s'est jamais promené dans les bois avec Duke.

Je commençais à somnoler lorsque j'ai entendu Ophelia tirer sur la fermeture Eclair de mon sac. J'ai vu sa silhouette blanche sur le fond étoilé, j'ai senti son corps frissonnant se coller contre moi. « Tu as été gentil aujourd'hui », elle a murmuré en prenant mon sexe dans sa main. Ophelia m'a fait l'amour avec tant de ferveur que j'ai résolu, à l'avenir, de me sacrifier aussi souvent que possible, comme je l'avais fait un peu plus tôt en la massant pendant que mon dîner refroidissait. Quand elle a joui, Ophelia m'a mordu la main pour ne pas crier. Puis, j'ai dormi comme dorment les dieux.

Au petit jour, j'ai vu que Duke était resté assis à la même place. Il n'avait pas fermé l'œil de la nuit. Plus tard, j'ai compris qu'il brûlait ses dernières réserves. Il était mourant, pourtant la vie coulait en lui comme un torrent. Toutes ses forces s'étaient rassemblées en vue de l'ultime ascension. Il aurait pu se ménager, rester à Farrago, vivre peut-être quelques mois encore, en suivant sa routine habituelle. Mais il ne voulait pas s'éteindre comme un feu de camp, doucement, les flammes devenant braises, les braises devenant cendres.

Ophelia s'est réveillée de très bonne humeur. C'est elle qui s'est occupée de préparer le café, et elle a même tiré une bouffée de ma cigarette matinale avant de se brosser les dents avec vigueur. Fouillant mon manteau à la recherche du canif, elle est tombée sur le cahier où je comptais transcrire pour la postérité les phrases mémorables de mes amis. Elle a eu l'idée de se lancer dans la rédaction d'un journal de voyage comme les explorateurs et les marins des films d'aventures et elle s'est aussitôt approprié le cahier ainsi que mon stylo.

Avant qu'on reprenne la route, Ophelia a écrit. Je mourais d'envie de lire par-dessus son épaule mais elle m'a dit de la laisser tranquille. Il m'a fallu attendre notre retour à Farrago pour déchiffrer son écriture. Voici ce qu'Ophelia a écrit à l'aube : « *Le ciel est orange. Je regarde nos empreintes dans le sable. Elles se mélangent.*

Je ne sais pas où on va. Je n'ai même pas envie de demander.

Je crois que Homer sera un bon père. J'ai peur. Je ne veux pas y penser.

Tout change en moi. Le café chaud a coulé dans ma gorge. Est-ce que le bébé le boit lui aussi ? Je dois arrêter le café. Il boit ce que je bois, il mange ce que je mange, il est triste quand je suis triste et heureux quand je suis heureuse. Il faut que je le dise à Homer pour qu'il soit gentil.

Je crois que c'est un garçon. Tant mieux.

Si on retourne là-bas, je demanderai à Fausto s'il veut bien m'engager à l'épicerie. Je ne sais rien faire. Un peu de tout.

Est-ce qu'ils ont vu ? Moi j'ai vu. Il pleurait au volant. Il pleurait en s'en allant.

Duke me fait penser au bébé. J'ai envie de le bercer. (La phrase suivante est raturée.) *J'ai hâte de voir la neige, de la toucher, de la goûter.*

Homer ne sent pas toujours très bon de la bouche. »

La journée a été particulièrement chaude. On a marché jusqu'au soir en marquant des pauses toutes les deux heures. Lors de notre premier arrêt à l'entrée d'une passe, Duke s'est taillé un bâton de marche et Ophelia a surpris une marmotte solitaire juchée sur un rocher. Je lui ai expliqué que ce *rockchuck* — c'est ainsi qu'on l'appelle — était une sentinelle dépêchée par le clan pour surveiller les parages. « Les *rockchucks* aboient pour avertir les autres en cas de danger », j'ai dit, même si, à vrai dire, je n'avais jamais entendu une marmotte aboyer. Celle-ci n'a pas fait exception, jugeant sans doute qu'on ne représentait aucun danger pour sa tribu, et Ophelia a tenté de l'appâter en lui jetant des raisins secs.

On a franchi la passe, un sentier encaissé où s'entassaient des éboulis, et on a débouché dans une petite vallée à la végétation clairsemée, constituée pour l'essentiel de *lodgepole pine* et de vulpin. Duke trottait en tête, penché en avant, son bâton frappant la poussière entre chaque enjambée, un mouchoir noué sur le crâne. Je n'arrivais pas à comprendre où il puisait son énergie.

Et puis, à la mi-journée, l'orage a éclaté, nous obligeant à faire halte sous un rocher couvert de mousse, en forme de marteau, qui s'élevait au milieu de rien. On avait atteint un plateau aride qui offrait une vue panoramique des versants boisés et des sommets lointains, baignant dans les nuages. La foudre a envahi le ciel. La pluie s'est abattue avec une telle ardeur que bientôt, des ruisseaux sont apparus sur le sol caillouteux, ridant la terre comme les fils d'une immense toile d'araignée. La bourrasque n'a duré qu'une dizaine de minutes, mais l'ondée, dans sa violence, avait profondément altéré le paysage. Les parfums étaient plus vifs, les couleurs plus sombres et l'air d'une pureté absolue.

Une heure plus tard, on traversait une nouvelle vallée plantée de buissons et de jeunes trembles. Il y avait abondance de bois mort et on s'est arrêtés au bord d'une rivière pour filtrer de l'eau. C'est alors seulement, à la vue d'un *clark's nutcracker*, que cette pensée m'est apparue : depuis hier, on n'avait fait aucune rencontre. En temps normal, les défilés et les sentes, dès les premiers jours de mai, pullulent de randonneurs. On n'est jamais tranquille pendant plus d'une heure. La plupart des excursionnistes adorent pique-niquer ensemble et échanger leurs impressions comme s'ils étaient incapables de se taire et de profiter du silence. Dès qu'ils en ont l'occasion, ils s'agglutinent et commencent à jacasser. Depuis la veille, on avait eu de la chance et les jours suivants, Barnes mis à part, on ne croiserait pas le moindre enquiquineur.

Le grand oiseau blanc et noir a atterri sur une souche, de l'autre côté du ruisseau, et nous a interpellés. Les *nutcrackers*, c'est connu, ont toujours quelque chose à raconter. Mais comme ils s'expriment dans une langue étrangère, ils ne sont pas fatigants et de plus, ils n'attendent pas qu'on leur réponde. Ils disent ce qu'ils ont à dire, et quand ils ont achevé leur rapport, ils s'envolent à la recherche de nouveaux auditeurs. L'oiseau nous a donc entretenus de choses et d'autres sur un ton animé avant de s'interrompre pour picorer les grains de raisin qu'Ophelia avait jetés sur la rive.

Dans le courant de l'après-midi, le ciel s'est progressivement éclairci. Des douches de lumière crevaient la chape sombre et en fin de journée, le soleil a dissipé les derniers nuages. Assis en haut d'un ravin, on l'a regardé disparaître derrière la chaîne montagneuse. Duke a allumé le réchaud et en attendant que la soupe soit prête, on a mangé des *bagels* nappés de *cream cheese* et bu le cognac de Jo Haggardy. Ophelia était éreintée, et tandis que je lui massais les pieds, elle s'est assoupie. J'ai fini ma soupe, j'ai aidé Ophelia à se glisser dans son sac de couchage et je me suis allongé à mon tour. Mon corps était fait de glaise. Mes membres étaient bouillants et lourds. Resté seul, Duke a rassemblé des pierres et du bois pour le feu. Il se tenait devant les flammes, son manteau jeté sur les épaules, et remuait les braises avec une brindille. Je me suis endormi avec un sentiment de bien-être indicible.

Au milieu de la nuit, j'ai ouvert les yeux. Je voulais me blottir contre Ophelia, mais lorsque j'ai sorti mon bras du sac pour l'étreindre, je n'ai rencontré que du vide.

« Ophelia ? »

Je me suis redressé, le feu était mourant, Duke aussi avait disparu. J'ai eu si peur que je me suis redressé d'un coup, oubliant que j'étais enfoncé dans mon sac à mi-corps. Je suis retombé sur les fesses et j'ai battu des jambes pour me libérer de cette foutue camisole. Ophelia et Duke sont revenus tandis que je laçais mes chaussures. Ophelia était pieds nus, les cheveux en bataille. Duke avançait comme un somnambule, traînant derrière lui une couverture. Sans un mot, il s'est accroupi devant le cercle de pierres et a soufflé sur les braises.

« Où vous étiez ? »

Ma voix me parvenait de loin, comme dans un rêve. Ophelia s'est assise près de moi et m'a embrassé sur le front.

« Dors », elle a dit.

Je me suis déchaussé, on s'est couchés l'un contre l'autre, mais je n'ai pas retrouvé le sommeil. J'ai senti mon ventricule se gorger de méchanceté et tout le reste de la nuit, je me suis tortillé sans répit, en proie à des pensées affreuses. L'aurore a fini par poindre, je suis descendu à la rivière et j'ai plongé ma tête dans le courant. A mon retour, j'ai vu Duke qui préparait le café. Je ne lui ai pas dit un mot.

Ce matin-là, on a cheminé en silence le long d'une piste boueuse qui nous a conduits sur une crête. La vue était spectaculaire. Au sud, le regard plongeait dans un labyrinthe de collines déchiquetées. Au nord, la montagne voisine se dressait dans un nimbe de brume. Ophelia, qui marchait derrière moi, s'est plainte de vertige. J'ai fait semblant de ne pas l'entendre. Je ruminais mes pensées de suicide et de vengeance, je maudissais cette ordure de Duke qui, sous ses airs de vieillard indifférent aux attraits du sexe opposé en général et au charme d'Ophelia en particulier, avait guetté l'occasion de se jeter sur ma fiancée après s'être répandu exprès au sujet de Prudence et de sa vie amoureuse tuée dans l'œuf, et j'en voulais atrocement à Ophelia d'avoir cédé à ses avances.

Duke n'est pas mourant, j'ai pensé, il n'est même pas malade, il est aussi vigoureux que moi, il galope comme un jeune chien ou comme Dasher, l'étalon des Simmons, et sa patte folle, c'est du cinéma ! Quant à Ophelia, elle n'a pas changé et elle ne changera jamais. J'avais été assez bête pour croire qu'en la demandant en mariage, elle renoncerait à sa vie de débauche, pour reprendre le mot du Révérend, mais une pute reste une pute même sur une île déserte, j'ai pensé, même dans un hospice de vieux, et même sur son propre lit de mort. Quelle idée j'avais eue de tomber amoureux d'une fille qui se fait payer pour aimer les hommes, tous les hommes, du plus petit au plus grand, du plus beau au plus laid, pour peu qu'ils alignent leurs billets sur la table de chevet.

On a redescendu la crête et comme je ne supportais plus de voir Duke cheminer devant moi, j'ai pris la tête. Une heure s'est écoulée, on s'est engagés dans une profonde rigole qui nous a conduits à la base d'une curieuse colline constituée d'une série de terrasses concaves sculptées par des millénaires de pluies et d'érosion. Dans mon esprit, elles ressemblaient aux degrés d'une pyramide mexicaine où selon Miss Flann, mon institutrice, les prêtres aztèques égorgaient des bêtes et des hommes pour les donner en sacrifice aux divinités. Des jets de vapeur s'échappaient de la roche blanche et flottaient paresseusement dans la brise.

« Des sources d'eau chaude ! » s'est exclamé Duke en se dirigeant vers les fumées. Parvenu devant l'un des bassins, il a retiré ses vêtements et s'est enfoncé dans les remous en poussant des soupirs extatiques. Pourvu qu'il se noie, j'ai pensé, pourvu qu'il y ait un trou au fond du bassin et qu'il soit aspiré, qu'il chute interminablement le long d'un puits obscur, que ses poumons se remplissent de vase, que les entrailles de la terre l'engloutissent.

Ophelia m'a rejoint, hors d'haleine, les joues écarlates. Elle a posé son sac à dos et m'a dit que si je ne cessais pas immédiatement de bouder, j'allais voir ce que j'allais voir. Sans le savoir, elle avait employé une des expressions favorites d'Elijah, mais sur le moment, je n'y ai pas accordé d'importance.

« J'ai déjà vu tout ce qu'il y avait à voir, j'ai dit.

— Qu'est-ce que tu as vu, pauvre cloche, tu n'as rien vu du tout, et d'ailleurs, ça continue !

— Tu ne peux pas te retenir, hein, c'est plus fort que toi ?

— Homer, tu ne sais pas de quoi tu parles, tu ne sais rien.

— Tu crois que ça me plaît, moi, de savoir que tu fricotes avec ce traître ? Comment tu as fait ? Tu t'es bouché le nez ? Tu as fermé les yeux ? Ou tu aimes ça, les rhumatismes, les dents pourries, la peau fripée ?

— Homer, tu es jaloux ? Jaloux de Duke ? Tu crois qu'il m'attire ? Tu crois que les hommes m'attirent ? Je les hais, tous autant qu'ils sont.

— Moi aussi tu me hais ? j'ai dit, un ton plus bas, et j'ai senti que ma colère m'échappait, comme si ma poche de méchanceté avait une fuite.

— Pas toi, espèce d'idiot, toi je t'aime.

— Tu m'aimes ?

— Et toi aussi tu m'aimes, nigaud, même si tout à l'heure, j'aurais pu perdre l'équilibre, tomber dans le vide, j'aurais pu me tuer mille fois, et tu aurais continué à avancer tout droit sans te retourner. Tu sais que les hauteurs me terrifient. Tu le sais ou tu ne le sais pas ? En tout cas, je les connais, les hommes, ceux qui viennent avec leur saleté dans la tête. Leur saleté n'est pas entre les jambes, elle est là-haut, a dit Ophelia en se touchant le front. Ils m'ont tout fait. Tout. Les trucs les plus tordus, je les connais déjà. Ça te désole, c'est comme ça. Mais ce n'était pas moi qu'ils prenaient. J'étais ailleurs, comme ce boxeur dont tu m'as parlé, comme Elijah. Ils étaient dans mon lit et moi j'étais à Hollywood ou à Casablanca.

— Où ça ?

— Tu préfères ne pas y penser parce que ça te fait mal, tu t'imagines que tu n'es qu'un type parmi d'autres, le dernier de la série.

— L'avant-dernier.

— Je n'ai fait l'amour à aucun d'eux.

— Alors qu'est-ce que tu faisais ?

— Semblant. Et puis d'ailleurs, je n'ai jamais fait d'efforts, pas comme Mabel par exemple. Tu sais de quoi je parle. Même après m'avoir rencontrée, tu as continué à monter avec elle. J'étais dans la chambre d'à côté. J'entendais tout. Comment tu crois que je me sentais ? Et quand tu as couché avec Polly sous mes yeux ? Mabel hurle avec tous ses clients. Avec toi aussi elle a hurlé. Tu crois qu'elle hurle de plaisir ? Elle hurle pour ne pas les entendre souffler dans son oreille, elle hurle pour ne pas entendre les ressorts du lit grincer, elle hurle pour passer le temps. Duke, c'est autre chose, il m'a touchée.

— Il ne pensait qu'à ça depuis qu'il t'a vue.

— Son histoire, Homer, c'est son histoire qui m'a touchée. Réfléchis un peu. Ouvre les yeux. Il n'en a plus pour longtemps.

— Je sais.

— Qu'est-ce que tu sais ? Regarde-le ! Tu es tellement aveuglé par la rage que tu n'as rien remarqué. »

J'ai contemplé Duke dans la baignoire naturelle, et

comme je n'arrivais pas à y croire, je me suis rapproché. Je ne sais pas comment décrire cette métamorphose. Duke ne voyait toujours que d'un œil, ses cheveux n'avaient pas noirci dans la nuit, ses dents ne s'étaient pas redressées, c'était Duke, ce bon vieux Duke tel que je l'avais rencontré, une éternité plus tôt, à la décharge de Farrago, sauf qu'il était vieux désormais, vieux et mal en point, les joues creuses, le cou décharné, le teint gris. Mais le changement radical que je percevais n'était pas la conséquence de sa maladie. Duke n'était plus le même, ou plutôt, il n'avait jamais autant été lui-même, comme je l'ai raconté à Fausto à notre retour. Il n'était plus jeune ni vieux. Il souriait d'une manière indescriptible, un sourire sans sourire. Il rayonnait.

« Homer, qu'est-ce que tu attends ? il a dit. Déshabille-toi ! Ophelia ! Vous ne savez pas ce que vous ratez ! »

On s'est dévêtus et on a rejoint Duke dans la cuvette de pierre. L'eau était comme un baume. La fatigue a quitté mon corps. Il me semblait qu'elle sortait de ma peau et s'évanouissait dans le ciel bleu, mêlée aux volutes de vapeur. On était tous les trois nus comme des vers, plongés jusqu'au menton sous la surface écumeuse, mais je n'éprouvais plus le moindre sentiment de jalousie. J'ai compris, à cet instant, qu'on formait une famille. Duke, Ophelia, et le bébé qui grandissait dans son ventre, étaient ma famille. Duke était mon père et mon grand-père, Ophelia était ma femme, ma sœur. J'étais le fils et j'étais l'homme.

Au soir, après des heures d'ascension, on s'est

arrêtés sur un plateau pour y passer la nuit. Mon esprit était rempli d'images de vallées encaissées, d'étangs et de rapides, de tapis de fleurs sauvages et de rochers à pic. Assis au sommet d'un précipice, les pieds dans l'abîme, j'ai été envahi d'une vague de fierté, celle d'exister, d'être humain, d'être né. Le jour de la fête nationale, au village, je suis également sujet à de violents accès d'orgueil, mais ce que j'ai ressenti ce soir-là, pour le dire à la manière du Lt. McMarmonn, dépassait en force et en beauté mes élans patriotiques les plus véhéments.

Ophelia, qui avait aidé Duke à préparer le dîner, est venue s'accroupir derrière moi. Elle a passé ses bras autour de mon cou et m'a mordillé la nuque. Il n'y avait qu'une ombre au tableau, et je l'ai sentie grandir tandis que refluait ma vague de fierté : le retour. Un jour, bientôt, il nous faudrait rentrer et subir les représailles du shérif, du juge, peut-être même du maire et de Jack Simmons.

Les phrases qu'Ophelia a écrites dans son journal ce soir-là font état d'une même inquiétude : « *Non, je ne veux pas revenir en arrière. C'est si beau, ici. S'il n'y avait pas d'ours, je crois que j'aimerais y vivre. Mais Duke dit que c'est impossible, à cause du froid, de la neige.*

Aujourd'hui, on a vu des pikas. Ils sont comme des souris sans queue, mais en fait, ils sont cousins des lapins. J'aurais bien aimé que Homer réussisse à en attraper un. Est-ce qu'il s'entendrait avec les chats ? Homer a couru dans tous les sens mais ils couraient plus vite que lui. Ils sont timides et curieux et j'avais envie d'en tenir un entre mes mains.

C'est notre dernière nuit avant le sommet. Demain, on attaque la montée finale. Une fois qu'on sera en haut, on ne pourra pas monter plus haut. Je n'ai pas envie de redescendre.

J'ai voulu cueillir des fleurs pour les donner à Homer mais j'ai pensé à Prudence et aux fleurs qu'elle avait laissées sur l'oreiller de Duke, et je me suis dit que Homer risquerait de mal le prendre.

Un vrai journal, c'est un journal où on écrit la date avant d'écrire ses pensées. Quel jour sommes-nous ? Duke n'a pas su me répondre et Homer n'était même pas certain qu'on soit en 1973. Qu'est-ce qu'il dira à notre enfant quand il lui posera ce genre de questions ? Comment il se débrouillera s'il ne fait pas la différence entre les jours d'école et les week-ends ? Où on va aller ?

Je sais ce qu'il faudrait que je fasse. Que j'avorte. Quel mot horrible. Que j'avorte et que je retourne au bordel. Homer a l'âge mental d'un enfant de huit ans. Il me fait penser au fils de ma voisine, à Oakland, qui mettait des pétards dans les boîtes à lettres. Il manque juste d'éducation. Si je pouvais l'envoyer se faire dresser comme on envoie les chevaux apprendre à se tenir correctement.

Et ma carrière ? Est-ce que je monterai un jour dans ce bus ? Jim est mort et ça ne me fait rien. »

Cette nuit, j'ai entendu une avalanche. J'ai même vu jaillir des étincelles, au loin. Comme il n'y avait pas un arbre à l'horizon, on n'a pas pu allumer de feu. Il a fait très froid. Au matin, j'ai compris que Duke, une fois de plus, n'avait pas dormi. Il était assis dans son sac et regardait les montagnes. Quand je lui ai parlé, il ne m'a pas répondu. De minuscules glaçons pendaient de ses sourcils. J'ai mis de l'eau à bouillir et je me suis frotté les mains au-dessus du réchaud. J'ai tendu une tasse à Duke, il est resté immobile, les bras enfouis sous la couverture rembourrée. J'ai prononcé son nom. Il a battu des paupières. De longues secondes se sont écoulées avant qu'il me reconnaisse.

« Alléluia », il a murmuré en prenant la tasse de café. Ses mains tremblaient tellement qu'il a renversé une bonne partie du liquide sur son manteau et son sac de couchage, mais il semblait indifférent à la chaleur comme au froid. Il était pâle comme un cadavre. En le voyant, Ophelia a étouffé un cri. Elle a posé une main sur son front, mais comme elle était aussi gelée que lui, elle n'a pas su dire s'il avait de la fièvre. Quelle importance, j'ai pensé, Duke est foutu. Il était à l'agonie, impossible de s'y tromper. Quelque chose en lui s'était brisé, il ne tenait plus à la vie que par un infime lambeau de chair. D'un moment à l'autre, ce haillon pouvait se rompre à l'intérieur de sa poitrine ou de son crâne, et il tomberait mort.

« Duke, j'ai dit, la gorge nouée, je vais redescendre. A moins d'un mile, il y a un bois de sapins. Je vais ramasser des branches et des pommes. On va faire un grand feu et on va tous se réchauffer.

— Oublie », a dit Duke, et comme la veille, un merveilleux sourire est apparu sur ses lèvres gercées. « On va jusqu'au bout. On n'est plus qu'à trois heures de marche. Aide-moi juste à me lever. »

Duke ne pesait plus rien. C'est un miracle qu'il

tienne debout, j'ai pensé, tandis qu'il se baissait pour ramasser son bâton. Ophelia lui a servi une nouvelle tasse de café bourrée de sucre et quelques gâteaux secs, mais son estomac ne les a pas supportés. Il a vomi un filet de bile, de grumeaux et de sang. C'était terrible de le voir dans cet état.

« On va cacher nos affaires derrière ces rochers, là-bas, il a dit, après avoir essuyé sa bouche sur la manche de son manteau. On n'a besoin que de nos gourdes et de quoi faire un casse-croûte. En route ! »

Pendant la première heure, Duke a tenu le coup. Il boitait plus que jamais, traînant derrière lui sa jambe gauche comme un poids inerte. Son bras gauche semblait lui aussi paralysé et je ne pouvais quitter des yeux sa main recroquevillée. Je marchais à moins d'un mètre de distance, dans son ombre, et quand son genou droit a abdiqué, qu'il a plongé en avant, son bâton se brisant en deux, j'ai trouvé le temps de le saisir à mi-corps et de le relever. Dès cet instant, et jusqu'au sommet de Mount Forever, je l'ai soutenu. Mes jambes sont devenues ses jambes, mon regard est devenu son regard, nos volontés se sont confondues. Mais avant d'entamer l'ultime étape de notre odyssée montagneuse, pour reprendre les termes du grand article de Craig McNeilly, le hasard a voulu qu'on fasse la connaissance de Walter « Nutty » Barnes.

On venait d'atteindre la dernière crête qui filait comme une lame de rasoir dans le ciel, et j'avais aidé Duke à s'asseoir sur un rocher. Il était si exténué qu'il n'avait même plus la force de parler. Tout son courage semblait s'être concentré dans son œil valide. Le sommet n'était pas encore visible mais il le voyait déjà, je le savais, et cette certitude magique me remplissait d'un mélange de peur et de respect. Ophelia lui a donné à boire mais il n'a pu avaler qu'une toute petite gorgée. Le soleil tapait dur, et sur notre droite s'étendait un plateau lisse et blanc comme du lait. On aurait dit qu'il était fait de lumière.

Barnes était allongé sur un tas de pierres, dans un pli de roche, à la base du versant qui rejoignait le champ de neige où il semblait s'abattre comme une cascade minérale dans un lac gelé. C'est Ophelia qui a repéré la tache de ses habits sombres sur les éboulis. Elle n'a pas tout de suite compris qu'il s'agissait d'un homme. Mais lorsque Barnes a replié le bras pour essuyer la sueur de son front, elle a tiré sur la manche de mon manteau : « Homer ! Homer ! Il y a un type là-bas ! »

Je ne voulais pas lâcher Duke (ma main reposait sur son épaule et ce simple contact, dans mon esprit, suffisait à le garder éveillé) mais je ne pouvais laisser Ophelia s'avancer seule à la rencontre de l'inconnu. Je l'ai donc interpellé. Si Ophelia ne l'avait pas remarqué, on aurait repris la route sans attendre. Je savais que chaque minute comptait et une halte prolongée était hors de question. D'où il sort, celui-là ? j'ai pensé, non sans colère. Le moment était vraiment mal choisi. Sous ma main, je sentais Duke qui frissonnait. Il respirait à peine et exhalait une odeur désagréable de sueur métallique et de chair faisandée. Sa peau était plus livide que jamais, particulièrement autour de la bouche et des yeux. Je n'étais pas sûr qu'il parviendrait à se relever.

« Hé ! Vous, là-bas ! j'ai crié, vous avez pris un coup de soleil ? »

L'inconnu a tenté de se redresser, mais sans être aussi mal en point que Duke, il n'allait pas fort. Avec une extrême lenteur, il s'est mis sur le ventre, a poussé sur ses mains et ses pieds comme s'il cherchait à exécuter une pompe, puis il est retombé sur les cailloux.

« Reste là », j'ai dit à Ophelia. J'ai couru vers lui, moins pour me porter à son secours que pour gagner du temps, et j'ai vu qu'il portait un costume noir barbouillé de boue sèche. Près de lui étaient posés un havresac de toile verte, une vieille mallette de médecin et une bouteille de scotch vide. Je l'ai retourné sur le dos. Il s'était évanoui. Le soleil avait brûlé son visage. Des poils de barbe blonde piquaient ses joues. Ses cheveux crasseux formaient deux grandes touffes. L'une saillait au-dessus de son front comme une corne hirsute, l'autre partait sur le côté. Il n'avait pas vingt ans.

« Hou hou ! Il y a quelqu'un ? »

Il a ouvert les yeux. Ses pupilles étaient énormes, le blanc injecté de sang.

« Qui est là ? » il a murmuré, avant d'émettre une toux sèche. Il était complètement déshydraté et sa peau était si rouge qu'il ressemblait à un Indien ivre. J'ai décroché ma gourde et fait couler un peu d'eau entre ses lèvres boursouflées. Il a ouvert la bouche comme un poisson, a refermé ses mains sur la gourde et l'a vidée.

« Je n'y vois rien, il a dit d'une voix plus ferme,

après avoir avalé la dernière goutte. La neige m'a bouffé les yeux. C'est toi, Killgoer ? C'est toi ?

— Qui ?

— Tu as gagné. J'en ai ma claque. Bute-moi sur place, fais ça vite et proprement. Non ? Alors passe-moi les menottes. Qu'on en finisse. C'est ton jour de gloire, Killgoer.

— Je m'appelle Homer.

— Homer ? Où est Killgoer ?

— Je ne sais pas, j'ai dit.

— Je veux qu'il sache que je prends ma retraite. Je plaide coupable.

— Coupable de quoi ?

— C'est moi, c'est Nutty, tu ne me reconnais pas ? Walter Nutty Barnes. C'est ton jour de chance, Homer. Tu l'as pris de vitesse, tant pis pour lui, tant mieux pour toi. Je dirais tout ce que tu voudras. Je n'ai pas d'amour-propre, moi, pas comme ces autres cinglés. Ils commettent des choses abominables, mais c'est juste parce qu'ils ne savent pas comment se faire aimer. Moi, j'ai été aimé. Tout ce que j'ai fait, je l'ai fait par amour. On écrira le scénario ensemble. On dira qu'on s'est battus et que tu l'as emporté. On dira que tu m'as mis une sévère dérouillée et que j'ai pleuré en appelant ma mère. Qu'est-ce que ça me fait ? Autant que tu en profites. Tu m'as donné à boire, je suis reconnaissant. Tu vas être un héros, Homer.

— Je le suis déjà.

— Ah bon ? a dit Barnes, que cette révélation a paru contrarier.

— Moi et Duke, on était dans le journal.

— Qui est Duke ?
— Il est là-bas. Si tu crois que tu ne vas pas fort, tu n'as pas vu Duke. Il faut que j'y aille. Il faut qu'on arrive au sommet.
— Quel âge il a ?
— Duke ? Plus de soixante-dix ans, pour sûr.
— Il porte un dentier ?
— Un dentier ? Pas que je sache.
— C'est sans importance. J'aurais bien aimé le voir, et toi aussi, Homer, je t'aurais bien examiné. Mais j'ai décroché. J'ai fait de mon mieux, je me suis donné corps et âme, et quand Dieu fera ses comptes, il verra que j'ai mérité ma part de paradis. »

La voix de Barnes s'est perdue. Il a commencé à marmonner, mais ses phrases n'avaient plus de sens. J'ai pris mon mouchoir blanc et je l'ai posé sur son visage. « A tout à l'heure », j'ai dit en retournant vers mes compagnons.

Duke, comme je l'avais redouté, n'est pas parvenu à se relever. Ophelia a donc pris mon sac à dos (il contenait notre repas de midi, une couverture et un gallon d'eau filtrée) et j'ai hissé Duke sur mon dos, nouant mes mains sous son postérieur osseux. On a attaqué l'ascension de la crête. Je marchais en tête, portant mon vieil ami dont la tempe transie battait contre ma joue. J'ai cru qu'il avait perdu conscience, mais quand, à un demi-mile en amont du plateau, j'ai éternué, Duke a croassé : « A tes souhaits. » Il était donc pleinement lucide et il m'aidait comme il le pouvait. Je m'en suis aperçu un peu plus tard, lorsqu'il s'est assoupi, le poids de son corps doublant d'un instant à l'autre.

Le vent giflait nos visages. Ophelia, qui avait mis ses lunettes de soleil, m'adressait sans cesse des paroles d'encouragement. Elle doit avoir le vertige, j'ai pensé, et je me suis senti heureux d'être le fiancé d'une jeune femme aussi courageuse et digne. La neige crissait sous nos bottes. Un gouffre s'ouvrait de chaque côté de l'étroite sente et le ciel, d'un bleu hallucinant, presque palpable, était parfaitement dégagé. Au bout d'une demi-heure, il a fallu que je me repose. Je n'éprouvais aucune fatigue, mais les muscles de mes bras et de mon dos n'arrivaient plus à suivre. Tu dois te ménager, je me suis dit, si tu veux arriver jusqu'en haut, et tu vas arriver jusqu'en haut, Homer, sois-en sûr. Ophelia a soutenu Duke tandis que je pliais les genoux, sentant la carcasse du moribond glisser à terre. Je me suis étiré, j'ai bu une grande rasade d'eau fraîche, puis, au lieu de charger Duke sur mon dos comme un âne, je l'ai pris dans mes bras.

« On est encore loin ? a demandé Ophelia dont je ne distinguais pas les yeux derrière les verres teintés.

— On arrive, a dit Duke, on y est presque. »

Ces paroles ont agi sur moi comme un triple express ou un *Afro dizzy hawk*, pour le dire à manière de Barth Nemechek. J'ai commencé à marcher deux fois plus vite, indifférent au danger, la tête haute, l'esprit clair, les poumons gavés d'air pur. Rien ne pouvait plus nous arrêter. La terre entière était sous nos pieds, elle nous poussait en avant, et le ciel nous happait. Je tenais Duke dans mes bras, je tenais la vie de Duke entre mes mains. De nouveau, j'étais un éclaireur, mais cette fois, au lieu de descendre au cœur des anciennes mines, je nous frayais un passage vers les nues, le soleil et les neiges éternelles. Avant même d'y penser, je me suis mis à chanter, empruntant au Lt. McMarmonn sa mélodie guerrière. Les paroles se sont enchaînées comme des wagons, sortant de ma bouche sans se faire prier, avec une force et une netteté spectaculaires.

Up the mountain we work our way
We've only lived to see this day
Our spirits are up and our hearts are gay
Up Mount Forever we sing and pray
We feel neither pain nor vertigo
We've climbed up all the way from Farrago
We'll fly if we have to we'll leap and hop
We'll make it to the sky yes we'll make it to the top

Ophelia, qui n'a pourtant jamais servi dans l'armée, a aussitôt repris les phrases en chœur et le vide environnant a démultiplié nos échos, réverbérant nos voix dans l'immensité. Quelques minutes plus tard, un vent violent s'est levé. J'ai dû déposer Duke sur le sentier et me plaquer au sol auprès d'Ophelia. Des paquets de neige ont volé dans les airs, arrachés par la bourrasque de part et d'autre de la ligne de faîte.

« La montagne nous salue, a dit Duke d'une voix étonnamment claire, elle sait qui nous sommes et pourquoi nous sommes là.

— *Holy macaroni* », j'ai dit, espérant que Mount Forever, dans son fol enthousiasme, n'allait pas nous balancer par-dessus bord.

Les salutations, heureusement pour tout le monde, ont été de courte durée. J'ai repris Duke dans mes bras, Ophelia a balayé la neige qui couvrait nos manteaux, on est repartis de l'avant. Je regardais le visage de Duke. Le sourire, le mystérieux sourire, illuminait ses traits. Je ne sais pas s'il me voyait, ou si déjà, il ne voyait plus que la lumière. Le sommet était proche, je le contemplais par intermittence sous mes paupières mi-closes, son arête noire contre le soleil.

La dernière demi-heure d'ascension a été épuisante. D'abord, la pente s'est progressivement accentuée, le sentier ressemblant de plus en plus à un escalier taillé dans la roche. J'étais parfois obligé de m'asseoir dans la neige et de grimper à reculons, poussant sur mes jambes et sur mes fesses endolories pour nous élever, Duke et moi, à la marche suivante. La neige, bien entendu, n'était pas de confiance. Elle pouvait aussi bien remplir une fissure, épouser une saillie ou former un monticule qui ne reposait sur rien et sur lequel il fallait à tout prix éviter de prendre appui. A deux reprises, mes mains sont passées à travers de semblables supports illusoires, et si Ophelia ne m'avait pas retenu, je ne serais pas en mesure, aujourd'hui, de raconter cette histoire. Je veillais sur Duke mais d'une certaine manière, Ophelia avait une responsabilité plus grande encore, puisqu'elle veillait sur nous. J'avais prêté mon corps à Duke, je le portais contre moi comme un enfant, et Ophelia nous englobait tous les deux avec la bienveillance d'une mère. Aux artifices du relief s'ajoutaient les syncopes de Duke, les soudaines rafales et les vertiges d'Ophelia dont les membres tremblaient si fort qu'elle était de plus en plus souvent obligée de s'arrêter afin de retrouver un semblant de calme.

Le moment est venu où j'ai cru qu'elle n'irait pas plus loin. Chaque geste lui coûtait un effort démesuré, comme si, en déplaçant un pied de quelques pouces, elle enjambait un trou gigantesque. Autour de nous, l'azur semblait se refermer. La tranquillité du ciel, son bleu si éclatant, donnaient à notre progression un caractère irréel, presque effrayant. J'avais l'impression qu'on s'escrimait contre rien. D'une part, il y avait notre fatigue, notre douleur, le combat de Duke contre la mort, les tourbillons de neige, les risées glaciales ; de l'autre, le ciel immobile et sans fond.

Et puis, brusquement, la cime était là, sa pointe de roche nue dressée vers le soleil. A sa base, l'entourant en partie, se déployait une corniche large d'une dizaine de yards et tapissée de neige. D'un coup, le vent est tombé. J'ai senti Duke se raidir entre mes bras. J'ai cru qu'il rendait son dernier souffle. Il revenait à lui. Idiot, j'ai pensé, s'il était mort, il se serait détendu.

Duke a ouvert les yeux. Cette fois, il aurait fallu être un ophtalmologue pour séparer le bon œil du mauvais. Il a essayé de parler, ses lèvres bougeaient à peine. J'ai voulu m'asseoir en le pressant contre moi, mais quand ses bottes ont touché terre, s'enfouissant dans la neige, j'ai compris qu'il voulait se tenir debout. Ophelia est apparue près de lui, ses lunettes noires relevées sur son bonnet, et c'est ainsi qu'on s'est avancés tous trois, encadrant Duke, nos bras passés sous ses aisselles, ma main droite dans sa main gauche, la main gauche d'Ophelia dans sa main droite, jusqu'au milieu de la corniche.

Devant nous, le monde se partageait entre la roche

et le ciel. Il n'y avait plus de crête ni de sentier, plus de pic à conquérir, rien que l'espace bleu et les autres montagnes au-delà desquelles régnaient le désert, les éminences poussiéreuses de la Palamint Range et Death Valley. On était allés au bout de nos pas et j'aurais tout donné pour qu'en retour la chance nous soit donnée d'avancer encore. J'éprouvais un désir féroce, celui de mettre un pied devant l'autre et de continuer à monter sans fin, de plus en plus haut, comme si ces trois journées de marche avaient suffi à convaincre mon corps qu'il ne cesserait plus de prendre de l'altitude, de s'élever de vallée en plateau et d'aiguille en aiguille, s'ouvrant un chemin sur le flanc d'une montagne au sommet infiniment lointain. Je me sentais capable de prouesses surhumaines, j'aurais pu porter Duke pendant des jours. Mount Forever n'était pas à la hauteur de mes ambitions, et même Mount Williamson n'aurait suffi à consumer cette réserve d'ardeur que mon organisme ne réussissait plus à contenir. Notre voyage aurait dû se prolonger encore, pendant des semaines, pendant des mois, Duke aurait vécu, il se serait retenu de mourir, il n'aurait pas eu le choix.

La colère m'a pris. Pourquoi s'était-on attaqués à ce petit pic de rien du tout ? Pourquoi ces trois misérables jours d'ascension ? J'en ai voulu à Duke de s'être fixé un objectif aussi dérisoire. Je m'en suis voulu de ne pas l'avoir convaincu de choisir une autre cime, trois fois plus haute, et un itinéraire plus compliqué, semé d'embûches, un chemin où ne s'engagent que les alpinistes chevronnés et les têtes brûlées. A l'autre bout du monde — je tenais l'information d'Elijah — trônait une montagne appelée l'Everest, son nom seul remplissait mon cœur de convoitise et de dépit. A l'est toujours, à l'est pour toujours, voilà ce que réclamait ma volonté prodigieuse d'aller jusqu'au bout. Mais une fois vaincu l'Everest, aurais-je laissé Duke casser sa pipe ? Non, bien sûr. J'aurais raillé la Terre pour sa mesquinerie. Si elle n'avait qu'un caillou de 27 000 pieds à offrir, j'ai pensé, elle pouvait aller se rhabiller et ruminer sa honte au plus profond de l'Univers.

On se tenait face au bleu, Ophelia, Duke et moi, nos bottes enfouies dans la neige. Le silence était absolu. Il faisait froid, mais c'était un froid brûlant, et devant nous, le ciel était vide, mais le vide était plein. Les mains de Duke serraient nos mains avec une incroyable vigueur. On a fait un pas de plus, Duke s'est penché en avant. Suspendu à nous comme aux deux cordes d'une balançoire, il s'est penché en avant, les bras tendus, à la manière d'un oiseau, j'ai pensé, ou d'un homme qui s'apprête à plonger dans l'océan.

Ophelia m'a regardé. Elle a souri. Elle était triste et heureuse. Duke est tombé à genoux. Ses mains ont quitté les nôtres. Il a enfoncé ses doigts dans la neige, puis il a relevé la tête et a fixé le ciel. Que voyait-il ?

« Tant de splendeur », il a dit.

Je connaissais ces paroles. Je les avais moi-même prononcées, des semaines plus tôt, un matin, avant de m'endormir dans la décharge.

« Tant de splendeur. »

Il a fermé les yeux, il s'est couché sur le côté. Des flocons ont voleté sur son visage.

Un temps a passé. Le vent s'est levé, timidement,

sans violence. Des cristaux de neige se sont collés sur les vêtements de Duke, dans ses cheveux, parcellant ses paupières, son front, ses joues, d'étoiles plus blanches encore que sa peau incolore.

« Les cendres », a dit Ophelia.

J'ai sorti de ma poche la boîte cabossée d'Elijah et je l'ai tendue à Ophelia qui en a retiré le couvercle.

Au moment même où elle s'est décidée à disperser les restes de Jim Rookey, la brise est devenue bourrasque. Les cendres, au lieu de se répandre dans la neige, se sont envolées, ont accompli une sorte de demi-cercle et nous sont revenues dans la figure.

Ophelia s'est tournée vers moi. Son visage et son bonnet de laine étaient couverts de scories brunes. Elle avait des cendres jusqu'aux commissures des lèvres, jusque sur sa langue. Elle a crachoté avec un air de dégoût, puis elle m'a regardé encore, et comme j'étais moi-même tout peinturé de cendres, elle a craqué. C'est ainsi qu'on a éclaté de rire, au sommet de Mount Forever, et que la montagne, répercutant le son de nos voix, a continué de se réjouir, longtemps après qu'on s'est tus. La neige, de vague en vague, achevait d'ensevelir le mort.

15

Le retour n'a pas été de tout repos. Pour commencer, il nous a fallu redescendre le long de la crête. Cette fois, le regard d'Ophelia plongeait dans le gouffre et son vertige a pris de telles proportions que j'ai dû accompagner ses gestes et lui montrer l'exemple durant tout le trajet. Ce qu'elle avait fait pour moi et Duke dans la montée, je l'ai fait dans la descente, mais notre progression était si lente que j'ai fini par prendre peur. A ce rythme, j'ai pensé, la nuit risque de tomber avant qu'on ait rejoint le plateau. Beaucoup de personnes prétendent qu'en montagne, le retour est plus difficile que l'aller. Il faut redoubler de vigilance, les genoux et les mollets trinquent deux fois plus que dans la montée, et pour le dire à la manière du Lt. McMarmonn, la victoire est une chose du passé. Je ne suis pas de cet avis. Pour moi, il n'y a rien de plus naturel que la descente. Grimper est une activité qui me demande une grande concentration. Descendre, dans mon esprit, c'est se laisser aller.

En fin de compte, c'est une question de penchant. Tout comme, à Farrago, il y a les fidèles du Révérend et les inconditionnels de Fausto, les marcheurs se divisent peut-être en deux clans, ceux qui préfèrent monter, et ceux qui préfèrent descendre. J'ai abordé ce sujet avec Fausto, un jour que je l'accompagnais dans sa tournée. Il m'a dit qu'il était d'accord avec moi, mais qu'en Amérique, la majorité des gens étaient victimes de ce qu'il appelle la religion de la réussite.

« Les industriels et les hommes politiques font semblant de croire que les Américains sont un peuple de grimpeurs. Tout le monde doit aspirer au sommet, tout le monde doit monter, monter, monter, ce qui revient à monter sur les autres, à prendre appui sur eux et à les écraser, à escalader une montagne d'hommes et de femmes entassés pour planter son drapeau personnel à l'arrivée. Ça, c'est la pyramide hiérarchique, a dit Fausto. Et celui qui n'est pas un varappeur dans l'âme, celui-là est considéré comme un moins que rien, un raté, un parasite, même si, pour gravir cette foutue montagne, il faudrait déjà qu'il sorte du trou, et qu'il ne possède même pas d'échelle pour se tirer d'affaire. »

Quand, enfin, on a atteint le plateau sains et saufs, j'ai eu le sentiment qu'on sortait d'un rêve. Le ciel, peu à peu, s'était couvert. J'ai songé que derrière les nuages, il faisait encore beau, le bleu ne craignait ni les roulements sombres des cumulus, ni la menace des pluies ou de la foudre. A la nuit, il changerait simplement de teinte, comme lorsqu'on dilue du sirop dans un verre d'eau. J'ai calculé qu'une heure s'écoulerait avant le crépuscule. Ophelia, à bout de forces, s'est allongée sur un rocher. J'ai posé un baiser chaste sur sa main et je suis allé voir ce que devenait Walter

Barnes. Il était étendu à la même place, sur son lit de cailloux. Il ronflait. Quant à mon mouchoir, il avait disparu.

« Barnes, j'ai dit, Barnes, réveille-toi ! »

De nouveau, j'ai été frappé par le contraste entre sa jeunesse et sa peau roussie. Il portait un costume de bonne coupe, un costume de nanti, j'ai pensé, et des souliers en daim aux semelles entaillées. Comme il continuait de ronfler, j'en ai profité pour ouvrir sa mallette. Elle contenait un attirail complet de chirurgien-dentiste : des instruments de métal effilés et crochus s'alignaient dans leurs fourreaux de cuir, dominant une collection de flacons, de seringues, des rouleaux de gaze et un sac en plastique bourré de tampons d'ouate hydrophile, comme l'indiquait l'étiquette. Refermant la mallette, j'ai découvert les initiales « P.B. » gravées sur une minuscule plaque dorée, sous le fermoir. « B » comme Barnes, j'ai pensé, mais d'où sortait ce « P » ? J'ai voulu passer à l'examen du havresac. Malheureusement, mon coude a heurté la bouteille de scotch vide. Le bruit a tiré Barnes du sommeil.

« Killgoer ? il a dit, ouvrant les yeux.
— C'est encore Homer.
— Ah oui, Homer. Homer comment ?
— Idlewilde.
— Je commence à y voir quelque chose.
— Tant mieux.
— Tu es noir, pas vrai ?
— Non, je suis blanc.
— Aucune importance. J'ai soif.

— Faut pas qu'on reste ici, la nuit va bientôt tomber, j'ai dit », aidant Barnes à se relever.

Si je ne décroche pas ce job de garde forestier, je pourrai toujours me faire engager comme garde-malade, j'ai pensé, tandis que je ramassais ses affaires. Barnes a tenu à porter la mallette. J'ai pris son havresac et je l'ai guidé à travers le champ de neige. Ophelia, entre-temps, s'était assoupie. Cette fois, j'ai couvert son visage de baisers.

« Arrête, arrête ! » a dit Ophelia. Quand elle a découvert Barnes et son regard d'aveugle ahuri, elle a fait une drôle de tête. Un peu plus tard, sur le sentier, elle m'a murmuré à l'oreille qu'elle le trouvait bizarre et qu'il fallait nous méfier de lui comme de la peste. On a essuyé une brève ondée, le crépuscule a jeté sur l'horizon de vagues touches mauve pâle et la température a chuté.

Après avoir récupéré nos sacs derrière les rochers, près de l'endroit où on avait dormi la nuit précédente, j'ai proposé qu'on poursuive notre route jusqu'au bois de sapins, à moins d'un mile en aval. Une fois rendus à notre destination, Ophelia s'est occupée du dîner et je suis allé ramasser des branches. Elles étaient trop humides. Le feu ne prenait pas. Barnes, alors, a tiré un flacon d'alcool à 90° de sa mallette et, l'instant d'après, de hautes flammes s'élevaient du rond de pierres.

On a dîné en silence. Le feu, lui, avait toutes sortes de choses à dire. Dans ma fatigue, j'avais presque l'impression de le comprendre. Je me suis souvenu d'une conversation avec Duke, au fond de la décharge. Il avait trouvé un carton rempli de livres dans le coffre d'une Coccinelle Volkswagen et en les examinant un à un, il était arrivé à la conclusion que le carton et la voiture avaient sans doute appartenu à un professeur d'université. Les ouvrages, pour la plupart, étaient des dictionnaires bilingues et des traités savants. Il y avait un dictionnaire anglo-russe, un dictionnaire anglo-italien, un autre anglo-allemand et beaucoup d'autres. Duke s'était demandé pourquoi il n'existait que des dictionnaires mettant en rapport les langues humaines. « Un jour, il avait dit, il faudrait que j'écrive un dictionnaire anglo-hibou, un dictionnaire anglo-ruisseau, un dictionnaire anglo-raton laveur, un dictionnaire anglo-feu de bois ! » Puis, on s'était rendus au village pour offrir la collection de livres à Fausto.

Duke était mort. Le feu chuintait, soufflait, feulait, ronflait, il avait beaucoup à dire sur le décès du vieil homme au sommet de la montagne. Je l'écoutais, je ne savais pas très bien où il voulait en venir mais ses paroles de braises, d'étincelles et de fumée m'apaisaient. Je n'étais pas triste. Je n'étais pas en deuil. La disparition de Duke, je le croyais alors dur comme fer, n'avait laissé en moi aucune ombre. Je savais qu'à la longue il finirait par me manquer, que je ne pourrais plus jamais descendre à la décharge de Farrago sans ressentir un pincement de cœur, mais Duke avait vécu sa vie, il n'avait vécu la vie de personne d'autre, il avait choisi l'heure et le lieu de sa fin, et il était mort en beauté. Mon chagrin, du coup, manquait d'appuis, il ne parvenait à se réfugier nulle part, il ne pouvait se raccrocher à rien.

J'ai regardé Ophelia. Elle mangeait des amandes,

perdue dans ses pensées. Barnes, après avoir dévoré son repas et léché la casserole, s'était étendu sur le sac de couchage de Duke et fumait une cigarette. Malgré la méfiance qu'il lui inspirait, Ophelia l'avait soigné, appliquant sur son visage de la pommade contre les brûlures et versant des gouttes de collyre dans ses yeux. Les médicaments provenaient de la trousse de Fausto. Béni soit-il, j'ai pensé.

Dans son journal, ce soir-là, Ophelia a écrit : « *Je pense aux oiseaux qui mordent dans sa chair. Les rapaces, tout là-haut, ont dû se régaler, même s'il n'avait plus que la peau sur les os. Bientôt, il ne restera d'ailleurs plus que les os, si ce n'est pas déjà fait, et le vent les dispersera. Mais je me rappellerai toujours de Duke, de sa bonne humeur, de son sourire, et de ce qu'il m'a dit après que je l'ai rejoint, l'autre nuit. Ce ne sont pas des mots qu'on peut écrire. J'aurais l'impression de trahir un secret. Il m'a dit aussi que mon bébé sera le plus beau bébé du monde.*

J'ai le sentiment d'avoir fait quelque chose de grand pour la première fois de ma vie, quelque chose que personne ne pourra me retirer. Là-haut, c'était comme si le temps s'était arrêté. Quand le vent est tombé, j'ai senti un frisson monter des pieds jusqu'à ma tête. C'était — comment le dire ? —, c'était parfait. Un moment parfait.

Il y a autre chose. Depuis qu'on s'est tenus tous les trois au sommet, j'ai confiance. Confiance en quoi ? En tout, en Homer, en moi. Je n'ai jamais cru en moi-même et maintenant j'arrive même à croire en quelqu'un d'autre. Homer n'a pas changé, c'est moi qui ai changé.

Quand je ferme les yeux, je vois de la neige à perte de vue. Je les ouvre. Je vois Homer qui regarde le feu, je vois les arbres et la lune qui vient d'apparaître derrière les nuages. Demain va venir mais je n'ai plus peur. Tout à l'heure, j'ai cru sentir le bébé. Un tout petit coup. Comme une caresse. »

Cette nuit, j'ai fait un rêve. J'étais assis sur le perron d'une maison. Celle d'Elijah, peut-être, ou de Moe Hendricks. Dans ma main, je tenais le bâton de marche de Duke. Ce n'était plus un bâton mais un sceptre. Et moi, j'étais le roi. J'étais vêtu d'une cape et je portais un grand chapeau de paille. Devant moi, dans la cour et jusque sur les marches qui conduisaient à l'estrade, des gens formaient une queue. Parmi eux se tenaient certaines personnes de ma connaissance. Il y avait Lisa, la fille du Lt. McMarmonn, John Carollan, le plus jeune fils du garagiste, Abigail Hatchett, Percy, le fermier, qui tenait Bone en laisse, Lilly Charmaine, la diseuse de bonne aventure, ou encore Martha Dill, du Golden Egg. Chacun d'entre eux m'apportait un cadeau et attendait son tour pour me l'offrir. Seulement, les dons n'étaient pas comparables à ceux que les paroissiens remettaient au Révérend Poach. A proprement parler, il s'agissait d'ailleurs moins de dons que d'une sorte de monnaie d'échange. En effet, chaque fois qu'un de mes sujets me tendait son offrande, je la fourrais dans la poche gauche de mon manteau et, de la poche droite, je sortais un autre objet que je lui offrais en retour.

Je ne me souviens plus clairement du détail des transactions. Je sais que Percy m'a remis une citrouille et que j'ai tiré de ma poche une petite ancre à jas attachée à une chaîne. Lilly Charmaine m'a fait don d'un jeu de tarot et a redescendu les marches avec un serpent autour du cou. John Carollan, qui n'avait pas plus de sept ou huit ans, a introduit un cahier d'écolier dans ma poche gauche et s'en est allé coiffé d'un casque d'aviateur. Quant à Bone, il m'a offert un vieil os et je l'ai récompensé d'une grosse saucisse. La saucisse, de même que l'ancre, le serpent, le casque de pilote et tous les autres cadeaux que je tirais de ma poche droite étaient couverts de symboles indéchiffrables. C'était là le détail le plus troublant de mon rêve, mais je n'ai découvert sa signification que deux semaines plus tard, lorsque j'ai écrit mon premier poème. J'avais, pour la première fois de ma vie, eu un rêve prémonitoire. Ma vocation venait de m'être révélée, et au moment où je m'en suis rendu compte, j'ai pensé à Nand. Comme cela arrive le plus souvent, mon rêve est demeuré inachevé. Entre deux transactions, Barnes s'est mis à hurler.

« Homer ! Homer ! »

C'était la voix d'Ophelia qui, en même temps que moi, s'était redressée. Je n'ai pas tout de suite compris où on se trouvait. J'ai d'abord vu son visage effrayé, puis le feu mourant, puis Barnes, à terre. Prisonnier de son sac de couchage, il se tordait dans tous les sens en poussant des hurlements étranglés.

« Barnes, j'ai dit, Walter, Walt ! »

Comme il continuait de glapir et de se trémousser, je me suis levé, la tête encore pleine de visions brumeuses, et je me suis accroupi devant lui. « Walter ! Walt ! Wally !... » j'ai dit, une main sur son épaule. Inconsciemment, je cherchais à l'appeler de son petit nom. C'est en effet ainsi que les parents, depuis la naissance de l'humanité, consolent leur enfant lorsqu'il a de la peine ou fait un cauchemar, et sans le vouloir, je cherchais à imiter cette technique ancestrale. Au nom de « Wally », Barnes s'est réveillé.

« Ne m'appelle pas Wally ! il a dit, sortant un bras du sac et agitant un doigt sous mon nez. Je ne m'appelle pas Wally. Personne ne m'appelle Wally ! »

Barnes a regardé autour de lui, a rampé vers sa mallette et l'a serrée contre lui.

« Personne ne m'appelle Wally. »

J'ai jeté quelques branches dans le feu et soufflé sur les braises avant de retourner près d'Ophelia. Elle observait Barnes, méfiante, à travers le rideau de fumée.

« Seul mon père m'appelait Wally. Qu'il croupisse en enfer pour l'éternité ! Mon nom est Walter. Walter Nutty Barnes. Compris ?

— Pourquoi Nutty ? j'ai dit.

— Nutty, c'est le surnom qu'on m'a donné dans le métier. N-U-T-T-Y, ce sont mes lettres de noblesse. Ce surnom, je l'ai gagné. Personne ne peut me le retirer. C'est mon vrai nom, mon nom de baptême. C'est sous ce nom que je suis connu dans la profession.

— Quelle profession ?

— Dentiste ! a dit Barnes comme si ça tombait sous le sens.

— Tu n'es pas un peu jeune pour avoir le diplôme ? » a dit Ophelia qui ne le quittait pas des yeux.

Barnes lui a jeté un regard noir, les sourcils arqués, les lèvres serrées, puis sa bouche s'est entrouverte. Il a commencé à faire battre ses dents du haut contre ses dents du bas et j'ai senti qu'il se perdait dans ses pensées. Son visage s'est détendu. Il m'a demandé une cigarette, en a fumé la moitié, et, d'une voix adoucie, il a enfin daigné répondre à la question de ma fiancée : « J'ai commencé tôt. Et puis c'est facile, je viens d'une famille de médecins. Mon oncle est vétérinaire, mon grand-père était un grand spécialiste de la tuberculose, et mon père...

— Ton père ? j'ai dit.

— Que les démons lui bouffent les tripes jusqu'à la fin des temps ! » a dit Barnes, s'enflammant à nouveau, avant de rallumer son mégot et de retrouver un semblant de calme.

« Mon père était comme moi. Dentiste. C'est lui qui m'a appris tout ce que je sais.

— Tu n'as pas l'air de le porter dans ton cœur, j'ai dit.

— Que les larves lui sucent les entrailles et que les charbons ardents lui brûlent le cul jusqu'au jour de la Résurrection ! Que les succubes lui chient sur la gueule ! Il nous a foutu la vie en l'air.

— C'est qui, "nous" ? a dit Ophelia.

— Moi et mes sœurs. Bonne nuit », a dit Barnes en s'allongeant contre sa mallette.

L'aube est venue, froide, laiteuse. J'ai vu un aigle tournoyer au-dessus des sapins et un couple d'écureuils se pourchasser de branche en branche. De l'autre côté du feu éteint, Barnes ronflait paisiblement. Une fois debout, mon manteau jeté sur le dos, j'ai craqué une allumette en tournant le bouton du réchaud, et j'ai mis l'eau à bouillir. Ophelia n'a pas tardé à s'éveiller à son tour. Elle avait le visage gonflé et sillonné de lignes.

« Tu as dormi sur tes cheveux, j'ai dit, et je lui ai tendu une tasse de café bouillant.

— C'est parce que j'ai monté la garde toute la nuit. A la fin, je n'ai pas tenu. J'avais peur qu'il nous saute dessus. Ce Barnes, Homer, c'est une vipère.

— C'est juste un môme.

— Regarde comme il dort, enroulé autour de sa mallette comme un serpent. Je me demande ce qu'il cache à l'intérieur.

— Ses instruments de dentiste.

— Tu parles. Je suis sûre que tu n'as pas tout vu. Profitons-en pour filer.

— Et le laisser seul ? »

Ophelia a bu une gorgée de café et ses taches de rousseur ont commencé à luire. « Il s'est sûrement évadé de prison, ou d'un asile de fous. Sinon qu'est-ce qu'il ficherait, attifé comme il est, dans un coin aussi paumé ? Tu crois qu'il est venu soigner les caries des marmottes ?

— Je me demande qui est ce Killgoer.

— Qui ? »

Mais avant que j'aie pu lui répondre, Barnes s'est étiré, faisant craquer les muscles de son dos, et a reniflé la bonne odeur de café sucré qui flottait jusqu'à lui.

Une demi-heure plus tard, on descendait le sentier à la queue leu leu. Barnes s'est mis à siffloter, et comme son répertoire ne comportait qu'un seul titre, j'ai fini par me lasser et je lui ai demandé d'arrêter. Il a obéi de bonne grâce et n'a pas ouvert la bouche jusqu'à l'heure du repas. J'étais curieux d'en savoir plus sur lui, ses sœurs, ce père qu'il vouait aux flammes de l'enfer, son métier de dentiste, le mystérieux Killgoer. Tout au long de notre excursion matinale, j'ai pu l'étudier à loisir. Je me suis dit qu'il possédait tous les attributs d'un excentrique de pure souche. Barnes était incapable de maintenir un rythme de marche régulier. Quand il ne s'amusait pas à sauter d'un rocher à l'autre au bord du chemin, il trottait en tête comme un jeune chien ou bien se laissait distancer, soudain abattu, traînaillant, les mains dans les poches, tête basse. A plusieurs reprises, il a piqué un sprint et une fois, il s'est allongé par terre et a raclé la terre de ses ongles. Le maire de Farrago devrait l'élire citoyen d'honneur, j'ai pensé, puis je me suis senti envahi par une tristesse vague, sans objet.

Je ne voulais pas réfléchir à ce qui nous attendait, je préférais demeurer dans le présent, respirer l'air des hauts plateaux, contempler les pics enneigés et les touffes de fleurs sauvages qui poussaient dans la roche. Je préférais écouter le pas d'Ophelia et laisser mon esprit vagabonder librement, comme si notre vie commune allait se résumer, pour toujours, à une promenade dans la nature ponctuée de haltes et de nuits placées sous le signe des étoiles. Mais à moins de bifurquer ou de faire demi-tour, on atteindrait la route dès le lendemain, une route où passaient des voitures, une route entre deux villes. Il nous faudrait, alors, regarder la réalité en face et prendre une décision.

De ma vie, je n'avais jamais pensé aux événements à l'avance, je ne m'étais jamais inquiété de l'avenir. A présent, la donne avait changé, pour le meilleur et pour le pire, et je ne pouvais plus laisser au hasard le soin de dicter ma conduite. Il me suffisait de croiser le regard d'Ophelia pour le savoir, et ce n'était pas une pensée abstraite, pour le dire à la manière de Fausto. Ma vie avait réellement changé, ce n'était même plus une vie, c'était une vie partagée, multipliée par trois, la mienne, celle d'Ophelia, celle du bébé.

Mon inquiétude n'a pas cessé de croître, et vers le soir, j'ai compris qu'il me faudrait parler avec Ophelia et décider de ce qu'on allait faire. A part téléphoner à Fausto pour lui annoncer la mort de Duke et lui demander si j'étais soupçonné du meurtre de Jim Rookey (ce dont je ne doutais pas), je n'avais pas la moindre idée de la marche à suivre. Le plus drôle, c'est que l'antidote à tous nos problèmes était là, sous mes yeux, il s'appelait Walter Nutty Barnes et tandis qu'il cheminait devant moi, je me débattais en vain, aux prises avec une foule de pensées aussi vicieuses et agaçantes qu'une nuée de moustiques.

A la tombée de la nuit, le ciel, sombre depuis l'aurore, s'est enfin dégagé. Assis dans une clairière sableuse, on a regardé le soleil se dilater et s'aplatir au sommet arrondi d'une colline. Il a ruisselé sur l'horizon, recouvrant le mamelon comme une coulée de lave, puis s'est engouffré dans la nuit, avant de réapparaître, une dernière fois, sous la forme d'un mince trait de lumière. L'azur était peuplé de petits nuages aux arêtes vives, rouge et mauve, qui ressemblaient à des parapluies déchirés et à des ailes de chauves-souris.

Ophelia s'est chargée du dîner. Avec Barnes, on est parti en vadrouille, longeant la lisière de la forêt à la recherche de bois mort. Barnes a recommencé à siffloter mais je n'ai pas eu le courage de lui dire de cesser. Je trouvais même une consolation à l'entendre répéter son air, encore et toujours, comme un diamant sur un disque rayé, mais sur le chemin du retour, il a interrompu son récital pour se lancer à la poursuite d'un papillon, puis il s'est appuyé contre un tronc, le souffle court, m'a lancé un regard malicieux et s'est mis à rire. J'ai pensé qu'il se moquait de moi et je lui ai dit que s'il tenait à sa dentition, il ferait mieux de la fermer. Au lieu de se calmer, Barnes a été pris d'un fou rire interminable. Laissant choir son tas de branches, il a posé son front contre l'écorce, le ventre secoué de spasmes, les yeux noyés de larmes. Je l'aurais bien étranglé sur place, mais je voyais bien qu'il n'était pas dans son assiette. J'avais connu une fille, dans le temps, qui était parfois victime de crises de rire comparables. Elle travaillait comme serveuse au *diner* de Farrago et éclatait de rire pour un rien. Je savais grâce à Fausto que les rires de cette nature ne sont pas à prendre au sérieux parce qu'ils sont le fait de personnes hystériques. Barnes, c'était clair, appartenait à cette catégorie d'individus qui rient à s'en taper la tête contre les murs alors qu'ils n'ont aucune raison de se réjouir.

« Walter, j'ai dit, dépêche-toi, Ophelia nous attend. »

Une fois revenus au campement, on a bu un bol de

soupe à la tomate et étalé du corned-beef sur des tranches de pain complet. Barnes ne cessait de nous observer, Ophelia et moi, et j'avais l'impression qu'il s'amusait de nous voir si abattus, picorant sans appétit, plongés l'un et l'autre dans un silence anxieux. Faisant durer le plaisir, il a attendu la fin du repas avant de prendre la parole.

Je sentais bien qu'il y avait anguille sous roche, que Barnes avait quelque chose à nous dire ; simplement, j'avais fini par me ranger à l'avis d'Ophelia : Barnes était détraqué. Je ne le croyais pas dangereux, mais j'avais hâte d'en être débarrassé. Je me suis roulé une cigarette et je lui ai passé ma blague à tabac. Pendant quelques instants, Barnes a fumé sans mot dire, expirant des ronds dans l'air immobile, puis il s'est rapproché du feu et a dit : « Demain, vous bénirez le ciel d'avoir croisé la route de Walter Nutty Barnes. Je sais que vous vous faites du mouron, je ne suis pas aveugle. Qu'est-ce qui vous chiffonne ? C'est à cause de l'autre, de ce Duke ? Il est mort, c'est ça ?

— Il était malade, j'ai dit. Quand ce sera mon tour, j'aimerais bien mourir comme lui.

— Occupe-toi de tes affaires, a dit Ophelia, et dis-toi bien que c'est toi qui as eu de la chance. Tu aurais crevé, tout seul, là-haut.

— Impossible, a dit Barnes.

— Et pourquoi donc ? j'ai dit.

— Parce que je suis destiné à griller sur la chaise électrique. Mais ne parlons pas de moi. Vous avez des soucis d'argent ? Vous avez commis un crime ?

— Je n'ai rien fait de mal, j'ai dit, mais connaissant le shérif et Judge Merrill, je suis bon pour la prison ferme.

— Tu parles ! On va t'élever une statue, voilà ce qui va se passer.

— Qu'est-ce que j'ai fait pour mériter une statue ?

— Tu m'as mis le grappin dessus. Tu as réussi là où tout le monde a échoué depuis dix-huit mois. Tu as battu les flics à plate couture et tu vas donner à Killgoer la honte de sa vie. Il ne va jamais s'en remettre.

— Qui c'est, ce Killgoer ?

— Un agent des *feds*. Ça fait plus d'un an qu'il me court après. Il a failli me coincer trois fois. La première fois, c'était à Antimony, dans l'Utah. La deuxième fois, à Yarnell, dans l'Arizona. La troisième fois, c'était près d'ici, à Lone Pine, mais sa voiture est tombée en panne. J'ai passé la nuit dans le désert et au matin, j'ai sauté dans un train de marchandises. Puis, j'ai volé une voiture, j'ai jeté en l'air mon nickel porte-bonheur, j'ai mis le cap sur Olancha où j'ai pratiqué deux jours de suite, et je suis descendu jusqu'à Bakersfield. Là, j'ai rendu visite à trois clients, j'ai changé de voiture, et je suis remonté jusqu'à Porterville, en marquant un arrêt à Terra Bella, le temps d'une opération éclair. J'avais la police sur le cul, mais j'ai réussi à semer mes poursuivants, et c'est comme ça que j'ai atterri dans les montagnes. Je me suis dit qu'un peu d'air pur me ferait du bien, j'ai croisé deux randonneurs que j'ai soignés gratis puis je me suis égaré. Le quatrième jour, j'ai perdu mon nickel. Cette pièce, c'était ma boussole. Je m'y suis toujours fié et elle ne m'a jamais trahi. Quand j'ai retourné mes poches et que j'ai vu qu'elle n'était plus là, j'ai su que ma carrière touchait à sa fin. J'ai erré, je voulais atteindre un sommet, c'est la première fois que je mets les pieds à la montagne et je savais que l'occasion ne se reproduirait pas. Pas dans cette vie en tout cas. Je ne suis pas arrivé en haut mais au moins, j'ai pu me rouler dans la neige. C'est là que je me suis endormi et c'est là que tu m'as trouvé, Homer. J'ai entendu ta voix, et comme elle ne ressemblait pas à celle de Killgoer, j'ai compris que Dieu m'avait envoyé un de ses anges et que j'allais bientôt pouvoir me reposer.

— Qu'est-ce qu'on te reproche ? j'ai dit, qu'est-ce que tu as fait ?

— Je ne peux pas en parler.

— Pourquoi pas ?

— Secret médical. Les dentistes n'ont pas le droit de dévoiler des renseignements sur l'état de santé de leurs patients. Ce n'est pas moi qui écris la loi, mais pour ce qui est de la juridiction, j'ai toujours été pointilleux. Nous autres médecins, on est tenus de respecter un certain nombre de règles pour éviter les erreurs et les abus. Alors voilà ce que je vous propose. Demain, je vous conduis à ma voiture et on retourne chez vous. Vous me déposez chez le shérif et le tour est joué. Croyez-moi, une occasion pareille, ça n'arrive qu'une fois.

— Tu veux te livrer ?

— Je veux que vous me livriez, toi et Ophelia, et que vous en tiriez les bénéfices. Je suis comme ça, a dit Barnes, l'air crâne, en rallumant son mégot éteint, c'est dans ma nature. Je ne dis pas que je ferais n'importe

403

quoi pour venir en aide à mon prochain, mais pour vous, je pourrais me saigner. On dirait que vous venez de tomber du nid. Je connais bien les gens. En dix-huit mois, j'ai acquis une expérience que n'ont pas la plupart des médecins après trente ans de carrière. J'ai suivi un cours accéléré. J'ai eu des patients récalcitrants, des doux, des vicelards, des nerveux, d'autres qui étaient trop affolés pour oser se plaindre, et quand j'aurai ma propre cellule sur *death row*, j'en profiterai pour écrire un traité sur l'âme humaine. C'est dans la peur qu'on connaît vraiment les hommes. Dans la peur et dans la douleur. Dès que je vous ai vus, j'ai eu envie de vous faire plaisir. Je me suis senti, je ne sais pas, comme un chien. J'ai voulu vous lécher et me frotter contre vous, j'ai voulu faire le beau.

— Dommage qu'on n'ait pas de laisse, a dit Ophelia.

— Tu te méfies de moi, mais au fond, tu sais que tu n'as rien à craindre. Sinon, l'autre nuit, tu ne te serais pas endormie. Alors, qu'est-ce que vous en dites ? a enchaîné Barnes avant qu'Ophelia ait eu le temps de répliquer. Vous avez une carte de la région ? »

Dans le sac à dos de Duke, j'ai trouvé la carte dont Fausto s'était servi pour déterminer les étapes du voyage, et je l'ai dépliée sur le sable. J'ai retrouvé l'endroit où Fausto nous avait déposés et j'en ai déduit le lieu où on se trouvait. Selon mes calculs, on campait à trois miles à peine de la route de terre qui serpentait vers l'ouest et la civilisation. Barnes nous a montré où il avait dissimulé son véhicule, au bord d'une autre piste, plus au sud.

« Marché conclu ? » a dit Barnes.

J'ai opiné. Ophelia, quant à elle, n'a pas daigné lui répondre. Comme elle l'a écrit dans son journal avant de se coucher, « *Je sais ce que Barnes mérite. Une bonne fessée. Mais il serait capable d'en redemander. C'est un enfant, mais pas du tout comme Homer. C'est vrai que Homer a l'air d'être tombé du nid. Barnes serait plutôt tombé d'un immeuble de dix étages. D'un côté, il n'a plus sa tête. De l'autre côté, il a toute sa tête. Je sais qu'il a fait des choses horribles mais je n'arrive pas à lui en vouloir. Il ressemble à Doctor Jekyll et à Mister Hyde, sauf qu'il tient les deux rôles en même temps et qu'il est beaucoup trop jeune pour qu'on le prenne au sérieux. Quand je le regarde, j'ai l'impression de loucher et j'ai pitié de lui. Peut-être qu'il dit la vérité. Peut-être qu'il va vraiment nous aider. Tout ce que je sais, c'est que j'ai été malheureuse jusqu'au soir et que bizarrement, depuis qu'il nous a proposé de nous ramener à Farrago pour se faire arrêter, je me sens soulagée. Soulagée et morte de fatigue. J'ai envie que Homer me serre dans ses bras. J'ai envie de pleurer et de hurler. J'ai envie de manger des bananes.* »

Rien n'aurait pu nous préparer à ce qui allait suivre, comme je l'ai raconté au shérif, puis à Fausto, puis à Elijah, au Lt. McMarmonn et à sa fille, à Abigail Hatchett, aux Dill, à tous ceux qui voulaient l'entendre. Cette histoire, je l'ai répétée un si grand nombre de fois et à tant de personnes différentes que j'en perds le compte. C'était comme si je n'arrivais pas à m'en débarrasser.

Une fois, dans mon enfance, j'ai eu le malheur de croiser un putois dans un champ, et quand je suis retourné à l'orphelinat, j'ai passé la soirée sous la douche. J'avais beau me frotter, d'abord avec mes mains, puis à l'aide d'une brosse, j'avais beau couvrir ma peau de savon et mes cheveux de shampoing, rien n'y faisait. Pendant des jours, la puanteur a subsisté, les enfants se moquaient de moi en se pinçant le nez et les adultes gardaient leurs distances. C'est un peu ce qui s'est passé, à l'aube de notre dernier jour dans les Sierras. Le spectacle de Barnes, la bouche ensanglantée, allongé contre un tronc abattu, nous a tellement horrifiés, Ophelia et moi, qu'on est d'abord restés plantés devant lui, les bras ballants, la mâchoire pendante, aussi immobiles que si on venait d'être transformés en statues de sel, pour le dire à la manière du Révérend Poach.

Le soleil ne s'était pas encore levé. La clairière baignait dans un clair-obscur bleuté, les cendres fumaient à nos pieds, on se serait crus sur la Lune. Je venais d'ouvrir les yeux quand j'ai senti la main d'Ophelia tapoter mon ventre.

« Homer, réveille-toi. Il est parti.

— Le traître ! » j'ai dit en me redressant. Barnes, en effet, avait filé en emportant sa mallette. Je m'apprêtais à déverser sur lui un torrent d'injures, et c'est alors que j'ai vu ses souliers, les semelles à l'air, près de son sac de couchage. Les empreintes de ses pieds nus dessinaient un chemin dans le sable.

« Il est juste allé pisser.

— Avec sa mallette ?

— Tu sais bien qu'il ne s'en sépare jamais », j'ai dit, mais en mon for intérieur, selon une autre expression popularisée par le Révérend, je craignais qu'il ne soit en train de commettre une bêtise.

Accompagné d'Ophelia, j'ai suivi les traces de ses pas à travers la clairière et dans la forêt clairsemée de broussailles et de sapins. J'ai repéré Barnes à une cinquantaine de yards, au moment où la lumière, soudain, a filtré à travers la ramure, éparpillant ses arcs-en-ciel dans la rosée, dorant le sable. Il était à demi couché contre une longue souche moussue, et quand je l'ai appelé, il n'a pas répondu.

Ophelia a pris ma main. J'ai senti ses ongles pénétrer dans ma peau. On a parcouru les derniers yards dans un état d'inquiétude terrible. Je redoutais le pire, mais le pire, je l'ai compris ce matin-là, ne ressemble en rien à ce qu'on s'est imaginé. La mallette de Barnes était ouverte. Son contenu était éparpillé au sol : instruments chromés, flacons, rouleaux de gaze, et une trentaine de sachets en plastique remplis de petits cailloux blanchâtres. L'aiguille d'une seringue était fichée dans la terre. Une odeur d'antiseptique se mêlait aux parfums de la résine et de la mousse.

Appuyé contre la souche pourrie, Barnes tenait une pince. Entre ses jambes reposait un autre sachet en plastique, taché de sang. Il contenait des dents, incisives, canines et prémolaires, des dents gluantes aux racines écarlates, une douzaine de dents sous plastique, formant un petit tas au fond du sachet. Les yeux de Barnes étaient révulsés. Sa bouche, un trou béant et rougeâtre. Son menton disparaissait sous une couche de sang qui coulait sur sa veste, dans son col, sur son ventre. Il y avait du sang partout.

« *Motherhood and apple-pie* », j'ai murmuré.

J'ai cru qu'Ophelia allait vomir, mais elle s'est contentée de haleter avant de tomber à genoux. Barnes a battu des paupières. Il revenait à lui. Il a relevé la tête, puis il nous a regardés tour à tour. Ses pupilles étaient dilatées. Ses yeux mouillés ressemblaient à ceux d'une otarie ou d'une loutre. Je me suis demandé s'il nous voyait vraiment, ou s'il faisait juste semblant, si cette scène se déroulait réellement, ou si elle n'était qu'une farce, un attrape-nigaud monté de toutes pièces et destiné à nous terroriser, nous les nigauds, Ophelia et Homer, les deux dernières victimes d'une fumisterie grandiose. Peut-être qu'il nous ment depuis le début, j'ai pensé, peut-être qu'il n'y a jamais eu de course-poursuite à travers le pays, de Killgoer, de nickel porte-bonheur et de secret médical.

Barnes, comme s'il lisait dans mon esprit, s'est mis à sourire, découvrant ses gencives trouées et sa langue sanguinolente. C'était affreux. Je ne savais pas quoi faire. Je me tenais là, fixant comme sous hypnose le trou noir de sa bouche.

Ophelia a été la première à se ressaisir. Ce qu'elle a fait, je n'oublierai jamais. Au lieu de s'armer d'une longueur de gaze et d'essuyer le sang qui séchait sur le visage de Barnes, au lieu de tenter de lui apporter des premiers soins ou de lui adresser la parole, elle a passé une main dans ses cheveux et, avec la tendresse d'une mère, a caressé son front. Sa main allait et venait sur le visage en sueur de Walter Nutty Barnes, sur ses joues tuméfiées, dans sa chevelure crasseuse. Et moi qui ne pleure jamais, j'ai senti une larme rouler au creux de mes lèvres.

16

Un jour, il y a quelques années déjà, je me suis trouvé aussi misérable qu'un chien abandonné. Ma vie appartenait à la décharge. Je faisais partie des objets cassés, des détritus, des châssis déglingués. Le monde était rempli d'êtres inutiles, de choses qui n'intéressaient personne, qui encombraient le paysage, et je ne valais pas davantage. Pour employer une expression de Judge Merrill, j'avais l'intime conviction de ne servir à rien. Je passais mes jours à flâner, à boire, à somnoler, et j'aurais pu disparaître sans créer le moindre bouleversement, sans laisser de traces.

La plupart des habitants de Farrago ne pouvaient pas en dire autant, à l'exception d'une poignée d'imbéciles, d'Elijah, de Duke, de quelques invalides et de quelques irresponsables comme Philipp Detmold, dont les drogues avaient ravagé le cerveau. En revanche, si Buck Smith, le postier, venait à succomber, si le shérif faisait un accident en voiture ou si le docteur Clarke tombait malade, il y aurait des conséquences immédiates et tout le monde se sentirait concerné.

C'est Fausto, une fois de plus, qui m'a tiré d'affaire. Il m'a dit que j'étais en passe de devenir un grand maître dans une discipline réservée à un petit nombre d'élus. Depuis mon plus jeune âge, j'y travaillais jour et nuit et me foulais autant que les membres les plus zélés de la classe laborieuse, même si je ne m'en rendais pas compte. « Tu cultives l'art de perdre ton temps, a déclaré Fausto, et à ta place, la plupart des gens craqueraient au bout d'une semaine. »

Cette explication m'a marqué. Par la suite, j'ai appris à m'observer davantage, à étudier chacun des stratagèmes, chacune des habitudes grâce auxquels, pendant des lustres et sans jamais m'ennuyer, je suis parvenu à ne rien faire du matin au soir. Quand mes doutes revenaient à la charge, il me suffisait de songer que j'étais un artiste. Aussitôt, ma hantise se dissipait et mon cœur se remplissait d'orgueil. Puis, quand j'ai commencé à écrire des poèmes sur commande, j'ai traversé une nouvelle période d'incertitude. Je me suis demandé si je faisais quelque chose ou si je ne faisais rien. Je me creusais la tête, je cherchais mes rimes, je mordillais la gomme de mon crayon, je passais parfois une après-midi entière à écrire une douzaine de vers, mais au fond, je n'avais pas l'impression de travailler. J'en ai conclu qu'entre faire quelque chose et ne rien faire, il y a une sorte de moyen terme ou de compromis, et qu'il ne sert à rien d'essayer d'y voir clair.

Elijah, comme moi, peut être considéré comme un virtuose de l'oisiveté. En effet, avant d'ouvrir sa forge, il a consacré sa vie à critiquer la terre entière, assis sur son tabouret, et si, pour le dire comme Fausto, l'université de Santa Cruz créait un département de ronchonnement appliqué, Elijah serait immédiatement nommé docteur honoris colza. Cette époque de désœuvrement est désormais plus ou moins révolue, pour lui comme pour moi, ce qui ne nous empêche pas, à l'occasion, de siffler deux ou trois packs de bières et de bavarder pendant des heures.

Avec Elijah, c'est comme si on possédait une énorme panoplie de joutes oratoires, selon le mot de Fausto. Lorsqu'on en a fini avec les potins du jour, on a tout de suite recours à l'un de nos thèmes de conversation favoris, puis à un deuxième, à un troisième, et ainsi de suite. Elijah, par exemple, est passionné par les histoires d'extraterrestres, les histoires d'argent et de poker, les histoires de mariages à la dérive, de divorces, et, bien sûr, par tout ce qui touche de près ou de loin aux boîtes. Moi, j'ai un faible pour le règne animal, le comportement de telle ou telle espèce face au danger, ses mœurs sexuelles, ses habitudes alimentaires, je peux discourir sans fin à propos des plantes, des arbres, des voyages, des trains, de la religion et de ses contradictions, de la justice et de ses victimes. Plus récemment, j'ai commencé à m'intéresser de près aux œuvres des poètes que Fausto me donne à lire, mais j'aime surtout parler de la vie des autres, des épreuves qu'ils traversent, des êtres qu'ils rencontrent et qui changent quelque chose en eux, de la manière qu'ils ont de se taire ou de raconter leurs aventures, du hasard, du destin, des désirs qui se réalisent ou bien demeurent de simples rêves.

Quand on ne sait plus quoi se dire, on en vient toujours à se chamailler. Nos entretiens prennent un tournant polémique et c'est à celui qui démolira l'autre à coups d'arguments décisifs ou, en désespoir de cause, criera le plus fort. Elijah me demandera ainsi qui, à mon avis, est le plus grand enculé de Farrago ou quel est le meilleur remède contre la gueule de bois, je lui dirai pourquoi, selon moi, le chauffage au gaz est supérieur au chauffage au mazout, qui, à l'exception d'Ophelia, est la plus jolie fille de Farrago, ou comment il faut s'y prendre pour entasser du bois, construire une terrasse, faire sécher des olives, ou préparer la pâte à pancake idéale. Inévitablement, le ton montera et on finira debout, les poings fermés, prêts à en découdre.

Après notre retour des Sierras, le lendemain même de notre arrivée, on a d'ailleurs trouvé l'occasion de se disputer. C'était au crépuscule, j'étais assis avec Ophelia sur la terrasse de sa maison, et je m'apprêtais à raconter à Elijah notre périple dans la montagne, les derniers instants de Duke et l'acte désespéré de Walter Nutty Barnes. La journée avait été longue. Entre l'interrogatoire de Killgoer, les caméras, les flashes des appareils photo, les questions des journalistes et les remerciements officiels du shérif et du maire, on n'avait pas eu un instant de répit. Quand, après une demi-douzaine d'allers et retours entre le Q.G. du shérif et la mairie, on a enfin pu s'esquiver et franchir la porte du bordel, toutes les filles se sont précipitées dans le salon mauve pour nous féliciter et prendre la relève des reporters et du FBI. On s'est réfugiés dans le bureau de Jo qui nous a servi un scotch, puis nous a conseillé de filer par la porte de son appartement et d'aller finir la soirée ailleurs, en lieu sûr. J'ai d'abord songé à l'épicerie, mais Ophelia a remarqué qu'on ferait mieux d'éviter le village, et c'est ainsi qu'on s'est rendus chez Elijah, en coupant par les bois.

On l'a trouvé sur la terrasse, les mains sur la balustrade, ses lunettes de soudeur autour du cou, et j'ai eu le sentiment qu'il s'attendait à notre visite et guettait nos ombres sur le chemin. Sans dire un mot, il est entré dans la cuisine et a ramené deux bouteilles de bière et un soda pour Ophelia qui, depuis qu'elle était enceinte, ne buvait plus une goutte. On s'est installés face à la cour, Elijah a décapsulé les bouteilles et tandis qu'il fouillait ses poches à la recherche de son tabac, je lui ai annoncé le décès de Duke.

« Tu parles, il a dit, tu n'as pas dû bien regarder. Tu as tâté son pouls ? »

Il n'y a qu'Elijah pour réagir de manière aussi inexplicable aux événements, j'ai pensé, ou pour mettre en doute ce qui, pour le reste de la planète, semble aller de soi, comme le fait que les distances à vol d'oiseau sont plus courtes que les distances terrestres, ou qu'il existe un côté droit et un côté gauche quel que soit l'endroit où on se trouve. Il n'y a qu'Elijah pour dire qu'un homme n'est pas mort quand tout le monde sait qu'il est mort, ou qu'Alvin Carollan et Jack Simmons sont des extraterrestres, ou que les juifs sont des musulmans parce qu'ils portent La Mecque au front. C'est incroyable ce qu'il peut être buté, j'ai songé, même si, d'après Fausto, le problème est beaucoup plus complexe, le cerveau d'Elijah échappant à la norme.

« Il est mort, j'ai dit, aussi sûr que le soleil se lève à l'est ou que le Révérend croit en Dieu.

— Le Révérend, je veux bien.

— Comment ?

— Je le sais, j'étais là.

— Où ?

— Il y a trois jours. J'étais venu lui apporter une boîte. Homer, tu ne devineras jamais qui j'ai rencontré, a poursuivi Elijah, changeant brusquement de sujet. C'est le succès assuré. A l'heure où je parle, les frères Flink doivent se rouler par terre et s'arracher les cheveux. Tu verras, ils vont essayer de m'arrêter en foutant le feu à ma forge. C'est pour ça que la nuit, je monte la garde. Je n'ai plus de fusil, mais j'aurai bientôt un chien. Un boxer. On verra ce qu'on verra. Je vais le dresser pour qu'il leur saute à la gorge. Ce sera le premier chien chasseur de Flink, le premier de l'histoire. Il ne fera pas de mal à un chaton mais si jamais ces saligauds se pointent, il les réduira en pièces. Je vais le dresser exprès.

— Tu as offert une boîte au Révérend ?

— On l'a enterré avec.

— Quoi ?

— Je me suis arrangé avec Moe. Ni vu ni connu, hop, il a caché ma boîte dans le cercueil, sous sa soutane, ça lui faisait une sorte de bosse mais personne ne s'en est aperçu. Ça me fait chaud au cœur de savoir qu'il a emporté une de mes boîtes dans la tombe.

— Quand est-ce qu'il est mort ?

— Quand je suis allé le voir. Tu m'écoutes ou quoi ? Dans les mines, il a chopé une bronchite qui a dégénéré en pneumonie. Il ne s'est plus relevé. Je me suis donc pointé chez le Révérend avec mon cadeau. J'ai frappé à la porte. Pas de réponse. Je suis entré. Dans sa chambre, il y avait le docteur Clarke et un autre prêtre, Father Matthew. C'est lui qui a repris l'église. Pauvre Poach, il sifflait comme une théière.

Il n'y voyait plus clair et pourtant, je suis sûr qu'il m'a reconnu. Je lui ai montré la boîte et il a fait une grimace. Il a même essayé de lever le bras. Il était trop fatigué pour me remercier, mais je sais que ça l'a touché. J'aurais aimé rester un peu mais le docteur m'a obligé à sortir de la chambre. Il était très énervé. Quel enculé. C'est à cause de types comme lui que tant de gens tombent malades et finissent par crever. Si ça ne rapportait pas autant, si les médecins ne se faisaient pas payer, je te jure qu'on n'aurait même pas besoin de cimetières.

— Le pauvre, j'ai dit, tu as dû l'affoler. Il a sûrement cru qu'on voulait l'incinérer !

— Hein ?

— Tes boîtes, on dirait des urnes.

— Et alors ?

— Et alors, tu as déjà vu un Révérend partir en fumée ? Les prêtres se font toujours enterrer. C'est une obligation, chez eux. »

Je n'arrivais pas à accepter que le Révérend soit mort. Je le voyais aussi nettement que s'il se tenait devant moi, assis sur le canapé du salon mauve, entre Charleen et Piquette, un verre de bourbon à la main, le rouge aux joues. Dans ma compréhension des choses, Farrago et le Révérend Poach se confondaient, de même que Rainbow Point et Ananda Singsidhu, Fausto et son épicerie, Elijah et son tabouret. Duke, pourtant, avait rendu l'âme lui aussi, et je n'avais aucun mal à m'imaginer la décharge en son absence. Peut-être parce que Duke n'était jamais tout à fait là, j'ai pensé, parce qu'il avait toujours un œil dans la lumière et l'autre dans l'ombre, comme on dit des gens mal en point qu'ils ont un pied dans la tombe. Duke, je me suis dit, était le plus libre des hommes, c'est pourquoi il donnait le sentiment de n'être là que de passage, et à ce titre, ce n'était sans doute pas un hasard s'il avait élu domicile dans un dépotoir. Le Révérend, en revanche, était Farrago en personne.

« Tu n'es pas en train de nous mener en bateau ? j'ai dit.

— Je te dis que j'étais là. Une minute plus tard, il a murmuré quelques mots, et Father Matthew a fermé ses paupières. J'ai tout vu. J'étais à la porte.

— Et dire que je n'ai jamais pu lui reparler de cette histoire de graines ! Pauvre Poach. Sans lui, je ne sais même pas où je serais aujourd'hui.

— Le ciel n'est pas à plaindre. C'est ce qu'il a murmuré juste avant d'y passer. Le ciel n'est pas à plaindre.

— Bon, j'ai dit, je veux bien que le Révérend soit décédé, mais quand je t'annonce que Duke est lui aussi passé de l'autre côté, j'aimerais que tu m'écoutes.

— C'est des conneries tout ça, a dit Elijah en écrasant sa cigarette sous sa botte. Même pour le Révérend. Ça ne marche pas comme ça.

— Qu'est-ce qui ne marche pas comme ça ? a demandé Ophelia qui, depuis le début de notre conversation, caressait son ventre en regardant la brume s'insinuer entre les arbres.

— Les choses. »

Elijah s'est levé pour aller chercher de nouvelles bouteilles. J'ai pensé qu'il était vraiment plus têtu que la vieille mule de Percy Tuddenham mais que cette fois, il ne s'en tirerait pas à si bon compte et que je lui ferais voir la vérité, quitte à l'envoyer passer un mois entier chez sa grand-mère. Je ne sais pas pourquoi j'étais énervé à ce point. Il fallait à tout prix qu'Elijah accepte la disparition de Duke, j'avais besoin qu'il confirme cette nouvelle, qu'il l'encaisse, qu'il la valide d'un hochement de tête, comme si, au fond, je n'y croyais pas moi-même. J'ai mis longtemps à comprendre qu'en vérité, je me sentais coupable de la mort de Duke sur Mount Forever, même si, sur le moment, elle m'avait semblé aussi belle et naturelle que le vent et les flocons de neige. Et j'ai mis plus longtemps encore à me débarrasser de ce sentiment de honte. En refusant de reconnaître que Duke n'était plus, Elijah, sans le savoir, jetait du sel sur ma plaie invisible. Quand il est revenu, portant deux autres bières et un bol de crackers, j'ai tiré de mon manteau la carte des Sierras et je l'ai dépliée sur le plancher.

« Regarde, j'ai dit, regarde mon doigt et ferme-la. Je vais te montrer le chemin qu'on a pris. C'est ici que Fausto nous a déposés. On a suivi ce premier sentier, et puis ce deuxième, on a passé notre première nuit à cet endroit, puis on a continué par là... »

En moins d'une minute, j'ai reconstitué notre itinéraire sur le papier. Mais lorsque, de mon ongle, j'ai atteint le sommet de la montagne, j'ai vu qu'elle portait un autre nom et je me suis penché sur la carte avec un sentiment d'étourdissement. Mount Forever s'appelait Mount Hayle. Désorienté comme rarement dans ma vie, j'ai répété l'opération en partant du même point. De nouveau, j'ai fini sur Mount Hayle.

J'ai alors lu les noms de toutes les montagnes voisines, à une cinquantaine de miles à la ronde. Mount Forever n'était indiqué nulle part.

« Qu'est-ce que c'est que ce bordel ?

— Tu comprends vite mais il faut t'expliquer longtemps, a dit Elijah avec un sourire dédaigneux. Tu crois toujours en savoir plus que moi et regarde où ça te mène ! Vous avez pris un raccourci, c'est ça ? Tu as voulu faire le malin. Vous êtes allés en ligne droite, vous vous êtes perdus et maintenant tu vas me dire que ce n'est pas de ta faute, que tu as suivi le bon chemin et que c'est la montagne qui se trompe ! Espèce d'idéaliste !

— Homer, je suis fatiguée, a dit Ophelia. J'aimerais m'allonger.

— Tais-toi ! » j'ai répondu, ivre de rage.

Je me suis redressé, les poings fermés, juste à temps pour recevoir une gifle cinglante. J'ai regardé Ophelia. Ses taches de rousseur flamboyaient. Elle était si belle que j'ai senti mes jambes trembler et que j'ai dû me rasseoir.

Déjà, tout au long de cette folle journée, je l'avais trouvée plus ravissante que jamais. Face aux caméras, aux reporters, en compagnie de Morris Cuvelton, du shérif, et même devant Killgoer, elle resplendissait, et je n'arrivais pas à détacher mes yeux de son visage. J'avais l'impression qu'Ophelia était double. Elle possédait deux formes de beauté, l'une qu'elle réservait à sa vie de tous les jours et une autre qui se révélait lorsqu'elle devenait le centre d'intérêt général, le point de mire de dizaines de regards. J'ai compris que la curiosité, l'admiration agissaient sur elle comme des cosmétiques et des projecteurs, la transformant aussitôt en star du cinéma. Quelques jours plus tard, j'allais découvrir, pour mon malheur, que d'autres personnes étaient parvenues à la même conclusion, mais sur le moment, je n'avais aucune raison de me sentir jaloux. Quand Ophelia m'a donné une claque, je me suis demandé si c'était la star qui me giflait, ou si c'était ma fiancée. Quoi qu'il en soit, j'ai renoncé à infliger une correction à Elijah et je me suis assis.

Ophelia a demandé à notre hôte si elle pouvait s'étendre et ce dernier, savourant son triomphe, l'a précédée dans la maison, lui a montré la salle de bains et a refermé sur elle la porte de la chambre d'invités. Il m'a rejoint sur la terrasse et a enfoncé le clou en exprimant ses doutes sur notre mariage et mon sens des responsabilités.

« En tout cas, j'ai dit pour changer de sujet, la boîte de vitesses automatique, c'est la plus grande invention du siècle ! »

Je n'avais plus du tout envie qu'on se dispute. En effet, je brûlais de raconter à Elijah notre expédition. Lors de la conférence de presse organisée dans la salle de réunions de la mairie, les journalistes (parmi lesquels, en première ligne, se tenait Craig McNeilly) m'avaient à peine laissé parler. Ils ne s'intéressaient qu'à leurs listes de questions. Dès qu'une voix se taisait, une autre prenait sa place. Je n'arrivais pas à placer un mot. Elijah, lui, saurait m'écouter jusqu'au bout, quitte à tout comprendre à l'envers.

« La boîte de vitesses automatique ! Tu veux rire ! » a dit Elijah.

Je me suis alors lancé dans mon récit en commençant par la fin. Je me disais qu'il était préférable de garder la mort de Duke pour plus tard, afin d'éviter un nouveau malentendu. J'ai décrit à Elijah notre rencontre avec Barnes, son étrange comportement, son histoire sans queue ni tête et l'acte abominable qu'il avait commis contre lui-même. Je lui ai ensuite raconté comment, trois heures de rang, on l'avait porté sur un brancard improvisé à l'aide de deux branches passées dans mon manteau, jusqu'à sa voiture.

« Dès que j'ai posé les mains sur le volant, je me suis dit que je ne serais jamais capable de nous ramener à Farrago. Puis, j'ai remarqué que l'auto n'était équipée que de deux pédales et que pour avancer, il suffisait de mettre la manette en position "D". Ce n'était pas plus difficile que de conduire une auto tamponneuse ! Je me suis senti doublement soulagé, tu vois, parce que d'une part, j'ai réalisé que nous ramener au village allait être un jeu d'enfant, et que d'autre part, j'étais un conducteur, Elijah, aussi compétent que les millions de personnes qui roulent chaque jour sur les routes ! Je me suis demandé pourquoi je n'avais pas songé plus tôt à m'acheter une automatique. Finis les vélos, finie la marche à pied ! Un jour, j'aurais mon permis. J'ai appuyé sur l'accélérateur en pensant que plus rien, désormais, ne pouvait m'arrêter. »

Quand j'ai garé la voiture devant le Q.G. du shérif, les cloches sonnaient. Il était dix heures du soir. On avait rallié Farrago d'une traite. A Porterville, j'avais pourtant proposé à Barnes qu'on marque un arrêt, le temps d'une visite aux urgences de l'hôpital, mais il était entré dans une colère noire.

Pendant le trajet, il n'avait cessé de délirer. Seulement, comme il ne pouvait plus articuler, il ne prononçait plus que des voyelles. Parfois, il se mettait à rire ou fondait en larmes. C'était triste à voir. Si j'avais eu mon mot à dire, je crois que j'aurais laissé Barnes filer. Ophelia, qui, pour le dire comme Fausto, voit en moi comme à travers une loupe, n'avait pas tardé à comprendre mon état d'esprit. Dès que je ralentissais ou que je fixais Barnes dans le rétroviseur, elle me pinçait la cuisse.

La peur au ventre, j'ai frappé à la porte du Q.G. Quelques secondes plus tard, le shérif est venu m'ouvrir. Dans la main, il tenait un hamburger à peine entamé et ma faim a triomphé de ma frayeur. Sur le moment, j'aurais donné mon futur permis de conduire pour manger le sandwich à sa place.

« Homer ? il a dit. Homer tu mérites que je te pende à un arbre et que je te laisse pourrir ! La prochaine fois que tu me fais un coup pareil, je te colle au trou pendant six mois. Pourquoi tu t'es tiré, imbécile ? Tu sais le mal que j'ai eu à convaincre Merrill et la police de Santa Cruz de ne pas diffuser ta photo dans tout le pays ? Tu sais ce qu'ils m'ont répondu quand j'ai essayé de leur expliquer que, malgré les apparences, tu n'étais qu'un pauvre imbécile, irresponsable et arriéré, et pas un tueur en cavale ? Ils m'ont dit que je laissais mes sentiments personnels prendre le dessus. Ils m'ont dit que je devrais peut-être songer à rendre mon étoile. Heureusement que Moe a oublié de brûler le chapeau !

— Quel chapeau ?
— Celui de Jim Rookey. Grâce à lui, on a pu retrouver l'endroit où il s'est cassé la gueule. Je l'ai fait renifler au chien et il nous a conduits au pied du rocher. Il y avait des traces de sang et son revolver. Dieu merci, le barillet était plein, parce que sur la crosse, on a identifié tes empreintes. Et Moe t'a défendu, espèce d'idiot, même s'il ne se souvenait plus de grand-chose. Où sont les cendres ?
— Sur une montagne.
— Suis-moi. Tu ne me lâches pas d'une semelle. Je vais prendre ta déposition. Si tu fais un geste de travers, je te préviens, je t'abats. Moi qui croyais avoir tout vu !
— Shérif, je vous ramène quelqu'un, j'ai dit.
— Ce n'est pas le moment.
— Walter Nutty Barnes.
— Et pourquoi pas le docteur Mengele ?
— Qui ?
— Homer, je ne suis pas d'humeur », a dit le shérif sur un ton menaçant, mais quand il a vu Barnes qui souriait sur la banquette arrière de l'auto, il a lâché son hamburger et s'est précipité dans le Q.G. en appelant à l'aide.

Trente secondes plus tard, il a rappliqué, armé d'un fusil à pompe et accompagné de Merv Holland et de Stan Little, ses adjoints, tous deux équipés de gros calibres. Ils ont cerné la voiture et ordonné à Ophelia d'en sortir.

Le shérif et ses hommes essayaient de jouer aux durs, mais à vrai dire, ils n'en menaient pas large. La voix du shérif tremblait et Merv était si affolé que son arme lui a glissé des mains. Barnes a reconnu être lui-même, Stan lui a passé les menottes et il a disparu dans le couloir, encadré par les trois policiers. Au passage, il a cligné de l'œil et m'a adressé quelques paroles d'adieu incompréhensibles. Je ne l'ai jamais revu.

Après avoir enfermé Barnes dans l'unique cellule du bâtiment, le shérif, au bord de la crise de nerfs, nous a fait signe de le suivre dans son bureau. Pendant qu'il téléphonait au commissariat de Santa Cruz, Ophelia a posé sa bouche contre mon oreille et m'a prévenu du danger qu'on courait. Il ne fallait surtout pas laisser entendre aux autorités qu'avec Barnes, tout s'était passé à merveille et qu'il avait pris seul la décision de se livrer, m'a soufflé Ophelia. Il ne fallait pas que le shérif ou le FBI s'imaginent qu'on s'était liés d'amitié avec ce fou furieux, parce que cela nuirait à notre réputation et que notre avenir, à Farrago comme partout ailleurs, dépendait justement de notre réputation. C'est pourquoi Ophelia m'a conseillé de me taire et de la laisser parler à ma place. Je lui ai obéi à la lettre et comme je l'ai souvent répété à Fausto, je n'ai pas eu à le regretter.

De même qu'au village, il y avait les fidèles du Révérend, les partisans de Fausto et tous les autres, ceux qui demandaient à la fois avis au prêtre et à l'épicier, il y a parmi les hommes des menteurs invétérés, des gens honnêtes quelles que soient les circonstances, et, entre les deux, une vaste majorité de personnes qui ne sont ni des hypocrites ni des saints mais disent la vérité quand ça leur chante et affabulent quand le mensonge les arrange. Ophelia, elle, a le génie d'habiller la vérité et de dénuder le mensonge, pour reprendre l'expression de Fausto. Elle réussit, en un tournemain, à embellir les faits les plus banals ou à débarrasser les histoires inventées de leur caractère artificiel et improbable. A mesure que je l'écoutais parler, d'abord au shérif, puis à Killgoer, je me suis rendu compte qu'elle était, à sa manière, une montagnarde intrépide, capable d'avancer le long d'une crête les yeux fermés ou de sauter à pieds joints par-dessus des gouffres. Sa parole ne connaissait pas le vertige.

Assis près d'elle, dans le bureau du shérif, je l'écoutais changer peu à peu le cours de la vérité sans jamais quitter le chemin, et son exposé a fini par me donner le tournis. Elle était si convaincante que sur le coup, j'ai adopté son point de vue et, alors même que j'étais un des acteurs principaux du récit, j'ai cru à tout ce qu'elle racontait. A minuit, le chef de la police de Santa Cruz a débarqué. Il a été suivi, une demi-heure plus tard, par Gregory Killgoer et deux autres agents fédéraux — ils avaient fait le voyage en hélicoptère — et par Craig McNeilly, le reporter du *San Francisco Daily*, que j'ai surpris à la fenêtre, aux prises avec Stanley et Merv. McNeilly a disparu entre les deux policiers et je ne l'ai revu que le lendemain.

Je ne conserve pas un souvenir très précis de cette nuit et de la journée qui a suivi. Je me rappelle l'exaspération de Killgoer, sa manie de nous couper la parole sans jamais nous donner l'occasion de nous expliquer, les cigarettes qu'il fumait à la chaîne et la manière qu'il avait de renifler en fermant les yeux. La prédiction de Barnes s'est révélée exacte : Killgoer était furieux de s'être fait voler la vedette. Le shérif de Farrago, en revanche, semblait de plus en plus satisfait. Barnes était sous clef et la clef était dans sa poche. Ophelia et moi l'avions conduit jusqu'au Q.G. mais c'était lui qui avait procédé à l'arrestation, n'en déplaise au shérif de Santa Cruz et aux fonctionnaires du bureau fédéral. Vers cinq heures du matin, Killgoer et ses deux collègues sont sortis de la pièce sans même nous saluer. Barnes a alors été transféré au pénitencier de Santa Cruz dans un fourgon blindé escorté par six voitures de police aux sirènes hurlantes. Le shérif, enfin, nous a ramenés à la maison close à bord de son véhicule personnel et on s'est couchés dans nos habits crasseux, trop épuisés pour songer à nous débarbouiller.

Dans le courant de la matinée, les camionnettes de télé et les motos des journalistes ont fait leur entrée à Farrago. Le maire en personne est venu nous réveiller. Tandis qu'Ophelia, enfermée dans la salle de bains, effectuait un brin de toilette et revêtait sa plus belle robe, Morris Cuvelton faisait les cent pas dans la chambre, me donnait de grandes tapes dans le dos et éclatait de rire. Il a épinglé un de ses badges à ma veste et m'a dit que la victoire était assurée.

« Qu'est-ce que tu dirais d'être mon adjoint, hein, qu'est-ce que tu en penses ? » m'a demandé Cuvelton une bonne dizaine de fois. J'ai cru entendre Elijah, le matin où, sur la route qui mène à la décharge, il m'avait nommé aide-forgeron, et j'ai songé que le maire allait peut-être lui aussi m'offrir une avance.

Pendant la conférence de presse, qui s'est tenue dans la salle de réunions de la mairie, Ophelia a ensorcelé son auditoire. Les flashes crépitaient, les questions fusaient, Craig McNeilly n'arrêtait pas d'agiter la main dans ma direction et j'ai bientôt senti les premiers symptômes d'une migraine. J'avais l'impression d'être pris au piège. Au bout d'une heure, j'ai craqué. Abandonnant Ophelia, le maire et le shérif, je me suis précipité dehors. Malheureusement, une équipe de télé m'attendait sur le parking. L'intervieweuse, une petite blonde dont je suis prêt à parier qu'elle avait les lèvres refaites, a prononcé quelques mots dans un talkie-walkie, et quand un des techniciens, un casque audio sur les oreilles, a levé son pouce, elle s'est tournée vers moi, a collé son micro sous mon nez et a dit : « Homer Idlewilde, vous êtes en direct sur KNTV, quelques heures à peine après l'arrestation spectaculaire de Walter Nutty Barnes, le dentiste fou. Homer Idlewilde, avant toute chose, dites-nous : qu'est-ce que ça vous fait d'être un héros ?

— Je ne sais pas, j'ai dit, pris de court. Je l'étais déjà avant de l'être, alors je ne sais pas trop ce que ça change.

— Vous étiez déjà un héros ?

— Oui.

— Vous voulez dire que c'est dans votre nature d'accomplir des exploits, d'arrêter des tueurs et de réparer les torts ? Vous avez toujours su que vous aviez cette force en vous ?

— La question que je me pose, c'est si c'était prévu.

— Comment ça, prévu ?

— Je veux dire que c'est bien tombé. Vous voyez,

si vous posez la question à Fausto, il vous répondra que ça ne pouvait pas se passer autrement... » j'ai dit, et c'est alors que j'ai eu une illumination. J'étais filmé en direct. Des milliers de gens me regardaient sur leur poste de télé. Pour quelques instants, je disposais d'une tribune idéale, pour le dire à la manière de Morris Cuvelton, d'un pouvoir que Fausto, à moins de devenir lui aussi un héros, ne posséderait jamais. C'était l'occasion ou jamais de venir en aide à mon ami.

« Mademoiselle, j'ai un appel à lancer, j'ai dit, en regardant droit dans la caméra. Je recherche un homme nommé John Smith. Il a environ quarante ans, et il y a une vingtaine d'années, il travaillait à Philadelphie pour la société Birks & Dewey. Il sortait avec une fille appelée Bess Brown mais leurs fiançailles ont été rompues par la force des choses. Fausto Guidelli n'a jamais voulu que ça se passe comme ça. L'amour, c'est imprévisible. Depuis vingt ans, Fausto cherche à lui mettre la main dessus pour se débarrasser de tout ce qu'il a sur le cœur et, si possible, pour se faire pardonner. John Smith ! j'ai dit en sentant que je perdais le contrôle de mon allocution, Birks & Dewey !... Philadelphie !... Bess Brown !... Le procès !... Le procès de Peter Wrangell !... S'il se reconnaît, il faut tout de suite qu'il appelle Fausto au 268 2810, à Farrago. John Smith, si tu m'écoutes, sache que Fausto a repris l'épicerie de Fennimore et que sa vie aussi a été brisée. Sache qu'il passe ses nuits à t'écrire et que si tu te manifestais, tu lui ferais le plus grand cadeau de son existence. Il faut enterrer la hache de guerre, j'ai dit, il faut oublier les vieilles querelles parce que, comme le disait le Révérend Poach, on doit apprendre à pardonner comme le Seigneur nous aurait pardonné s'il avait été à notre place. John Smith, bouge-toi le cul ! 268 2810 ! Je compte sur toi ! »

La journaliste, à son tour, a fixé l'objectif.

« Si vous vous êtes toujours demandé à quoi ressemblait un héros en chair et en os, elle a dit, ce que vous venez de voir et d'entendre devrait vous convaincre que Homer Idlewilde est un vrai chevalier des temps modernes. Homer Idlewilde, loin de savourer les fruits de sa victoire, vient encore de nous prouver qu'il a voué sa vie au bien-être de la communauté et à la lutte contre toutes les injustices. Après avoir, en compagnie de sa fiancée... »

J'ai profité de ce répit pour prendre la fuite. Je voulais me rendre au plus vite chez Fausto et lui annoncer la bonne nouvelle mais sur le chemin, j'ai été rattrapé par Craig McNeilly qui m'a convaincu de monter dans sa voiture et d'aller faire un tour. Après m'avoir mitraillé de questions, il m'a reconduit au village où, sur la place de l'église, s'était réunie la fanfare. Le maire m'a ouvert la portière, Ophelia m'a embrassé devant tout le monde et malgré une forte envie d'uriner, je suis retourné dans le tourbillon du vedettariat.

« Alors ce Barnes, a dit Elijah en refermant d'un coup sec le couvercle de mon Zippo, c'est un dentiste ?

— Il est dentiste comme je suis Président des Etats-Unis », j'ai dit.

Elijah, qui avait allumé son barbecue, regardait les flammes bleues s'élever du tas de charbon. Une odeur d'essence flottait dans l'air. Il est revenu vers moi, sa main effleurant la balustrade, et a pris sa cigarette éteinte dans le cendrier.

« Lui au moins, il est honnête, a dit Elijah.
— Honnête ?
— Tous les médecins sont des tueurs, mais ce Barnes, au moins, il ne fait pas semblant de guérir les gens. Ils vont lui faire passer un sale quart d'heure. Et l'invention du siècle, pauvre pomme, ce n'est pas la boîte de vitesses automatique.
— Alors c'est quoi ?
— Le Tupperware ! »

Le procès et la condamnation à mort de Walter Nutty Barnes ont fait la une des journaux pendant des semaines. Moi qui ne lis jamais la presse, je me suis intéressé de prêt à tout ce qui concernait la triste histoire du *serial dentist*, comme le surnommaient les journalistes. C'est ainsi que j'ai pu remplir les blancs et donner un sens aux bribes d'informations qu'il avait bien voulu nous livrer, dans la montagne.

Le père de Barnes s'appelait Paul, ce qui expliquait les initiales « P.B. » sur la mallette dont Walter, son fils, avait hérité. Il était l'aîné de trois enfants. Sa mère était morte d'un cancer deux ans après la naissance de la cadette, June. Son autre sœur, Charlotte, s'était mariée à seize ans avec un Hell's Angel et personne ne savait ce qu'elle était devenue. June vivait dans un foyer à Boston. Barnes Sr. était un dentiste raté, obligé d'exercer dans un patelin paumé de l'Utah, d'où son épouse était originaire, alors que son frère et son père avaient connu les honneurs de la profession, l'un comme vétérinaire (il dirigeait sa propre clinique dans le Massachusetts), l'autre comme spécialiste des maladies pulmonaires. Paul buvait, prenait de la morphine et battait ses enfants.

Walter avait perdu sa mère à l'âge de huit ans. A l'époque, selon l'opinion des journalistes, il était déjà sérieusement atteint. Il opérait les chiens du voisinage et les chats errants et possédait toute une collection de dents d'animaux qu'il cachait sous son oreiller. Il se montrait également très cruel envers ses sœurs, si bien qu'elles le redoutaient autant que leur père. Quand celui-ci recevait un client, Walter se planquait dans l'armoire à pharmacie et assistait au rendez-vous. Après le décès de sa femme, Paul Barnes avait peu à peu perdu sa clientèle parce qu'il prenait un malin plaisir à opérer sans anesthésique et à arracher les dents de ses patients alors qu'un simple plombage aurait suffi. L'ordre des dentistes avait fini par lui retirer le droit d'exercer. En quelques mois, Barnes Sr. s'était transformé en loque, Charlotte avait décampé en Harley Davidson et une assistante sociale était venue chercher June pour la placer dans un foyer en ville. Resté seul avec son père, Walter, âgé de dix-huit ans, s'était refermé sur lui-même. Il ne mettait plus les pieds dehors. C'est lui qui avait découvert le cadavre de Paul, assis sur son siège de dentiste, dans son cabinet. Il s'était injecté une dose massive de morphine.

D'après les chiffres de la police, Walter, pendant les dix-huit mois de son odyssée sauvage, a fait quatre-vingt-neuf victimes. Parmi elles, huit sont mortes suite à l'intervention chirurgicale. Barnes, comme il l'avait prédit, a été condamné à la chaise électrique. A l'heure qu'il est, dix ans ont passé et il attend toujours son tour dans le couloir de la mort. Je lui ai écrit plusieurs fois mais il ne m'a jamais répondu.

Le 12 juillet 1973, voilà au moins une date dont je suis sûr et que je ne suis pas près de confondre avec une autre. La vie est tout de même drôlement faite, je me suis dit, bien des jours plus tard, au sommet de la tour. Des mois s'écoulent parfois sans que rien de particulier vienne enrayer la machine à avancer dans le temps, pour reprendre une expression de Fausto (la machine à avancer dans le temps étant tout bêtement notre existence), et soudain, sans prévenir, la vie s'emballe, les événements se précipitent, la roue commence à tourner de plus en plus vite et le moment présent devient la scène d'un grand carambolage.

Ce 12 juillet, après deux semaines relativement calmes, Fausto nous a lu le testament de Duke, Morris Cuvelton a offert de m'aider à retaper la tour de Rainbow Point afin qu'on s'y installe, et Ophelia, sur la banquette de cuir d'une Cadillac, est partie pour Hollywood.

Depuis notre retour et l'arrestation de Barnes, je ne m'inquiétais plus pour notre avenir. Avec Ophelia, on avait empoché une récompense colossale. Quand le shérif nous a annoncé la somme, je me suis senti mal : trois mille dollars ! Cette fois, l'argent nous a été remis sous la forme d'un chèque et il n'était pas question de le troquer pour des billets et de les garder dans une chaussette ou une boîte à bonbons. C'est ainsi qu'on a ouvert un compte commun à la Wells Fargo et qu'on est repartis avec un tourne-disque flambant neuf, gracieusement offert par notre banquier qui nous a demandé nos autographes. Le problème de notre futur logement ne se posait plus de la même manière. A présent, toutes les portes s'ouvraient devant nous, ce qui a rendu Ophelia très exigeante sur le choix de la maison.

Et puis, une nuit, j'ai rêvé de la tour. Elle était repeinte en bleu et une nouvelle baie vitrée avait été posée dans la partie habitable. Je me tenais à la porte du bâtiment et je regardais Ophelia, soixante pieds plus haut, penchée au-dessus de la terrasse, un chaton dans les bras. Au réveil, je lui ai décrit ma vision, et à mon entière surprise, elle a jugé que l'idée de nous installer à Rainbow Point était à prendre en considération. « Personne ne serait plus haut que nous, a dit Ophelia, et tout le monde saurait où nous trouver. »

Pour l'heure, on vivait encore au bordel et chaque matin, je consacrais au moins une heure à préparer mon examen de garde forestier. La veille de la fête de l'Indépendance, après m'avoir invité à suivre deux réunions du conseil municipal, Cuvelton était venu me trouver pour me dire qu'à son avis, je ferais mieux de succéder à Dunken Jr. et de passer mes journées à l'air libre. Je me suis senti si soulagé que j'ai pris le maire dans mes bras.

Chaque soir, on se rendait chez Fausto ou chez Elijah qui étaient tous les deux en pleine forme et se montraient pleins d'enthousiasme, même s'ils avaient deux manières très différentes d'exprimer leur bonne humeur. Depuis que j'avais lancé mon appel sur

KNTV, Fausto n'osait plus s'éloigner du téléphone. Il me répétait qu'il y avait une chance sur un million pour que John Smith réagisse enfin, et pourtant, il avait l'air, pour la première fois, d'y croire dur comme fer. Quant à Elijah, un jour qu'il rôdait dans la décharge à la recherche de ferraille, il avait vu une Pontiac rutilante descendre le chemin de terre. C'était celle de Joseph Kirkley, le millionnaire de San Francisco qui s'était lié d'amitié avec Duke et avait pris l'habitude de lui rendre visite à l'occasion de ses voyages d'affaires. Kirkley était le propriétaire de plusieurs magasins de souvenirs et de babioles dont l'un était situé à Santa Barbara et un autre à Carmel. En compagnie d'Elijah, il avait vidé la bouteille de scotch douze ans d'âge qu'il destinait à Duke, puis ils étaient montés ensemble à Farrago, où Elijah lui avait montré ses dernières créations.

« Tu aurais vu sa tête ! m'a dit Elijah. Il ne voulait plus ressortir de la forge. Tout ce qui l'intéressait, c'était de me voir à l'œuvre. Je lui ai fait une boîte et il est reparti avec toute la collection et un bon de commande pour soixante boîtes supplémentaires. C'est lui qui m'a donné l'idée de les signer. Ce Kirkley, c'est un visionnaire. Et quand un visionnaire rencontre un autre visionnaire, rien ne peut plus les arrêter ! Les frères Flink sont bons pour la retraite, a dit Elijah, pour la casse ! »

Le matin du 12 juillet, Fausto nous a donc lu le testament de Duke. On s'est réunis dans l'arrière-boutique, Fausto, Elijah, le Lt. McMarmonn, sa fille Lisa, Ophelia et moi, on a bu un café et Fausto a déchiré l'enveloppe qui contenait la lettre de Duke et ses derniers vœux. Duke désirait que le Révérend soit présent lui aussi, mais il ne pouvait pas s'imaginer qu'il allait mourir dans l'intervalle.

L'heure était solennelle. J'ai pensé que Duke avait su tout du long qu'il ne reviendrait pas des montagnes et ça m'a secoué. Fausto a déplié le papier, s'est éclairci la gorge, et a commencé à lire. J'ai la lettre sous les yeux et je la retranscris telle quelle : « *Chers amis*, écrivait Duke, *j'ai remis à Fausto une valise dans laquelle vous trouverez mes possessions. Je lègue au Révérend Poach les deux bouteilles de bourbon et une pipe dont je ne me suis jamais servi, parce qu'il est temps qu'il goûte aux vraies joies de la vie et rien ne l'empêche de se réchauffer le gosier avant ses sermons. Son père, le deuxième Révérend Poach, je l'ai bien connu. Il ne le sait peut-être pas, mais on a souvent picolé ensemble et pour dire les choses comme elles sont, c'est lui qui m'a offert cette pipe. Alors Révérend, elle vous revient naturellement et je compte sur vous pour ne pas la refiler à un de vos pauvres.*

Je lègue mes quelques bouquins à Fausto, pour compléter sa collection, ainsi que ma longue-vue, que je tiens d'Uncle Dylan, un de mes grands-oncles morts à Tuskegee et dont les lentilles ont besoin d'être décrassées.

Je lègue à Elijah ma montre à gousset, qui n'a pas été remontée depuis les années 40, et un vieux monocle auquel je tenais beaucoup de mon vivant. Comme il est maintenant chef d'entreprise, il faut qu'il fasse un effort pour qu'on le prenne au sérieux. D'où la montre et le monocle, auxquels j'ajoute trois cigares et des boutons de manchette plaqués or, que j'ai dénichées je ne sais plus où.

A Homer, je lègue ma paire de gants neufs en peau de chamois, ma boîte à outils, et bien sûr, ma lumière, pour peu qu'il réussisse à l'attraper.

A Ophelia, que je ne connais pas encore mais dont il m'a si bien parlé, je laisse $ 50 tirés de mes économies, dont le reste ira au Révérend pour ses œuvres. Avec cette somme, elle achètera des vêtements et un landau pour son enfant. Si c'est un fils, j'aimerais bien qu'il s'appelle Duke, mais je sais que c'est beaucoup demander, c'est pourquoi je me contenterais du deuxième ou même du troisième prénom.

Au lieutenant McMarmonn et à sa fille, je lègue ma collection de cartes postales des grands boxeurs noirs, mes appeaux et mon abreuvoir à colibris, qu'ils accrocheront devant une fenêtre et qui sera du plus bel effet.

Je fais don de la décharge municipale à la mairie, de la rivière qui passe en dessous au shérif pour qu'il aille y pêcher sans risquer de se prendre un tambour sur la tête et de mes ustensiles de cuisine à Homer et à Ophelia afin qu'ils perpétuent la tradition familiale des pancakes, dont j'ai hérité la recette de Cornelia, ma grand-mère, et que Homer connaît par cœur.

C'est tout. J'ajoute que j'ai bien vécu, que je m'en vais la conscience tranquille et que je vous aime tous autant que vous êtes. Alléluia. Signé Duke. »

Un long silence a suivi. On était tous émus, à commencer par Fausto qui avait eu du mal à achever sa lecture. Même Elijah n'était pas dans son état normal. Il fixait l'intérieur de sa tasse de café comme s'il s'apprêtait à y plonger la tête en avant.

De ma place, je voyais la cour, le champ, le front des collines. Fausto a ouvert la valise et en a sorti les différents objets qu'il a distribués un à un. Quand il a posé les livres de Duke devant lui, j'ai lu le titre du bouquin qui se trouvait en haut de la pile : *Mount Forever*. C'était un recueil de poésies à la couverture usée, éclaboussée de petites taches brunes et jaunie par le soleil. Son auteur s'appelait Mary Linberg et j'ai appris par la suite qu'elle avait vécu à Aptos, non loin de la maison de Bailey, le taxidermiste. Elle avait dédié l'exemplaire à Duke, « avec toute mon affection, Mary », mais je n'ai jamais su dans quelles circonstances ils s'étaient rencontrés. Mount Forever ! Un poème du même nom occupait trois pages du recueil et commençait par ces mots :

We've been climbing a few mountains yes we have
we're in love in many ways yes we are
we've been walking quite a road so far
up to this still and gray summer morning
where again we may begin
we don't remember how long ago it was we started
on our journey
how many hills and ravines
how many sinking suns and rainy days and
wondrous days
we crossed
up to this morning white and still
where we stand, looking back

*What is a promise you ask
but the memories, light and tender, long forgotten
of what is yet to come*

Mount Forever ! Duke, pour des raisons que je ne connaîtrais sans doute jamais et qui pourtant, mystérieusement, tombaient sous le sens, comme je l'ai dit à Fausto, avait rebaptisé Mount Hayle avant de le gravir et d'y mourir en paix. Chaque fois que je médite sur cette histoire, je songe aux animaux qui ne meurent pas n'importe où mais, quand ils en ont la force, se traînent jusqu'au lieu qu'ils ont choisi pour rendre leur dernier souffle. Le Révérend, lui, était mort dans son lit, mais à la différence de Duke, il connaissait déjà sa destination, il possédait sa propre carte du ciel, du purgatoire et de l'enfer et n'avait pas eu besoin de faire appel à son imagination.

J'ai fini par me dire que si les gens qui ne savent pas où ils vont marchent au hasard et n'arrivent nulle part, c'est parce qu'ils n'ont pas su donner un nom à l'endroit où ils vont, même si ce nom n'existe que dans leur tête, même s'il ne figure sur aucune carte, même s'ils ne l'atteindront jamais. De même, les gens sont incapables de raconter une histoire s'ils ne disposent pas à l'avance d'une chute heureuse ou malheureuse, sans quoi leur récit se ramifie en dizaines de ruisseaux éphémères comme un fleuve quand il sort de son lit, et finit par se perdre dans un océan de paroles verbeuses au lieu de revenir sur lui-même et de se mordre la queue. Idem pour la mort, j'ai pensé. Duke et le Révérend avaient réussi leur sortie, alors que Jim Rookey, pour prendre un exemple, s'y était pris n'importe comment. Il était ivre et désespéré, il avait toupiné dans les bois comme un imbécile, imitant la trajectoire d'une spirale, et il n'avait rien vu venir. Il était tombé, bien entendu, et il s'était rompu le cou, avant d'être réduit en poussière par un autre ivrogne. Techniquement, il était décédé, et personne, à moins d'avoir un cerveau aussi tortueux que celui d'Elijah, ne pouvait contester les faits, mais à vrai dire, il s'était surtout couvert de ridicule et il avait fallu achever le travail à sa place, en dispersant ses cendres au sommet de la montagne.

Les bonnes histoires comme les morts dignes de ce nom forment des cercles, j'ai pensé, même si, parfois, ce sont les survivants qui bouclent la boucle. On croit aller tout droit, mais en fait, on tourne. J'ai d'ailleurs discuté de ce point avec Fausto qui, comme d'habitude, a fait la preuve de son immense sagesse en tentant de m'expliquer les théories de ce mathématicien qui tire la langue sur un vieux tee-shirt d'Alvin, le garagiste. Selon cet Albert Einstein, a dit Fausto, la lumière, celle des étoiles avant tout, est courbe, et les parallèles, à l'infini, finissent par se rejoindre. Pendant des siècles, on a pensé que la lumière filait droit et que les droites géométriques, d'un bout à l'autre, ne changeaient pas de cap, quand, en réalité, les rayons, au voisinage des planètes ou des soleils, se recourbent en vertu de la gravitation, et les droites ont la même tendance, dès lors qu'on s'aperçoit que l'espace idéal est aussi tordu que l'espace réel. « Tous les chemins mènent à Rome », j'ai dit à Fausto, et quand il m'a révélé que Rome était la ville où vivait le pape, j'ai eu l'idée d'allumer un cierge dans l'église à la mémoire d'Albert Einstein.

Au fil des ans, j'ai également mené ma petite enquête au sujet de la mort. A force d'interroger les habitants de Farrago, j'ai découvert que l'humanité se divise en deux : ceux qui n'ont pas la moindre idée de la façon dont ils vont mourir, ou qui ne veulent pas y penser, et ceux qui se représentent la chose. Parmi ces derniers, la plupart souhaitent mourir dans leur lit, au plus profond du sommeil, le plus tard possible et en bonne santé, ce qui prouve qu'ils n'ont pas autant d'imagination que Duke ou Walter Nutty Barnes et qu'ils tiennent à la vie. Les autres aussi, à quelques exceptions près, sont attachés à leur existence, mais, à mon avis, ils déambulent dans le brouillard et courent le risque, à moins d'être croyants (pour les croyants, en effet, tout est arrangé à l'avance), de mourir à moitié, soit de manière cruelle, comme la mère de Walter Barnes, soit de manière ridicule, comme Jim Rookey ou ce pauvre George Cook, l'ancien patron du pressing, dont le cœur a lâché sur les montagnes russes. Mais si la majeure partie des humains espère mourir dans son lit (parmi ceux qui ne craignent pas de voir la vérité en face), c'est surtout par paresse, j'ai pensé. Les gens ne veulent pas se fouler, même pour mourir, alors que c'est quand même le dernier acte qu'ils accompliront de leur vivant et qu'il mérite, à mon sens, un minimum d'efforts. Quant à moi, je crois que j'aimerais m'en aller comme Duke, sur une montagne, mais en attendant, j'ai d'autres chats à fouetter.

Quand on est sortis de l'épicerie, Ophelia a salué le maire qui remontait le trottoir en compagnie du shérif. Cuvelton m'a serré la main, a embrassé Ophelia avec un enthousiasme que j'ai jugé excessif, et a vérifié qu'on portait toujours nos badges. Il nous a ensuite annoncé que notre installation à Rainbow Point ne posait aucun problème, qu'il se chargeait des formalités et qu'il pensait même pouvoir débloquer une somme d'argent rondelette pour nous aider à retaper la tour. « Après tout, c'est notre seul monument, a dit le maire, et vous êtes nos monuments vivants ! »

Avec Ophelia, on est restés muets de bonheur. L'avant-veille, quand j'avais croisé Cuvelton devant le Golden Egg, je m'étais contenté de lui dire que Rainbow Point ferait une maison magnifique et qu'il était dommage de voir la tour tomber un peu plus en ruine chaque année. J'avais aussi tenté de comparer les métiers de météorologue et de garde forestier pour lui mettre la puce à l'oreille, mais le parallèle n'était pas évident et je ne pensais pas qu'il avait deviné mes intentions.

« Et Tuskegee ? j'ai dit. Où vous en êtes ?

— Tout va pour le mieux, a répondu Cuvelton. La garden-party a été un franc succès. J'ai même eu ma photo dans le *Sentinel*. Les capitaux, c'est vrai, n'étaient pas au rendez-vous, mais c'est partie remise. Jack Simmons aurait dû faire carrière dans la politique. C'est le roi du lobbying. »

Le sens de cette expression m'a échappé. Jack Simmons était connu pour son sale caractère et je l'imaginais mal assis dans un lobby, son chapeau de cowboy sur les genoux, dans l'attente d'un tête-à-tête avec un de ces investisseurs de la côte dont m'avait parlé Cuvelton lors de notre première entrevue. Quant au projet du parc d'attractions, il n'a toujours pas vu le jour. Dix ans ont passé, Cuvelton est encore maire mais les mines sont restées intactes et les mômes de Farrago continuent de s'y hasarder. Au bout du compte, le grand projet de Cuvelton et de Simmons aura connu le destin des poteaux téléphoniques que le maire promet encore aux habitants les plus éloignés du village, et si ces derniers sont en droit de s'en plaindre, les morts de Tuskegee, au moins, peuvent dormir tranquilles.

Sur le chemin de la maison close, j'avais l'impression de flotter au-dessus du sol. Ophelia, qui portait une des cinq nouvelles robes, un des trois chapeaux et une des onze paires de souliers qu'on était allés acheter à Santa Cruz quelques jours plus tôt, me tenait par la main, et je sentais à la manière dont elle pressait mes doigts entre les siens qu'une fois parvenus à la chambre, on ferait l'amour. Pour la millième fois, on a parcouru la liste de nos rêves. Ophelia désirait un nombre toujours plus grand de chats, une table de maquillage comme on en trouve dans les loges de théâtre, un matelas à eau, un poste de télé, mais avant tout, une grande chambre pour notre enfant, un berceau de luxe et une malle remplie de peluches et de jouets. Moi, je voulais une voiture automatique, un chien, une niche pour le chien, une tondeuse à gazon (j'ai toujours adoré ces machines) et un vieux fourneau en fonte qui rivalise en taille et en beauté avec celui qu'Elijah avait hérité de sa grand-mère. Je ne me doutais pas que j'étais en train de vivre mes derniers instants de bonheur.

On a tourné à droite sur la route qui mène au bordel et j'ai vu une étrange tache rose devant la bâtisse à deux étages où Jo Haggardy et ses filles veillaient au bien-être de la population locale. La tache n'a pas tardé à se préciser. C'était une longue Cadillac décapotable, fuchsia, garée devant la porte.

Sur un des divans du salon mauve était assis son propriétaire, vêtu d'un costume blanc et d'une cravate de soie. Ses rares cheveux, gominés, étaient peignés en arrière, des bagues ornaient sept de ses dix doigts et il avait l'air d'un vieux maquereau venu acheter ou vendre de la chair fraîche. Je me suis tout de suite méfié de lui. J'avais l'impression de voir Jim Rookey à soixante ans, même si ce Humphrey Monk — c'était le nom écrit en lettres d'or sur sa carte, sous le sigle de la United Film Corporation — était plus poli que le premier mari d'Ophelia et que son haleine sentait un mélange de cigare et de chewing-gum à la menthe épicée.

« Ophelia ! a dit Monk en se levant. Ophelia ! Ophelia ! »

Il lui a serré la main et nous a remis à chacun un exemplaire de sa carte. Mabel, qui sortait du bureau de Jo Haggardy, a compris avant moi de quoi il s'agissait et a disparu dans l'escalier pour prévenir les autres filles. Elles ont envahi le salon une minute plus tard, faisant tout un cirque pour tenter d'attirer l'attention du producteur.

« Ophelia ! a continué Monk, tu es aussi belle qu'à l'écran, aussi belle, aussi belle qu'à l'écran ! »

Je me suis dit que si Monk répétait trois fois chacune de ses phrases, on y serait encore le jour de l'Indépendance. Puis, je me suis souvenu que la fête avait eu lieu une semaine plus tôt. Ophelia, c'était visible, était partagée entre la prudence et le plaisir que lui procuraient les compliments de l'inconnu.

« Qu'est-ce que tu fais, mettons, pendant les dix années à venir ? Ces dix prochaines années, ces quinze prochaines années, qu'est-ce que tu as prévu, Ophelia, dis-moi, comment comptes-tu occuper ton temps ?

— Ces dix années à venir ? a dit Ophelia.

— Dix, quinze, peut-être vingt ! Certaines actrices commencent par jouer des rôles de jeunes filles, des rôles d'adolescentes, passent aux rôles de femmes de vingt ans, puis de trentenaires, de femmes de trente ans, de trentenaires irrésistibles, de femmes tout court, et grâce aux miracles de la médecine, reviennent à quarante ans passés aux rôles de jeunes filles, de toutes jeunes filles, a répété Monk. Tout est possible. Tu as une peau de bébé, une peau d'ange, regardez-moi ça, a dit Monk en caressant la joue d'Ophelia, on pourrait en faire des élastiques ! »

Il est alors parti d'un rire gras, repris en chœur par Maud, Charleen, Mabel et Piquette. Ophelia, elle, ne souriait même pas. Je croyais qu'elle partageait mon dégoût pour les manières vulgaires de Humphrey Monk, mais en fait, elle était trop sonnée pour prendre la mesure de ce qui se passait.

« Je suis le premier arrivé ? a demandé Monk avec une soudaine inquiétude. Personne n'est arrivé avant moi, je suis arrivé le premier ?

— Le premier ? a dit Ophelia.

— Qu'est-ce que tu dirais du rôle-titre dans la prochaine mégaproduction de la United Film Corporation ? Le rôle principal dans le prochain film de la compagnie ? Un western, Ophelia, c'est un western, un western et une saga familiale, une saga familiale et l'histoire d'amour d'une jeune fille du Kansas et d'un chef cherokee, un guerrier, un guerrier comanche.

— Moi ? a dit Ophelia.

— J'ai le contrat dans ma voiture, le contrat Ophelia, le contrat en trois exemplaires dans mon Eldorado. Tu aimes les Eldorados ? a dit Monk. Tu as vu mon Eldorado ? Elle est à toi, cadeau de la United Film Corporation, je te donne les clefs dès qu'on arrive à Hollywood.

— Hollywood, a murmuré Ophelia.

— Hollywood, Hollywood, Hollywood ! Je te donne les clefs dès qu'on arrive aux bureaux de la United Film, dès qu'on arrive à mes bureaux, elle est à toi.

— Vous voulez que je vienne à Hollywood ? »

Monk a recommencé à rire, puis, sans même me regarder, il m'a tendu un cigare que j'ai refusé.

« Je veux faire de toi une héroïne de cinéma comme tu l'es déjà dans la vie, au cinéma comme dans la vie, une héroïne, une star, un sex-symbol, Ophelia, tu vas exploser dans ce film, dans ce premier film, dans ce western. Il sera réalisé par Jonathan Brigg, tu ne connais pas Jonathan Brigg ? C'est un réalisateur très prometteur, Ophelia, un des grands réalisateurs de la nouvelle génération, tu vas exploser, Ophelia ! »

A ces mots, un murmure a parcouru l'assistance. Je n'aimais pas le tournant que prenait cette conversation et j'étais déjà jaloux de Jonathan Brigg.

« Je te ramène avec moi, a dit Monk, de gré ou de

force, je te ramène avec moi. A Hollywood, sur Sunset Boulevard, tu te souviens du film, *Sunset Boulevard*, tu ne te souviens pas du film ?

— Non.

— Aucune importance, je te ramène avec moi dans mon Eldorado, dans ta future Eldorado ! Va te préparer, a dit Monk en regardant l'heure à sa montre, des essais sont prévus pour ce soir, on a trois cents miles à couvrir, vas te faire plus belle encore, si tu en es capable, je doute que tu en sois capable, va te préparer.

— Ophelia ! j'ai dit.

— Tais-toi. »

Depuis le début de notre amour, Ophelia m'avait souvent ordonné de la boucler, mais cette fois, j'ai senti que je me noyais. Je coulais au fond d'un étang obscur, comme Elijah dans son tambour, et je ne savais plus à quoi me rattraper. Ophelia m'a pris par le bras et m'a entraîné dans notre chambre, à l'étage. Elle a fermé la porte à clef, puis elle s'est assise sur le lit et a éclaté en sanglots. Dieu merci, j'ai pensé, mais sur la signification de ces larmes, je me trompais lourdement.

« Calme-toi, j'ai dit, tout va bien. »

Je me suis agenouillé devant elle et j'ai baisé ses mains. Ophelia a soulevé ma tête et m'a parlé sur un ton précipité, mais comme elle recouvrait mes oreilles de ses paumes, je n'entendais rien de ce qu'elle racontait.

« Ophelia, j'ai dit en me dégageant, si tu veux, je descends lui infliger une dérouillée dont il se souviendra longtemps.

445

— Tu dois me comprendre, a dit Ophelia que son désarroi rendait épouvantablement désirable.

— Comprendre quoi ?

— Si tu m'aimes.

— Je t'aime !

— Tu pourras venir me rejoindre.

— Hein ?

— Dès que je serai installée, je dirai à Monk d'envoyer un chauffeur. Ou tu prendras l'avion. Tu m'as dit que tu avais toujours voulu prendre l'avion.

— Comment ça ?

— J'ai toujours su que je monterais dans ce bus. Mais c'est encore plus incroyable que dans mes rêves. Tu as entendu, l'Eldorado est à moi, à nous. Peut-être que c'est une automatique. Et si ce n'est pas le cas, je l'échangerai pour une autre. On va vivre à Hollywood, Homer, à Beverly Hills.

— Et la tour ? j'ai répondu, parce qu'il fallait bien que je dise quelque chose. Et les chats ? Et mon examen de garde forestier ?

— Homer, comment tu peux être si égoïste ? C'est la chance, ma chance, la chance de ma vie !

— Tu parles déjà comme lui ! » j'ai dit, et je me suis redressé, mortifié, dans un tel état d'émotion que je ressentais un picotement dans mes mains et dans mes pieds. Je n'avais plus qu'une idée en tête, retourner au salon, démolir Humphrey Monk et le raccompagner à coups de pied jusqu'à sa foutue Eldorado. J'ai voulu mettre mon plan à exécution, mais Ophelia s'est plaquée contre la porte.

« Assieds-toi et tiens-toi tranquille ! » elle a dit avec autant d'autorité que le Lt. McMarmonn dans les boyaux de Tuskegee. Je n'ai pu qu'obéir, et tandis qu'Ophelia allait et venait dans la chambre, jetait ses affaires dans une valise, j'ai vécu les minutes les plus longues et les plus pénibles de mon existence. Quand elle a achevé ses préparatifs et qu'elle a cherché à me prendre dans ses bras, je me suis raidi. Je ne l'ai même pas laissée m'embrasser.

« Homer... Homer ! a dit Ophelia, tu ne dois pas m'en vouloir. Je t'appelle dès que j'arrive à Los Angeles. Promis. Homer ? Je t'aime, idiot.

— Garde tes grandes déclarations pour Jonathan Brigg.

— Comme tu voudras », elle a dit, soulevant sa valise et s'en allant sans prendre la peine de refermer la porte. J'ai entendu ses pas dans l'escalier, puis, de la fenêtre, je l'ai regardée disparaître à bord de la décapotable.

Je suis resté une heure le front contre la vitre, indifférent aux paroles et aux caresses des filles qui se sont succédé dans la chambre. Comme la voiture ne revenait pas, j'ai fini par m'allonger. J'ai passé la journée au lit. Le soleil s'est couché, jetant sur le mur du fond une lumière rose qui me rappelait la couleur de l'Eldorado. J'ai enfoui mon visage dans l'oreiller. A minuit, Ophelia n'avait toujours pas appelé. Chaque fois que le téléphone sonnait dans le bureau de Jo Haggardy, mon cœur cessait de battre. A une heure du matin, Jo en personne m'a apporté une assiette de *macaroni and cheese* et un verre de vin sur un plateau. Elle a essayé de me consoler, m'a dit que je me torturais sans raison, qu'Ophelia m'aimait plus que je ne pouvais l'imaginer. Je suis resté muet, et après qu'elle m'a quitté, je n'ai rien pu avaler.

Ma première nuit sans Ophelia a été affreuse. J'ai à peine fermé l'œil. J'avais déjà connu des moments de désespoir, mais ce n'était pas un désespoir causé par une autre, un amour. C'était une tristesse qui ne dépendait que de moi et personne n'avait le pouvoir d'y mettre fin. Cette fois, mon bonheur m'avait été ravi, Ophelia l'avait emporté avec elle, dans sa bouche, dans son ventre, dans son parfum. Je dis que ma première nuit sans elle a été affreuse, mais les suivantes ont été pires encore. Je me tournais continuellement sur le côté, hallucinant son souffle, sa chaleur. A l'aube, j'étais aussi fourbu que si j'avais galopé dans les bois pendant des heures.

Le lendemain de son départ, je me suis levé vers midi pour faire mes besoins et sur le lavabo en émail, j'ai vu un de ses cheveux. J'ai eu le plus grand mal à me retenir de hurler. Ophelia était là mais elle n'était pas là, partout et nulle part, j'ai pensé, partout et nulle part. Si seulement j'avais pu ouvrir mon cœur à Duke, mais Duke, qu'est-ce qu'il connaissait de l'amour ? J'ai alors songé à me rendre à l'épicerie. Je n'ai même pas eu le courage de me traîner jusqu'au couloir. Le village n'était qu'à un demi-mile de marche ; de la fenêtre, je pouvais voir le clocher de l'église, mais je n'avais pas la force de mettre un pied devant l'autre. Je m'étais réveillé dans un nouveau monde où les distances, même à vol d'oiseau, étaient multipliées par mille. Je me suis recouché.

Pendant la matinée, le téléphone a sonné plusieurs fois. Personne n'a monté les marches pour m'annoncer qu'Ophelia était à l'autre bout du fil. Aux alentours de midi, trois coups timides ont été frappés à la porte et je me suis redressé si brusquement que le sang est monté à ma tête. C'était Polly qui m'apportait une tasse de café et des œufs brouillés. Elle m'a donné un baiser sur le front, ses lèvres n'étaient pas celles d'Ophelia, son odeur n'avait rien à voir avec l'odeur d'Ophelia, il y avait là quelque chose d'insupportable, une injustice inconcevable. J'avais une corde au cou dont le nœud se resserrait sans cesse, pourtant je respirais encore, je n'en finissais pas de mourir. D'où venait toute cette douleur, d'où sortait-elle ?

Quand Polly est ressortie, je me suis enfoui sous les draps en ménageant une petite ouverture pour mon oreille. J'étais attentif au moindre bruit. Le cliquetis des hauts talons, le grincement des portes, les plaintes du plancher étaient autant de signes trompeurs. Les sonneries du téléphone me perçaient comme des flèches. Ophelia n'appelait pas, Ophelia ne revenait pas. Je n'arrivais pas à y croire, et mon chagrin, je l'ai compris, provenait justement du fait que je n'arrivais pas à croire qu'Ophelia ne soit plus là. Puis, au crépuscule, j'ai senti que si je restais dans la chambre une minute de plus, j'allais devenir fou. Je me suis précipité hors du bordel, je suis monté sur mon vélo et j'ai pédalé comme si les bois étaient en feu et que les flammes me léchaient le cul.

Les arbres filaient sur mon passage, j'empruntais un sentier après l'autre, tournant tantôt à gauche, tantôt à droite, en danseuse, les mains crispées sur le guidon. Je fonçais au hasard, je n'avais pas assez d'une forêt, pas assez d'un continent entier pour épuiser mon désespoir et ma colère. Dans mon délire, je demandais des comptes aux hommes comme à Dieu, j'accusais Jo Haggardy, Jim Rookey, Humphrey Monk, tous les studios d'Hollywood, toutes les salles et toutes les revues de cinéma d'avoir inspiré à Ophelia le désir d'être une star, ce désir aveugle qui dévorait jusqu'à l'amour, ce calcul égoïste dans lequel moi, Homer, son futur mari, le père de son enfant, je n'entrais plus en ligne de compte, je n'existais même plus. Je m'en prenais aux hommes et au Seigneur, qui vantait l'amour du haut de son trône céleste comme ces vendeurs d'élixirs qu'achetaient les infirmes et les nigauds dans les westerns qu'on allait voir ensemble au Nickelodeon, et c'est justement devant le Nick que s'est achevée ma course, après une interminable descente en roue libre le long de Highway 217. J'ai acheté un billet et je me suis installé au dernier rang. Le film avait déjà commencé. J'étais trop agité intérieurement pour suivre l'histoire mais j'ai fini, peu à peu, par me perdre dans les images, la musique, les voix. Quand la lumière s'est rallumée après le générique de fin, je suis resté à ma place et j'ai assisté à la dernière séance.

J'ai passé la nuit sur la plage et j'ai repris la route un peu avant l'aube. J'avais faim ; la côte, par endroits, était si raide que j'étais forcé de descendre de vélo et de marcher à ses côtés. De retour au bordel, j'ai croisé Jo dans le salon mauve. Cette fois, elle est restée dans la chambre tandis que j'engouffrais une assiette de saucisses et d'œufs sur le plat. Ophelia n'avait toujours pas appelé. En fin de journée, je suis remonté sur mon vélo et j'ai remis le cap sur Santa

Cruz et le Nick, où j'ai vu trois fois de suite le même film.

Ces allers et retours entre la chambre d'Ophelia et le cinéma de *downtown* ont duré une semaine. Les filles ont veillé sur moi comme des mères. Je n'avais jamais connu ma mère et soudain, j'en avais une demi-douzaine à mon chevet. Mais je n'écoutais pas ce qu'elles me disaient, je les voyais de loin, comme à travers une brume poisseuse. J'étais devenu, du jour au lendemain, un fantôme.

Un matin, j'ai trouvé la carte de Monk au fond d'une poche. Je n'ai pas eu la force d'appeler. J'avais peur d'entendre Humphrey Monk me dire trois fois de suite qu'Ophelia était indisponible pour les dix, pour les quinze, pour les vingt ans à venir, qu'il éclate d'un rire épais ou qu'il me raccroche au nez. J'avais plus peur encore d'entendre le silence gêné d'Ophelia à l'autre bout du fil. Dans mon sommeil, je rêvais de ces câbles noirs qui couraient de poteau en poteau au-dessus de la terre, reliant Farrago à Santa Cruz et longeant l'océan jusqu'à Los Angeles comme une droite entre deux croix. J'étais de plus en plus malheureux, et pour le dire à la manière de Duke, si mon malheur était si grand, c'est qu'il était comme un mirage. Depuis qu'il avait pris possession de mon corps, je ne savais plus sur quel pied danser. En effet, je ne connaissais aucun moyen de m'en débarrasser. Je ne pouvais pas l'envoyer rouler du haut d'une colline, je ne pouvais pas fermer les poings et le menacer d'une punition, il n'était pas contenu, comme ma malice, dans un ventricule, mais se confondait avec mon sang et irriguait mon être de la tête aux pieds, de sorte que pour m'en délivrer, il aurait fallu que je me taillade les poignets et qu'il s'écoule de moi jusqu'à ce que mort s'ensuive. Mon malheur, pour reprendre l'expression de Fausto, était abstrait, ce qui m'a suggéré l'idée que parfois, rien n'est plus concret qu'une abstraction. Je maigrissais à vue d'œil, je ne me lavais plus, j'étais devenu le gardien de ma souffrance et de même que Polly, Mabel et les autres filles me chouchoutaient, je nourrissais mon mal, je le bordais, je lui changeais ses couches et lui chantais des berceuses pour qu'il s'endorme et me retrouve au plus profond de mes rêves où je le dorlotais encore.

J'ai touché le fond à deux heures du matin, par une nuit sans lune, sur Highway 217. Je rentrais du Nickelodeon qui, ce soir-là, dans la petite salle, proposait un *triple feature* consacré aux Marx Brothers. Les rires des spectateurs exacerbaient ma douleur mais j'éprouvais une sorte de plaisir honteux à tant souffrir tandis que d'autres s'esclaffaient en se gavant de pop-corn. A mi-chemin de Santa Cruz et de Farrago, au passage des voies ferrées, j'ai perdu le contrôle de ma bicyclette qui a glissé sur les rails et s'est renversée, me propulsant dans un buisson de *poison oak*. Désirant éviter tout contact avec cette plante maudite, je me suis relevé sans prendre appui sur mes mains et j'ai basculé en arrière. J'ai alors roulé à n'en plus finir, trouant la broussaille, percutant une succession de troncs comme une balle de flipper, jusqu'au fond du ravin. J'aurais aimé me fracturer une jambe ou un bras, mais j'ai les os solides et je ne suis parvenu qu'à m'arracher la peau des paumes et à couvrir mes bras et mon postérieur d'hématomes bénins. J'ai senti une eau glacée envahir mes bottes.

J'étais allongé sur un lit de galets, les pieds dans le courant d'un ruisseau. Sur l'autre rive, immobile, la tête légèrement inclinée sur le côté, se tenait un faon. Dans l'obscurité, je ne distinguais que sa silhouette gracile et ses yeux immenses. Il n'avait pas l'air de vouloir fuir. Il me regardait avec une expression curieuse, sans peur, sans jugement. Pour lui, j'étais là à la manière du ruisseau, des fougères, des cailloux. J'étais tout simplement là, je ne sais pas comment le dire autrement, j'étais là, devant lui, le ruisseau murmurait, l'air était humide et froid, j'étais là, et quand j'ai pris conscience de cette vérité si simple, ma peur s'est envolée, ma douleur, subitement, est devenue supportable.

C'était incroyable mais cela n'avait rien d'incroyable. Quelque chose s'est passé en moi, je suis incapable de le décrire, il faudrait être un faon, un écureuil ou un chien pour en parler, je me suis dit un peu plus tard, mais les faons, les écureuils et les chiens, justement, ne parlent pas.

« Je suis là », j'ai chuchoté, et le faon s'est retourné, a bondi en avant et a disparu dans le taillis.

Je suis resté un long moment au bord de l'eau. Je me sentais en paix. L'absence d'Ophelia me faisait toujours souffrir, mais une joie coulait doucement en moi, apaisant le mal et me redonnant confiance. J'ai songé que je ne pouvais continuer éternellement à végéter dans l'espoir qu'à trois cents miles de distance, Ophelia finirait par se sentir responsable de mon cafard et retournerait à Farrago pour se jeter à mes pieds et me demander pardon. Quand elle rentrera, elle ne voudra pas d'un mari en loques, et elle rentrera, j'ai pensé, tôt ou tard, elle se rendra compte qu'elle ne peut pas vivre sans moi parce qu'elle m'aime, elle me l'a dit et je le sais, je le sais parce que je l'aime et que dans les histoires d'amour, on n'aime pas sans être aimé, voilà ce que j'ai compris au bord du ruisseau, et je n'ai pas changé d'avis depuis.

Les fidèles du Révérend n'auraient pas tardé à déserter l'église si Poach ne leur avait répété, chaque dimanche, que le Seigneur les aimait et pleurait pour eux. Entre un homme et une femme, c'est exactement la même chose, j'ai pensé en clopinant sur Highway 217, le vélo sur l'épaule (la roue avant s'était tordue lors de l'accident). De fil en aiguille, j'en suis venu à réfléchir au cas de Sarah Connolly, qui s'était jetée de Barnaby Bridge et que j'avais sauvée de la noyade.

Sarah — je tenais ces informations du shérif et d'Abigail Hatchett — était tombée amoureuse d'Elridge Cheney, un bon à rien de la pire espèce. Cheney, de l'avis de Polly et de Piquette, était un séducteur qui n'avait rien entre les jambes. Il avait tout de l'étalon, sauf l'appendice, c'est pourquoi il volait de conquête en conquête sans jamais passer à l'acte. Il ne s'intéressait qu'aux femmes mariées ou déjà prises, faisait preuve d'une imagination et d'une persévérance sans bornes pour convaincre ses victimes de son amour éternel, puis, quand elles capitulaient, se retirait de la partie et recommençait avec une autre. Cheney, que je sache, n'aimait pas les putes et ne fréquentait pas le bordel, si bien que l'opinion de Polly et de Piquette à propos des dimensions de son organe est sujette à caution, pour le dire à la manière de Judge Merrill. Cheney avait vécu sept ou huit ans à Farrago, mais comme sa réputation de tombeur lui attirait de plus en plus d'ennuis et qu'il recevait des lettres anonymes, il était parti pour Seattle. Entre-temps, il avait provoqué une poignée de ruptures, de divorces, de crises conjugales, et brisé des cœurs, dont celui de Sarah Connolly qui, pourtant, était célibataire. Cela ne l'avait pas empêché d'agir et Sarah, après qu'il l'eut brutalement abandonnée, était tombée dans une grave dépression, s'était enfermée chez elle pendant des semaines et, pour finir, avait sauté dans la rivière.

Si elle avait pu y voir un peu plus clair dans le tourbillon de ses émotions, elle aurait compris qu'elle n'était pas véritablement amoureuse d'Elridge Cheney, j'ai pensé, mais qu'elle voulait y croire, parce qu'elle était très seule et que Cheney lui avait promis la lune. Sarah ne pouvait pas aimer Cheney parce que Cheney n'avait que du mépris pour elle. Elle ne pouvait pas l'aimer parce que l'amour n'existe jamais dans une seule personne, il n'existe même pas indépendamment des amoureux, il n'est que la chose mystérieuse qui se produit entre eux. Voilà ce que je me suis dit sur Highway 217, au milieu de la nuit, et comme, pour ma part, j'étais certain d'aimer Ophelia, ces réflexions m'ont remonté le moral. Homer, il y en a là-dedans, j'ai pensé, et j'ai changé mon vélo d'épaule.

A l'aube, pour la première fois depuis le départ d'Ophelia, j'étais debout. J'ai pris une douche, j'ai mis des vêtements neufs (c'est Ophelia qui avait tenu à ce que je renouvelle ma garde-robe, selon son expression), et j'ai marché jusqu'à Rainbow Point en suivant la route principale. Arrivé à la tour, je me suis assis sur un rocher et j'ai fumé une cigarette en songeant aux dures journées qui m'attendaient. Je n'avais pas peur de l'effort à fournir, au contraire, j'étais impatient de me mettre au travail, mais je me sentais intimidé. La tour, pour moi, était une espèce de lieu sacré, comme les territoires de chasse des Indiens ou la petite église blanche dans l'esprit du Révérend, un lieu chargé d'histoire, le plus haut point des collines, et plus encore. Je voulais lui faire honneur, je voulais qu'elle soit heureuse du résultat, qu'elle se sente à l'aise dans ses nouveaux habits.

Après m'être recueilli, je suis redescendu à Farrago et j'ai pris un café avec Fausto. Je ne lui ai pas fait part de mes tracas amoureux, et comme Fausto est un homme discret et bien élevé, il ne m'a pas posé de questions. J'étais heureux de le retrouver, j'avais l'impression de revenir d'un grand voyage, d'une expédition dans les entrailles de la terre, beaucoup plus longue et périlleuse que celle qui nous avait conduits au sommet de Mount Hayle. Fausto lui aussi s'est bien gardé de m'avouer ses soucis. Depuis mon passage à la télé, il vivait dans l'espoir que John Smith, enfin, allait se manifester, et comme moi, sursautait chaque fois que le téléphone sonnait au bout du comptoir. Je lui ai dit que je comptais retaper la tour et il m'a offert son aide.

J'ai ensuite fait un saut à la mairie. Morris Cuvelton m'a demandé de signer un papier, puis il a appelé Leo March, un vitrier de sa connaissance, et Ernie Cuvelton, son cousin charpentier. Par chance, tous deux ont pu se libérer et quand, une heure plus tard, je suis revenu à Rainbow Point à bord de la camionnette de Fausto, Leo était déjà sur place, prenant les mesures des baies vitrées, à l'étage. J'ai déchargé du véhicule les sacs de toile, le balai, la serpillière, les seaux et les produits d'entretien que m'avait procurés Fausto, je suis monté rejoindre Leo et j'ai commencé à nettoyer la salle, ramassant les détritus et les morceaux de verre brisé. Ernie Cuvelton a débarqué dans l'après-midi. Il m'a dit qu'il fallait poser un nouveau plancher, renforcer la terrasse et remplacer la balustrade, changer les cadres des vitres, refaire l'isolation, et j'ai ajouté que je désirais cloisonner la pièce unique afin de faire deux chambres, une pour Ophelia et moi, l'autre pour le bébé. Ensuite, il allait falloir repeindre la bâtisse. J'ai opté pour le bleu, la couleur de mon rêve, et le matin suivant, avant de retourner sur le chantier, j'ai commandé les pots chez Henry Smith.

Au soir, abandonnant la chambre d'Ophelia, je suis monté sur mon vélo, dont Alvin avait changé la roue, et je suis allé passer ma première nuit là-haut, allongé près du poêle dans mon sac de couchage. J'ai songé à Nand, à Rachel, au ravissement d'Ophelia quand elle découvrirait sa maison, aux meubles que j'irais acheter sur la côte, et au lieu de m'endormir, j'ai sorti de la poche de mon manteau le journal d'Ophelia, je l'ai lu religieusement, et dans un soudain accès d'inspiration, j'ai écrit un poème à la suite des derniers mots.

C'était un poème sur Duke et Prudence. Les rimes naissaient spontanément, les vers se succédaient si vite que j'avais à peine le temps de les coucher sur le papier et lorsque j'ai posé le point final, j'ai contemplé le résultat sans y croire. Dans la montagne, déjà, je m'étais mis à chanter sans réfléchir aux paroles qui sortaient de ma bouche. Le miracle venait de se reproduire. Dès que j'en ai eu l'occasion, je l'ai montré à Fausto qui m'a dit : « Homer, je ne sais pas d'où tu sors tout ça, mais je sais que Duke aurait été heureux.

— J'ai un tas d'autres idées, j'ai dit, mais j'attends la prochaine vague d'inspiration.

— Si tu veux, je peux te les taper sur ma machine à écrire. »

C'est ainsi qu'est née notre collaboration. Les jours d'après, dès que je finissais un poème, je le portais à Fausto qui en corrigeait les fautes, me signalait les passages obscurs et les vers mal tournés, je revoyais l'ensemble, assis au bar ou dans l'arrière-boutique, et Fausto tapait la version définitive sur sa Smith-Corona. En moins d'une semaine, j'ai écrit deux autres poèmes sur Duke, un sur la grossesse d'Ophelia, un sur Elijah et l'histoire du tambour, et un dernier dédicacé au Lt. McMarmonn qui, après l'avoir lu, m'a serré la main et m'a dit qu'il voulait me l'acheter et le faire encadrer. J'ai bien sûr refusé d'être payé, mais c'est au lieutenant que je dois, aujourd'hui, de gagner ma vie en écrivant des poèmes sur commande, dédiés à telle ou telle personne de Farrago, des villages les plus proches ou même de Santa Cruz.

Souvent, on me demande de les lire en public, surtout quand il s'agit de poèmes célébrant une naissance, un mariage, ou déplorant un décès. « Ces poèmes, ce sont tes boîtes à toi », m'a dit Elijah un soir que je lui lisais une de mes œuvres. C'est aussi à cette époque, tandis qu'en compagnie de Leo, de Ron et Charlie Lewell (je les avais engagés pour s'occuper de la peinture), je restaurais la tour, que Fausto m'a fait découvrir ses poètes préférés. Chaque fois que j'achevais la lecture d'un recueil, il m'en prêtait un autre. Ma culture littéraire, pour reprendre l'expression de Fausto, a fait un immense bond en avant, et cela me rendait fier. Comme je possède une bonne mémoire, j'étais capable, au bout de quelques mois, de réciter des pages entières de Walt Whitman, de John Keats, de Robert Frost, mais aussi des *Last Poets*, d'Amiri Baraka et de LeRoi Jones, et je connaissais le livre de Mary Linberg de la première à la dernière ligne.

Les travaux avançaient. Un vendeur de meubles est venu livrer un canapé, une table, des chaises, un fauteuil à oreillettes et un splendide matelas à eau qui m'a donné le mal de mer, si bien que j'ai continué à dormir sur le plancher. Morris Thomas, un électricien à la retraite, a passé la semaine à tirer des gaines, à installer un nouveau disjoncteur et des prises, et Samuel, le neveu d'Abigail, s'est occupé de la plomberie. Quant à moi, je faisais un peu de tout. A vrai dire, j'aurais pu me débrouiller tout seul, sauf pour l'électricité peut-être, mais je voulais que la tour soit habitable le plus vite possible. Je n'avais pourtant aucune nouvelle d'Ophelia. Près de trois semaines s'étaient écoulées depuis son départ et j'attendais toujours son appel. Je luttais contre ma tristesse et ma peur de ne plus la revoir en trimant du matin au soir. Je savais que je ne tiendrais pas le coup éternellement et que si elle ne se manifestait pas bientôt, je finirais par me décourager et succomber à mon chagrin. C'était comme une course contre la montre. Ma douleur m'avait accordé une trêve, mon temps était compté, mais aucun instrument ne pouvait calculer le temps dont je disposais encore avant que l'absence d'Ophelia ne me foudroie une nouvelle fois et que je retombe, ventre à terre. Courage, je me disais, pense à Duke sur la montagne, tiens bon.

Pour garder la tête hors de l'eau, je multipliais les initiatives. C'est ainsi que j'ai effectué un tas d'autres emplettes, que je suis descendu à la décharge pour récupérer les ustensiles de cuisine de Duke, que j'ai planté des fleurs autour de la tour et que j'ai dégoté une mère chatte et sa portée, sept chatons âgés d'un mois dont je me suis inspiré pour un poème et qui ont atténué mon sentiment de solitude.

Un matin, je me suis rendu à l'épicerie pour prendre un café avec Fausto et lui demander de me rendre mes vieux habits. Il les avait lavés et repassés. Quand il les a sortis de son armoire, au premier étage, j'ai compris qu'il me fallait les remettre. Le costume que m'avait offert Fausto au terme de la longue nuit où il s'était confié à moi craquait de partout et je n'arrivais pas à m'habituer à mes vêtements neufs. J'avais besoin de me retrouver, de me glisser dans ma vieille peau comme un serpent nostalgique, pour reprendre l'expression de mon ami qui a refermé la porte de la chambre, me laissant seul. Je me suis changé devant le miroir. Je ne savais pas très bien ce que j'essayais de prouver. Je crois que je désirais simplement mesurer le chemin accompli depuis que l'étoile filante avait traversé le ciel et que Fausto, assis à mes côtés dans la cour de l'épicerie, avait murmuré : « Fais un vœu. » Je souhaite vivre une histoire qui fasse de ma vie un destin, voilà ce que je m'étais dit, et mon souhait, de toute évidence, s'était réalisé, pour le meilleur et pour le pire.

J'étais en train de boutonner ma chemise quand le téléphone a sonné. La voix de Fausto s'est élevée, suivie d'un silence. Comme le silence durait, j'ai pensé qu'il avait raccroché, mais lorsque je suis retourné dans la boutique, je l'ai vu au bout du comptoir, le récepteur coincé dans le creux de l'épaule, griffonnant ce qui ressemblait à une adresse sur un bout de papier.

« Homer, il a dit en reposant lentement le combiné, c'est fini.

— Qu'est-ce qui est fini ? » j'ai dit, songeant avec effroi que Fausto avait peut-être reçu un appel d'Ophelia, qu'elle n'osait pas me parler directement et le priait de m'annoncer la rupture de nos fiançailles.

« John Smith. Il est vivant.

— C'était lui ?

— Non, c'était le directeur de l'hôpital où il vit. Fort Maddock. C'est au nord de San Francisco.

— Il vit dans un hôpital ? j'ai dit.

— Je pars tout de suite. Tu viens ? »

Destin ou pas, on ne sait jamais à quoi s'attendre, j'ai pensé, tandis qu'on filait sur Highway 1 et que Fausto, pied au plancher, me rapportait les paroles du directeur de Fort Maddock, une clinique psychiatrique réservée aux vétérans de l'armée. John Smith s'était

461

engagé dans les marines en mars 53 (autrement dit, à peine deux ou trois semaines après avoir surpris Fausto en compagnie de Bess, sa petite amie) et avait servi dans les troupes de général Taylor pendant les quelques mois qui précédèrent l'armistice. Puis, de retour au bercail, il était devenu instructeur et avait travaillé dans différents camps militaires avant de s'envoler pour le Vietnam d'où, en 1968, il avait été rapatrié dans un état de confusion mentale préoccupant. En 69, on l'avait transféré d'un hôpital de Floride à Fort Maddock, situé près de Santa Rosa, où il vivait depuis cinq ans.

D'après ce que racontait le docteur Burl Glazer, le directeur de la clinique, John n'avait plus sa raison et ne semblait pas près de la retrouver. Il ne communiquait avec personne et passait ses journées devant la télé. C'est ainsi qu'il m'avait entendu parler de lui en direct sur KNTV et qu'apparemment, il avait perdu les pédales. Le docteur Glazer n'était pas entré dans les détails, mais d'après Fausto, John avait sans doute été bourré de tranquillisants ou enfermé dans une cellule capitonnée suite à sa bouffée de délire. Pendant les trois semaines suivantes, il n'avait cessé de murmurer en boucle une série de chiffres, 8102682810268281026... Une des aides-soignantes avait fini par comprendre qu'il s'agissait d'un numéro de téléphone, ce dont elle s'était empressée d'informer le directeur.

On est arrivés à Fort Maddock aux alentours de midi. C'était un grand bâtiment de deux étages, entouré d'un sinistre mur de béton et juché sur une colline. Fausto a garé la camionnette dans le parking des visiteurs et une infirmière qui demeurait jolie malgré ses lunettes et son appareil dentaire nous a conduits de la réception à la salle de jeux, une vaste pièce aux fenêtres grillagées où était réuni un peuple étrange d'anciens soldats que la guerre avait rendus fous.

« Attendez là, je vais prévenir le directeur », a dit l'infirmière, avant d'ajouter : « Soyez tranquilles. Ils ne sont pas dangereux. Les *psychos* sont dans l'autre aile. »

Au début, personne ne s'est intéressé à nous. Les patients, je m'en suis rendu compte assez vite, se divisaient en trois catégories. Il y avait ceux qui déambulaient dans l'espace en se parlant à eux-mêmes ou en se livrant à des rituels bizarres (l'un d'eux n'arrêtait pas de lécher son doigt, puis de le dresser pour voir dans quelle direction soufflait le vent ; un autre semblait accomplir une espèce de danse en faisant glisser ses chaussons sur le sol ; un troisième insultait un interlocuteur invisible), ceux qui, debout, assis ou couchés, regardaient dans le vide, et le dernier groupe, le plus important, celui des téléspectateurs. Un grand poste fixé au mur retransmettait un match de boxe. Les patients, vautrés dans de grands canapés ou dans leurs fauteuils roulants, suivaient la partie d'un air plutôt las. John Smith est peut-être parmi eux, j'ai pensé, et au regard anxieux de Fausto, qui s'était rapproché du téléviseur et dévisageait les malades un à un, j'ai compris qu'il avait eu la même idée.

Les vétérans, au lieu de leur uniforme, portaient des robes de chambre et des pantoufles, certains étaient coiffés d'un bonnet, et tous paraissaient à deux doigts de s'endormir. Ils formaient un bataillon de soldats ébouriffés et somnolents, comme je l'ai écrit dans le court poème que je leur ai consacré, et offraient un spectacle aussi mélancolique que celui de la décharge de Farrago sous la pluie, quand la terre devient boueuse et que les carcasses mutilées de voitures, grignotées par la rouille, semblent rougir de honte. Ces pauvres types ne servaient plus à rien, ils perdaient leurs cheveux, ils perdaient leurs dents et leurs visages étaient des masques de douleur. Je me suis souvenu des yeux et de la bouche de Gina Allendy, la nièce de Fred et Martha Dill, emportée par une maladie dans son enfance. Avec Barth, on l'avait épiée depuis la fenêtre de sa chambre. La souffrance l'avait défigurée. Sa bouche était tordue, son visage tout entier était de travers, j'avais eu du mal à la reconnaître. Les internés de Fort Maddock m'ont fait la même impression. C'était comme s'ils avaient des vis, des agrafes et du fil barbelé à l'intérieur du corps. Dans mon esprit, ils s'apparentaient aussi aux martyrs dont parlait le Révérend de son vivant, sauf que les clous ne se voyaient pas.

Je n'allais pas supporter longtemps cette vision. Je commençais à transpirer et j'avais un début de vertige. J'ai plongé mes mains dans les poches de mon pantalon pour me donner meilleure contenance et j'ai senti mon index passer au travers de la poche gauche. Elle était trouée. Un trou dans un trou, j'ai pensé, il y a un trou dans le trou de ma poche. Soudain, je me suis rappelé des paroles d'Elijah à propos des funérailles de Poach. On l'avait enterré avec la boîte de fer forgé qu'Elijah était venu lui apporter sur son lit de mort. Moe Hendricks avait déposé le cadeau d'Elijah dans le cercueil de Poach. Une boîte dans une boîte, j'ai pensé, un trou dans un trou, et j'ai ressenti les premiers symptômes d'une violente migraine.

« John Smith ? » a demandé Fausto d'une voix incertaine.

Deux ou trois malades ont tourné la tête.

« Est-ce que vous savez où est John Smith ? »

Aucun des téléspectateurs n'a daigné lui répondre, mais tout à coup, un vieux bonhomme au crâne presque chauve est apparu près de nous et a dit : « Je suis John Smith. » Fausto a baissé les yeux vers lui, a cligné des paupières, puis a poussé un soupir.

« C'est foutu, a dit Fausto. J'en étais sûr.

— Je suis John Smith, a répété le vieillard avec aplomb.

— Je n'en doute pas, a dit Fausto, mais vous n'êtes pas le bon.

— Je suis le bon ! a lancé le patient, visiblement décontenancé.

— Le John Smith que je recherche est beaucoup plus jeune. Il a cinq ans de plus que moi.

— Quel âge ?

— Quarante-huit ans.

— J'ai son âge ! » a dit le vieux.

Jamais Fausto ne m'a paru plus accablé. Il a posé une main sur l'épaule du vieillard et a tenté de lui sourire. Mais l'homme ne voulait pas en démordre : « Je suis John Smith.

— Mon ami a le même nom que vous. Il vient de Philadelphie.

— Je viens de Philadelphie, a répondu le vieux.

— Vraiment ? a dit Fausto, que cette coïncidence a troublé.

— Vraiment. Donnez-moi une cigarette. »

Fausto lui a tendu son paquet. Le vieillard a pris trois cigarettes. Il a porté la première à sa bouche et glissé les deux autres derrière ses oreilles. J'ai actionné mon Zippo. Le vieux a expiré la fumée avec un râle de plaisir. C'est alors qu'un deuxième malade s'est avancé vers nous sur sa chaise roulante. Il avait un gros dictionnaire sur les genoux, une casquette sur la tête et l'expression constipée de celui qui n'arrive pas à aller à la selle, pour le dire poliment.

« Je m'appelle John Smith, il a dit.

— Vous aussi ? » j'ai répliqué. J'étais un peu perplexe, mais après tout, s'il existait autant de John Smith sur le territoire américain, comme le prétendait Fausto, c'était mathématiquement possible. Fausto a envisagé le nouveau venu avec attention, puis m'a regardé d'un air plus abattu encore.

« Je m'appelle John Smith. Je viens de Philadelphie. J'ai quarante-huit ans. Donnez-moi une cigarette. »

Fausto a donné trois cigarettes à l'infirme qui s'est empressé de les cacher sous sa robe de chambre, puis s'est éloigné en poussant sur les roues de son fauteuil. Deux autres John Smith n'ont pas tardé à se présenter. Ils se sont d'ailleurs chamaillés et j'ai calmé le jeu en leur demandant quel était leur deuxième prénom. L'un a répondu qu'il s'appelait John Aaron Smith, l'autre que son nom complet était John Billy the Kid Smith et les adversaires se sont raccommodés.

Le paquet de Pall Mall y est passé. Entre-temps,

j'avais oublié ma migraine. Fausto ne savait plus où il en était. La multiplication des John Smith l'avait désorienté. Comme il me l'a avoué plus tard, il se demandait si l'un d'eux portait bel et bien le même nom que son ami ou s'ils étaient tous des imposteurs. On s'est approchés d'une fenêtre et on a jeté un coup d'œil au jardin. C'est le moment qu'a choisi la jeune infirmière pour venir nous chercher. Elle nous a entraînés d'un pas vif le long d'un couloir, jusqu'à une porte qu'elle a ouverte, s'effaçant pour nous laisser entrer.

La chambre, dont la fenêtre s'ouvrait au sud, était inondée de lumière. Sur le lit à barreaux, j'ai distingué une silhouette allongée en chien de fusil. Près d'elle, un homme corpulent, vêtu d'une blouse, était assis. Il s'est levé pour nous accueillir. C'était un grand barbu aux tempes grisonnantes. Dans mon esprit, il avait le physique d'un bûcheron, et s'il n'avait pas porté de blouse, je me serais sans doute demandé ce qu'il fabriquait à Fort Maddock.

« Docteur Glazer, il a dit, serrant la main de Fausto. Et vous devez être Homer ?

— Oui, docteur.

— Je vous ai vu à la télé. Quand on a compris ce qui s'était passé, j'ai appelé KNTV. Ils m'ont envoyé un technicien qui m'a fait voir la bande. Je ne vous ai appelé que le lendemain, a ajouté Glazer à l'attention de Fausto. Il fallait que je sache de quoi il s'agissait. Une histoire pareille, ça n'arrive pas tous les jours. John nous cause bien des soucis. On ne sait pratiquement rien de lui, sinon qu'avant de s'enrôler, il travaillait dans les finances. J'espère que vous allez pouvoir remplir les blancs. Ça nous aidera peut-être à le guérir. »

Le docteur Glazer a continué de parler mais Fausto ne l'écoutait plus. Il s'était agenouillé près du lit et regardait John Smith. Comme ils étaient à contre-jour, que le soleil m'aveuglait, je me suis baissé à mon tour. Quelques instants plus tard, le docteur a réglé le problème en tirant les rideaux.

« John. C'est moi, c'est Fausto. »

John Smith n'a pas réagi. Il fixait un point devant lui, quelque part sur le mur du fond, et je n'étais même pas sûr qu'il entendait les paroles de son ami. Ses joues étaient creusées, son crâne dégarni, je lui donnais dix ans de plus que Fausto et pas longtemps à vivre.

« John, ça fait vingt ans que je te recherche. »

Le visage de John ne trahissait aucune émotion. J'ai maudit le docteur Glazer qui, j'en étais convaincu, avait gavé le malade de somnifères avant notre arrivée.

« Je vis à Farrago, a dit Fausto. Je suis l'épicier. »

John n'a pas bronché. Ses traits étaient aussi détendus que ceux d'un mort. Le docteur Glazer a repris sa place sur la chaise, a dévissé le capuchon de son stylo à encre et s'est mis à noter ses impressions sur un calepin.

« J'ai rencontré Fennimore, a continué Fausto à voix basse et en cherchant ses mots. C'est lui qui m'a proposé de rester. J'ai repris l'épicerie. Je ne suis jamais reparti. Mais je t'ai consacré toutes mes heures de liberté, John, je t'ai écrit chaque nuit. »

John a dégluti, puis il a ramené une de ses mains

vers son visage et s'est gratté le nez. Ces signes d'activité ont encouragé Fausto à poursuivre : « J'ai connu ton père. Je suis resté auprès de lui jusqu'à la fin. Je croyais te trouver à Farrago, John, j'étais sûr que tu y étais retourné. Je voulais te parler. Plus que tout au monde, j'avais besoin de te voir et de te parler. Je voulais te dire que je me sentais affreusement fautif mais que je n'ai rien pu faire pour empêcher que les choses se passent comme elles se sont passées. Je n'ai rien prémédité. Bess non plus. Et quand tu as disparu, elle est tombée malade, elle n'a pas supporté. Je l'ai perdue, on s'est tous perdus. »

Dans moins de trois minutes, les retrouvailles de John et de Fausto allaient prendre fin. Je ne le savais pas, bien sûr, mais quand j'y pense aujourd'hui, je me dis que la brièveté de cette rencontre, comparée aux vingt années d'attente et de labeur nocturne qu'a endurées Fausto, était comme une goutte d'eau dans l'océan. Et pourtant, ce moment fugitif pesait aussi lourd que deux décennies de recopiages inutiles, de lettres envoyées aux quatre coins du pays et d'espoirs sans cesse déçus, il concentrait vingt années d'épreuves et de désillusions vécues séparément par les deux hommes. Chaque fois que je songe à leurs retrouvailles, je me rappelle l'histoire de Luther Wallace et d'Alfred Larkin, les deux cambrioleurs. Larkin avait préféré aller en prison que de dénoncer son camarade, et Wallace, par fidélité, s'était enfermé pendant trois ans dans la tour.

« J'ai besoin que tu me pardonnes, John, a dit Fausto. J'ai besoin de savoir que tu ne m'en veux plus et que je peux recommencer à vivre. »

John a dégluti une nouvelle fois, et a humecté ses lèvres. Fausto a pris sa main.

« Est-ce que tu me pardonnes ? »

La bouche de John est restée entrouverte. Un de ses pieds dépassait du drap blanc et j'ai vu ses orteils remuer. Il a détaché ses cuisses de son ventre, après quoi il a bâillé. J'ai entendu une sorte de grincement aigu. C'était le docteur Glazer qui revissait le capuchon de son stylo. John continuait de se taire en fixant le mur. Fausto a serré sa main un peu plus fort. Le temps ne passait plus. Glazer s'est levé et a consulté sa montre.

« Ce sera pour une autre fois, il a dit en se dirigeant vers la porte. Suivez-moi. »

« John, a dit Fausto avec une pointe de fébrilité.

— Quoi ? » a répondu John Smith.

C'était tellement inattendu que Fausto a pris peur. Il a relâché sa main et s'est redressé.

« John ? Tu m'as entendu ?

— 268 2810, a dit John Smith.

— Suivez-moi, a répété Glazer. Ce n'est pas la peine. Il faudra revenir.

— Le numéro n'a pas changé, a poursuivi John, contredisant le diagnostic du docteur.

— Non, a dit Fausto en se penchant de nouveau vers son ami.

— 268 2810, a répété John.

— C'est mon numéro, maintenant.

— C'est le même numéro.

— Oui.

— Je connais tous les numéros, a dit John.

— Ah oui ?

— Je n'ai jamais oublié un chiffre.

— Tu étais le meilleur, a dit Fausto. Sans cette panne d'ascenseur...

— Demande-moi combien il y a de litres dans un gallon.

— Combien y a-t-il de litres dans un gallon, John ?

— 3,785. Demande-moi la longueur de la Grande Muraille de Chine.

— Quelle est sa longueur ?

— Près de 4 000 miles, a dit John. Et la hauteur de la tour Eiffel ?

— Je t'écoute.

— 1 052 pieds. Et la distance de la Terre au Soleil ?

— Je ne sais pas, a dit Fausto.

— Quatre-vingt-dix-huit millions de miles. Et dans l'Apocalypse, combien d'animaux autour du trône de Dieu ?

— Combien ?

— Quatre, et chacun a six ailes. Et la population indienne ? Et la quantité de fioul que contient un Boeing 747 ? Le poids moyen d'un sumo ? Le nombre de cornflakes dans une boîte d'une demi-livre ? La masse totale de l'Univers ? Le chiffre d'affaires de la General Motors pour l'année 68 ?

— Je ne sais pas, a dit Fausto en jetant un coup d'œil inquiet au docteur Glazer.

— Combien de cartes dans un jeu de cartes ? » j'ai alors demandé, incapable de me retenir plus longtemps. John Smith faisait étalage de connaissances prodigieuses mais comme, pour ma part, j'ignorais la longueur de la Muraille de Chine ou le rapport d'un

471

litre à un gallon, je n'étais pas sûr qu'il dise la vérité. Aussi bien, il ne fait que bluffer, comme Elijah quand il dispute une partie de poker, j'ai pensé, et c'est pourquoi je voulais lui poser une question dont j'aie moi-même la réponse, afin de m'assurer qu'il n'était pas en train de nous mener en bateau.

« Un jeu de trente-deux ou de cinquante-deux cartes ? m'a demandé John.

— Trente-deux », j'ai dit tout en réalisant l'absurdité de ma réplique.

John s'est tu. Il a recommencé à se gratter le nez. Soudain, il a regardé Fausto droit dans les yeux : « Tu lui as dit ?

— Quoi donc ?

— A mon père. Tu lui as dit ? Ce que je t'ai raconté, que je ne lui en voulais pas, tu le lui as dit ?

— Oui. »

Fausto s'est assis sur le lit. John a levé la main et l'a laissée retomber sur la cuisse de Fausto. Je retenais mon souffle. Fausto regardait la main de John comme s'il ne comprenait pas ce qu'elle faisait là. Peu à peu, il s'est détendu, prenant conscience de ce qui venait de se produire. Sa main a recouvert celle du malade.

« C'est bien », a dit John. Il s'est tourné sur le dos et a fermé les yeux. Quand il a commencé à ronfler, le docteur Glazer nous a fait signe de le suivre et on est sortis.

Sur le chemin du retour, Fausto n'a pas dit un mot. Il conduisait sans prêter la moindre attention à la route, et à plusieurs reprises, j'ai dû lui faire remarquer qu'on roulait sur la bande d'arrêt d'urgence ou qu'on ferait bien d'accélérer un peu. Notre moyenne, je l'ai calculée, était d'environ 35 miles à l'heure et pour retourner à notre point de départ, on a mis deux fois plus de temps qu'à l'aller. Arrivés à Santa Cruz, on a raté la sortie et on s'est retrouvés à Soquel. Quand, enfin, Fausto a garé sa camionnette dans la cour de l'épicerie, les six heures sonnaient à l'église et j'étais affamé.

J'ai demandé à Fausto de mettre une boîte de haricots et une bouteille de scotch sur mon compte, et j'ai acheté un T-bone steak à la boucherie. Puis, je suis monté sur mon vélo et j'ai pédalé d'une traite jusqu'à Rainbow Point. Tout au long de l'ascension, j'ai songé à John Smith et à cette chose indéfinissable que les hommes nomment destin. Il se mord la queue comme un serpent, j'ai pensé, mais il est visqueux comme une anguille. Parfois, il a l'air de vous faire signe et de vous indiquer la route à suivre, mais la plupart du temps, il prend un malin plaisir à vous tourner en bourrique et à déguerpir en vous riant au nez. Il a son idée derrière la tête, mais ce n'est jamais celle qu'on croit. On passe sa vie à lui courir après mais il court toujours plus vite. Au bout du compte, il n'existe peut-être même pas. Seulement, ça ne change rien à l'affaire. Il n'existe pas à la manière d'une joie, d'une tristesse ou d'un mal de crâne. Depuis quelques années, j'ai tendance à le laisser vivre sa vie sans chercher à le conquérir et je commence à penser qu'il est juste bon à raconter des histoires.

J'ai laissé mon vélo contre un arbre et j'ai grimpé le sentier, le cœur en proie à une foule d'émotions. Je désirais tout à la fois cuire mon steak sur le barbecue et dîner sur la terrasse, continuer de poncer le plancher, écrire un nouveau poème sur les fous de Fort Maddock et le plus grand jour dans la vie de Fausto, jouer avec les chatons et redescendre à Farrago pour demander à Jo si elle avait reçu des nouvelles d'Ophelia. J'étais heureux et j'étais malheureux, j'avais faim et j'étais repu, j'avais envie de partir à l'assaut d'une montagne et de m'enfouir sous une couverture, je voulais hurler, chanter, me taire, voler comme un oiseau, courir à travers les bois jusqu'à me perdre. Mes vieux habits sentaient la lavande. La forêt était pleine de senteurs printanières. J'allais cueillir un bouquet de fleurs sauvages, j'allais trouver une chienne pour Bone afin de lui assurer une descendance, j'allais vider la bouteille de scotch et dormir sous les étoiles. Je marchais sur la terre, je regardais le ciel s'assombrir, des brindilles se fendaient sous mes bottes et mon âme contenait le monde.

« Tant de splendeur », j'ai murmuré, puis j'ai crié ces trois mots, effrayant un écureuil et un couple de cailles. Je suis arrivé au pied de la tour. J'ai examiné la plate-bande retournée où, quelques jours plus tôt, j'avais semé des graines. Elles ne mourront pas, j'ai pensé, quoi qu'en pense le Seigneur, elles ne mourront pas, et quand elles auront fleuri, je leur dédierai une poésie pour que leur vie soit éternelle. Le vent soufflait fort. J'ai atteint la porte. Elle était ouverte. J'ai levé les yeux. Ophelia se tenait sur la terrasse, penchée en avant comme si elle s'apprêtait à sauter.

« Ophelia ! »

Elle m'a adressé un sourire rayonnant, puis elle s'est rembrunie.

« Où tu étais ? elle a dit.

— J'étais là !

— Pourquoi tu n'es pas venu me chercher ?

— Je ne sais pas, j'ai dit, je t'attendais.

— Si tu m'aimais, tu serais venu me chercher.

— Je t'aime, j'ai dit.

— Ce salaud de Monk, il m'a conduite dans une clinique, il a voulu me faire avorter ! Tu m'aimes ?

— Oui, je t'aime. »

J'ai grimpé quatre à quatre les marches de la tour. Je suis arrivé sur la terrasse. Elle était déserte. Le cœur battant, j'ai marché jusqu'à la balustrade.

« Ophelia ? »

Je me suis appuyé contre le garde-fou. J'ai plongé mon regard vers le sol. Il n'y avait que la terre blonde, la poussière, les brins d'herbe jaunis. Quelque part dans les bois, un hibou poussait sa plainte. J'ai relevé la tête. Je ne pensais plus à rien. Au loin, au-delà des collines, la ligne bleue de l'océan. Le soleil venait de s'y coucher, formant sur l'horizon une longue flaque orange et rouge. Les mains d'Ophelia se sont posées sur mes paupières.